한국 대중연애서사의
이데올로기와 미학

진선영(陳善榮 Jin, Sun-young) 문학박사. 1974년 강릉에서 출생하여 이화여자대학교 대학원 국어국문학과를 졸업했다. 「한국 대중연애서사의 이데올로기와 미학」으로 박사학위를 받았으며 현재 이화여자대학교에서 강의를 하고 있다. 대중문학에 대한 관심에서 출발하여 잊히고 왜곡된 작가와 작품의 발굴에 매진하고 있으며 젠더, 번역 등으로 연구 영역을 확대하고 있다. 주요 논문으로는 「유진오 소설의 여성 이미지 연구」, 「마조히즘 연구」, 「부부 역할론과 신가정 윤리의 탄생」, 「선정소설의 정치학」 등이 있으며, 저서로는 『문학비평용어사전』, 『최인욱 소설 선집』 등이 있다.

한국 대중연애서사의 이데올로기와 미학

초판인쇄 2013년 7월 20일 **초판발행** 2013년 7월 30일
지은이 진선영 **펴낸이** 박성모 **펴낸곳** 소명출판 **출판등록** 제13-522호
주소 서울시 서초구 서초동 1621-18 란빌딩 1층
전화 02-585-7840 **팩스** 02-585-7848 **전자우편** somyong@korea.com **홈페이지** www.somyong.co.kr

값 25,000원
ⓒ 진선영, 2013
ISBN 978-89-5626-840-8 93810

한국
대중연애서사의
이데올로기와
미학

The Ideology and Aesthetic
of Popular Romance Novel in Korea

진선영

소명출판

　대중문학은 대중에 대한 기만인가, 대중을 위한 해방인가. 아도르노(T.W. Adorno)가 '문화산업'이라는 용어를 고안해 내면서 대중문화를 비판했을 때, 대중의 존재는 퇴행적이며 성찰성을 상실한 '문화적 바보(cultural dupe)'로 보인다. 반면 벤야민(W. Benjamin)이 전통예술의 아우라의 붕괴가 대중의 충격과 각성을 유도함으로써 사회적 기능을 담당한다고 했을 때, 대중은 기능성과 효용성을 내장한 '사회적 행위자(social agency)'로 보인다. 대중문학에 대한 현대 비판이론들의 극단적인 두 가지 시선은 현재도 유용하다. 이는 그들이 대중의 성격과 대중문학의 본질을 꿰뚫고 있기 때문이며 그것의 무용(無用)과 유용(有用)은 역사적으로 변천하는 대중들의 기능적 사용에 따라 달라지기 때문이다. 본 연구는 이러한 대중문학의 양가성, 이중성이 대중문학의 본질이자 대중의 취향임을 인정하고 대중서사의 내적 규율과 역사적 특수성을 고찰하고자 하였다.

　본 연구의 주제는 2005년 봄 처음 기획되었다. '기획'이라는 말이 뭔가 목적론적이라면 당시 상황에 더 적합한 말은 '운명적'이라는 말일 것이다. 2005년 1학기 대학원 수업에서 처음으로 대중문학과 조우하게 되었다. 당시 대중문학을 바라보는 저자의 시선이란 '아도르노'의 그것과 같았다. 하지만 화석화된 이분법을 넘어서지 못하는 연구자의 편협성을 깨는 데는 그리 오랜 시간이 걸리지 않았다. 수업 이후 박사논문의 주제를 확정하고 신문과 잡지를 뒤적이며 작품을 읽어 나갔다. 많은 대중문학 작품을 읽고 정리하는 것에 일차 목적을 두다 보니 박사논문을 마무리하는 데 6년이라는 시간이 걸렸다. 지난한 시간이었지만 부끄럽지 않은 시간이기도 했다.

본 연구는 대중연애서사가 폭발적으로 성장하고 전성기를 이루었던 시기를 중심으로 연애서사의 인기를 가능하게 했던 당대적 사랑의 양상과 의미를 사적으로 고찰하였다. 서사 속에서 사랑하고 성장하고 소멸하는 문학주체는 그들에게 공감하거나 반감하는 수용주체에게 선망과 경계의 대상이 됨으로써 당대에 적합한 사랑을 산출한다. 이때의 사랑은 기능적이며 효용적이다. 사랑을 이상화, 열정화, 낭만화하는 문학적 표현들은 그 주체들과 관념들을 우발적으로 선택하는 것이 아니라 당시의 사회와 그 변화 추세에 반응한다. 따라서 각 시대의 사랑의 양상과 의미는 '사회구조'와 '사랑하기'의 연관관계를 통해 시대와 당대 주체를 이해하기 위한 새로운 길을 열어줄 수 있다.

본 연구는 후행하는 연구의 선행 연구로서 다음과 같은 두 가지 미덕을 갖추고자 하였다.

첫째, 한국 대중연애서사를 사랑의 양상과 의미에 따라 사적으로 구분하고 구체적 분석의 항목으로 사회적, 문학적, 심리학적 통찰을 시도함으로써 대중문학 연구를 위한 분석적 모델을 제시하고자 하였다. 존 스토리는 대중문학을 '어떤 맥락에서 규정을 하느냐에 따라 여러 가지 모순들로 가득 채워질 수 있는 빈 그릇'에 비유한 바 있다. 이는 어떠한 이론을 해석의 준거로 삼느냐에 따라 이현령비현령(耳懸鈴鼻懸鈴)식이 될 수밖에 없는 대중문학 연구의 현 주소를 보여준다. 대중문학은 태생적으로 문화와 문학 사이에서 유동한다. 본 연구는 대중서사의 '정치성'과 '미학성'의 불순한 조합을 통해 대중문학 연구의 역사적 계보를 통합하기 위해 노력하였다.

둘째, 본 연구가 대중문학사 작성을 위한 기반 작업으로 통시적 연구의 형태를 취하고 있긴 하지만 당대 인기 있는 많은 작품을 소개하여 대중문학 데이터베이스로서의 가치를 갖고자 하였다. 현재 읽히고 연구되고 있는 대중문학 작품은 당대 유통, 소비되었던 것에 빙산의 일각에 불과하다. 과거의 대중문학은 과거의 고착화된 풍습과 일상의 고찰이 아니라 보편적 인간주의에 기대고 있는 현재의 사건이요, 다가올 미래의 전사(前事)로 기능할 것이다. 그러므로 다양하고 풍부한 대중문학을 소개함으로써 삶과 일상의 다양성과 보편성을 확인하고자 하였다.

본 연구는 많은 대중문학 작가들과 선행연구자들에게 그 빚을 지고 있다. 본 연구를 수행하면서 스스로 통속문학 작가임을 죽기보다 인정하기 싫어했던 많은 작가들을 보았다. 평생 대중문학으로 일가를 이루었음에도 '문학다운 문학을 꼭 해보고 싶었다'는 그들의 유언을 들으며 '당신들은 진정으로 대중과 함께한 살아있는 문학을 한 것이라고!' 이야기해 주고 싶었다. 이후 그들의 이름에 누가 되지 않는 한 잊히고 왜곡된 소설을 발굴하고 작가의 이름을 밝히는 것이 초심이 되었다. 저자의 박사논문이자 첫 번째 저작인 이 책은 무디고, 성글지만 열정적이었던 초심의 기록이다. 앞으로도 그때의 첫 마음을 잊지 않을 것이다.

이 책이 있기까지 많은 분들의 도움이 있었다. 대중문학을 내게 하나의 운명으로 만들어주신 김미현 교수님께 머리 숙여 감사를 드린다. 교수님의 지도에는 '각'이 있다. 그 '각'은 논문의 처음과 끝, 구석구석 미치지 않은 곳이 없으며 연구자로서 흐트러진 자세를 다잡고 본분을 떠올리게 한다. 작은 것에 매달려 큰 것을 놓치고 마는 연구자에게 고개를 들게 해 주시는 김현숙, 정우숙 교수님, 어설픈 박사논문을 꼼꼼히, 조목조목 지적해주신 서경석, 신수정 교수님, 문학과 비평의 환희를 일깨워주신 강진호, 한영옥 교수님, 그리고 많은 이화여자대학교 교수님들의 지도와 애정이 학문연구의 큰 자양분이 되었음을 고백한다.

마지막으로 부족한 글을 선뜻 출판해 주신 소명출판 박성모 대표님, 끝까지 함께 할 연구동학들 김윤정, 최주희, 조혜운, 황지영, 김소륜 등에게도 감사의 마음을 전한다. 이 모든 이들의 격려와 질책이 저자의 학문과 삶에 큰 길라잡이가 되었다. 아울러 연구자로서 생활인으로서 탐탁지 않은 저자를 용기와 배려로 보듬어 주는 가족들, 많은 대화를 통해 새로운 모색을 가능케 하는 남편, 지친 영혼을 보듬어 주는 두 아들들, 일상인으로서의 책임과 의무를 대신 짐 지고 계신 양가부모님에게도 사랑의 마음을 전한다.

2013년 진선영

차례

제1부
대중문학 판, 그 해석학적 지형

제1장

대중문학 연구의 오늘과 다음

1. 대중문학 연구의 현황

포스트모던 문화 연구의 일환으로 대중문화 연구가 '문화 민주주의적' 입장으로 전환되면서 최근 대중 서사의 새로운 가능성에 대한 연구가 활발히 진행되고 있다. 기존의 대중문학 연구는 본격문학, 순수문학의 대타적 항목으로 대중문학을 설정하였다. 이에 대중문학의 경박성과 체제 순응적 세계관을 비판함으로써 한국문학사의 엄숙주의와 가치론적 순수성은 확립되었다.

국문학의 전체 연구 틀 안에서 볼 때 대중문학에 대한 연구는 이전 시기에 비하여 많은 연구 성과를 집적한 것이 사실이다. 그러나 실제 독자들이 접하는 대중문학 작품의 비중이나 규모를 감안한다면 아직 시작단계에 놓여 있는 상태이다.[1]

대중문학 연구는 대중문화를 고찰하는 사회학적, 미학적, 미디어적 방법론을 차용하면서 시작되었다. 대중문학 연구 초창기에는 신문방송학적 차원에서 대중문학이 지닌 오락성과 선정성 등이 부각되었다.[2] 이러한 일련의 연구들은 대중문학 자체를 연구한 것이라기보다는 '신문'이라는 속성에 집중 되었기에 상업성과 매체적 특성만이 강조되었다. 대중문학에 대한 부정적 시선이 우세한 가운데 처음으로 대중문학에 대한 문학적 접근과 대표작품을 선정하는 의미 있는 연구가 진행되었다. 정한숙은 대중소설의 가치를 긍정하고 시대적 대표작품을 선정하여 계보화 하였다. 대중소설의 존재 의의를 '인간의 애정' 문제와 '시대와 사회상'에 대한 적나라한 묘파라 지적하고 이러한 당면문제를 개인적 윤리관이나 도덕관에서 파악하는 것이 대중문학만의 독특한 특징이라고 정의하였다. 정한숙의 연구는 대중문학의 성격과 의미를 한국소설사의 틀 안에서 적용한 선구자적 의의를 지닐 뿐 아니라 대중문학의 최종 심급을 독자에 놓음으로써 앞으로의 연구 방향을 제시한데 더욱 큰 의미를 찾을 수 있다.[3]

정한숙의 논의를 제외하면 1970년대 대중문학에 관한 논의는 부정일변도라고 할 수 있다. 이러한 경향은 1980년대 들어서도 유지되지만 그중에서도 대중소설이 당대 사회의 이념을 드러내는 작품임을 인정하고 그 의미를 새롭게 규명하려는 연구들이 산출되었다. 최원식은 『무정』, 『적도』, 『재생』 등의 원형적 애정갈등을 『장한몽』에 소급하여 우리 소설의 기원에서부터 연애 서사의 계보를 살폈다. 민중이 피로할 때마다 부활되는 '돈이냐, 사랑이냐'는 질문은 독자들에게 현실도피와 위안감을 줌으

---

1   강옥희, 「대중문학 연구의 현황과 과제」, 『대중서사연구』 12, 대중서사학회, 2004.
2   최영, 「대중문화로서의 한국신문소설 분석 연구」, 서울대 석사논문, 1972; 송경섭, 「일제하 한국 신문 연재소설의 특성에 관한 연구」, 서울대 석사논문, 1974; 양찬수, 「1930년대 한국 신문 연재소설의 성격에 관한 연구」, 동아대 석사논문, 1977; 오인문, 「한국 신문 연재소설의 사회적 기능에 대한 고찰」, 중앙대 석사논문, 1977; 고준영, 「1930년대 신문장편소설에 나타난 민족관」, 고려대 석사논문, 1980; 고인덕, 「신문소설에 나타난 가치연구」, 서강대 석사논문, 1980.
3   정한숙, 『현대한국소설론』, 고려대 출판부, 1977.

로써 일정한 기능을 한다고 보았다.[4]

전영태는 대중소설을 창작하는 작가의 의도는 고차원적인 예술적 이상의 완성보다는 보편적 예술성의 광범위한 유포에 있다고 보았다. 작품에 특수한 실험적 기법이 나타나기보다는 이미 승인된 형식과 기법이 주가 되며 작품의 내용이 공식성을 이루는 것, 작품을 읽는 계층이 문화적 상층과 하층에 걸쳐 있어 문화 수용의 양다리 걸치기 현상이 나타나되, 대중이라는 불가시적 공중(公衆)이 주축을 이루는 것으로 보았다. 이러한 대중소설은 멜로드라마적 성격을 갖는데 『무정』, 『적도』, 『찔레꽃』은 각각 승리, 저항, 패배의 양상을 드러낸다고 하였다.[5] 최원식과 전영태의 논문은 대중연애소설의 장르성 개념이 선재하지는 않지만 후행하는 논문들에 분석의 단서를 제공하고, 일찍이 연애소설의 계보, 대중성에 대한 의미 있는 천착을 시도한바 그 의의가 인정된다.

조동일은 대중문학이 가장 활성화된 1930년대 대중소설을 '통속소설'로 칭하고 이를 '순통속'과 '잡통속'으로 유형화하였다. 순수하게 통속적 관심에 입각한 '순통속'과 다른 목표를 지닌 소설이 통속소설의 성향과 타협한 결과인 '잡통속'으로 나누었는데, 전자가 좀 더 통속소설답다면 후자는 통속소설과 순수소설의 경계를 넘나드는 것이다.[6]

민병덕은 한국 근대 신문 연재소설의 출판 사항과 서지를 통해 작품이 지니고 있는 독자 공감 요소를 밝히고 있다. 독자의 공감 요소를 작가의 세계관, 소설의 형상화 방식, 시대적 상황에 비추어 면밀히 분석하면서 신문 연재소설이 폭발적 인기를 얻을 수 있었던 것은 작가가 공리적 문학관을 바탕으로 소재 면에서 실화성, 주제 면에서는 당시의 유행사조로 애정문제와 종교문제를 다루었고, 등장인물들은 자기 개량적이며 자기 향상적 인물로서 현실 타개를 희구하는 독자들과 공감을 이루었다고 지적

4   최원식, 「장한몽과 위안으로서의 문학」, 『민족문학의 논리』, 창작과비평사, 1982.
5   전영태, 「대중문학논고」, 서울대 석사논문, 1980.
6   조동일, 『한국문학통사』 5, 지식산업사, 1988.

한다. 민병덕의 연구는 대중소설의 성격을 미학적으로 분석하고 수용자로서의 독자의 공감구조에 주목함으로써 지향적 대중문학 연구의 밑거름이 되었다.[7]

1980년대까지의 연구가 대중문학의 하위 장르인 신문소설에 한정하여 대중문학을 다룬 것과는 달리 1990년대 들어서는 본격문학과 반대되는 개념으로서의 통속문학이라는 이항대립적 관점에서 대중문학을 살펴고 있다. 1990년대 이후의 대중문학 연구는 문화사에서 문학사로 이행하는 경향을 보이면서 본격적인 논문들이 쏟아지기 시작한다.

이 시기의 연구는 대중문학을 순수문학과 이분법적으로 나누어 통속성에 집중한 연구,[8] 특정 시기(1930·1970년)에 주목한 경우,[9] 대중문학 전반에 관한 연구,[10] 특정 작품에 집중한 경우,[11] 대중문학의 하위 장르에 관한

7   민병덕, 「한국 근대 신문 연재소설 연구-작품의 공감구조와 출판의 기능을 중심으로」, 성균관대 박사논문, 1988.
8   손경목, 「통속문학과 대중문학의 가능성」, 『실천문학』, 실천문학사, 1991년 봄; 이호철, 「순수소설과 통속소설」, 『문예중앙』, 중앙books, 1994년 여름; 박종홍, 「통속성과 통속소설」, 『현대소설원론』, 중문출판사, 1994; 최혜실, 「통속성과 순수성」, 『한국 현대소설의 이론』, 국학자료원, 1994; 김동리, 『대중소설과 본격소설-그 성격적 차이에 관한 열 가지 문답』, 한국평론사, 1996; 김춘식, 「대중소설과 통속소설의 사이」, 『한국문학연구』, 한국문학연구학회, 1998; 하버트 갠즈, 강현두 역, 『대중문화와 고급문화』, 나남출판, 1998.
9   서영채, 「1930년대 통속성의 존재방식과 그 의미」, 『민족문학사연구』 4, 민족문학사연구소, 1993; 권선아, 「1930년대 대중소설의 양상 연구-『찔레꽃』의 구조와 의미를 중심으로」, 고려대 석사논문, 1994; 김강호, 「1930년대 한국 통속소설 연구」, 부산대 박사논문, 1994; 김영찬, 「1930년대 후반 통속소설 연구-『찔레꽃』과 『순애보』를 중심으로」, 성균관대 석사논문, 1995; 오미남, 「1930년대 후반기 통속소설 연구」, 중앙대 석사논문, 1995; 이종호, 「1930년대 통속소설 연구」, 경북대 석사논문, 1996; 박철우, 「1970년대 신문 연재소설 연구」, 중앙대 석사논문, 1996; 추은주, 「1970년대 대중소설 연구」, 부산대 석사논문, 1997; 한명환, 『한국 현대소설의 대중미학 연구』, 국학자료원, 1997; 이경춘, 「1930년대 대중소설 연구」, 경성대 석사논문, 1998; 강옥희, 「1930년대 후반 대중소설 연구」, 상명대 박사논문, 1999; 김동윤, 「1950년대 신문소설 연구」, 제주대 박사논문, 1999; 장서연, 「1970년대 대중소설 연구」, 동덕여대 석사논문, 1999.
10   대중문학연구회, 『대중문학이란 무엇인가』, 평민사, 1995; 박성봉, 『대중예술의 미학』, 동연, 1995; 박명진 외, 『문화, 일상, 대중』, 한나래, 1996; 김중현, 『대중문학의 이해』, 청예원, 1999.

연구,[12] 대중문학 수용자에 관한 연구[13] 등 이전에 비해 다양한 연구가 이루어지기 시작했다. 다양한 연구 방향에서 유추할 수 있듯 대중문학 연구의 시각이 외적 확장을 이루며 연구의 깊이에 있어서도 탁월한 논문을 산출한다.

박사논문에서 처음으로 대중소설을 다룬 김강호의 논문은 1930년대 통속소설 8편을 연구대상으로 구조적 특성과 독자의 기대지평을 살폈다. 애정갈등의 삼각관계, 로망스적 모험과 멜로드라마적 서사구조를 구조적 특성에 놓고 세계화합의 도덕적 환상, 현실도피의 지향성, 영웅출현의 기대심리를 기대지평으로 보았다. 이러한 분석결과를 통해 1930년대 통속소설의 소설사적 의의를 억압적인 당대현실을 벗어나 사회적 문제를 가벼운 안목을 가지고 흥미 있게 구조화 한 점, 저널리즘의 상업주의와 결탁하여 도시 소시민들에게 쉽게 수용될 수 있는 구조를 갖춤으로써 장편소설의 시대를 열었고, 독자층의 확대를 가져온 점, 마지막으로 소극적으로나마 당시대적 상황을 반영하고 증언하였다는 의의를 밝힌다.[14]

김동윤의 논문은 대중문학 연구의 대상과 범위에서 제외되었던 1950

11   유문선, 「애정갈등과 통속소설의 창작방법－김말봉의 『찔레꽃』에 관하여」, 『문학정신』, 문학정신사, 1990; 배기정, 「『찔레꽃』의 전개양상과 그 의미」, 『국어교육학연구』 28, 국어교육학회, 1990; 채호석, 「이태준 장편소설에 나타난 소설사적 의미」, 『이태준문학연구』, 깊은샘, 1992; 장광진, 「『순애보』에 나타난 기독교 신비주의」, 연세대 석사논문, 1992.

12   최혜실, 「무협소설의 통속성에 대한 종합적 검토」, 『문학사상』, 문학사상사, 1996; 대중문학연구회, 『신문소설이란 무엇인가』, 국학자료원, 1996; 대중문학연구회, 『추리소설이란 무엇인가』, 국학자료원, 1997; 대중문학연구회, 『연애소설이란 무엇인가』, 국학자료원, 1998; 이정옥, 「추리소설과 게임의 플롯」, 『현대소설 플롯의 시학』, 태학사, 1999; 조성면, 「한국 근대 탐정소설 연구」, 인하대 박사논문, 1999.

13   박명진, 「즐거움, 저항, 이데올로기」, 『사회과학과 정책연구』 13, 서울대 사회과학연구소, 1991; 박남훈, 「대중-문학의 소비자 혹은 심판자」, 『문학정신』, 문학정신사, 1992; 이용욱, 「새로운 문학적 기호와 그 수용에 따른 경계 해체」, 『문학사상』 294, 문학사상사, 1997; 박정은, 「대중문화텍스트의 해독에 나타나는 즐거움의 다원성에 관한 연구」, 한국외대 석사논문, 1998; 김선남, 「수용자의 독서동기에 관한 실증적 연구」, 『출판학연구』, 한국출판학회, 1998.

14   김강호, 앞의 글.

년대의 신문 연재 대중소설을 중심으로 작중인물의 사회적 위상과 사회 인식을 고찰하였다. 작중인물의 사회인식을 친미·반공이데올로기를 경직적으로 수용하는 순응적 사회인식, 가부장제 이데올로기를 드러내는 타협적 사회인식, 사회 부패상의 고발과 재건의지를 다지는 대항적 사회인식으로 대별하였다. 1950년대 신문소설의 통속성과 소설사적 의의를 신문소설이 이전의 세태소설을 효과적으로 계승하였다는 점, 본격적인 대중사회가 도래하는 가운데 대중서사의 단초를 마련하였다는 점, 당대 이데올로기에 비판의식을 표출하였다는 점에서 긍정적 의미를 부여하였다.[15] 김동윤의 논문은 서지자료로는 훌륭한 참조의 대상이지만 작품분석에 있어 작중인물 중심의 줄거리 나열로 인해 연구의 독창성을 기대하기 어렵다.

조성면은 김내성의 작품을 중심으로 탐정소설의 서사적 특질과 문학사적 맥락을 읽어내며, 한국문학의 근대성 문제를 새로운 시각에서 살피고 있다. 탐정소설 연구의 사전작업으로 한국 탐정소설의 기원과 전개양상을 살피고 김내성이란 탐정소설작가가 등장하게 된 사회적 배경을 확인하였다.[16] 조성면은 1930년대 대표적인 대중소설로 김내성의 탐정소설을 선택하였다. 탐정소설 혹은 추리소설은 한국 대중문학사에서 큰 영역을 확보하고 있음에도 불구하고 그간 연구 대상에서 소외된 것이 사실이다. 조성면의 연구는 탐정소설의 특성과 독자의 기대지평을 확인하게 함으로써 대중문학사의 내적 영역을 확대한 의의를 갖는다.

대중문학연구회가 펴낸 『대중문학이란 무엇인가』는 그동안 문학연구의 변두리에 자리하던 대중문학 연구자들이 목소리를 발화할 수 있는 기회의 장을 마련하였다. 대중문학의 정의, 기능과 성격, 외국의 대중문학을 소개하면서 대중문학이 본격적으로 연구의 영역으로 포섭될 수 있는 역할을 수행하였다.[17]

---

15   김동윤, 앞의 글.
16   조성면, 앞의 글.

2000년 이후 대중문학 연구의 외연은 급속도로 확장된다. 문화 민주주의적 입장에 기대어 대중문화의 하위 분과로서 대중문학에 대한 연구가 본격적 궤도에 오르는데 대중문학 연구의 새로운 접근법은 대중문화 연구에 빚지고 있는 경향이 크다. 대중문화 연구의 성과들은 '대중문학/고급문학'이란 해묵은 이분법을 허물고 대중문학에 대한 이해와 그것의 대중성을 체계적으로 설명하는데 하나의 이론적 근거 틀을 마련해 주었다.[18] 대중문학 내에서 아직도 본격문학과의 논의는 유효하지만 결론에 있어서는 이전의 연구와는 다른 '반란'의 결과를 확인할 수 있다.[19] 대중문학 연구의 내적 확장은 연구 범위의 확대에서 확인할 수 있는데 연구의 범위가 멀리는 개화기[20]부터 가까이는 1990년대의 작품[21]에 이르기까지

17 대중문학연구회, 앞의 책.
18 동국대 한국문학연구소 편, 『대중문학과 대중문화』, 아세아문화사, 2000; 김인호, 「탈구조주의와 대중문학」, 『한국문학연구』 22, 한국문학연구학회, 2000; 박훈하, 「대중문학의 좌표 찾기」, 『오늘의 문예비평』 40, 산지니, 2001; 문홍술, 「문학의 운명과 탈대중문화」, 『태릉어문연구』 10, 서울여대 국어국문학과, 2002; 김종회, 「대중소비사회와 문학의 운명」, 『비평문학』 16, 한국비평문학회, 2002; 존 스토리, 박만준 역, 『문화 연구의 이론과 방법들』, 경문사, 2002; 이동연, 『대중문화 연구와 문화비평』, 문화과학사, 2002; 김창남, 『대중문화의 이해』, 한울, 2003; 강현구, 『대중문화와 문학』, 보고사, 2004; 최혜실, 『문학과 대중문화』, 경희대 출판국, 2005; 이경수, 「대중문화의 문학적 수용, 그 두 얼굴」, 『문학과경계』 6, 문학과경계사, 2006년 여름.
19 김광일, 「대중 · 본격 문학 논쟁 소고」, 『문예중앙』 24, 중앙books, 2001; 정덕준, 「1970년대 대중소설의 성격에 관한 연구─도시의 생태학, 그 좌절과 희망」, 『한국문학이론과 비평』 16, 한국문학이론과 비평학회, 2002; 유익서, 「대중문학과 본격문학」, 『시문학』 34, 현대문학사, 2004; 한림대 인문학연구소 편, 『대중문학 주변부의 반란』, 민속원, 2007.
20 김석봉, 「신소설의 대중적 성격 연구」, 서울대 박사논문, 2003; 김경연, 「『장한몽(長恨夢)』의 대중성 고찰」, 『문창어문논집』 40, 문창어문학회, 2003; 오종호, 「개화기소설의 대중화 과정 연구」, 대구효성가톨릭대 박사논문, 2003; 홍혜원, 「신소설 「목단화」에 나타난 대중성 연구」, 『대중서사연구』 11, 대중서사학회, 2004; 이상희, 「신소설의 형성기반과 대중소설적 미학」, 성균관대 박사논문, 2006; 고은지, 「『추월색』의 대중적 인기와 서사 구조」, 『민족문학사연구』 30, 민족문학사연구소, 2006; 정홍모, 「계몽주의와 대중소설─이해조의 『구의산』에 대하여」, 『제3의문학』 7, 제3의문학, 2006; 박혜경, 「신소설에 나타난 통속성의 전개 양상─『귀의성』에서 『장한몽』까지」, 『국어국문학』 144, 국어국문학회, 2006.
21 이상갑, 「1990년대 대중소설의 미의식과 그 공과」, 『한국의 대중문학』, 소화, 2001; 양진

확대되었고, 특정작가와 작품[22]에 관한 연구도 다양한 방법론의 적용을 통해 연구적 성숙을 이루었다.

김석봉의 논문은 신소설에 나타난 계몽성, 정론성 등과 같은 요소들이 1910년 국권상실 이후 통속적이고 대중적인 요소들로 변질되었다는 문제의식에서 출발한다. 이러한 문제의식을 구체화하기 위해 먼저 대중문화 및 대중소설을 바라보는 관점을 검토하고 신소설의 대중소설적 요소와 서사 구성 원리로서 멜로드라마적 상상력을 고찰한다.[23] 이 논문은 1910년대 신소설의 통속성을 '재미'와 '오락'의 구성적 특징으로 해명함으로써 근대 초기 대중문학을 본격적으로 검토하였다는 의의를 지닌다. 이와 같이 개화기 작품이 지니고 있는 대중적 성격을 규명한 논의들은 대중소설의 기원에 관한 그리고 현재까지 지속되는 대중문학의 생명력에 관한 의미 있는 지점을 마련하였다.

대중소설의 선역사를 추적한 연구가 대중소설 연구의 깊이를 더하였다면 당대 출판사항과 서지자료 확인을 통한 새로운 대중문학 작가의 발굴은 대중문학의 넓이를 더하는 것이다. 대중문학의 특정 시기, 특정 작가에 대한 연구는 대중문학 내에서도 정전을 재배치하면서 배제된 작가들을 주변부에 배치한 경향이 있었다. 최독견, 방인근, 함대훈, 장덕조, 김광주, 최인욱 등은 순수문학 그리고 대중문학 모두에서 누락된 작가들로

오, 「베스트셀러 소설의 서사론─'아버지'와 '가시고기'를 중심으로」, 『한국언어문화』, 한국언어문화학회, 2002; 김학현, 「대중문화와 소설의 다층성─김영하, 「엘리베이터에 낀 그 남자는 어떻게 되었을까?」를 중심으로」, 『인문과학』 37, 성균관대 인문과학연구소, 2006.

22 박중렬, 「『무정』의 계몽담론과 대중문학적 시학」, 『한국문학이론과 비평』 16, 한국문학이론과 비평학회, 2002; 이지순, 「『별들의 고향』의 미적 특성 연구」, 『국문학논집』 18, 단국대 국어국문학과, 2002; 김복순, 「대중소설의 젠더정치학─『자유부인』을 중심으로」, 『대중서사연구』 9, 대중서사학회, 2003; 서정자, 「김말봉의 현실인식과 그 소설화」, 『문학예술』 8, 문학예술사, 2004; 허연실, 「1930년대 대중소설과 대중적 전략─이광수의 『사랑』을 중심으로」, 『현대소설연구』 28, 한국현대소설학회, 2005; 김성환, 「최인호 애정서사의 방법론적 읽기」, 『문학사상』 35, 문학사상사, 2006.

23 김석봉, 앞의 글.

서 당대 대중들의 폭발적인 인기를 얻었음에도 문학사에서 제외되었다. 이에 잊히고 왜곡된 대중소설 작가를 발굴함으로써 대중문학사 기록의 단초를 마련하였다.[24]

그동안 대중문학 연구가 대중문학이 폭발적 인기를 얻는 한 시기(주로 1930·1970년)에 집중되었다면 연구 성과의 집적(集積)은 곧 연구 대상의 시기를 넓히는 결과를 가져오는데 대중문학사를 근대·현대로 나누어 통시적으로 고찰하는 연속된 시각이 마련된다.[25] 대중문학의 내적 영토를 세분하기 위해 대중문학의 하위 장르에 대한 연구,[26] 대중문학의 수용자이자 의미의 생산자인 독자 반응에 관한 연구[27] 등 다양한 연구의 방법들이

---

[24] 채호석, 「대중소설 혹은 근대소설—1920년대 최독견 장편소설의 의미」, 『한국문학이론과 비평』, 한국문학이론과 비평학회, 2002; 김현진, 「방인근의 대중소설 연구」, 동국대 석사논문, 2003; 송인화, 「1960년대 연애서사와 여성주체—정연희 『석녀』를 중심으로」, 『한국문예비평연구』, 한국현대문예비평학회, 2008; 손혜숙, 「이병주 대중소설의 갈등구조 연구」, 『한민족문화연구』 26, 한민족문화학회, 2008; 권창규, 「1930년대 정조 서사의 판타지—『삼봉이네 집』과 『순정해협』, 『순애보』를 중심으로」, 『여성문학연구』, 한국여성문학학회, 2009.

[25] 정덕준 외, 『한국의 대중문학』, 소화, 2001; 조명기, 「한국 현대 대중소설 연구」, 부산대 박사논문, 2002; 서동훈, 「한국 대중소설 연구—연애소설을 중심으로」, 계명대 박사논문, 2003; 나병철, 「서사와 대중성」, 『대중서사연구』 9, 대중서사학회, 2003.

[26] 대중문학연구회 편, 『과학소설이란 무엇인가』, 국학자료원, 2000; 김창식, 『대중문학을 넘어서』, 청동거울, 2000; 김재국, 『디지털시대의 대중소설론』, 예림기획, 2002; 유경화, 「최초의 추리소설 『마인』 연구」, 숙명여대 박사논문, 2002; 전형준, 『무협소설의 문화적 의미』, 서울대 출판부, 2003; 박상준, 「21세기 한국 그리고 SF—SF문학의 개괄과 한국적 SF의 반성」, 『오늘의 문예비평』 59, 산지니, 2005; 윤미화, 「추리소설의 현대적 변용 연구」, 건국대 석사논문, 2005; 박진, 「역사추리소설의 장르적 성격과 한국적인 특수성」, 『현대소설연구』 32, 한국현대소설학회, 2006; 조성면, 『한국문학, 대중문학, 문화콘텐츠』, 소명출판, 2006; 조성면, 『한비광, 김전일과 프로도를 만나다—장르문학과 문화비평』, 일송미디어, 2006; 구본수, 「김용 무협소설의 대중문학적 특징」, 인하대 석사논문, 2007; 박성봉, 「교실로 들어온 대중예술의 한 구체적인 경우—미래학으로 접근한 공상과학소설」, 『대중서사연구』 17, 대중서사학회, 2007; 한기호, 「왜 팩션인가?」, 『오늘의 문예비평』 65, 산지니, 2007; 김영성, 「한국 역사추리소설에 투사된 대중의 서사적 욕망」, 『국제어문』 43, 국제어문학회, 2008; 고훈, 「대중소설의 퓨전화—무협소설과 판타지소설의 퓨전화 양상을 중심으로」, 『대중서사연구』 19, 대중서사학회, 2008; 박진, 「장르들과 접속하는 문학의 스펙트럼」, 『창작과 비평』 36, 창비, 2008; 오혜진, 「1930년대 한국 추리소설 연구」, 중앙대 박사논문, 2008.

연구 폭을 확장하는데 기여하였다.

조명기는 1950년대부터 1970년대까지 대중소설의 특징을 이데올로기적 측면에서 고찰하였다. 조명기는 특정 욕망의 전략이 작동되는 구조를 이데올로기라 칭하고 그것의 은폐-노출 구조가 시대에 따라 다르게 작동하고 있다고 보았다. 1950년대 『청춘극장』, 『자유부인』에서는 지배층과 피지배층의 욕망이 충돌하는 양상이 단순한 이중적 은폐-노출 구조로 드러나고, 1960년대 『서울은 만원이다』, 『석녀』에서는 두 계층의 충돌이 본격화 되면서 봉건주의와 물신주의 사이에서 은폐-노출 구조가 드러난다. 1970년대는 은폐-노출 구조가 다양화되면서 피지배층의 집단적 저항과 자발적 동의가 이루어진다고 보았다.[28] 조명기의 논문은 대중소설 연구시기를 현대로 확대함으로써 대중문학 연구의 통시적 기반을 다지고 연구의 다양화에 기여하였다는 점은 인정되나 연구대상 선정의 작위성과 논문의 핵심개념이라고 할 수 있는 '이데올로기'의 정의가 모호하다는 점에서 아쉬움을 남긴다.

전형준의 문제의식은 무협소설이 대중문학과 대중문화의 한 장르로서 진지한 문화 연구의 대상이 되어야 함에도 그에 합당한 학술적, 비평적 주목을 받지 못하고 만화보다 천박한 것으로 백안시된 것으로부터 출발된다. 무협소설의 성장배경으로 역사적, 사상적, 문학적 연원을 살피고 다른 나라와의 비교 연구를 통해 한국 무협의 독특성을 밝힌다.[29] 전형준

---

27 홍성암, 「대중소설의 특성과 독자의 취향」, 『한민족문화연구』 6, 한민족문화학회, 2000; 김선남, 「베스트셀러 독자들의 주관성 연구」, 『출판잡지연구』 8, 출판문화학회, 2000; 이정옥, 「대중소설과 독자」, 『대중서사연구』 10, 대중서사학회, 2003; 최미진, 「당대 대중소설에 나타난 수용자의 취향 연구」, 『한국문학논총』 36, 한국문학회, 2004; 문화라, 「한국 근・현대 베스트셀러문학에 나타난 독서의 사회사―근대 베스트셀러 소설의 연애담론을 중심으로」, 『비교한국학』, 국제비교한국학회, 2005; 오경복, 「한국 근・현대 베스트셀러문학에 나타난 독서의 사회사―1970년대 소비적 사랑의 대리체험적 독서」, 『비교한국학』, 국제비교한국학회, 2005; 김현주, 「한국 대중소설의 전개와 '독자'의 문제」, 『독서연구』 13, 한국독서학회, 2005.
28 조명기, 앞의 글.
29 전형준, 앞의 책.

의 논문은 무협소설의 문화론적 기반을 문학적 시각으로 바라봄으로써 한국 무협소설의 새로운 문학적 지평을 열었다. 여기에 한국 무협소설의 계보를 작성하고 정통 한국 무협이라 할 수 있는 '신무협'의 작가와 작품을 총망라함으로써 한국 무협소설의 '사전(辭典)'적 성격을 갖는다. 무협소설의 생명력을 독자층의 욕망으로 이해한 전형준의 논문은 장르문학으로서 대중문학 연구가 나아가야할 한 방향을 제시하였다는데 의의가 크다.

앞서 지적한 바와 같이 대중문학 연구는 장르론적 기반을 중심으로 논의를 심화하는데 본 논문의 연구 대상이 되는 대중연애서사에 관한 고찰은 장르론적으로 접근한 대중문학 연구 중 가장 앞선 시기에 풍부한 연구 성과를 집적하였다.

박사논문으로는 처음으로 대중연애소설만을 연구대상으로 한 이미향의 논문은 애정갈등이 서사의 중심이 되어 직접적인 주제를 산출하는 대중소설을 애정소설이라 칭하였다. 애정갈등은 인물이 개인적 욕망과 지배 이념 사이에서 갈등하는 것을 말하는데 애정갈등형 대중소설은 애정관의 변화를 통해 기존의 도식성을 변형한다. 이미향의 논문은 애정갈등의 귀결 양상에 따라 이념(가족주의, 민족애, 종교적 헌신 등)으로 귀결되는 작품으로 『장한몽』, 『재생』, 『승방비곡』, 『방랑의 가인』을 선별하고, 표면적으로는 이념을 지향하나 이면적으로 신분 상승욕이나 개인적 욕망을 실현시킴으로서 두 개의 모순된 이념을 모두 실현시키는 작품으로『순정해협』, 『찔레꽃』, 『폭풍전야』, 『마도의 향불』을 선정하였다. 일제 강점기 애정갈등형 대중소설은 자유연애가 유입, 정착되어 가는 과정에서 개인의 욕망과 사회의 요구가 어떻게 결합되어 가는지를 보여주는 장이며 1910년에서부터 1930년대로의 시대적 변화는 이념이 욕망으로 변모되어 가는 과정을 보여준다. 이에 논자는 애정갈등형 대중소설이 사회가 봉건적 가치에서 자본주의적 가치로 변모되어 가는 과정을 보여주는 문학사적 의미를 지닌다고 보았다.[30]

이정옥은 1930년대 대중소설이 유행하게 된 문단 내외적인 정황을 바탕으로 대중소설에 대한 시학적 접근을 시도하였다. 대중소설이 장르에 따라 공식이 분명하게 드러나는 장르소설임에 집중하여 텍스트와 독자가 만나는 방식을 고찰한다. 추리소설이 독자에게 오락적 환상을 제공한다면 연애소설은 낭만적 위안을 준다. 역사소설은 새로운 역사에 대한 열망을 충족시켜주고 계몽소설은 질곡한 현실에 대한 낙관적 전망으로 가득 찬다. 독자들은 각 장르마다 공식을 참조 틀로 삼아 텍스트에 접근하고 각각의 공식을 확인하면서 변조를 즐기는 독서체험을 갖게 된다.[31] 이정옥의 논문은 대중소설의 현실 대응방식과 독자의 기대지평을 통해 1930년대 대중소설 전체를 아우르는 일반적 법칙을 구현하는 성과를 이루었다. 반면 장르별로 산출된 독자의 기대지평이 과연 역사성을 담보할 수 있을지는 의문이다. 시대를 막론하고 동일한 장르에 동일한 기대지평을 갖는다면 1930년대의 대중소설의 소설사적 의의는 반감되어 버릴 것이다.

장두식의 논문은 대중소설의 장르적인 특성에 초점을 맞추어 1930년대 후반기 대중연애소설에 집중한다. 대중소설은 유사한 주제와 형식, 반복되는 모티프를 통해 공식성을 형성하는데 이것이 독자들의 기대지평에 부응하면서 흥미를 이끌어 낸다. 1930년대 후반기 다섯 편의 대중연애소설을 대상으로 『애욕의 피안』, 『사랑』, 『순애보』는 인류애적 사랑을 지향하는 계몽적 연애담으로 『찔레꽃』, 『화관』은 이성애적 사랑의 과정을 그리는 오락적 연애담으로 분류하였다. 이 시기 대중연애소설이 식민지 질서를 긍정하는 부정적 측면이 있었으나 독자들의 상상적 탈출구의 역할을 수행하였다는 측면에서 의의를 인정할 만하다고 하였다.[32] 장두

---

30 이미향, 「일제 강점기 애정갈등형 대중소설 연구」, 숙명여대 박사논문, 1999.
31 이정옥, 「대중소설의 시학적 연구—1930년대를 중심으로」, 서강대 박사논문, 1999. 연애소설로 분류된 작품으로 김말봉의 『찔레꽃』, 박계주의 『순애보』, 이광수의 『사랑』이 있다.
32 장두식, 「근대 대중소설 연구—1930년대 후반기 '연애소설'을 중심으로」, 단국대 박사논문, 2002.

식의 논문은 대중소설이 장르론적으로 연구되어야 한다는 문제제기를 통해 연애소설에만 집중하여 연구를 수행하였다. 하지만 구체적인 분석의 장에서 방법론으로 제시된 '반복 모티프'의 양상과 연애소설과의 연관성이 부족하고 이러한 연애서사를 통해 독자들이 갖게 되는 기대지평 또한 대중소설 전반의 보편적 입장에서 정리되어 있어 아쉬움을 남긴다.

　최미진은 이전 연구에서 제외되었던 1960년대 대중문학, 그중에서도 연애소설의 서사전략을 논하였다. 연애소설의 사랑의 기제가 결혼을 전후로 다르게 맥락화됨에 주목하여 결혼 전에는 낭만적 사랑의 담론과 선택의 서사가, 결혼 후에는 불륜의 담론과 배제의 서사가 작동함을 살폈다. 1960년대 연애소설은 다양한 서사전략을 통해 근대적 사랑의 모델을 생산하였으며 선망의 기제와 현실성의 기제를 낭만적으로 접합시킴으로 대중성을 확보하였다.[33] 최미진의 논문은 전후 대중문학을 통해 위안을 얻었던 1950년대와 다르고 문화 연구나 사회사에서 본격적인 대중사회로 본 1970년대와도 다른 1960년대 대중소설만의 특징을 텍스트의 서사 전략에서 도출하였다는 문학적 의의를 갖는다. 하지만 도출된 서사전략이나 독자들의 원천 욕망이 1960년대만의 특수한 의미를 드러내는데 미흡한 면이 보인다.

　김현주의 연구는 본격적인 산업화 시기의 대중들의 감정구조를 문화적 코드로 분석하였다. 신화와 반신화, 여성의 육체, 낭만적 사랑을 문화적 코드로 구분하여 1970년대적 주체라 할 수 있는 청년의식을 고찰한다. 1970년대 대중소설의 청년의식은 자유, 성, 사랑에 이중적 성향을 드러내는데 지배 이데올로기에 순응과 저항이라는 양가적 반응을 통해 새로운 문화적 경험 공간을 구축한다. 특히 낭만적 사랑을 매혹과 거부라는 상징적 기호 분석을 통해 사랑이 윤리관과 가족제도에 어떠한 영향을 주었으며 그런 변화가 청년의식과 어떤 관련이 있는지를 규명한다.[34] 김현주의

33　최미진, 「1960년대 대중소설의 서사전략 연구」, 부산대 박사논문, 2003.
34　김현주, 「1970년대 대중소설 연구」, 연세대 박사논문, 2003. 낭만적 사랑과 관련된 구

논문은 1970년대 대중소설 텍스트를 문화텍스트로 분석함으로써 텍스트가 독자와 반응하면서 매혹과 거부의 갈등을 조정하는 타협적 균형공간임을 규명하였다. 대중문화의 하위분과로 대중문학을 연구함으로써 대중문학에 대한 새로운 이해 가능성을 열어 주었다는 점에서 의의를 갖는다.

서동훈의 논문은 1930, 1950, 1970년대 대중연애소설을 대상으로 각 시대별 연애소설의 특징을 고찰해 보고 텍스트의 대중성 획득방식과 독자들의 기대지평을 확인하였다. 1930년대 대중연애소설이 선악의 이분법을 바탕으로 한 멜로드라마적 공식성에 충실하면서 '감상성'을 전면에 내세워 대중성을 획득했다면, 1950년대 대중연애소설은 전후사회의 변화와 혼란을 자극적인 소재를 통한 '관능성'의 부각으로 인기를 얻었다고 지적한다. 1970년대 대중연애소설은 시대적 물질주의에 의해 타락한 정신주의를 고발하고 '상업성'을 바탕으로 대중독자를 확보하였다.[35] 서동훈의 논문은 대중소설을 통시적으로 고찰하는 가운데 장르성을 바탕으로 연애소설에만 집중한 최초의 논문으로 선구적 업적은 인정되나 선행 연구결과와의 중첩과 텍스트의 방법론적 분석의 미흡으로 연구 성과가 희석된 경향이 있다.

이명주는 그람시의 헤게모니 이론에서 동의 개념을 빌려 1930년대 대중문학을 논한다. 1930년대 대중소설을 애정류, 역사류, 추리류로 유형화하고 애정소설은 철저한 도식성을 바탕으로 독자의 현실 도피적 태도를 조장한다고 설명한다. 역사소설은 무협소설의 도식성을 차용하여 민중정신을 부활하고자 하였으나 일시적 쾌락주의로 현실을 잊게 하는 마취제 역할을 하였다고 보았다. 추리소설은 계몽주의와 상업주의의 형식적

체적 분석대상으로 『강변부인』, 『도시의 사냥꾼』, 『겨울여자』, 『휘청거리는 오후』, 『죽음보다 깊은 잠』, 『별들의 고향』 등이 있다.

35   서동훈, 「한국 대중소설 연구―연애소설을 중심으로」, 계명대 박사논문, 2003. 연구대상이 되는 작품으로 1930년대는 김말봉의 『찔레꽃』, 박계주의 『순애보』, 이광수의 『사랑』을, 1950년대는 정비석의 『자유부인』, 김내성의 『실락원의 별』, 염상섭의 『미망인』을, 1970년대는 최인호의 『별들의 고향』, 조해일의 『겨울여자』를 선정하였다.

밀월과 철저한 시장논리에 지배되어 서구 취향의 문화적 수용을 지향하는 독자의 욕망과 맞물리면서 1930년대 후반기 대중문학을 선도하였다고 주장하였다.[36] 이명주의 논문은 대중소설에 대한 부정적인 언어로 도배되어 있다. 먼저 연구대상을 1930년대 작품으로 한정하는 표제를 달고 있음에도 1920년대 작품이 다수 포함되어 있다. 또 연구대상으로 선정된 작품이 당대의 대표적인 대중소설이라 할 수 없기에 작품 선정의 작위성이 문제되고 대중소설의 유형화 또한 기존의 논의를 답습하고 있다. 결정적으로 대중문학에 대한 다양한 연구가 축적된 현재 대중문학의 긍정적 측면을 간과했음을 부정할 수 없다.

최근의 연구 중 눈여겨보아야 할 것은 대중문학이 문학 연구의 영역을 넘어 다학제 간 연구에 초석을 마련하였다는 점이다. 대중문학의 의미 수행자로서의 독자에 관한 연구는 대중의 독서사에 대한 심미적 추적에 그치지 않고, 역으로 대중독자들에게 효과적인 대중문학 수용을 위한 교육의 문제[37]로 이어진다. 교육 현장에서 이루어지는 문학교육의 과정은 문학 정전주의가 극명하게 관철되는 현장이다. 그러한 까닭에 대중문학에 대한 교육은 거의 불모지라고 해도 과언이 아니다. 그러나 대부분의 중고생들, 특히 대중문화의 체험을 전적으로 향유하는 세대들에게 기존의 정전 중심의 교육만으로는 그들의 요구나 문학적 안목을 기를 수 없다. 이에 조남현은 현재의 문학교육이 지나치게 정전 중심의 명작소설에 치우쳐 있는 점을 지적하면서 소설 교육자들은 중간소설로서 대중소설로부

---

36 이명주, 「1930년대 대중소설의 유형적 연구」, 경남대 박사논문, 2004. 애정소설로 분류되어 논의되는 작품으로 최독견의 『승방비곡』, 『향원염사』와 방인근의 『홍운백운』, 『새벽길』이 있다.

37 조남현, 「소설교육의 정향(定向)과 대중소설 문제」, 『문학교육학』 7, 한국문학교육학회, 2001; 김승환, 「문학교육과 대중문화」, 『문학교육학』 7, 한국문학교육학회, 2001; 이은성, 「문화론적 시각에서 본 문학교육의 방향-대중문학의 교육적 수용 가능성」, 『청람어문교육』, 청람어문교육학회, 2001; 유경아, 「대중문화텍스트의 문학교육적 수용」, 전북대 석사논문, 2001; 문미정, 「1930년대 대중문학 교육의 필요성과 의의-심훈의 『상록수』를 중심으로」, 아주대 석사논문, 2007.

터 저급소설로서의 통속소설까지 읽히는 포괄의 원리를 지향해야 한다
고 주장한다.[38]

또한 대중서사장르의 원 텍스트로서 대중문학은 다양한 영상미디어에
원천 역할을 수행한다.[39] 당대에 폭발적 인기를 누렸던 대중소설은 단행
본 출판 후 거의 대부분이 영화화되었다고 해도 과언이 아니다. 대중소설
을 연구하는 하나의 방법으로서 영화화된 대중소설의 소설 텍스트와 영화
텍스트를 비교하는 연구는 대중문화의 상호텍스트성에 대한 의미 있는 지
점이다. 이러한 연구방식은 매체 교섭을 통해 특정한 미디어가 대중소설
텍스트를 어떻게 읽어내는지를 살펴볼 수 있는데, 소설이 가진 대중성의
코드가 영화라는 상업적인 매체와 만나서 어떻게 확대 재생산되는지의 양
상을 살펴볼 수 있다. 또한 차별화되는 지점에 위치한 소설적 특성을 추출
해 냄으로써 대중소설 텍스트를 새롭게 조명할 수 있는 이점이 있다.

이선영의 논문은 최인호의 장편소설 중 1970년대에 영화화된 『별들의
고향』과 『도시의 사냥꾼』 두 편을 대상으로 소설 텍스트와 영화 텍스트
의 서사 구조를 비교 분석하여 최인호 소설의 특질과 그 영화화 과정을
규명하였다. 대상이 되는 두 텍스트의 서사구조가 영화화됨으로써 매체
이동이 이루어질 때 변화되는 스토리 변질과 확대, 변형되는 지점에 집중
한 그의 논문은 영화가 소설을 읽어내는 방식에 대한 시대적 이해를 가능
케 하였다.[40]

앞선 연구사를 대별해 볼 때 최근에 이루어지고 있는 대중문학의 연구

38 조남현, 앞의 글.
39 김중철, 『소설과 영화—서사성과 대중성에 대하여』, 푸른사상, 2000; 김명석, 「소설의
    힘과 이미지의 수용 사이」, 『중국어문논총』 20, 중국어문연구회, 2001; 한기욱, 「대중
    문화 속의 소설과 영화」, 『창작과 비평』 111, 창작과비평사, 2001; 이선영, 「최인호 장
    편소설의 영화화 과정 연구」, 서울대 석사논문, 2002; 서동훈, 「소설의 영화화에 따른
    서술 방식 변모양상 연구」, 『대중서사연구』 10, 대중서사학회, 2003; 노지승, 「'영화'에
    있어서 '문학적인 것'이란 무엇인가—1920~30년대 문학과 영화의 상관성에 관한 담
    론 고찰」, 『현대소설연구』 38, 한국현대소설학회, 2008.
40 이선영, 앞의 글.

들은 대중들의 취향과 함께하는 대중문화의 확산이라는 큰 틀 속에서 대중문학이 안착되어 가는 과정을 보여준다. 이제 대중문학을 순수문학 혹은 본격문학과 가치론적으로 이분하는 것은 더 이상 시대적 유효성을 상실하였다. 대중문학은 대중의 일상적 삶의 과정에 새롭게 주목함으로써 '삶의 방식으로서의 문화'적 양태를 구현한다. 그러므로 문학연구의 가치론적 규정은 변화되어야 한다. 대중문학 연구는 대중문학 텍스트의 적절성과 기능에 대한 새로운 전제 위에서 그것을 연구 대상으로 삼아야 할 것이다. 앞서 살핀 연구사는 연구자나 일반인들이 지니고 있던 대중문학에 대한 부정적 인식을 제거하고 대중문학을 국문학, 넓게는 대중문화의 일부로 정당하게 평가받는 기반을 만들었다는데 큰 의의를 지닌다.

2. 대중연애서사의 발견

이에 본 연구는 앞선 연구사 검토 및 문제 제기를 통해 다음과 같은 연구 의의를 갖는다.

첫째, 지금까지 대중문학의 연구는 대중문학이 활발히 생성된 특정한 시기, 특정 작가에 국한하여 이루어짐으로써 연구의 단편성을 드러냈다. 한국 근·현대문학사의 사적 기록을 확인해 볼 때 대중문학은 분명 하나의 영역을 확보하였음에도 불구하고 대중문학 전체를 관통하는 거시적 연구는 부재하였다. 이에 본 연구는 대중문학 연구의 범위를 근대 독서 대중의 형성과 맞물려 대중문학이 폭발적 인기를 누렸던 1930년대를 출발점으로 하여, 식민지 해방과 한국전쟁이 마무리되는 1950년대를 중간 도정으로 삼고, 대중문학의 중흥기라 할 수 있는 1970년대로 마무리 지음으로써 한국 대중문학을 아울러 보고자 한다.

대중문학을 통시적으로 연구한다는 것은 '현실에 대한 비판 정신을 상쇄(相殺)시키고 낭만적 위안의 세계로 독자를 인도한다'는 대중문학의 부정적 한계를 역사적 관계망 안에서 살핌으로써 전체적인 시각에서 대중문학을 관망할 수 있게 한다. 이는 독자반응의 다양성을 무화시켜버리는 공시적 연구의 한계를 통시적 연구를 통해 보완함으로써 대중문학사 작성을 위한 단초를 마련할 것이다.

둘째 이전 시기 대중문학 연구는 대중문학의 의미를 당대의 사회상황과 관련하여 문학사회학적으로 접근하였다. 이러한 연구 결과 대중문학은 당대의 지배 정책의 일환으로 독자들에게 가짜 욕망과 위안의 문학으로 기능했으며 체제 수호를 위한 지배 이데올로기의 전략적 측면만이 강조되었다. 대중문학에 대한 이분법적 사고를 전제하고 이데올로기의 단선적 주입만을 부각시킨 전대의 연구에 비해 최근에는 대중문학을 문학·예술적 입장에서 분석하는 미학적 연구가 후속되었다. 대중문학의 미학적 접근은 문학이 문학답게 연구되지 못한 것에 대한 반성에서 출발되었지만 이 또한 대중문학의 발생론적 측면을 간과한 손실이 적지 않다.

이제 대중문학에 접근하는 상반된 입장은 통합될 필요성이 있다. 대중문학은 대중독자에게 읽히는 것을 제1목표로 하기에 여타 경향의 소설들보다 더욱 절박하게 당대의 문제의식과 현실적 분위기를 반영한다. 대중소설의 현실 재현의 행위는 이데올로기적으로 해석할 필요가 충분하다. 더불어 정치적 재현물로 대중소설은 장르의 서사적 성격을 나름의 미학적 원리를 통해 구현한다. 이에 본고는 대중소설을 하나의 서사체로 이해하고 내용과 형식, 이데올로기와 미학적 측면을 접합한 통합적인 연구를 수행하고자 한다. 이러한 연구 방식은 대중문학의 외연을 끌어안음과 동시에 대중문학을 '문학답게' 만드는 내연에 집중하는 해석학이다

셋째, 기존 연구의 대부분이 대중문학의 가장 큰 특징인 장르성에 대한 연구에 소홀했다. 대중문학이 장르별로 연구되어야 함은 대중문학은 장르문학이라는 가장 본질적인 특징을 확인하는 작업이자, 일련의 다단한 장르문학들이 대중문학으로 일반화되어 장르 개별적인 특수성을 소멸시

키는 것을 방지하는 것이다. 장르성은 독자들의 기대지평을 충족시키는 분류명이며, 대중소설은 다양한 장르 분화를 통해 그 생명력을 유지할 수 있었다.[41]

이에 본고는 대중소설의 여러 장르 중, 대중연애소설에 집중한다. 연애소설이란 '남녀 간의 사랑을 행동 발전의 중심축으로 하여 사건이 시작되고 종결되는 소설'을 가리킨다.[42] 대중연애소설만큼 다양하고 광범위한 독자층을 형성하고 있는 장르도 드물며 이러한 이유로 대중소설에서 가장 큰 비중을 차지한다. 대중연애소설은 대중소설사에 있어 하나의 사적 계보를 형성할 수 있는 지류적 영역을 확보하고 있으며 '사랑'을 통해 다양한 영역과 통섭(通涉)되므로 대중문학 본질을 확인하기 위해 가장 적정한 장르라 할 수 있다.

넷째, 대중연애소설은 장르성을 바탕으로 일정한 공식을 갖지만 인물이나 구조의 관습적인 반복과는 달리 '사랑'을 통해 한 시대의 도덕률이나 새로운 가치의 생성을 담는다. 즉 형식적 보편성을 통해 독자들에게 안정감 있게 다가가는 반면 내용적 특수성을 통해 독자들에게 즐거움을 제공한다. '사랑'은 한 사회의 변화를 가장 민감하게 반영하는 정서의 구조(structures of feeling)라 할 수 있으며 지배적 제도나 이념이 개개인들의 생활 속에서 경험되는 방식을 읽어낼 수 있는 유용한 장치가 된다. 사랑은 성, 섹슈얼리티, 에로티시즘의 문제가 혼재된 당대 모순의 중첩지로서의 성격을 지니며 대중연애소설은 그와 같은 사랑을 둘러싼 정치적 관계들과 권력 작용들을 그대로 노출하는 재현적 서사물이 된다. 이로써 우리는 인간사의 가장 일상적인 소재인 '사랑'을 통해 미시적인 권력의 작동과 전체 사회의 지형을 그려볼 수 있다는 점에서 '사랑'이라는 하나의 사회학적 방법론을 고안하게 된다.

---

41 J. G. 카웰티, 박성봉 편역, 「도식성과 현실도피와 문화」, 『대중예술의 이론들』, 동연, 1994, 83쪽.
42 김창식, 앞의 책, 47쪽.

다섯째, 대중문학의 장르와 작품을 사적으로 살펴보되, 그 작가와 작품 선정에 있어 문학의 대중성에 대한 깊이 있는 의식과 소신을 가지고 있는 작가의 작품을 중심으로 선정한다. 이들의 작품이야말로 진정한 대중문학의 중심이 되어야 하며 순수문학의 대중성과 겹쳐지지 않는 나름의 지형을 형성할 수 있기 때문이다.

본고의 연구 목적은 각 시대를 대표하는 대중연애서사를 대상으로 각 작품이 재현하는 당대의 이데올로기와 텍스트의 구조적 접근을 통한 사랑의 시대적 양상을 추출하는데 있다. 더불어 대중연애서사의 최종 수용자인 독자의 대중적 판단을 효용론적 관점에서 연구하는데 있다.

분석할 작품의 선정 기준은 일차로 당대 독자들에게 인기가 높았던 정도를 기준으로 삼았다. 당대의 독자들에게 인기가 높았다는 것은 텍스트가 동시대 독자들의 정서구조와 일치하였고 그 결과 널리 대중성을 확보했다는 것을 입증한다. 동시에 '연애서사'라는 장르의 독특한 특성을 잘 담아내는 작품을 선정하였다. 즉 '대중소설'과 '연애소설'의 교집합에 해당하는 작품을 주요 연구 대상으로 삼았다.

더불어 특정 작품이 인기를 끌면 비슷한 아류의 작품들이 대거 발표되는데 이러한 이유로 당대만의 특수한 양상을 보여주는 대중연애소설군이 형성되기는 하지만 이들이 앞선 두 속성을 공히 내재한다 하더라도 연구의 다양성과 분석의 중복을 막기 위해 연구 대상에서 배재하기로 하였다.

물론 한 시대를 대표하는 몇 작품에 대한 분석만으로 각각의 시대 대중연애서사의 흐름을 포괄해 낼 수는 없을 것이다. 하지만 대상으로 선정된 개별 작품은 대중소설사에서 나름의 대표성을 지닌 것으로 평가된 당대 최대의 베스트셀러이며 이 작품들은 당대 소통되는 사랑의 방식을 통해 일정한 의미를 구축함으로써 연구의 의의를 부여한다. 더불어 선별된 텍스트의 연구 의의를 부각시키기 위해 당대 다른 대중연애서사의 사랑의 양상 또한 개괄함으로써 전체적인 시각에서 각 년대별 대중연애서사의 사랑의 의미를 확인코자 한다. 이미 대중소설의 공시적 연구가 축적된 가

운데 대중연애서사의 사적 계보를 확인하는 작업은 대중소설사 작성에
단초를 마련할 것이다.

1930년대 후반기는 가히 대중소설의 시대, 그중에서도 대중연애서사
의 시대라 해도 과언이 아니다. "현대 신문장편의 챔피언들만이 고생 창
연한 만년 연애형의 끊일 줄 모르는 반복"이라는 김남천의 비아냥거림[43]
이나 "사랑은 본능이며 만인이 흥미를 가지는 문제이기에 신문소설의 귀
중한 주제가 된다"는 통속생의 말[44]을 비추어 볼 때 감상적 운명물어(運命
物語)로서 대중연애서사는 당시 최고의 신문 연재소설 장르였다.

1930년대 후반기에 대중연애서사가 창궐(猖獗)할 수 있었던 가장 큰 이
유는 상업주의적 속성이 짙어진 신문과 잡지 등이 대중독자의 흥미를 끌
수 있는 테마를 핵심적으로 수용하면서 연애를 다룬 소설들이 신문 연재
장편으로 대거 포섭되었기 때문이다. 조동일의 말을 빌리자면 "신문에
연재된 장편소설은 어느 것이든지 통속소설이고 연애소설이었다. 통속
소설이 아니고서는 업주는 들인 밑천을, 작가는 쏟은 노력을 보상받을 수
없었다. 연애소설이 아니고서는 통속소설에 필요한 흥미를 갖출 수 없었
다. 역사소설이든 사회소설이든 장편이라면 그런 성향을 얼마쯤 지녀 본
의가 아니더라도 타협을 해야 했다."[45]

1930년대 후반기 작가 나름대로 특수한 기교와 방식으로 연애 사건을 구
성하고 독자들에게 큰 인기를 얻은 몇몇 작가를 확인할 수 있다. 짧은 문단
이력에 비해 식민지 후반기에 발표한 두 작품이 5천 부 이상 팔릴 정도로 큰
인기를 누렸던 함대훈의 『순정해협』(1936), 『무풍지대』(1937), 스스로 대중
소설 작가임을 천명하고 대담함과 '스마트'한 맛[46]으로 인기를 끈 김말봉

---

43   정호웅·손정수 편, 『김남천 전집』 2, 박이정, 2000.
44   통속생, 「신문소설 강좌」, 『조선일보』, 조선일보사, 1933.9.9.
45   조동일, 「통속 연애소설의 기본형」, 『한국문학통사』 5, 지식산업사, 1994, 347~348쪽.
46   임화는 김말봉을 현대소설이 곤란에 빠졌을 때 그 현상을 일체 고민하지 않은 대담함에
    '스마트'한 맛이 있다고 평가한다. '김씨는 자기의 독특한 방법을 가지고 현대소설의 깊
    은 모순인 성격과 환경의 불일치를 통일하였다. 이 점이 통속적인 의미에서 일망정 김

의 『밀림』(1935~1938)과 『찔레꽃』(1937), 대중소설의 통속성을 당대 사회의 성격을 드러내는 '사회성'으로 인식하고 스타일리시한 문장의 유려함으로 '황금과 이상의 갈등을 리얼하게 묘사'[47]한 이태준은 『화관』(1937), 『딸 삼형제』(1939), 『청춘무성』(1940)을 통해 명실상부한 베스트셀러 작가가 된다. 방인근은 "조선서는 소설 원고료로는 최고인 일일 삼원의 고료를 받"[48] 았으며 '새끼 꼬는 기계처럼 술술 잘 써내려가' 1930년대 가장 많은 대중연애서사를 집필한다. 1930년대 전반기 『마도의 향불』(1932)과 『방랑의 가인』(1933)의 인기에 힘입어 후반기 『쌍홍무』(1937), 『새벽길』(1938), 『젊은 안해』(1939)를 연이어 발표한다. "문장이 유려 창달하여 그 수법의 묘한 맛이 춘원을 어루만져 흡사 소춘원의 개(概)가 있다"[49]는 평가를 받은 박계주의 『순애보』(1939), 사회적 정열로 일관된 보수정신의 대변자였던 이광수는 "낙양의 지가를 올린 근래의 센세이셔널한 작품"[50]인 『사랑』(1939)을 통해 1930년대 대중연애서사를 주도하였다.

1930년대 후반기 대중연애서사가 일정한 수준의 문학성을 성취하고 대중독자들의 인기를 얻은 것은 대중연애서사가 담지한 '사랑의 속성'이 독자들의 독서 욕망에 부합되어 특정한 사랑 이데올로기를 산출하였기 때문이다. 이전에도 대중연애서사는 존재하였으나 '대중연애소설군'이라는 양적인 집단을 형성한 경험이 없으며, 개별적 속성을 도출하기에도 부족한 면이 있었다. 중요한 것은 특정한 시기에 소설 속에서 사랑의 이데올로기가 두드러지게 나타나기 시작했다는 사실이며 이러한 특성이 어떠한 사회적 징후를 드러낸다는 점이다.

앞선 사전 이해를 바탕으로 1930년대 대표적 대중연애서사로 김말봉의 『찔레꽃』(1937), 박계주의 『순애보』(1939), 이광수의 『사랑』(1939)을 선정한다.

씨를 좌우간 유니크한 존재로 만들게 한 것이다.' 임화, 『문학의 논리』, 학예사, 1940.
47   홍효민, 「북ㆍ레뷰―『화관』 독후감」, 『동아일보』, 동아일보사, 1938.9.11.
48   방인근, 「'유랑의 가인'을 쓰면서」, 『삼천리』 9월호, 삼천리사, 1933.
49   박종화, 「현대소설의 백미」, 『매일신보』, 매일신보사, 1939.12.17.
50   「문예 '대진흥시대' 전망」, 『삼천리』, 삼천리사, 1939.4.

김말봉의『찔레꽃』은 1937년 3월 31일부터 10월 3일까지『조선일보』에 연재되었다가 1939년 인문사에서 단행본으로 출간하였는데 1930년대의 열악한 출판 상황 속에서도 6판을 찍어냈을 정도로 많은 대중독자를 확보했던 작품이다. 또한 작가가 의식적으로 대중소설을 표방하고 작가적 정체성을 '대중소설가'에 두고 있었음을 볼 때 김말봉의 역사적 등장은 엄밀한 의미에서 대중소설사의 시작이라 해도 과언이 아니다. 당시 조선의 '기꾸지 칸菊池寬'이라고도 불리던 김말봉은 발표한 대중연애소설의 연이은 성공으로 조선서 전례가 없는 순통속소설의 길을 열었다.

　　박계주의『순애보』는『매일신보』의 소설 현상공모에 당선되어 1939년 1월 2일부터 6월 17일까지 총 163회가 연재되었다.『순애보』는 신문에 연재되던 당시부터 독자들의 관심과 흥미를 끌었고 단행본으로 출판된 이후에도 독자들의 열광적인 환영을 받았으며 현재까지도 많이 읽히고 있는 작품이다. 1930년대 당시의 서지자료와 광고를 통해 추정해 볼 때 1930년대 말에 발표되었던 대중소설들 중 전집과 단행본 중에서 가장 많이 팔린 작품이『순애보』임을 알 수 있다. 또한 이 작품의 인기는 박계주의 아들 박진 씨가 그동안 "약 100판에 120여 만 부가 나갔을 것"[51]이라고 추정하고 있을 정도로 대단한 것이었다.[52]

　　『무정』이후 춘원의 최대 인기작인『사랑』은 1938년 박문서관의『현대 걸작 장편소설 전집』의 1, 2권으로 기획·출간되었는데, 상권은 1938년 10

51　양평,『베스트셀러 이야기』, 우석, 1985.
52　『순애보』는 연재 후 매일신보사에서 단행본으로 발표되었는데 폭발적인 인기로 발간된 지 1개월 만에 1천 부를 돌파하고 7개월여 만에 7판을 발행할 정도로 그 인기가 걷잡을 수 없었다. 더욱이 재판도 계속 잘 나가자 나중에는 1판에 5천 부를 찍어냈을 정도의 파격적인 인기를 누렸다. 이러한 인기는 해방 후에도 이어져 1945년 3월 25일 48판부터 1957년 6월 25일 58판까지는 51판을 제외하고 매판 3천 부씩 발간할 정도였다. 해방 전까지『순애보』의 판매부수는 오차를 감안하더라도 매판을 1천 부로 잡고 계산할 때 약 12만 5천여 부 안팎이 된다. 이 같은 판매량은 당시뿐만 아니라 현재에도 엄청난 분량으로『순애보』와 함께 선풍적인 인기를 끌었던 김말봉의『찔레꽃』이 해방 전까지 6판을 찍었던 것과 비교해 본다면 그 인기를 짐작할 만하다. 강옥희,『한국 근대 대중소설 연구』, 깊은샘, 2000, 60~61쪽.

월에 하권은 1939년 4월에 출간되었다. 이 작품은 근대문학사상 최초의 전작 장편소설로 출간되자마자 독자들에게 큰 반향을 불러일으켰다.[53] 김기진은 춘원의 통속소설이 독자들을 사로잡는 이유로 "사랑하고 탄식하고 감사하고 슬퍼하고 기도하고 원망하는 것의 연쇄인 센티멘털리즘"[54]을 꼽고 있으며, 김남천과 조동일은 이러한 이유로 『사랑』이 "통속성의 유혹 앞에서 순문학이라고 완강히 주장하기 어려운 것",[55] "순수하게 통속적인 관심에 입각한 순통속"[56]이라고 분류하였다.

한국문학사에서 1950년대는 한국전쟁이 던진 가공할 만한 폭력으로 문학사의 마지막 소외지대였다. 하지만 전쟁 이후에도 대중의 일상은 여전히 지속되었고 오늘날의 베스트셀러를 능가하는 다양한 대중문학 작품이 생산, 독서되고 있었다.

전후 한국 사회에 만연한 미국적 소비문화와 라이프스타일은 당대의 세태와 시의를 반영하는 신문소설의 핵심적 배경과 주제로 포섭된다. 신문소설은 단행본이 아직까지 대중의 손까지 쉽게 미칠 수 없었던 1950년

---

[53]　초판 2천 부를 찍은 『사랑』은 '전집의 제1회 배책으로 발매된 지 2주도 못되어 초판 2천 부가 매진'되고 6개월여 만에 '초판 2천 부, 재판 천 부, 삼판 천 부가 모두 매진되고 제4판 2천 부가 인쇄되어 폭풍 같은 인기 중에 발매'될 정도로 인기를 누렸다. 당시 이광수의 책은 판매의 보증수표라고 해도 과언이 아닐 정도였는데 1930년대 후반기 최대의 히트작인 『순애보』보다 판권이 비싸게 팔린 것을 보더라도 『사랑』의 인기를 가늠할 수 있다. 양평, 앞의 책, 62쪽.

[54]　김기진, 「통속소설소고」, 『조선일보』, 조선일보사, 1928.11.9.

[55]　김남천, 「장편소설계」, 『조선문예연감』, 인문사, 1939.

[56]　조동일은 통속소설의 기본형을 연애소설이라 정하고, 통속소설을 순수하게 통속적인 관심에 입각한 '순통속'과 통속적 경향과 타협한 결과인 '잡통속'으로 구분하였다. '순통속'에 속하는 작품으로는 최독견의 『승방비곡』(1927), 방인근의 『방랑의 가인』(1933), 이광수의 『유정』(1933), 『애욕의 피안』(1935), 『사랑』(1939), 함대훈의 『순정해협』(1936), 장혁주의 『삼곡선』(1934), 김말봉의 『찔레꽃』(1937), 박계주의 『순애보』(1939) 등이 있으며 '잡통속'에 속하는 작품으로는 김기진의 『해조음』(1930), 한인택의 『선풍시대』(1931), 엄흥섭의 『세기의 애인』(1935), 염상섭의 『모란꽃 필 때』(1934), 『그 여자의 운명』(1935), 『불연속선』(1936), 이태준의 『구원의 여성』(1932), 『화관』(1937), 『청춘무성』(1940), 박화성의 『백화』(1932), 이효석의 『화분』(1939), 유진오의 『화상보』(1940), 김남천의 『낭비』(1940) 등이 있다. 조동일, 앞의 책.

대에 가장 쉽게 대중들이 접촉할 수 있는 문화물이었다. 라디오가 도입되었다고는 하나 일부 계층만이 소유할 수 있는 매체였고 영화의 영향력 역시 신문소설에 미치지 못했다는 사실을 주지한다면 신문소설이 대중에게 제공했던 오락거리로서의 존재감은 상당했을 것이다. 변변한 오락거리가 없던 시절 달콤한 미국적 향수를 맛보고 경험할 수 있었던 신문소설은 일상 속의 수많은 독자들과 접촉함으로써 광범위한 영향력을 행사한다.

신문 연재소설 중 독자들의 관심을 끌 수 있는 가장 인기 있는 장르는 단연 연애소설이었다. 대중적 연애소설의 강세는 서사의 관습적 공식을 통해 대중들의 요구에 손쉽게 다가 갈 수 있을 뿐만 아니라 연애를 통해 당대의 세태를 효율적으로 반영할 수 있기 때문이다.

양적으로 볼 때 대중문학의 전성기라고 할 수 있는 1950년대를 대표하는 대중연애서사로 정비석의 『자유부인』(1954), 김내성의 『실락원의 별』(1956), 김광주의 『흑백』(1959)을 선정한다.

임화에 의해 신세대로 분류된 바 있는[57] 정비석은 당시(1930년대 후반기)의 많은 소설들이 지식인의 자의식과 심리주의적 경향에 매몰된 데 반해 토속적인 삶을 작품화하여 독자들에게 청신감을 주었다.[58] 「성황당」(1927)과 「제신제」(1940)를 통해 성적인 면이 자연과 비기독교적인 신과 조화하여 주인공의 모랄로 문학화되었다면, 그 환경이 자연에서 도시로 바뀔 때 작가는 애욕경을 범하여 '잡어(雜魚)'에 도달하였다는 백철의 평가[59]는 이

[57] 임화는 기성세대의 작가로 이기영, 이태준, 채만식 등을 신세대의 작가로 최명익, 허준, 정비석 등을 꼽았다. 임화, 「신세대론, 소설과 신세대의 성격」, 『조선일보』, 조선일보사, 1939.6.29~7.2.

[58] 정비석은 『자유부인』의 엄청난 인기로 그 이전의 전작이 과소평가 받은 감이 적지 않다. 정비석은 유진오나 임화에 의해 신세대 작가군으로 평가됨으로써 해방 이전 이미 그 문학적 이력을 평가받은 바 있다. 1935년에 작품 활동을 시작하여 『자유부인』 이전에 지식인들의 현실에 대한 고민을 그리거나, 자연친화적 감정을 통한 토속적 삶의 의의, 인간의 원초적 애정세계를 그린 작품 등 다양한 소설을 발표하였다. 『자유부인』은 정비석의 이러한 문단적 이력과 세태를 통찰하는 작가적 시선, 대중소설에 대한 뛰어난 식견을 바탕으로 산출된 전쟁 이후 최대의 대중연애서사이다.

[59] 백철, 『신문학사조사』, 신구문화사, 1980, 535쪽.

후 『자유부인』에 다다른 작가적 이력에 대한 예리한 통찰을 보여준다.

정비석의 대표작이자 1950년대를 상징하는 작품의 하나로 손꼽히는 『자유부인』은 1954년 1월 1일부터 그해 8월 6일까지 『서울신문』에 연재되어 세인의 폭발적인 관심을 끌었다. 이 작품은 전후 사회를 너무나도 잘 반영한 소설로 장안의 지가를 올릴 정도로 신문 연재소설사상 가장 성공한 작품의 하나이다.[60] 이 작품은 독자 수용의 층위에서 절대적 우위를 점유하면서 대중문학의 공과(功過)를 명징하게 반영하는 1950년대적 문학적 증언이며 오늘날까지 여전히 그 파장을 지속시키고 있는 살아 있는 문학 텍스트이다.

김내성은 해방 이전에는 탐정소설로 독자들의 인기를 얻었지만 해방 이후에는 정비석과 마찬가지로 대중연애서사로 독자층을 광범위하게 확보한다. 해방 이후 그는 '탐정소설에는 인간성'을 구현하기 어렵다고 판단하고 장르를 바꿔 '봉건적 인습과 개성의 확장', '이상과 현실', '애정과 윤리'[61] 등 사회적 윤리와 개인 욕망의 대립을 작품의 전면에 배치한다.

김내성의 『실락원의 별』은 1956년 6월 1일부터 1957년 2월 25일까지 『경향신문』에 연재되었다. 정태용에 의하면 『실락원의 별』은 1950년대 『자유부인』의 인기에 대적할만한 유일한 대중연애서사이다.[62]

1960년대 한국에 호방한 무협의 세계를 선보인 김광주는 폭이 넓고 선이 굵은 작품으로 독자의 열광적인 지지를 받았다.[63] 무협소설에서 선보

---

60   『자유부인』은 당초 150회로 기획되었으나 높은 인기를 얻자 215회로 늘려 연재되었
     으며 연재가 끝나자마자 『서울신문』 가판이 5만 2천 부나 줄어들었을 정도로 당대 최
     고의 베스트셀러였다. 신문 연재가 다 끝나기도 전에 단행본으로 출판되어 7만 부가
     팔렸고, 극단 신협에 의해 연극으로도 만들어졌으며 영화화돼 상연되자 28일 동안 13
     만 명의 관객을 동원하였다. 서울신문사 편찬위원회, 『서울신문 50년사』, 서울신문
     사, 1995.
61   김내성, 「새로운 정열 속에서―『청춘극장』을 탈고하고」, 『청춘극장』, 문성당, 1957,
     444~445쪽. 여기서 그는 『청춘극장』의 집필로 탐정소설의 굴레를 완전히 벗어버렸
     다고 진술하고 있다.
62   정태용, 「신문소설의 새로운 영성(領城)」, 『사상계』 81, 사상계사, 1960.4.
63   서광운, 『한국 신문소설사』, 해돋이, 1993, 328쪽.

인바 있는, 주제를 박력 있게 밀고 나가는 남성적 기질과 대륙적 스케일은 1950년대 대중소설에서도 여실히 확인할 수 있다.

김광주의『흑백』은『서울신문』에 1959년 4월 20일부터 그해 11월 29일까지 연재되었다. 김광주는 1950년대 신문 연재소설을 가장 많이 쓴 작가로 김광주의 발굴은 대중소설의 내적 볼륨을 확장하고 잊히고 외면된 작가에 대한 관심이라는 측면에서 그 의미를 둘만하다. 김광주의 소설은 대중소설의 통속성의 요소 중 열정적 사랑의 특징을 잘 드러내는 관능성, 선정성을 서사의 전면에 배치함으로써 독자들의 감각적 촉수를 건드린다.

1970년대는 '소설의 시대'라 할 만큼 다양한 장르의 소설들이 선보인다. 세태소설, 역사소설, 이념소설, 전쟁소설, 연애소설, 종교소설 등 선굵은 소설유형들을 다양하게 펼쳐 놓음으로써 대중독자들의 취향과 기호를 충족시켰고 '베스트셀러'라는 말이 일상화 되었다.

이 시기 대중소설은 신문에 연재되는 한편 신문 연재 이후 단행본으로 출간되어 독자들의 인기가 계속되었다. 대부분의 대중소설은 연재 후 단행본이 출간되고 그 인기에 힘입어 영화화됨으로써 소설의 유명세는 지속된다. 하지만 1970년대 대중소설의 인기를 이전의 대중소설의 수요(需要)와 변별할 수 있는 것은 소비재로서의 양적 성장이다.[64] 판매부수의 양적 성장은 몇몇 인기 작가의 작품이 집중적으로 신문에 연재되고 출판되었으며 작가의 이름 그 자체가 하나의 팬덤(fandom)[65]을 형성하면서 새로

---

64 판매부수가 1천 부 내지 8천 부였던 1930년대 대중소설이나 1950년대 센세이션을 일으켰던 정비석의『자유부인』도 10만 부에 그쳤던 사실과 비교해 보면 100만 부 가량 판매되었다는『별들의 고향』을 통해 대중소설의 급격한 성장을 확인할 수 있다. 이임자,『한국출판과 베스트셀러-1883~1996』, 경인출판사, 1998.

65 팬덤(fandom)은 '광신자'를 뜻하는 '퍼내틱(fanatic)'의 팬(fan)과 '영지(領地), 나라' 등을 뜻하는 접미사 '-덤(dom)'의 합성어로 특정한 인물이나 장르를 열정적으로 좋아하는 사람들 또는 그러한 문화현상을 말한다. 피스크(J. Fiske)는 대중문화의 팬덤을 자발적으로 모인 사람들이 대량 생산되어 대량 분배된 오락의 레퍼토리 가운데 특정한 연기자나 서사체 혹은 장르를 선택하여 자신들의 문화 속에 수용하는 현상이라고 분석하면서 이들은 대중문화를 가장 생산적으로 소비하는 주체라고 보았다. 1970년대 대중연애소설의 열광적 인기는 연재 당시의 폭발적 반응이나 단행본, 영화화되었을

운 문화적 현상으로 자리 잡는 기회를 마련하였다. 이러한 현상은 특출한 작가의 비범성이나 돌출성이 아니라 1970년대를 이해하고 해석하는 세대작가군의 문제의식이 일맥상통하고 있었음에 대한 반증일 것이며 낭만적 사랑이 불가능한 현실, 그러한 현실 속에서 살아갈 수밖에 없는 나약한 인간에 대한 연민 등이 1970년대적 시대 감성과 조우하여 폭발한 현장이라 할 수 있다.

최인호, 조해일, 조선작 등을 비롯한 한글세대의 작가들은 '청바지와 통기타, 생맥주'로 대변되는 청년문화를 주도하면서 한글세대의 새로운 독자층을 이끌었다. 그들은 한자나 한자투의 현학성에 벗어나 한글 감각에 맞는 새로운 문체를 선보이며 각광을 받기 시작했다. 일상어에 가까운 구어체를 구사하며 도시 빈민층이나 하층민의 특정 은어와 속어 등을 적절히 사용함으로써 독자들의 호기심과 흥미를 불러 일으켰고 아울러 금기시되어 표현하기 꺼리던 성 담론까지도 자연스럽고 거리낌 없이 풀어내었다. 이러한 청년 작가와 독자의 성장은 대중연애소설을 베스트셀러 상위에 올리기에 부족함이 없었다.

이렇듯 1970년대 대중소설의 질적, 양적 성장은 대중문화의 폭발적 관심과 향유 속에서 문학적 입지를 구축하였으며 작가의 필명(筆名)이 하나의 팬덤을 형성하면서 문화적 징후를 유발하고 대중독자들의 기대와 관심 속에서 조화롭게 호흡하였다. 대표적인 대중연애서사로 최인호의『별들의 고향』(1972), 조해일의『겨울여자』(1975), 박완서의『휘청거리는 오후』(1976)를 선정한다.

1945년 출생하여 1967년『조선일보』신춘문예에「견습환자」가 당선되어 등단한 최인호는 대학교 졸업반인 1972년 당시「타인의 방」이 현대문학상을 수상하며 '도대체 정체를 알 수 없는 무서운 신인'의 등장으로

___

때의 인기를 통해 가히 짐작할 만하다. '경아', '이화'의 이름은 하나의 신드롬으로 1970년대를 대표하였다. 박명진 편역,『문화, 일상, 대중 - 문화에 관한 8개의 탐구』, 한나래, 1996.

문단의 비상한 주목을 받게 된다. 황순원과 박영준의 추천으로 스물여섯 살의 촉망받는 신예작가로 『조선일보』에 『별들의 고향』(1972)을 연재하면서 진정한 의미에서 우리 문학사 최초의 베스트셀러 작가가 된다.

최인호의 『별들의 고향』은 당시로서는 가히 폭발적인 인기를 얻은 소설이다. 1972년 9월 5일에 『조선일보』에 연재를 시작하면서 314회로 연재가 끝나자마자 1973년 예문관에서 단행본으로 출간된 이 소설은 신문 연재소설은 출판되어도 잘 팔리지 않는다는 징크스를 깨고 단행본의 판매부수가 100만 부에 이르렀으며 영화로 만들어진 이후에는 50만 명이라는 관객 동원 기록을 세우기도 하였다.[66]

1941년 출생하여 1970년에 단편 「매일 죽는 사람」이 신춘문예에 당선되어 등단한 조해일은 최인호와 더불어 1970년대 대중연애서사의 팬덤문화를 형성한다. 조해일의 첫 신문 연재소설인 『겨울여자』는 『중앙일보』에 1975년 1월 1일부터 그해 12월 31일까지 연재되었다. 이듬해인 1976년 문학과지성사에서 상·하 두 권의 단행본으로 출판되어 10만 부 이상이 팔려 그해의 베스트셀러가 되었다. 1977년에 김호선 감독에 의해 영화화되어 1970년대 개봉 영화 중 관객 58만을 동원하여 〈별들의 고향〉을 제치고 최고의 흥행작으로 선정된다.[67] 이 기록이 1990년 〈장군의 아들〉이 나오기까지 깨지지 않은 점으로 보아 『겨울여자』가 당시 얼마나 인기가 있었는가를 짐작할 수 있다.

박완서는 1970년 『여성동아』 여류 장편소설 공모에 「나목」이 당선되어 등단하였다. 작가는 이 시기 다른 대중소설가들과 확연히 분기되는 몇 가지 특징을 지니고 있다. 1970년대 인기를 얻은 일련의 대중소설가들이 1940년대를 전후로 태어나 1970년대에 청년 시절을 보냄으로써 청년적

---

66 최인호, 「작가의 말」, 『별들의 고향』 상, 샘터사, 1994.
67 1970년대 관객 40만 이상을 기록한 영화는 〈겨울여자〉, 〈별들의 고향〉, 〈고교 얄개〉의 3편이다. 이 중 〈겨울여자〉는 58만, 〈별들의 고향〉은 46만의 관객을 동원해 영화 흥행의 새 역사를 썼다고 해도 과언이 아니다. 정종화, 『자료로 본 한국영화사』 2, 열화당, 1997.

감수성으로 대중들과 호흡하였다면 박완서는 사십 세의 늦은 나이에 문단에 등단하여 누구보다 다작의 작품 활동과 일상적 재미로 대중적 정서에 부응하였다.

이 시기 박완서 문학의 대중성의 의미와 소설적 성과를 논의할 때 주목해야 할 점은 1970년대 이후의 급속한 근대화 과정과 더불어 형성된 중산층의 비속하고도 속물화된 일상적 삶을 신랄하게 꼬집는 세태소설적 특성이다.[68] 이러한 이유로 백낙청은 박완서의 소설적 성과로 솔직한 세태 비판을 통한 소시민적 한계를 넘어서려는 노력을 들면서 박완서가 사회현실에 대해 남달리 뚜렷한 비판의식을 지닌 손꼽히는 작가라고 평가하였다.[69]

박완서의 『휘청거리는 오후』는 1976년 1월 1일부터 그해 12월 31일까지 『동아일보』에 연재되었고 이듬해인 1977년 창작과비평사에서 단행본으로 출판되어 그해의 베스트셀러에 오른 작품이다. 1979년에 최불암과 사미자 주연으로 영화화되었고 1980년 TBC에서 드라마화 됨으로써 그 인기를 증명하였다.

논의의 진행은 대중연애서사의 사적 관계망에서 각 시대적으로 주체형성(서사주체와 심미주체)을 주도하는 사랑의 기능을 조망하기 위해 '당대 사회를 이해하고 해석을 가능케하는' 사랑의 양상과 의미에 집중할 것이다. 먼저 다음 장에서는 방법론의 이해를 위한 이론 탐색의 장을 마련한다. 사랑을 사회를 이해하는 방법적 고안물로 해석한 사회학적 이론을 중심으로 사랑의 사회·역사적 구성물로서의 성격을 확인해 보고 각 시대별로 변화되는 사랑의 양상이 사회의 가변적 코드로서 특수한 내적 규율과 역사적 특수성의 결과임에 집중한다. 더불어 연구 방법론의 또 다른 한 축을 형성하는 미학적 측면을 연애서사의 구조적 공식성과 수용미학 이

---

68 1970년대 세태소설적 특징을 갖는 대표작으로 『휘청거리는 오후』(『동아일보』, 1976.1.1~1976.12.31), 『도시의 흉년』(『문학사상』, 1975.12~1979.7), 『욕망의 응달』(『여성동아』, 1978.8~1979.11) 등이 있다. 박혜경, 『박완서의 「엄마의 말뚝」을 읽는다』, 열림원, 2003, 13쪽.

69 백낙청, 「사회 비평 이상의 것」, 『창작과 비평』 51, 창작과비평사, 1979.

론에 기대어 살펴본다.

2부, 3부, 4부는 대중연애서사가 폭발적 인기를 누렸던 식민지, 전후, 산업화 시대에 대한 개별적 분석이다. 각 부에서는 당대적 사랑의 의미를 그로 인해 산출되는 주체의 양상과 연결하여 연역적으로 제시한다. 각 부의 1장은 부제(部題)로부터 연결되는 주체의 양상과 사랑의 의미이다. 주인물이 재현되는 방식은 당대만의 독특한 사랑의 양상을 드러낸다. 각 부의 2장은 대중연애서사의 구조적 공식을 미학적 차원에서 접근한 항목이다. 당대를 대변하는 사랑의 양상은 각각의 성격에 맞는 구조적 공식을 호출하고 이를 통해 일정한 세계관을 드러낸다. 각 부의 3장은 서사체에 대한 독자의 심미적 체험을 통해 발생되는 미감과 효과를 효용론적 입장에서 분석하였다.

각 부의 의미적 연속과 전체적 시각에서 대중연애서사를 아우르는 5부는 개별적으로 분석된 장을 사랑과 주체의 변화 양상을 중심으로 종합함으로써 통시적 입장에서 한국 대중연애서사의 의미를 조망하였다.

제2장

대중연애서사의 다관점적 해석학

존 스토리(Jone Storey)는 대중문학을 '어떤 맥락에서 규정을 하느냐에 따라 여러 가지 모순들로 가득 채워질 수 있는 빈 그릇'에 비유한 바 있다.[1] 대중문학에 대한 그의 시각은 다양한 담론이 교차되는 대중문학의 본질에 대한 정의이지만, 반면 어떠한 이론을 해석의 준거로 삼느냐에 따라 이현령비현령(耳懸鈴鼻懸鈴)식이 될 수밖에 없는 대중문학 연구의 현 주소를 보여준다. 이에 본고는 대중문학의 문학사회학적 지형, 서사적 지형, 독자 반응의 영역을 다관점적 해석학[2]을 통해 대중문학 연구의 하나의 모

---

[1]   존 스토리, 박만준 역, 『대중문화와 문화 연구』, 경문사, 2002, 2쪽.
[2]   '다관점적'이란 용어는 대중적 인기를 얻고 있는 문화 텍스트들이 오늘날의 정치적·문화적 투쟁들과 어떻게 연관되어 있는지를 살펴본 더글라스 켈너(Douglas Kellner)의 문화 연구에서 차용한 것이다. 그는 오늘날의 문화 연구는 비판적이고 다문화주의적이며 다관점적인 차원에서 이루어질 것을 주장하는데 이때의 '다관점적'의 기능은 실용성과 맥락성을 강조하는데 있다. 더글라스 켈너, 김수정·정종회 역, 『미디어 문화』, 새물결, 1997.

델을 제시하고자 한다.

대중문학 연구의 '다관점적 해석학'은 대중문화 연구의 역사적 계보를 통합한다. 영국문화 연구는 1970년대에 들어서면서 루이 알뛰세(Louis Althusser)의 구조주의적 맑스주의를 도입함으로써 이데올로기의 문제를 중심적으로 사고하게 된다. 알뛰세는 '허위의식'으로서의 이데올로기 개념을 비판하고 이를 인간이 처한 물질적 상황을 해석·이해·경험하는 개념틀로서 정의하였다. 그에 의하면 이데올로기는 문화를 생산할 뿐만 아니라 주체의 의식까지 생산한다. 영국문화 연구는 알뛰세의 이론을 차용하여 이데올로기는 지배계급이 자신의 계급 지배를 재생산할 수 있는 메커니즘으로 이해하였으며 이러한 이데올로기의 효과로서 주체가 구성된다고 보았다.[3] 이러한 맥락에서 보면 주체는 지배 구조에 의한 이데올로기적인 호명을 통해 구성되는 수동적 존재로 축소될 수밖에 없다. 하지만 이후의 문화 연구가 단순한 이데올로기의 주입이라는 한계점에 봉착하게 되면서 대중문화를 적대적으로 폄하하거나 무비판적으로 찬양하는 양자택일 대신 문화실천과 이데올로기적 접합의 유동성을 강조하는 안토니오 그람시(Antonio Gramsci)의 헤게모니론[4]이 새로운 집중을 받게 된다.

1990년대 들어서면서 초기 이데올로기에 근거한 모델이 쇠퇴하자 대중문화 연구는 대중적 힘의 성장을 바탕으로 수용자의 개별적 쾌락과 해석적 자유에 대한 관심으로 이행된다. 따라서 이전의 문화 연구가 문화 형태를 구조화하는 능력에 주목했다면 이후의 문화 연구는 인간 행위자의 능동성에 보다 관심을 집중시키는 쪽으로 이행하게 된 것이다.

본고는 대중문화 연구의 방법론을 대중문학 연구를 위한 선행 조건으로 삼되 문학이라는 차별성을 강화하기 위해 미학적 분석을 시도할 것이다. 이처럼 대중의 '독서사'에 대한 사회적·문학적·심리학적 해석을 통해 대중서사의 내·외적 조건을 역사적이고 미학적인 방법으로 해명하고자 한다.

---

3   여건종, 「영국문화 연구와 '대중'의 문제」, 『영미문화』, 한국영미문화학회, 2002.
4   안토니오 그람시, 박상진 역, 『대중문학론』, 책세상, 2003.

1. 사회적 코드로서의 사랑의 의미론

대중문학은 대량 생산을 모델로 하여 조직되어 왔고, 대규모의 수용자를 대상으로 해서 장르(유형)별로 제작되며, 관습적인 공식과 코드 그리고 규칙을 따른다. 이러한 이유로 대중문학은 다분히 상업적 형식을 띠며 상품의 속성을 지닐 수밖에 없다.

앞선 대중문학의 개념을 바탕으로 할 때, 첫째 대중문학은 그것이 산출되는 정치·사회적 토대를 바탕으로 텍스트가 담지하는 이데올로기적 측면에 집중할 필요가 있다. 대중문학이 시사성이 강하고 사회상을 담아내는 상형문자라는 지적은 당시 사회의 반영은 물론이거니와 당대 헤게모니에 일정한 지위를 부여함으로써 특정한 이데올로기적 입장을 드러낸다는 뜻이다. 그러므로 당대의 이데올로기가 어떻게 재현되는지 살펴보는 작업은 사회적 알레고리로서 대중문학을 이해하는 독법이다.

여기서 한 가지 주의해야 할 점은 당대의 사회적 담론들의 재생산지로서 대중문학을 지배 이데올로기의 진부한 도구로서 간단히 치부할 수 없다는 점이다. 대중문학은 일차원적인 사회의 반영물이 아니라 경합하는 사회적 담론들과 세력들의 지형 내에서 차별적으로 해석되고, 맥락적으로 고려되어야 한다. 이러한 이유로 대중문학이 지배적인 의미와 메시지들의 강압적인 주입이나 유도로 해석되는 것을 반대한다.

대중연애서사는 '사랑'이 서사의 핵심적 표상이 되면서 수사적 전략과 이미지가 부각되어 심미주체의 감정적 동조를 유발하고 이를 통해 설득력 있는 당대 이데올로기를 재생산한다. 즉 '사랑'은 욕망, 감성, 신념 그리고 비전을 통해 사회화 기제로 작동하면서 현실주의적 질서를 재창조한다. 그러므로 당대를 재현하는 사랑의 양상은 역사적으로 생성된 개념이지만 이데올로기의 양상을 고찰하기 위한 분석의 틀로 사용될 수 있다. 사랑의 양상은 변별되는 내적 속성과 사회의 구조 변동으로 특정한 이데올로기를 내포하기 때문이다. 다양한 사랑하기의 방식들이 사회를 이해하고 재해석하는 코드로서 일정한 의미를 발생시킨다는 사회학적 이론을 중심으로 사랑의 이념적 성격을 확인해 볼 수 있다.[5]

사랑의 성립과정과 그 해체과정을 열정적 사랑의 진화를 통해 살피고 있는 니클라스 루만(Niklas Luhmann)의 연구는 사랑이 순수한 사회적 고안물임을 입증한다. 루만이 사회의 구조적 이행(易行)을 분석하기 위해 고안해 낸 '체계이론'[6]에서 전통사회가 현대사회로 변동되는 것은 사회 체계가 계층적 분화에서 기능적 분화로 이행되었기 때문이다. 그리고 변형은 주로 여러 가지 상징적으로 일반화된 소통매체들이 분화됨으로써 일어난다.[7] 이러한 기능적 분화가 가능하게 된 것은 계층화된 가문들, 종교적 우주론 그리고 도덕, 즉 주로 다기능적 제도들에 기반을 두었던 전통적 삶의 질서들이 경제, 정치, 과학, 친밀성으로서의 사랑, 법, 예술 등과 같은 고도

---

[5] 아래의 분석될 내용은 각 이론가들의 원저의 발표순에 따른다. 한국에 번역된 순서가 원저의 발표시기와 달라서 각 이론가들의 영향관계가 뒤섞일 우려가 있기 때문이다. 번역본은 필요에 따라 기재한다. Niklas Luhmann, *Liebe als Passion—Zur Codierung von Intimitat*, Suhrkamp Verlag, Frankfurt am Main, 1982; Jacqueline Sarsby, *Romantic love and society*, Penguin, 1983; Ulrich Beck und Elizabeth Beck Gernsheim, *Das ganz normale Chaos der Liebe*, Suhrkamp Verlag, Frankfurt am Main, 1990; Anthony Giddens, *The Transformation of Intimacy-Sexuality, Love and Eroticism in Modern Societies*, Stanford University Press, 1992; Christian Schuldt, *Der Code des Herzens—Liebe und Sex in den Zeiten maximaler Moeglichkeiten*, Eichborn AG, Frankfurt am Main, 2005.

[6] 루만은 사회를 오직 소통들로만 이루어진 하나의 사회적 체계로, 즉 소통들에 의해서만 소통들을 재생산할 수 있는 하나의 체계로 다룬다. 시스템 이론의 관점에서 본다면 사회현상들은 모두 소통이라는 공통분모 위에서 일어난다. 이를 통해 우리는 다양한 사물들을 서로 비교할 수 있고 그로부터 놀랄 만한 새로운 인식을 얻을 수 있다. 이것이 루만의 체계이론이다. 게오르그 크네어·아민 낫세이, 정성훈 역, 『니클라스 루만으로의 초대』, 갈무리, 2008.

[7] '매체'란 대중매체를 뜻하는 것이 아닌 파슨스(Talcott Parsons)가 발전시킨 개념이다. 파슨스는 유추를 통해 사회 체계도 사고하는 매체를 통하여 기능한다는 발상을 사회학에 도입했다. 파슨스는 경제 체계의 매체로 화폐, 정치 체계의 매체로 권력, 사회적 통합 체계의 매체로 영향력, 그리고 구조 패턴을 유지하는 체계의 매체로 가치 결속을 들었다. 루만은 여기에 학문 체계의 매체로 진리와 친밀한 관계 영역의 매체로 사랑을 덧붙였다. 발터 리제 쉐퍼, 이남복 역, 『니클라스 루만의 사회 사상』, 백의, 2002, 53쪽.

의 체계적 자율성을 지닌 기능적 매체들에 의해 대체되었기 때문이다.[8]

루만은 사랑을 감정 상태나 신체적 변화가 아닌 사회적 소통매체로 본다. 정확히 말하자면 사랑은 특정 감정을 표현하는 소통의 특수한 형식이다. 즉 사회의 규칙에 따라 감정을 형성·표출하고 타인의 감정을 유추하게 하며 이 모든 것을 통해 온갖 상황들에 대처할 수 있게 해 주는 코드인 것이다. 여기서 코드란 하나의 사회적 관례와 규약 혹은 체계 내적 관점을 의미한다. 루만이 사랑이라는 감정을 사회적 코드에 귀속시키는 것은 사랑이 당대 사회체계에 영향을 받으며 시간과 공간에 따라 다르게 나타난다는 점을 강조하기 위해서이다.[9]

사랑이라는 매체는 변하지 않았으나 그것을 구성하는 내용이나 표현하는 형식의 변화가 사회의 구조적 변동을 촉진시키는 진화의 산물이다. 그러므로 사랑은 그 자체로 사회문화적 진화의 가공물이다. 사랑이라는 모험과 그에 상응하는 복잡하고 까다로운 일상적 지침은 문화적 전승, 문학적 본보기, 설득력 있는 언어모델, 상황 이미지 등의 전승된 의미론에 의지하여 변형 과정 속에서 자라나게 된다.

유럽에서 형성된 사랑의 역사는 각각 중세, 17세기 후반, 19세기를 분기점으로 코드의 형식이 변화되었다. 코드의 변환은 사랑의 양상이 일정한 차이를 넘어 그 사회 질서 안에서 정식화되는 원리를 가리키는 것으로 특정한 역사적 시기가 사랑을 통해 핵심적인 의미를 부여받는 것이다.

중세의 사랑을 대변하는 궁정풍 사랑(courtly love)은 열정과 에로티시즘을 이성의 통제 아래 배속시키는 이성적 인간으로 대표된다. '기사로 하

---

8   니클라스 루만, 정성훈·권기돈·조형준 역, 『열정으로서의 사랑』, 새물결, 2009.
9   '사랑의 의미론'이라는 개념은 루만이 전통 사회에서 근대 사회로의 이행이라는 거대한 연구에서 사용한 개념이다. 이때의 의미론은 정체되거나 고정되어 있는 불변의 체계가 아니라 변화와 진화를 바탕으로 한 바뀜, 다양성, 교체의 내용을 포함한다. 그가 이 용어를 사용하면서 생각했던 것은 언어학적 기호 분석이 아니라 '사회적-정치적 의미론'이다. 즉 '의미론'은 사회나 시대를 기술하기 위한 용어들의 급진적인 변화와 새로운 의미를 포함한다. 발터 리제 쉐퍼, 앞의 책, 50쪽.

여금 한 여인 앞에 무릎 꿇게 만드는' 궁정연애식의 사랑으로, 사랑은 결혼의 반대편에서 유곽이나 온천 같은 장소에서나 기능했으며 결혼은 열정이 아니라 사회의 계층적 준거를 따르는 독립분화 이전의 이상적, 비개연적 속성을 특징으로 한다. 이 시기의 문학은 한탄하는 시인의 끝없는 구애와 숭배받는 부인의 완강한 거절을 기본 구도로 삼았다. 귀부인의 과도한 관능미는 천박하게 인식되어 기피해야 할 대상이었다.[10]

17세기 후반의 열정적 사랑(passionate love)은 섹슈얼리티를 본질적인 것으로 내장한다. 사랑의 관계가 특별한 것으로 부각되면서 더 이상 가족이나 종교와 같은 사회적 힘들의 지휘를 받는 것을 거부하고 자유로운 사랑의 감정에 따라 성적 향유를 목표한다. 하지만 열정의 내부적 한계인 시간성의 문제에 부딪치면서 결혼과는 분리된 채로, 귀족들의 혼외정사를 원형으로 한다. 17세기 문학의 사랑 묘사는 과거에 비해 과장과 찬양이 줄고 사랑의 자유로운 선택을 가로막는 장애물에 더 많은 부분을 할애했다.

열정적 사랑으로부터 촉발된 감정의 자립성은 19세기에 이르러 사랑에 대한 어떠한 외부적 규정도 거부하고 사랑에만 준거할 것을 강조하는 낭만적 사랑(romantic love)을 배태한다. 섹슈얼리티와 결혼을 정식화한 낭만적 사랑의 코드는 사회의 재생산 과정을 조절하면서 오늘날에 이르고 있다. 열정적 사랑이 낭만적 사랑으로 이행하기 위해서는 반드시 개체화의 도정을 필요로 한다. 감정은 더 이상 능동화된 열정에 머무르지 않고 '자기 자신과 관련해 판단 능력을 가진 것'으로 간주되며 사랑은 그 자체로 완전한 하나의 자립성을 획득하게 된다. 더불어 섹슈얼리티의 발견은 이성애(異性愛)의 '우정'을 사랑의 내부에서 밀어내고 그것을 합법화하기 위해 '결혼'제도와 결탁한다. 새로운 감수성을 표현하는 이 시기의 연애소설은 신분의 차이를 따지지 않고 감정만을 따르는 특수 세계에 기반을 둔 연애결혼을 목표한다. 신분 차이의 극복이야말로 사랑의 진정성을 입

---

10   볼프강 라트, 장혜경 역, 『사랑, 그 딜레마의 역사』, 끌리오, 1999.

증하는 제일 증거였으며 사랑하는 상대를 향한 순수한 감정은 감정의 진실성을 극대화한다.[11]

루만은 '사랑'이라는 사회적 관계가 어떠한 역사적 통시과정을 통해 현대사회에서 독립분화 되었는지를 고찰하고 있지만 이는 근세로서의 'Modern'을 탐구하기 위함이 아니라 지금도 끊임없이 유동하고 있는 현대적 사랑을 역사 사회학적으로 해명하기 위한 작업의 일환으로 보아야 할 것이다. 섹슈얼리티를 포섭하고 결혼으로 안정화된 낭만적 사랑이 오늘날에 이르러 많은 위험에 노출되어 있으며, 실제로 높은 이혼율을 통해 구조적 파행을 겪고 있기 때문이다. 원래의 낭만적 개념은 사라질 위기에 처해 있고 새롭게 등장한 일상의 유용성은 명확한 규정이 없기에 사랑의 관계를 더욱 비개연적으로 만든다.

물론 루만은 공격당하는 낭만적 사랑을 구출하기 위해 '이상적'이거나 '실천적'인 대안을 제시하지는 않는다. 다만 현 시대에 어울리는 사랑의 코드를 문제 지향성과 이해 지향성이라고 규정한다. 사랑에서 중요한 것은 문제를 인식하고 해결하며 실망을 극복함으로써 지속적인 소통에 이르는 것이라는 의미다. 루만은 현 시점에서 낭만적 사랑의 유일한 기회를 역설적 형태의 리바이벌, 즉 설득력 있는 모델을 제시하는 현실과 이상의 새로운 일치에서 찾았다. 낭만적 이상과 전략적 잠재력을 결합시킨 실용적 변종을 통해 사랑은 또다시 한 단계 진화하며 역설적이게도 자신의 근원으로 되돌아간다.

사랑은 역사적 개념이면서 다른 한편으로는 형성적인 개념이다. 즉 역사적으로 어떻게 발전, 진화하여 왔는지를 추적하여 그 당대적 특성과 작동 방식을 고찰할 수 있는 의미론적 개념이면서 동시에 특정한 시기, 특정한 사회의 여러 담론들의 배치 속에서 효과적인 재형성을 겪는 유동적 개념으로 이해되어야 한다. 거대이론(Supertheorie)[12]을 지향했던 루만의 출

---

11   이언 와트, 강유나 · 고경하 역, 『소설의 발생』, 강, 2009.
12   루만은 우리 시대의 보기 드문 거대이론가이다. 여기서 '거대이론'이란 루만 스스로

발점은 체계이론을 사유하는 과정에서 매체로서의 사랑을 발견하고 사랑을 통해 한 사회의 역사적 이행을 추적함으로써 형이상학적 사랑의 본질에 사회학적 외투를 입혔다.

사랑이 가장 사적인 경험임에도 사회의 특정한 요구에 따라 조건 지어짐에 '사랑'과 '사회'라는 낯선 조합을 만들어 낸 제크린 살스비(Jacqueline Saraby)는 한마디로 열정 그 자체라 할 수 있는 사랑이 어떻게 길들여져 제도화된 구혼 형식이나 결혼 등의 제도와 연관 맺게 되는지를 추적한다. 대부분의 사람들은 사랑이 오롯이 자신의 내부에서 비롯된 감정의 체험으로, 개체만의 특수한 종교적 체험이거나 신비적 주술이라고 생각하지만 사랑은 공적인 영역에서 사회에 존재하는 하나의 힘이다. 살스비는 사랑에 빠지는 것을 마치 영광스러운 행동이나 비개연적으로 이상화하는 낭만적 사랑의 전략을 정치적인 시각에서 사회적인 맥락에 맞게 탐험한다.

살스비는 중세의 사랑을 혼외적, 비육체적, 궁정풍 사랑으로 공식화하는 것을 반대하고 간통적, 성적, 부부간의 사랑 등 다양한 양태의 사랑이 공존하였음에 주목한다. 하지만 이러한 사랑은 귀족의 가치를 강조하기 위한 수단이었고 서민으로부터의 분리를 중시하였다는데 방점이 있다. 중세의 낭만적 사랑은 자유의 표시일 뿐만 아니라 세련된 감정과 우월한 사회적 지위의 표현이었던 것이다. 여기에 사랑의 자기향상성이라는 측면에서 볼 때 중세의 사랑은 남성의 사랑이었다.

중세의 사랑이 귀족적 형태의 사랑이었다면 18세기 영국의 낭만적 사랑은 결혼의 문제와 결부되면서 구혼방식에 경제적 조건의 고려가 중요하게 되었다고 지적한다. 배우자 선택에 대한 억압과 더불어 상류계급과의 결혼을 이루어주는 낭만적 사랑을 테마로 하는 소설의 대유행은 여성의 종속을 조장하고 감정의 과잉과 남성들에 대한 헌신만을 강요하였다.

붙인 이름이며 그 스스로가 감당하고자 했던 이론의 방향이다. 거대이론 내지 일반이론에서 일반성이란 관점의 보편성을 뜻하는 것이 아니라 그 적용 대상 영역을 제한하지 않겠다는 뜻이다. 게오르그 크네어 · 아민 낫세이, 앞의 책, 12쪽.

중세의 문학이 기사가 귀부인에 대한 숭배에 집중된데 반해 이 시기 문학의 초점은 여인의 감정과 사랑에 대한 욕구가 결혼이라는 계약과 동일시되어가는 모습을 보여준다.

저자는 1970년대 대중적인 여성잡지소설에 등장하는 사랑의 분석을 통해 사회의 기본구조와 낭만적 사랑의 이데올로기의 상동관계를 살핀다. 노동의 불평등이라는 사회적 조건은 여성을 더욱더 결혼에 의지하게 만들었고 남성을 숭배하는 형태의 사랑이 유행하게 된다. 더불어 나쁜 계집 이데올로기를 통한 도덕적 규범의 강화는 여성 스스로 내부적 종속을 강화시킨다.[13] 낭만적 사랑의 신비화를 사회구조적으로 파악한 살스비는 그 내부를 계급적 편견과 젠더적 위계로 고찰함으로써 한 개인이 '사랑에 빠지는' 경험이 개인적 성취의 수단이기보다는 여러 가지 의무와 책임들의 새로운 배열로서 사회적으로 조작되고 규율되는 사회적 힘들의 역학관계임을 증명한다.

살스비의 연구는 주체와 타자의 행복한 만남이어야 할 사랑이 사회 구조적으로 불균형하게 조작되고 있음을 역사적 관계망에서 살핀다. 사랑은 내부적으로 순수한 관계임을 내세우지만 사실상 권력 면에서 철저히 비대칭적이다. 낭만적 사랑은 한 사회의 성원들을 일정한 방향으로 유도하는 의식이라는 점에서 이데올로기이며, 그 이데올로기가 역사적으로 여성의 억압과 비인간화에 봉사해왔고 여성의 진정한 해방을 가로막는 허위라고 주장한다. 살스비의 연구는 '계급(계층)'과 '젠더'라는 테마를 통해 '평등'의 문제로 지속될 수 있다. 더불어 낭만적 사랑을 주제로 한 로맨스 소설의 여성독자를 문제의 항목으로 설정함으로써 대중연애서사의 효용성에 대한 의미 있는 지점을 마련하였다.

울리히 벡(Ulrich Beck)은 근대화 과정, 산업화 과정 이후의 현대를 '위험사회(risk society)'로 규정한다. 현대사회는 '밑 빠진 독(Fass ohne Boden)'처럼

---

13   제크린 살스비, 박찬길 역, 『낭만적 사랑과 사회』, 민음사, 1985.

위험의 외재화, 위험의 축적과정이며 위험의 조직적 생산은 '참을 만한' 한도 내에서 적정하게 용인되고 있다.[14] '위험' 개념에 대한 규정은 '사랑'의 문제에도 예외가 아니다. 벡이 말하는 위험은 반드시 밖으로부터의 침입만을 뜻하는 것이 아니기 때문이다.

전통적 사회에서는 공동체, 고향, 종교 등의 전통적 결속들에 의해 인간은 친숙함과 함께 보호, 안정적인 자리매김과 확실한 정체성을 제공받았다. 개인은 더 큰 단위에 포섭됨으로써 개체적 선택에는 제약을 받았지만 반대로 내부적 안정감을 기할 수 있었다. 사랑 때문에 결혼하는 일은 극히 드물었고, 결혼의 주목적은 가족의 번영과 생존에 기여하고 일꾼이자 상속자인 아이를 생산하는데 목적을 두고 이루어졌다. 지역적 네트워킹 속에서 이루어지는 규제는 개인적 소망을 실현할 수 없는 상당한 강제성을 포함하였지만 일정한 안정감과 지속성을 보장해 주었다.

하지만 현대사회로 넘어오면서 개인은 전통적인 교육과 확실성, 외부적 통제와 일반적인 도덕률로부터 떨어져 나와 개방적이고 개인적인 선택의 일대기를 살아야 했다. 이러한 전통적 결속의 단절은 개인에게 '자유'를 선물하였지만 사회가 제공하였던 지원과 '안전감(Security)'을 상실하게 하였다. 봉건으로부터의 해방은 개인에게 성찰성의 세계를 열어 주었지만 동시에 안전감의 토대인 확실성(certainty)의 뿌리를 제거해 버리는 결과를 빚었다. 현대인은 집단 소속도, 전통도 떨쳐낸 오롯한 '나'로서 이러한 불확실성의 세계를 항해하도록 요구받는다. 그러한 그 / 그녀에게 사랑은 그 자신을 정박시킬 수 있는 마지막 희망이다. 내 신분, 내 계급, 내 직장, 내 국적, 그 어느 것도 진정한 나를 보증해 주지 못하는 것으로 판명날 때 사랑은 나의 존재의 의미와 진정한 자아를 확인시켜 줄 최후의 보루이다.

벡의 사회학적 연구는 사랑의 이행기를 궤적(軌跡)하는데 그치지 않고 현대사회에 새로운 신흥종교가 되어진 '사랑'의 모습을 탐사한다. '부르

---

14   울리히 벡, 홍성태 역, 『위험사회 — 새로운 근대성을 향하여』, 새물결, 1997.

주아 가족의 출현'으로 현대사회의 이행을 살피는 벡은 현대사회의 비인
격적 관계가 모든 관계를 해체 분열시키는 반면 '가족'을 친밀성의 최대
공간으로 허용한다고 보았다. 오늘날의 가족은 전통사회가 가지고 있었
던 안정감과 지속성을 보증할 유일한 대안으로 감정과 헌신이 집중되는
장소이자 '낯설고 적대적인 세계 속의 항구'가 되었다.

벡은 사랑이라는 이름으로 사회적으로 많은 불평등이 용인되고 있다
고 주장한다. 남녀의 관계는 얼핏 개인 대 개인의 관계로 보이지만 그것보
다는 훨씬 더 강력하게 성 역할로부터 영향을 받는다. 근대성의 근간을 이
루는 산업사회의 구조를 들여다보면 산업 사회의 노동시장이 남녀 사이
의 '사랑'에 다르게 작동하는 구조적 힘들을 파악할 수 있다. 산업사회는
노동시장의 요구에 따라 남성에게는 오롯한 개인적 '노동자'가 되어 줄
것을 원하지만 그 아내에게는 가정 잡사(雜事)를 해결할 남겨진 노동자가
될 것을 권한다. 그녀는 그의 사랑을 돌보며 그에게 삶의 의미를 제공한다.

여기서 문제는 산업사회를 가능하게 한 토대였던 성 역할이 한편에서
는 노동시장 자체의 발전에 따라 내파되어 간다는 점이다. 현대의 발전한
노동시장은 여성의 공적 노동 참여를 요구하고 '오롯이 너 자신이 되라'
고 강제하고 있다. 이러지도 저러지도 못하는 상황은 그/그녀에게 끊임
없는 의사결정과 협상을 요구한다. 이는 한편으로 새로운 미래를 향한 개
방성과 성찰성의 증대이겠지만 다른 한편으로 위태롭고 어느 하나 확고
한 것 없는, 말 그대로 너무나 정상적인 (그러나) 지독한 혼란이다. 이러한
상황에서 사람들은 더욱더 사랑에 희망을 걸고 결코 배신하지 않을, '진
정한 사랑'을 찾아 헤맨다.

벡은 지금 우리에게 필요한 것은 우리 자신의 사랑하는 방식에 대한 근
본적인 고찰이라고 말한다. 사랑, 결혼, 가족, 아이들의 새로운 미래를 향
한 근원적 성찰이라는 부제가 달린 벡의 연구는 풍부한 사례들과 구체적
자료들을 통해 사랑의 공생적 메커니즘[15]과 관련한 의미론적 확장을 시
도한다.[16] 벡의 연구는 사랑의 양상을 역사적으로 살피되, 현대의 사랑의

양상에 초점을 두고 있다. 연구의 결과를 거시적으로 볼 때 결국 '성찰성'의 문제로 요약될 수 있지만 성찰의 실천성에 있어서 구체적인 논의가 필요할 듯하다.

앤소니 기든스(Anthony Giddens)는 현대성의 전개와 공사(公私)의 영역분리라는 구조적 문제를 친밀성의 구조변동과 연관시켜 거시적으로 살핀다. 위르겐 하버마스(Jurgen Habermas)는 한 개인이 공적 영역에서의 시민과 사적 영역에서의 개인으로 나누어지는 것을 근대성의 한 특징으로 제시하고 '공적 영역'에서 민주적 소통구조를 통해 비판적 합리성의 성립으로 현대성을 옹호[17]하였다면 기든스는 '사적 영역' 곧 친밀성의 영역에서 일어난 사회 심리적인 변동을 추적함으로써 현대성을 방어한다. 이에 따라 사랑은 개인의 사적 영역에 속하는 것으로 인식되며 근대적 배치 속에서 외적인 관습, 전통에 대립하는 내적인 속성에 의해 이루어지는 행위로 이해되었다.

기든스는 과거 전통사회와 구분되는 현대사회의 특징으로 '내부-준거적 체계(internally referent system)'를 들고 있다. 관계 외적인 것(혈연에 의해 의무처럼 부과된 친족관계)에 의존하지 않고 관계 그 자체(친밀성이나 애정)의 내재적 속성에 따라 유지 변화되는 속성을 기든스는 '순수한 관계'라 명명한다. 외적인 검열의 상실, 인간 행위의 규범적 방향을 지정해주던 의미의 기축이 사라진 상태에서 개인 자유와 결정의 정치성은 책임을 부과한다. 이 책임이 선택 이전의 깊은 성찰을 요청하는 것이다. 주체 내부의 규범과 윤리와 같은 '성찰성'의 문제는 현대성의 전개에서 결정적인 것인 것이며

---

15 '공생적 매커니즘'은 공생하는 매체라는 뜻이다. 이것은 사랑을 촉진할 수도 혹은 교란시킬 수도 있는 매체로서 사랑과 긴장관계에 놓여있는 다양한 매체를 뜻하는 루만의 용어이다.

16 울리히 벡 · 엘리자베트 벡 게른샤임, 강수영 · 권기돈 · 배은경 역, 『사랑은 지독한 (그러나 너무나 정상적인) 혼란』, 새물결, 1999.

17 위르겐 하버마스, 이진우 역, 『현대성의 철학적 담론』, 문예출판사, 1994; 위르겐 하버마스, 한승완 역, 『공론장의 구조변동』, 나남출판, 2001.

친밀성의 구체적 현장으로 섹슈얼리티, 사랑, 에로티시즘 등을 탐사한다.

역사적으로 변화되는 사랑은 현대성의 특징인 성찰성을 자기정체성과 연결시켜 준다. 사랑이 열정 그 자체였을 때는 문화론적 질서가 끼어 들 여유가 없었다. 열정적 사랑은 일상생활과 구별되는 어떤 급박함으로 특징지어지며 그 때문에 통상적 책무를 무시하게 만든다. 사회적 질서와 의무라는 관점에서 볼 때 열정적 사랑은 위험한 것이며 파괴적이므로 결혼 제도와의 마찰을 피할 수 없었다. 하지만 18세기 후반에 나타나 현재까지 지속되는 낭만적 사랑은 숭고한 사랑의 요소들과 성적인 열정의 요소들, 이 둘을 끌어안고 결혼으로 정착된다. 이로써 낭만적 사랑은 포괄적인 사회적 영향력을 갖는 하나의 제도로서의 특징을 보여준다. 낭만적 사랑의 담론은 근대 부르주아 사회의 최소 단위인 가정을 조직하고 통제하는 기준이 되었다. 그러므로 낭만적 사랑은 근대 부르주아의 이데올로기이다.

하지만 주체와 타자의 상호적 애정과 미래의 시간에 대한 능동적 개입을 통해 공유된 역사를 창조하고자 했던 낭만적 사랑은 최근에 들어 수많은 도전에 직면한다. 낭만적 사랑이 태생적으로 내재할 수밖에 없었던 성차의 불균형은 여성의 성적인 해방과 자율성의 압력 아래 폭발된다. 실제로 낭만적 사랑은 권력 면에서 철저히 비대칭적이다. 이에 기든스는 현대 사회에 적합한 사랑으로 '합류적 사랑(confluent love)'을 제시한다. 합류적 사랑은 두 사람의 정체성이 과거에는 각기 달랐음을 인정한 위에서 미래의 시간을 향해 사랑의 유대를 공유하고 새로운 정체성을 협상해 가는 사랑을 말한다. 합류적 사랑은 감정의 기브 앤 테이크(give and take)라는 점에서 낭만적 사랑의 한계인 평등을 선취하고, 능동적이고 우발적인 사랑이라는 면에서 '특별한 사람'의 가치는 떨어지고 '특별한 관계'의 중요성이 부각된다.[18]

기든스는 현대사회를 바라보는 입장에 있어 루만과 같은 자세를 취한

18   앤소니 기든스, 배은경 · 황정미 역, 『현대인의 성, 사랑, 에로티시즘』, 새물결, 1996.

다. 다만 루만이 '사랑' 자체에 집중하여 사적 계보를 기록하고 평가하였다면, 기든스는 친밀성의 다양한 분파를 확인하고 그것을 근대성과 연결하여 성찰의 지점까지 나아갔다는데 차이가 있을 것이다. 루만이 구체적으로 언급하지 못한 '상호침투체계로서의 사랑'을 기든스는 '합류적 사랑'이라는 이름으로 명명하였고, 사랑 그 자체가 아닌 주체와 타자의 네트워킹을 강조하였다는 점에서 루만의 논의를 한 단계 상향 시켰다고 보아야 할 것이다. 그러나 모든 휴머니즘적인 대안이 그렇듯 운동성의 맥락에서 실천의 문제는 현실과 이론의 간극을 보여준다.

크리스티안 슐트(Christian Schuldt)는 '소통 매체로서의 사랑'에 집중한 루만의 주장을 발전시켜 현대사회에 적합한 새로운 사랑의 부활을 주장한다. 루만은 낭만적 사랑이 중세-17세기-19세기를 거쳐 현대에 이르러 그 본래적 의미가 퇴조하면서 이해관계의 차가운 계산에 자리를 내어줄 것이라고, 사랑의 미래를 비관하였다. 현대의 사랑은 낭만과는 아무런 관계가 없는 서로에 대한 이해가 최우선 목표인 일종의 해결책이라고 본 것이다. 하지만 슐트는 루만과 달리 사랑의 신화는 소멸하지 않음을, 오히려 더욱 발전된 형태로 인간의 소중한 체험을 구성한다고 주장한다. 개인화 과정을 통하여 더욱 자유로워진 현대인들은 오히려 더욱더 비개인적이고 소외된 현대사회에서 낭만적 사랑을 통하여 진정한 자신과 소통할 수 있게 되었다. 그들에게 낭만적 사랑이란 결국 현대인의 자아 정체성의 가장 풍요로운 원천 즉 '심장의 코드(Der Code des Herzens)'인 것이다.

슐트 또한 루만과 같이 낭만적 사랑이 현대에 이르러 퇴조될 것이라 예상했지만 그것은 사랑이 낭만성과 결별하는 것이 아니라 새로운 방식으로 귀환하는 것이라 지적한다. 이상적 사랑과 열정적 사랑을 그 내부 속성으로 지배하던 낭만적 사랑은 현대에 이르러 '실용적 사랑'으로 부활한다. 현대인들은 자기 감정에 빠져 허우적거리는 삶을 원하지 않은 반면 사랑을 주도하여 개인의 행복을 의식적으로 최대한 실현시키고자 하였다. 그만큼 현대적 사랑은 명시적 성찰이 따라오지 못할 만큼 자기 성찰적으로 변한 것이다.

이제 낭만은 주체 스스로가 그것을 각자의 욕망에 맞추어 최대한 실현할 수 있을 만큼 유연해 졌으며 실현 가능성이 높은 '실용적 사랑'으로 변모되었다. 사랑은 실용적으로 운영되지만 낭만적으로 장식된다. 소통의 시대가 지나자 사랑은 실용적 단계로 진입하였고 문제 지향성은 실천 지향성에 자리를 내주었다. 실용적 사랑이라는 공통분모 위에서 감정과 실리, 낭만과 현실주의, 열정과 자유방임은 새로운 결합에 도달하게 된다.[19]

사회학적 이론을 통해 살핀 바와 같이 사랑은 분명히 개인들이 속한 사회적·역사적·문화적 상황을 반영하는 사회문화적 구성물이다. 대중연애서사는 '사랑'을 중심에 놓고 사고하며 이를 서술하려는 장르이다. 그 때문에 필연적으로 항상 어딘가 어긋나거나 무언가를 은유하는 텍스트로 읽히게 된다. '사랑'은 어떤 장소에 존재하는 본질을 가리키는 것이 아니라 담론들이 만나는 교차로이자 비어있는 곳이기 때문이다. 대중연애서사를 사(史)적인 연애사로 조명하는 것은 사랑이 무엇인지를 해명하려는 것이 아니라 사랑을 통해 드러나는, 혹은 발언하려는 시대적, 당대적 이데올로기를 역사적, 사회적으로 재구성해 보려는 것이다.

2. 연애서사의 구조적 공식

대중문학은 장르문학으로 분류되어 각 장르별로 고유한 서사규칙과 관습화된 특징을 도출할 필요가 있다. 최근 대중문학 연구가 대중문학의 장르성, 서사전략, 공식에 주목하는 것은 문학이 문학으로서 읽히지 않고 일종의 문화로서만 전유된 것에 대한 반성적 자세에 기인한다.

---

19 크리스티안 슐트, 장혜경 역, 『(낭만적이고 전략적인) 사랑의 코드』, 푸른숲, 2008.

상품화 과정과 밀접한 관련성이 있는 대중소설의 장르는 텍스트를 단순히 하나의 단위로 묶어내는 질서가 아니라 독자, 산업, 텍스트 사이를 순환하는 지향 체계로서 사회적 제도이다. 텍스트에 대한 장르적 접근은 텍스트를 개별적인 구조의 틀에 가두는 것이 아니라 전체적으로 문학적 지형도를 그리고 나아가 문학을 사회적 틀과 연관시킬 수 있는 근거가 된다.[20] 그리고 이러한 장르의 시학적 특성으로 공식을 추적하는 작업은 대중소설의 텍스트성을 밝히는 근거가 된다.

대중연애서사가 역사적으로 안정되고 습관화된 공식에 기대고 있다는 설명은 대중연애서사의 형식이 단순하고 도식화되어 있다는 것을 의미한다. 대중연애서사는 본격소설의 다양한 형식이나 실험적 기법을 거부하는 대신 스토리에 치중함으로써 그만의 독자적인 세계관을 형성한다. 그러므로 대중서사의 가장 큰 단점으로 지적되는 통속성이나 도식성은 오히려 대중서사를 대중서사답게 만드는 특징인 것이다.[21]

대중연애서사의 서사 전략상의 가장 큰 특징은 연애서사가 일정한 공식을 지향한다는 것이다. 공식은 독자의 흥미를 유발하고 안정된 수요를 창출하기 위해 작품 내적으로 수용한 일정한 플롯과 갈등구조, 정형화된 주인공, 과잉정서 등의 문학적 관습(convention)이다. 대중연애서사의 공식성은 대중소설을 가장 대중소설답게 만드는 대중성을 담보하는 밑바탕이며, 독자의 기대지평에 부응하는 텍스트의 구조적 반응이다.[22]

존 카웰티(J. G. Cawelti)는 대중소설의 일반적 특성을 해명하면서 공식을 수많은 개별 작품 속에 사용된 서사적 또는 극적 관습의 구조라고 보았다.[23] 공식은 크게 두 가지 의미로 구분되는데 하나는 어떤 특정한 사물이

---

20 스티븐 코헨 · 린다 샤이어스, 임병권 · 이호 역, 『이야기하기의 이론』, 한나래, 1997.

21 고광률, 「한국 대중소설의 사회적 가치관 수용 연구」, 대전대 박사논문, 2009.

22 문학적 관습(convention)은 텍스트와 독자 사이에 일종의 계약을 성립시키기 때문에 독자는 일련의 텍스트에 통용되는 공식을 바탕으로 친숙한 기대지평에 따라 편안하고 안락한 독서과정을 즐길 수 있게 된다. 이정옥, 앞의 글.

23 J. G. Cawelti, *Adventure, Mystery and Romance — Formula Stories as Art and Popular Culture*,

제2장 대중연애서사의 다관점적 해석학 59

나 사람을 취급하는 관습적 방식으로서 각 시대나 문화에 한정되는 것을, 다른 하나는 보편적인 이야기 원형으로 구체화될 수 있는 보다 큰 플롯의 유형을 말한다. 카웰티는 전자를 언어적 공식성으로, 후자를 구성적 공식성으로 구분하였다.[24]

언어적 공식성은 정치적·사회적·문화적 상황의 변화에 민감하게 대응하면서 세부 구성요소의 변화를 주도한다. 대중연애서사의 이러한 '비고정적 체계'로서 언어적 공식성은 대중소설의 한계로 지적되는 진부함이나 상투성을 상쇄시키고 독자들의 즐거움에 봉사한다. 구성적 공식성은 대중연애서사의 장르성에 근거한 '고정적 체계'로 변하지 않아서 친숙한, 기대 가능한, 독자들의 심리적 안정감에 복무하는 공식성이다. 전통적 서사에서 널리 사용되어 우리에게 친숙한 서사 경험의 원형인 토포스(topos)[25]를 이용하여 전형적 인물의 성격을 창조하거나 모티프를 통해 주제를 부각시킨다.

본 연구에서는 후자의 공식 개념을 원용하여 대중연애서사의 구조적 공식을 살펴보고자 한다. 일반적으로 대중연애서사는 로망스와 멜로드라마의 공식이 결합되어 있으며 그것이 소설의 구조적 특성을 결정하는 데 큰 영향을 미친다고 한다.

멜로드라마(melodrama)는 자연발생적이고 소박한 예술이 아니라 오랜 기간의 의식적인 발전을 통해 가장 인습적, 도식적, 인위적인 하나의 공식과도 같은 장르이다. 새롭고 자발적이며 자연주의적 요소가 전혀 들어갈 여지가 없는 정형화된 형식인 멜로드라마는 익숙함과 도식성을 통해

Chicago UP, 1976.

24   최미진, 『한국 대중소설의 틈새와 심층』, 푸른사상, 2006.

25   이전의 문학작품에서 형상화된 특정한 관습적 인물형과 상황을 '토포스(topos)'라 한다. 이는 사회의 성원 전체가 상식이나 정형을 공유하고 있는 일종의 원형적 구조라고 할 수 있다. 토포스의 사용은 구체적인 인물이나 상황의 묘사 대신 독자에게 이전의 문화적 경험에 의해 이미 마련되어 있는 관습적인 상상력의 틀에 기대는 것이다. 따라서 그것은 독자가 복잡하게 머리를 굴려야 하는 골치 아픈 독서과정을 피할 수 있다. 움베르트 에코, 조형준 역, 『대중의 영웅』, 새물결, 1994.

공감의 요소를 발생시킨다. 반면 멜로드라마는 각 시대와 지역의 특수성을 수렴하는 가운데 상이하고 변화무쌍한, 다양한 조합을 내용적 특수성으로 갖는 철저히 무정형적인 장르이기도 하다. 그러므로 멜로드라마는 다양한 장르의 영역에 걸쳐 있으며 개념을 정확하게 규정하는 것은 어려운 일이다. 따라서 멜로드라마를 연애서사에 차용되는 협의적 공식으로 사용하기 위해 '장애가 많은 연애 이야기'가 사회 관습과의 갈등을 통해 흥미와 감정의 울림을 유발하는 서사 장르[26]로 받아들여, 극 양식 자체로 파악하기보다는 대중서사가 갖는 공식에 대한 보편적 편재성을 지적하고자 한다.

발생론적 측면에서 볼 때, 멜로드라마는 비극의 기교적 형식을 따르는 장르이지만 비극의 타락이라기보다는 비극적 전망이 효용성을 상실한 시대에 나타났다. 멜로드라마는 혁명과 자본주의의 태동이라는 사회 정치적 격변기에 형성되었다.[27] 윤리와 미덕에 대한 전통적 질서가 급격하게 해체되고, 탈주술화된 세계에서 '어느 곳 하나에도 기댈 곳 없이 무력하게' 던져진 사람들은 멜로드라마를 통해 시대의 완전성을 회복하려 하였다. 멜로드라마는 도덕적, 문화적, 그리고 사회 경제적 혼란을 경험하는 선 / 악의 명확성이 사라진 시대에 종교를 대신해 재신성화(resacralization)에 대한 욕망과 상상력의 결과로 집약된다.

결과적으로 멜로드라마는 도덕적 질서를 이루고 있던 전통 규범들이 강제적인 사회적 접착제로 제공되지 않는 시대에 우주로부터 더 고차원적인 도덕적 힘이 여전히 지상을 다스리고 있으며 그 정의로운 손은 종교

---

26 대중서사장르연구회, 『대중 서사 장르의 모든 것-1. 멜로드라마』, 이론과실천, 2007, 13쪽.
27 멜로드라마의 기원은 정확히 프랑스 대혁명과 그 영향이라는 맥락에 위치해 있다. 이는 그것이 예증하고 공헌하는 인식론상의 순간이자, 상징적으로 그리고 실질적으로 전통적 신성과 그 대표적 제도들(교회와 군주)의 궁극적인 타파, 기독교 신화의 파괴, 유기적이고 위계적으로 응집된 사회의 해체를 명시하는 순간이다. Peter Brooks, *The melodramatic Imagination—James, Melodrama, and the Mode of Excess*, Columbia UP, 1985.

적인 기능을 수행하리라는 믿음의 결과물인 것이다. 멜로드라마는 역사적으로 발생한 도덕적 혼란을 더 큰 도덕적 확실성으로 누그러뜨리면서 도덕성에 대한 흑백논리를 정서화한다.

이처럼 멜로드라마가 탈신성화된 시대에 도덕의 세계를 밝히고 증명하려 했던 장르라는 사실은 멜로드라마가 근대적 상황의 알레고리였음을 확인시킨다.[28] 미덕(美德)의 찬미라는 궁극적인 정의와 함께 멜로드라마는 사람들이 근대적 삶의 부침에 대처할 수 있도록 도와주는 일종의 보상적 믿음을 제공하였던 것이다. 따라서 멜로드라마의 소재는 사회적·정치적인 것보다는 애정 갈등과 같은 개인과 가정을 둘러싼 문제들에 집중된다. 한국 사회에서 멜로드라마가 곧바로 연애 이야기로 표상되곤 하는 것도 이 때문이다.

멜로드라마의 내용적 특징은 발생론적 관점과 맞물려 '도덕적 비학'으로 요약된다. 선과 악의 극단적인 도덕적 양극화는 악의 일시적 승리와 영원한 패배를 통해 도덕적 절대주의와 명료함을 드러낸다. 무엇이 옳고 무엇이 그른가에 대한 이분법은 극단적 행동, 극한적 상황, 엇갈린 운명 속에서 '선'한 것의 회복이 이루어져야 한다는 서사를 추동하는 원동력이 된다. 이것은 현실세계가 단순히 선과 악으로 투쟁하는 것이 아니라 선과 악이라는 뚜렷한 개념이 우세하게 존재한다는 사실을 밝히는 것이다. 이때 중요한 것은 도덕성의 내용이 아니라 사회적 필요에 의해 상대적으로 강조되는 덕목이다. 도덕성의 권선징악적 내용은 인간적이고 현세적인 것이며 사회의 질서를 유지하기 위한 이데올로기적 요구이다.

멜로드라마의 가장 큰 목표는 '악'의 근절에 있다. 악당은 사랑의 연적이거나 파렴치한 난봉꾼이거나 지배질서에 저항하는 반역자이거나 역사적으로 사라져야 할 인습 등 특정한 이데올로기의 모습으로 변주된다. 멜로드라마가 명료하고 분명한 도덕적 세계를 지향함에도 천편일률적인

---

28 벤 싱어, 이위정 역, 『멜로드라마와 모더니티』, 문학동네, 2000, 202쪽.

서사로 함몰되지 않는 것은 역사적, 사회적으로 변모하는 악당의 모습을 통해 '시대의 서사'로 기능하기 때문이다.

멜로드라마의 형식적 특성은 갈등 상황이 전개되다가 중간에 충돌이 있고 마지막에 이르러 권선징악을 통해 무자비한 운명성을 드러낸다.[29] 전개-충돌-해결이라는 일목요연하고 경제적으로 보이는 단순구조는 비고전적인 서사구조를 끌어안음으로써 복잡해진다. 논리적인 인과구조를 가지는 고전적인 서사와 비교해 멜로드라마는 믿기 어려운 우연의 일치, 뒤엉킨 플롯의 구성, 많은 사건들로 가득 차 있는 서사 진행, 인과적 서술에 묶이지 않는 행위의 에피소드적 연발 등을 선호한다. 멜로드라마는 주인물들의 복잡한 가족관계나, 사랑의 다차원적인 갈등을 드러내는 얽힌 연적관계 혹은 서사를 진행시키는 주인물들과 크게 상관없는 인물들의 이야기를 부차플롯으로 끌어들인다. 이처럼 멜로드라마가 치밀하게 계산된 인과적 진행에 역행하여 뚱뚱한 부차플롯을 거느리고 상황중심의 우연성에 집중하는 것은 옳고 그름, 선과 악에 대한 관습적인 패턴을 포함하는 전체 세계에 대한 강력한 인상을 만들기 위함이다.[30]

멜로드라마의 미감은 주정주의(emotionalism)와 감상주의(sentimentalisam)로 드러난다. 주정주의와 감상주의는 문학작품에 대한 감정이나 감성적인 측면을 강조한 심미체험으로 감상자가 주인공과 동일시를 통해 몰입함으로써 겪게 되는 반응태이다. 등장인물에 대한 해석이나 평가보다 감성적 측면에 기대기 때문에 웃음과 눈물이 혼합된 가운데서도 서사주체와 공감과 인정을 나누게 된다. 멜로드라마는 독자들에게 호소력을 강화시키기 위해 육체에 위험을 가하는 스펙터클, 근사한 광경, 스릴, 폭력, 액션 등을 강조하는 선정성을 표방한다. 구성은 악의(惡意) 있는 음모와 과격한 사건 주위에서 맴돌게 되고 독자들은 실제적 상황보다 더 큰 행복과

---

29   아놀드 하우저, 염무웅·반성완 역, 『문학과 예술의 사회사』 근세편, 창작과비평사, 1981, 235~236쪽.

30   James L. Smith, *Melodrama*, Methun & Co Ltd, 1984.

슬픔, 공포, 흥분을 느끼게 된다.[31] 따라서 감정의 한 극단에서 신속히 다른 곳으로 옮겨가게 되고 극단적인 반응을 요구하게 되는데 이럴 때 나타나는 정서가 센티멘털리즘 즉 감상주의적 경향이다. 일반적으로 멜로드라마를 통해 독자들이 느끼는 과잉의 감정은 '눈물'을 통해 강력한 파토스를 만들어낸다.

멜로드라마의 공식성이 도덕적이고 감정적인 성격을 중심으로 한 내용적 측면에 초점이 있다면 모험소설로서의 로망스 구조는 '욕망충족의 꿈'을 실현시키는 남녀의 사랑관계가 중심이 되는 형식적 측면에 방점이 놓인다.

로망스(romance) 양식은 발생론적으로 '중세기의 군담(military fable)' 또는 '사랑과 기사도 정신의 분위기가 감도는 모험담'을 뜻하는 서구 중세의 속된 이야기(通俗書, popular book)를 지칭하였다. 하지만 서구 기사 연애·무용담이라는 고전적 정의는 근대소설이 등장한 17세기 이후 본래적 의미를 벗어나 소설(fiction)까지를 포괄하는 용어가 된다.[32] 로망스는 노벨의 시대로 접어들면서 보다 평범하고 보편화된 삶의 구조를 추구하게 되면서 대중연애서사의 전형 공식이 된다.

로망스 양식이 머금은 언어학적 역사는 어휘 개념의 명료함에서 막연함에로의 이행을 반영하는바, 이러한 이행은 한 용어가 지니는 역사적 장수성(長壽性)과 유연한 적응에 수반되기 마련인 필연적 의미의 산만화를 예증한다.[33] 따라서 본고에서는 프라이의 관점을 도입하여 인간 내면의 감추어진 원초적인 열정과 욕망을 그리고 남녀의 발전적 연애관계를 모험의 플롯을 통해 구현하는 대중연애서사에 한정하여 로망스적 공식을 살필 것이다.

서구 중세의 전형적 양식인 로망스가 시대를 초월해 반복 출현할 수 있

---

31 이러한 이유로 멜로드라마를 '과잉의 양식(mode of excess)'이라 한다.
32 J. 웨스턴, 정덕애 역, 『제식으로부터 로망스로』, 문학과지성사, 1988, 252쪽.
33 김윤식, 『문학비평용어사전』, 일지사, 1976, 50쪽.

었던 것은 그것이 '욕망 충족의 꿈'을 드러내는데 가장 적합한 양식이기 때문이다.[34] 개인적 욕망의 꿈을 실현시키는 로맨스 양식은 본질적으로 역사나 공동체 의식을 반영하기보다는 개인의식을 반영하기 때문에 근대문학의 한 양식으로 취급될 수 있었던 것이다.[35] 이것이 바로 로맨스의 생명력과 탄력성이다.

로맨스 양식의 내용적 특성은 욕망충족의 꿈을 실현하기 위한 감정적, 주관적인 열망, 현실을 초월하기 위한 이상화의 경향, 합리성·사실성에 대한 본능적인 반발을 주제화한다. 과거 로맨스의 주인공들이 왕국의 전설적인 왕이거나 그의 기사들, 그리스와 로마의 영웅들과 그 연인들이었다면 소설의 주인공은 영웅성이 제거된 선남선녀(善男善女)들이다. 시대적으로 변하는 인물들의 핵심적 특징은 이들이 대중의 무의식적 욕구를 반영하는 이상화된 인물들이라는 점이다.[36]

선한 남성 주인공과 아름다운 여성 주인공은 사랑을 실현시키고자 하나 사회적이거나 심리적인 장애들이 그들의 사랑을 위협하고 방해한다. 이들의 사랑은 시련과 갈등을 통해 비로소 완성, 성장된다. 로맨스적 인물들은 대개 사실적인 형태보다는 인간 심리의 어떤 원형을 대변하는 양식화된 인물로서 묘사된다.[37] 하지만 여기서 중요한 것은 핵심적 사건이 항상 남녀 사이의 사랑관계에 초점이 있다는 것이다.

로맨스는 이상적인 세계의 제시를 목적으로 한다. 주인공은 초반의 비극을 극복하고 참다운 행복을 얻는 '화해'의 과정을 통해 시적 정의를 실현한다. 로맨스의 화해라는 주제는 죄를 지은 자가 용서를 받는데서 그치는 것이 아니라 사랑이 약속되는 다음세상을 기약하는 것이다.[38] 로맨스

---

34 노드롭 프라이, 임철규 역, 『비평의 해부』, 한길사, 2000, 363쪽.
35 김강호, 『한국 근대 대중소설의 미학적 연구』, 푸른사상, 2008, 190쪽.
36 G. 비어, 문우상 역, 『로맨스』, 서울대 출판부, 1980.
37 한용환, 『소설학사전』, 문예출판사, 1999, 135쪽.
38 전지애, 「The Winter's Tale 연구─로맨스 장르로 본 구조와 주제의 일치」, 이화여대 석사논문, 1993, 12~15쪽.

에서 회복이 불가능한 상태로 버려지는 것은 하나도 없으며 이러한 이유로 결말의 해피엔딩은 로망스의 도식성이다. 로망스와 희극의 인접성은 결말을 통해 확인된다.

로망스 양식의 형식적 특성은 '모험'을 플롯의 본질적 요소로 취한다는 데 있다. 로망스의 모험소설적 플롯은 장면이 급속히 전환되는 에피소드식 구조를 지니는데 주인공이 모험의 여정을 떠나면서 그 노정에서 격게 되는 강렬한 사건들의 경험들로 나열된다. 하지만 모험이라는 체험을 안겨주는 에피소드 사이에는 인과관계나 지속성은 없다. 그 사건들은 하나 하나가 고립된 것으로 우연히 발생하는 것이기 때문이다. 따라서 로망스는 인과율에 입각한 논리보다는 우연이 강조된다.

죠셉 켐벨(Joseph Campdell)은 이러한 모험구조를 분리(separation)-입문(initation)-회귀(return)의 과정으로 요약되는 단일신화라 명했다.[39] 노드롭 프라이(Northrop Frye)는 소모험들이 수렴되는 대모험을 편력이라 칭하고 이 대모험은 갈등(conflict)-투쟁(death-struggle)-발견(discovery)의 단계를 거친다고 보았다. 분리(separation)의 단계는 모험의 주체가 일상의 삶으로부터 벗어나는 과정이며 집으로부터 벗어나 여행을 떠나거나 별도의 성스러운 장소로 옮겨지게 된다. 입문(initation)의 과정에서 탐색자는 많은 시험과 시련을 통해 전이의 과정의 겪게 된다. 마지막 회귀(return)의 과정에서는 분리와 전이의 과정을 무사히 마치고 복귀하게 되는 과정이다. 로망스는 이렇게 3단계의 변증법적 전개를 기본 구조로 하면서 시련의 입문과 투쟁의 과정에 관심의 초점을 둔다.

탐색은 대개 모험, 전투, 여행 등의 에피소드로 제시되는데 과거 탐색의 대상이 성배나 황금 혹은 용이 간직하고 있는 보물이었다면 현대의 대상은 사랑하는 연인으로 변모된다. 이러한 통과제의로서의 탐색과정을 현대 로망스의 주인공들은 그대로 재현하기보다는 상징적 파편 또는 흔

---

39   죠셉 켐벨, 이윤기 역, 『세계의 영웅신화』, 대원사, 1989, 34쪽.

적으로 간직하게 된다. 연애와 모험의 결합, 이것이 현대 로망스의 핵심적 특징이다.

대중연애서사의 로망스적 모험구조는 독자가 스스로 감당하고 경험할 수 없는 편력사를 보여줌으로써 대중의 욕망을 대리 충족시킨다. 그러므로 프라이가 로망스를 통속극(popular plays)이라 부른 것은 로망스가 대중의 요구에 영합한다는 의미에서가 아니라 그들의 욕망(慾望), 욕구(慾求), 간구(懇求)의 가장 깊은 곳까지 내려간다는 의미이다.[40] 로망스의 핵심적 성격은 대중성에 있다.

본질적으로 도피적 속성을 지니는 로망스 양식은 독자의 정서와 상상력에 호소하고 결국에는 승리로 끝나는 모험에 찬 미망의 세계에 독자를 끌어들임으로써 심리적 억제와 선입견에서 독자를 해방시킨다. 로망스는 보통 제한된 삶의 테두리를 넘어선다는 점에서 자유의 공간이지만 이를 통해 인간행동의 어떤 특징을 강조하고 과장함으로써 인간성을 재창조한다는 점에서 갱생의 공간이기도 하다.[41]

그러므로 도덕적 환상은 로망스의 필수 자질이 된다. 비극이 서사주체와 심미주체를 죄의 인식으로 이끄는 것을 최대의 목적으로 한다면 로망스는 죄의 인식과 참회 및 그 결과로서의 축복의 순간들을 제시함으로써 독자를 점진적으로 교화시킨다. 이러한 교화의 방식은 즐겁고도 표면상으로 잘 드러나지 않는 동화와 유사한 방식으로 독자의 이성보다는 그들의 무의식을 자극하는 것을 목적으로 한다.

멜로드라마와 로망스 양식은 대중연애서사의 전형적 공식이다. 이 둘의 공식은 전적으로 도드라지거나 적절히 혼용되어 연애서사의 구조를 형성한다. 이에 반해 본고에서 새롭게 접근하는 대중연애서사의 '성장소설'적 공식은 대중연애서사의 양식적 특성을 재고찰하고 단조로운 대중

---

40   Northrop Frye, *A Natural Perspective —The Development of Shakespearean Comedy and Romance*, New york : Columbia UP, 1965.

41   Gillian Beer, 앞의 책, 5쪽.

연애서사의 구성적 영역을 새롭게 확장하고자 하는 노력의 일환이다.

　대중연애서사와 성장소설을 완성된 장르종으로 설정한다면 대중연애서사가 성장소설을 공식의 형태로 차용하는 것은 불가능할 것이다. 하지만 성장소설은 '충족되지 못한 장르'이거나 '유령장르'라는 지적처럼 그 개념이나 특성이 복합적이고도 불확실한 소설의 하부 장르이다. 성장소설은 역사적 전개과정이나 공간적 배경, 구조적 특성 중에서 어떤 요소를 강조하느냐에 따라 그 양상이 달라질 수 있는 가변적이고도 유동적인 장르이다.[42] 더불어 성장소설이 여러 다른 역사적 장르와 중복되어 출현하는 최근의 경향을 볼 때 성장소설의 형식을 대중연애서사의 구조적 공식으로 사용하는 것은 타당하리라 생각된다. 어떤 장르의 명칭을 부여할 때 그것은 그 작품에서 가장 우세한 장르적 성격을 가리키기 때문이다.[43]

　인간의 성장과정을 다룬 소설을 지칭하는 개념으로 교양소설(Bildungsroman), 발전소설(Entwicklungsroman), 교육소설(Erziehungsroman) 등의 용어가 혼재되어 사용되고 있는데 이는 문학적 특성과 문화적 전통에 따라 나라마다 다른 명칭으로 불리어지고 있기 때문이다. 대체로 교양소설은 교양의 괴테적 이념을 적극적으로 설명하는 소설들로서 주인공의 성장과정을 보편적이고 조화로운 완성의 단계까지 서술한 소설들에 한정되며, 성장소설의 독일적 전통에 보다 넓게 적용되는 발전소설은 주인공의 단계적 성장과정을 취급한 소설로, 교육소설은 일반적인 성장과 발전보다는 특별히 학교 교육 또는 교육의 문제와 관련된 작품들을 지칭하는 개념으로 사용된다.[44]

　본 연구에서는 선행하는 유형들과 공유하는 성격을 지니면서도 한편으로 나름의 고유한 서사적 형식을 지닌 대중연애서사의 구조적 공식으로서의 성장소설을 검토하고자 한다. 그러므로 대중연애서사 중 미숙한

42　김미현, 『젠더 프리즘』, 민음사, 2008, 241쪽.
43　김준오, 『문학사와 장르』, 문학과지성사, 2000.
44　오한진, 『독일교양소설연구』, 문학과지성사, 1989.

주인공이 순진한 상태에서 성과 사랑의 깨달음을 통해 내면적 갈등을 겪고 세계에 대한 각성의 과정을 담는 구조를 '성장소설'의 공식이라 칭하고자 한다.

일반적으로 성장소설이란 "유년기에서 소년기를 거쳐 성인의 세계로 입문하는 인물이 겪는 내면적 갈등과 성장, 자신을 둘러싸고 있는 세계에 대한 각성을 담고 있는 소설"[45]을 지칭한다. 이때 '성장'의 함의는 '교양', '형성', '입사'의 개념이 내포되어 있으면서 탄생과 죽음, 반항과 적응이라는 반어적 의미와 더불어 존재론적 위치의 변화를 함의하고 있다.

한 인물의 내면적 성장에 초점을 두는 교양, 개인보다 사회적 맥락을 강조하는 형성, 무지에서 인식으로의 통합과정인 입사, 이 세 개념을 동시에 공유하는 '성장'의 의미를 되짚어 볼 때 '성장'은 단순히 고립된 존재의 진공관 속 변화가 아니라 개인과 세계라는 양극의 장력 속에서 자아의 형성이라는 체험정신의 소산이다. 그러므로 성장소설은 하나의 중심 인물에 초점을 맞춘 인물소설이자 명확한 사회질서의 맥락 속에서 개인의 성장과 발전을 표현하는 이야기이다.[46]

성장소설의 최소 요건은 주인공이 어떠한 내·외적 계기로 변화된다는 것이다. 즉 성장소설은 주인공이 변화되는 성장의 계기가 있기 마련인데, 성장소설 양식이 대중연애서사의 구조적 공식이 되기 위해서는 반드시 성과 사랑, 결혼에 관련된 것들이 주인공의 성장 모티프가 되어야 한다. 성장소설의 기본틀은 어느 소설이나 같지만 성장소설이 어느 작품이나 천편일률적이지 않은 까닭은 주인공의 성장이 서로 다른 모티프에 의해 유도되기 때문이다.[47] 그러므로 대중연애서사의 성장소설적 공식은 사랑, 성이 개인 정체성의 변화에 직접적인 관련을 맺는 서사이다.

루만에 의해 사랑의 공생적 메커니즘으로 지적된 섹슈얼리티와 결혼

45   한용환, 앞의 책, 241쪽.
46   Wolfgang Kayser, 김윤섭 역, 『언어예술작품론』, 시인사, 1988.
47   남미영, 「한국 현대 성장소설 연구」, 숙명여대 박사논문, 1992, 19쪽.

의 문제는 개인의 주관적인 욕망과 객관적으로 존재하는 사회질서가 수없이 마주치는 접점으로 주체의 성장에 양면성을 보여준다. 이것은 위반, 타락, 유희의 요소를 지니는 반면 진정성의 획득, 제도로의 편입, 정체성의 획득과 길항관계에 놓인다. 성장의 주체는 성, 사랑, 결혼에 내재되어 있는 부정적 위험을 인식하고 진정한 가치에의 탐색을 멈추지 않을 때 비로소 건강한 성장을 마치게 된다. 이것은 시간적으로는 짧고 정서적으로는 매우 강렬한 인생체험의 한 요소로 이성에 대한 새로운 인식을 통해 삶에 대한 성숙으로 나아가게 한다.

성장소설 공식의 형식적 특성은 대개 한 개인을 중심으로 유년기-편력기-성장기라는 전기적 형식을 취하기에 단석적이고 연대기적인 구성을 갖는다. 하지만 연대기적 구성이라 해서 인생의 모든 사건을 다룬다는 것이 아니라 개인적 삶의 변화를 보여주는 중요한 시기에 초점이 맞추어 진다. 성장소설이 구조적으로 여로형이거나 통과의례 혹은 탐색담을 취하는 로망스적 요소가 있다는 측면에서 모험소설적 형식을 취할 수는 있겠으나 결정적으로 모험소설이 시련, 탐색, 편력에 초점이 맞추어져 있는 반면 성장소설은 결말이 중요한 형식이라는 점에서 차이를 갖는다. 이는 작품의 끝이 어떻게 종결되느냐에 따라 주인공의 운명이 결정되기 때문이며 미성숙한 주체가 사랑을 통해 성숙한 주체가 됨으로써 새로운 인식과 실천을 보여주기 때문이다.[48]

그러므로 성장소설의 핵심적 성격은 서사의 처음과 끝이 이분법적 대립의 양상을 보여준다는 점이다. 대체로 성장소설은 처음의 결핍, 불완전, 미숙에서 충족, 완전, 성숙으로 결말을 맺는다. 소설 초반부의 주인공들은 대상에 대한 체계적인 인식 능력의 미숙이나 열악한 상황을 극복할 수 있는 실천적 능력의 결핍을 보여준다. 하지만 성장을 열망하는 주인공들은 시련과 분리의 고통을 통해 스스로의 미숙이나 부족함을 극복하고

---

48   최현주, 『한국 현대 성장소설의 세계』, 박이정, 2002, 45~50쪽.

인식적, 실천적 능력을 획득하게 된다. 성장소설의 이항대립적 서사는 주인공의 능동적 탐색에 의해 완결되는 양상을 보여준다.[49]

성장소설 양식이 대중연애서사의 구조적 공식으로 종종 차용되는 것은 자아와 세계에 대한 새로운 인식과 실천을 보여주는 성장소설이 내면 탐색과 세계의 변화에 대한 적응을 통해 대중 독자로 하여금 새로운 세계관으로의 편입을 유도하기 때문이다. 성장소설은 기존의 세계에 대한 새로운 인물의 편입을 유도하는 교육적 효과를 가지면서 더불어 기존 가치 체계 혹은 문화 양식에 대한 비판적 효과를 견지하는 반담론의 성격 또한 공유하고 있다. 성장소설은 체제 내적인 수용과 체제 전복적인 비판이 모순적으로 수렴되어 있는 소설 유형인 것이다. 그러므로 성장소설은 기존의 현상적 권력 관계를 유지하면서 동시에 그것을 비판하기 위한 생산과 유통의 담론으로 기능하는 과정을 통해 문화적 재생산을 시도하게 된다.

대중독자들은 성장 주체의 여로에 따라 개체적이고 고립된 존재에서 사회적이고 개방적 존재로 전이되고 성숙하고 합리적인 세계 인식을 통해 낙관적 잠재성을 실현한다. 성장소설의 이러한 주제의식은 대중소설의 교육적 효과에 공헌한다.[50]

본 연구에서 구조적으로 해명되는 대중연애서사는 연애서사의 시원(始原)에 대한 해명이 아니라, 보편적 사랑 이야기의 원형이 역사적 필연에 의해 당대에 호명되고, 호출된 연애서사의 구조가 나름의 독특한 지형을 이루어냄으로써 당대만의 특수한 사랑을 산출한다는 것이다. 공식이 서사적 측면에서 등장인물과 플롯을 형성하는 원리로 작용한다면 대중성의 측면에서는 소망과 현실성의 기제를 통해 독자들과 공감대를 구축해 나가는 근거가 된다.

---

49   위의 책.
50   진중섭, 「인물의 성장과정을 통한 장편소설 교육 연구」, 서울대 석사논문, 1992, 27쪽.

3. 독자수용미학과 심미적 효과

문화적 대중주의에 힘입은 대중문학의 긍정적 평가는 "문학작품은 독자와 만나 비로소 문학적 사건이 된다"는 야우스의 수용미학 이론에 힘입은 바 크다.[51] 한스 로베르트 야우스(H. R. Jauβ)는 작가를 중시하는 마르크스 문예이론과 작품을 중시하는 형식주의 문예이론이 독자의 역할을 거의 무시하고 있다는 사실에 도전하여 새로운 유형의 문학사가 씌어야 한다고 주장하였다. 이것이 역사와 미학의 종합으로서 수용미학의 천명이다. 야우스는 독자를 심미적 인식과 역사적 인식을 위해 감가(減價)될 수 없는 역사 형성의 원동력이라고 파악하였다. 문학작품의 역사적 생명은 독자의 참여 없이는 불가능하며 수용자의 매개에 의해서 비로소 작품은 변화를 거듭하는 연속성의 경험 지평 속으로 들어갈 수 있다. 그 연속성에는 단순한 수용에서 비판적 이해로, 수동적 수용에서 능동적 수용으로, 인정된 미적 규범에서 그것을 능가하는 새로운 생산에로의 전환이 일어난다.

기대지평(horizon of expectation)이란 개념은 야우스의 말로 한다면 수용미학 이론의 '방법론적 핵심'이다. 기대지평은 수용자가 작품에 대해 지닌 관계, 이해, 바람, 방향, 편견, 기대 등 독자의 작품 이해에 전제되어 있는 모든 요소를 말한다.[52] 기대지평은 수용자의 작품에 관계되는 전체를 포함하여 수용자가 가지고 있는 본능적, 선험적, 전통적 경험, 관습, 교육 등 의식적 또는 무의식적 요소들이 복합되어 이루어진 것이다.

기대지평은 독자가 작품을 수용하는데 있어 큰 역할을 수행하지만 고정된 것이 아니라 새로운 작품의 수용에 의해 언제나 변화 가능한 것이다. 새로운 텍스트는 독자에게 이전의 텍스트에서 친숙했던 기대와 경기규

---

51 H. R. 야우스, 장영태 역, 『도전으로서의 문학사』, 문학과지성사, 1983.
52 차봉희 편, 『수용미학』, 문학과지성사, 1985, 60쪽.

칙의 지평을 환기시킨다. 이것은 변주, 수정, 변경되고 재생산되기도 하는데 이것이 지평의 변환이다. 나아가 그는 어떤 작품에 대한 재구성 가능한 기대지평은 독자에 대한 영향의 정도를 갖고 작품의 예술성을 규정하는 것을 가능하게 한다고 주장한다. 이처럼 야우스는 그때까지 문학 연구의 주대상이던 작가와 작품에서 독자에게로 눈을 돌리게 하여 수용과 영향이 문학 연구의 새로운 대상으로 떠오르게 하였다.

야우스가 문학사에 있어서 독자의 역할을 강조했다면 볼프강 이저(W. Iser)는 독자의 역할이 탄생하는 구체적인 독서행위에 관심을 갖는다. 그에 의하면 문학작품은 두 개의 극을 가지고 있는데 예술적 극은 작가에 의해 창조된 작품을 말하고 미학적인 극은 독자에 의하여 행해지는 구체화를 의미한다. 여기서 구체화란 독서행위를 일컫는 말이다. 이저는 독자의 독서과정을 수용자의 작품 체험 현장으로 보고 독자의 독서행위를 통해 비로소 단순한 텍스트는 하나의 의미 있는 작품이 된다고 보았다. 작품은 독자의 의식 속에서 일어나는 텍스트의 재구성이며 비로소 하나의 생명체로 깨어난다는 것이다. 이저 수용미학의 핵심은 작품의 의미는 작가에 의해 만들어지는 것이 아니라 독자에 의해 만들어지는 것이며 전적으로 독서과정에서 생겨난다는 것이다.

한편 이저는 문학텍스트에는 독자들의 상상만으로는 채워지지 않는 '불확정적' 부분 또는 미정의 영역이 있기 마련인데 이것은 독자들의 구체화로 제거된다고 보았다. 빈틈이나 불확정적인 부분을 의미로 채우는 구체화는 능동적인 독서과정에서 일어나기 때문에 이것을 예술작품이 수용자로부터 요구하는 특수한 이해행위라고 보았다.[53] 독자는 텍스트가 미치는 여러 가지 영향을 받으며 의미를 수용하기도 부정하기도 하면서 새로운 의미 형성을 시도해 나간다. 이 과정에서 독자는 텍스트와 갈등, 대립, 보완, 종합, 확대 등의 다양한 여정에 동참한다. 독자의 입장에서 수

---

53   김천혜, 「수용미학의 흥성과 쇠퇴에 대한 고찰」, 『독일어문학』 8, 한국독일어문학회, 1998.

용이라는 말은 고전주의적 작품 해석에서 보듯이 관조자로서의 수용이 아니라 텍스트와 직접 교섭을 벌이면서 그것을 심미적으로 구체화하는 적극적인 수용을 의미한다.

이처럼 대중서사의 수용미학은 문학작품의 소통구조에 관심을 두고 평가의 근거를 독자의 심미적 체험에 둔다. 독자는 '텍스트를 읽는 행위'인 서사 체험을 통해 작품과 외적으로 만나게 되는데 이는 작품속의 사건을 직접적으로 체험하는 것이 아니라 관념적으로 겪게 되는 간접적 체험이다. 즉 독자가 작품을 읽는 그 자체는 독자의 정서적 감동에 기인한 심미체험이며 독자가 작품을 통해 얻게 되는 체험의 과정이나 결과인 것이다.[54]

이제 텍스트의 의미는 텍스트 내부에 있는 것이 아니라 텍스트를 둘러싼 여러 사회적 관계 속에 놓여 있는 독자의 입장에 따라 결정된다. 이렇게 대중문학의 최종 심급을 독자의 판단에 놓는 것은 대중독자의 읽기 행위가 생산적인 과정으로 정의되고 그 과정에서 생겨나는 새로운 창조성에 주목함으로써 대중문학 텍스트를 진보적·저항적 실체로 이해하는 것이다.

이는 문학작품을 완성된 심미적 대상으로 보는 것이 아니라 독서행위를 통한 체험의 대상으로 간주하는 것이며 곧 작품 세계를 나의 현실로 '다시 산다'는 의미의 체험이다. 앞서 살핀 바대로 이저에 의하면 모든 텍스트는 독자가 능동적으로 채우지 않으면 안 될 심연(深淵)이나 여백(餘白)을 갖고 있다. 이런 여백을 채우는 일은 텍스트와 독자의 상호작용을 의미하고 이런 상호 작용이 발생할 때 이른바 텍스트에 대한 미적 반응이 창조된다.[55]

심미주체[56] 즉 독자의 미적 반응은 인물에 대한 감정이입(empathy)을 통해 일정한 태도를 드러내는데 서사주체와 공감을 이루거나 그렇지 못함

<hr>

54 김중신, 『소설감상방법론 연구』, 서울대 출판부, 1995, 35쪽.
55 로버트 C. 홀럽, 최상규 역, 『수용미학의 이론』, 예림기획, 1999.
56 '심미주체(aesthetic subject)'는 작품을 수용하는 주체를 일컫는 말로 독자, 수용자, 청자 등을 뜻한다. '심미주체'는 텍스트를 심미적 향수의 대상으로 간주하고 이를 통해 심미적 체험을 하는 주체들로 엄격한 의미에서 '실제 독자'를 말한다.

에 따라 미·추로 구분할 수 있다. 미(美)의 감정이 자아가 타자의 행위에 공감을 갖고 긍정적으로 체험되는 감정의 소산이라면 추(醜)는 타자의 태도에 자아가 공감을 이루지 못함으로써 그것에 저항하는 감정이다. 즉 서사 텍스트의 인물에 대해 적극적으로 몰입하여 인물의 정서를 대리적으로 체험하거나 수용 후의 결과로서 강한 정서를 체험하는 공감적 감정이 입이 미의 감정이라면, 서사주체에 대한 인지적 비판 요소가 부정적 정서 체험을 유발하게 되는 것이 추의 감정이다.

데스와르(M. Dessoir)가 구분한 미적 범주에 따르면 주관과 객관이 조화롭게 합일된 상태가 가장 이상적인 미(美)이다. 그는 자아보다 대상이 우월할 때 느끼게 되는 미를 '숭고미(崇高美)'와 '비장미(悲壯美)'로 구분하고 대상에 대해 자아가 우월함을 느낄 때 얻게 되는 미를 '우아미(優雅美)'와 '골계미(滑稽美)'로 범주화 하였다. 그리고 미(美)의 범주에서 벗어난 것을 추(醜)로 규정하였다.[57]

숭고와 비장은 대상의 위대성으로 인해 자아가 중압, 존경, 외경의 느낌을 갖는 것을 기본적 계기로 삼으며 주관적으로는 쾌·불쾌의 혼합 감정이라는 데서 일치된 미감을 갖지만 숭고가 이상 형태에 관한 가치개념으로 초월적인 것, 고양된 것, 형언할 수 없는 것에 대한 종교적 혹은 형이상학적인 미적 감각이라면 비장은 비극성의 미감으로 가치있는 것을 부정함으로 인한 일종의 반항 감정을 말한다. 필연적으로 숙명에 대항하는 어떤 갈등이 암시되고 대상에 대한 자아의 투쟁이 전제되지만 강한 운명의 힘으로 격렬한 고뇌가 발생한다.

우아미는 예쁜 것, 고상한 것, 귀여운 것 등 작고 약해 보이는 존재들이나 대상들을 보호하는 공감의 미의식이다. 이것은 우리의 정감적인 삶에 충격을 주면서 어떤 계급의식에 근거한 사회적 연대의 감정이다. 골계미는 비장의 대립개념으로 희극미를 말한다. 우스운 동작이 제멋대로 지속

---

57   김문환, 『미학의 이해』, 문예출판사, 1989.

되는 가운데 그 행동으로 웃음이 발생한다. 주관적 체험을 통해 마음의 경쾌화가 유도되고 중압에서 오는 해방감으로 정신의 자유성을 미감한다. 이 자유는 웃기면서 골탕 먹이는 것을 보고 자아가 교정하는 것이다.

추함은 단지 조화의 결핍만은 아니다. 그러나 조화를 상대로 벌이는 부정적인 혹은 적대적인 하나의 태도로 조화가 기대되는 장소에 그것의 부재로 인해 발생하는 부조화의 감정이다. 결국 추함은 아름다움의 이면, 멋 있는 것의 이면, 숭고의 이면으로 조화에 대한 거부의 정신이다. 이 모든 것이 단지 반(反)미적이지만은 않고 정당한 것일 수도 있지만 비(非)미적인 것이며 또한 아름다움의 종교 차원에서는 중심적인 죄악인 것이다.[58]

존 피스크(J. Fiske)에 의하면 창조적 독서를 수행하는 대중독자는 텍스트를 '미학적으로 판별(Aesthetic discrimination)'하기보다는 '대중적 판별(Popular discrimination)'로 전회시킨다. 미학적 판별이 텍스트적인 구조에 가치를 집중시킴으로써 사회적인 적절성을 등한시하였다면 대중적 판별은 텍스트를 생산적이고 적절하며 나아가 기능적으로 이용함으로써 이익을 얻는데 집중한다.

대중문학 텍스트에 재현되는 다양하고 상이한 의미들 내에서 어떠한 것을 선택하고 어떠한 것을 거부하는가 하는 것이 대중적인 판별의 과정일 터인데 이는 텍스트의 특성일 뿐만 아니라 대중독자들의 사회적·역사적 상황과 맞물린다. 즉 대중적 판단은 '텍스트의 미학적 특질'이라기보다는 텍스트가 수행할 수 있는 기능(Funtionality)과 사회적 적절성(Relevance)에 관계하는 것이며 일상생활 내에서의 텍스트의 잠재적인 이용에 관심을 가지는 것이다.[59] 결국 대중연애서사는 완성된 미적 대상으로 제시되

---

58 샤를르 랄로, 박준원 역, 『미학입문』, 예전사, 2001, 75~92쪽.

59   '기능성(Funtionality)'이란 텍스트의 의미들이 대중 독자들의 일상생활에 의미를 창출하고 그 삶 속에서 개인의 내외적 활동에 영향을 끼치는데 유용하기를 요구하며 '사회적 적절성(Relevance)'은 지배적인(헤게모니적인, 훈육적인) 세력과 그것에 대한 저항이 개별적인 종속의 사회적 경험으로 구조화될 때에 생산된 의미 속에서 포함되어져야만 한다고 요청하는 것이다. 신혜경, 「피스크의 문화적 대중주의에 대한 재

는 것이 아니라 수용주체의 해독을 통해 미적 대상으로 완성되는 것이다.

피스크에게 있어서 수용자는 야우스와 이저의 독자, 수용자의 의미보다 훨씬 더 능동적 속성이 강하며 자신의 이해에 맞게 텍스트를 해독하고 그것을 활용하는 능력을 가진 존재이다. 이제 문제는 '대중독자들이 무엇을 읽고 있는가?'가 아니라 '대중들이 어떻게 그것을 읽고 있는가?' 하는 것이다. 결국 이러한 관점은 텍스트 자체를 파악하는 시각에 있어서도 분명한 차별성을 보이게 될 것이다. 이제 텍스트는 우월한 텍스트-예술가에 의해 창조된 우월한 대상이 아니라 침입되거나 새롭게 이용되어야 할 문학적 원천이 된다. 대중 텍스트의 가치는 그것의 효용론적인 사용, 그것이 제공하는 적절성에서 파악되어야 한다.

대중독자들의 독서과정은 단순히 책을 읽고 새로운 사실을 습득하였다는 유희적 즐거움에 그치지 않는다. 기억을 이용해 자신의 도덕적 경험이나 계몽적 체험을 새롭게 하기 때문에 독자들의 독서체험은 '태도'로 나타나게 된다. 문학작품의 효용은 작품에 내재된 사건을 대리 체험하는 과정 혹은 그 결과로 인해 야기된 심적인 태도에 있다.

독자는 작품 속의 세계에 대한 일정한 가치 기준을 가지고 서사주체의 행위를 지켜본다. 이때의 평가 척도는 독자의 일상생활을 통해 형성된 보편적 체험에 의해 이루어지며 독자는 이 척도를 이용하여 작품 속의 세계에 전개되고 있는 갈등에 대해서도 끊임없이 긍정과 부정, 우월과 열등을 분별해 낸다. 그럼으로써 서사주체의 행위가 자신의 체험적 평형성에 가하는 자극에 따라 심미적 효과를 얻게 된다.[60]

이때의 평가 척도는 사회의 결속을 유지하기 위한 제도나 도덕률과 같은 관습적 가치에 의거한다. 독자들의 심리적 효과는 서사주체의 행위 유형을 상향적, 하향적, 평형적 행위로 나누고 적극적 감정이입이나 반대로 적대나 관조, 반감 등을 통해 일정한 효과를 발생시킨다. 서사주체에 대

고」, 『미학』 32, 한국미학회, 2002, 303쪽.

60   김중신, 앞의 책, 63쪽.

한 수용자의 모방, 동정, 저항, 감계, 전망, 면죄, 재인, 정화 등의 효과가 그 기능적 양태로 구분 될 수 있다.

대중연애서사를 연구함에 독자의 태도와 반응에 방점을 찍는 것은 '활자의 위기'라는 오늘날에 문학의 생명력과 본질에 대한 의미 있는 물음을 제기한다. 문학의 엄숙성을 강조하는 것만으로는 문학의 존재 가치를 더 이상 담보할 수 없다. 결국 문학이 대중독자에게 어떠한 쓰임을 갖고 있는가에 대한 규명은 문학의 기능에 대한 확인임과 동시에 문학의 당위성을 확인하는 일이기도 하다.

바로 이 지점에서 심미주체, 수용자, 또는 숫자로 집계된 통계 데이터로 수치화되는 대중독자에 대한 새로운 정의가 가능하다. 이제 대중 독자는 '허위의식만을 지니고 있는 소외되고 일차원적인 인간들의 집합'이거나 '문화적 바보(cultural dupe)'가 아니다. 세계의 도덕률에 지배를 받으면서 자신의 이해관계에 따라 행동하는 독자는 불가피하게 통합되고 단일한 사회적 주체라기보다는 분열되고 모순된 사회적 행위자(agency)로 보아야 할 것이다. 피스크의 사회적 행위자라는 개념은 자본주의 사회에서 대중독자의 어느 정도의 행위권을 인정한 것으로 그들은 사람(people)이란 개인(the individual)이나 주체(subject) 또는 육화된 주체성(embodied subjectivity)이 아니라 사회적인 이해를 지닌 행위자(agency)인 것이다.[61]

대중연애서사의 독자반응미학을 통한 사(史)적 접근은 일반적으로 대중연애서사가 '여성인물의 연애과정을 통하여 독자를 낭만적 위안의 세계로 인도한다'는 초역사적, 보편적 정의에 반대한다. 이러한 일반적 정의는 개별적 대중연애서사의 인기를 획일적으로 보편화시키는 오류를 범한다. 대중독자의 생생한 심미체험을 통한 텍스트의 효용론적 접근은 독자의 대중적 판단과 기능을 중심에 둔 해석학적 도전이다.

---

61   존 피스크, 박만준 역, 『대중문화의 이해』, 경문사, 2002.

제2부

식민지 시기 대중연애서사

이상적(理想的) 사랑과 도덕적 인간학

제1장

우상적(偶像的) 주체와 아가페적 사랑

1930년대 후반기 대중연애서사의 사랑의 양상은 사랑의 물질성(육체)이 제거된 정신주의적 경향을 드러낸다. 사랑은 육체와 정신의 조화로운 결합을 통해 타인의 전부를 수렴해가는 방식으로 어느 하나만을 극단적으로 추구할 때 불구성을 드러낼 수밖에 없다. 사랑을 정신적인 것으로만 생각하는 것이나 육체적인 것으로만 느끼는 것이나 매한가지로 위험하다. 육체 없는 정신은 현실과 유리되며 정신없는 육체는 현실과 야합한다.[1]

1930년대 대중연애서사의 과도한 이상주의는 사랑의 정신성을 바탕으로, 이를 온몸으로 부딪쳐 실현시키는 문학주체의 고난의 길을 서사화한다. 그들은 타락한 욕망의 유혹에 맞서 단호히 자신의 순결성을 지켜나가는 도덕적 영웅들이다. 폭압적 현실과 타협을 거부하는 이들은 도덕적 정결함으로 세상의 추악함과 맞선다. 이들에게 구체적인 서사주체로서

---

[1]   김동석, 「신연애론」, 『김동석 비평집』, 서음출판사, 1989.

의 명명(命名)이 필요치 않는 것은 이들의 인물됨과 인간됨이 대중소설의 전형적인 토포스(topos)를 따르고 있기 때문이지만 이들이 애정 갈등에 직면해 있는 사랑하는 연인 사이임에도 그 갈등이 사랑하는 연인들의 특성에 맞추어져 있지 않다. 그러므로 서사는 연인들의 연애 사건이나 풍속에 집중하지 않는다.

'남녀 간의 장애가 많은 사랑 이야기'라는 대중연애서사에서 사랑하는 두 주체의 관계성이 사라지고 오직 시련에 대처하는 주체의 행동과 반응에 서사가 집중된다면, 2인칭으로서의 연인 '너'는 사라지고 만다. 사랑하는 '사이'에서 한쪽 편이 사라진 1인칭 주체의 무한 확장은 우상적 지위를 획득하면서 종교적 신비주의에 갇히게 된다. 1930년대 대중연애서사에서 서사주체의 명명이 성모, 예수, 보살 등의 종교적 인물들로 등치되는 것은 바로 이러한 이유 때문이다. 이들의 아가페적 사랑은 야만적이고 즉흥적인 충동과 거리가 먼 고도로 이상적인 비전을 따른다. 사랑의 초월적 시원성(始原性)과 시혜성(施惠性)을 강조하는 아가페적 사랑은 은총적 성격을 통해 우상적 주체의 신적인 절대성을 드러낸다. 절대적 존재인 신만이 이러한 사랑을 줄 수 있으며 인간은 다만 자비와 은총에 참여할 뿐이다.[2]

이렇게 우상적 주체들이 종교적 신성인물로 대치되는 것은 숭배와 찬미를 기본 정조로 하는 식민지 후반기 지배 이데올로기인 파시즘의 전체주의적 세계관에 복무할 위험성을 갖는다. 수용주체는 보편적 당위로서 도덕정신으로 무장한 우상적 주체들을 선망하면서 모방의 대상으로 인식하게 된다. 더불어 하나의 도덕이념으로 제시되는 희생과 봉사, 복무의 개념은 이기적인 자기 준거성을 극복할 대안으로 제시되지만 이 또한 무차별적인 자기희생이라는 측면에서 볼 때 전체주의적 시선을 드러낸다.

이들의 사랑은 '아르랑 가르랑' 거리는 남녀 간의 사랑이 아니라 초세속적인 사랑의 지위를 갖는다. 즉 남녀 간의 사랑이 단순히 개인적인 연

---

2   박병준, 「'사랑'에 대한 철학적 성찰」, 『해석학연구』, 해석학회, 2004.

애의 차원을 넘어 당위적 인간조건과 공리적 윤리를 향해 개방된다. 그러므로 타자와 그들을 구성하는 세상을 위해 함몰되는 이타적 사랑의 논리가 서사 구조를 지배하게 된다.

인간의 도덕적 실존을 문제 삼는 이들의 사랑은 일반인들의 사랑과 비견될 수 없는 위대한 사랑이다. 이상적 사랑은 사회의 위계질서와 조화를 이루며, 무엇이 존중을 초래하고 무엇이 경시를 초래하는지를 규제하는 도덕질서 관념과 조화를 이룬다. 옳고 그름과 선악에 대한 명확한 이분을 통해 절대적 대상의 완전함에서 사랑 고유의 정당성을 발견한다. 그러므로 1930년대 숭고한 사랑은 신에 대한 사랑이라는 종교적 내용을 포함한다. 하느님으로부터 인간의 마음에 부여된 '아가페'는 원죄로 물들어 소외되어 있는 인간이 비로소 구원 받을 수 있는 유일한 사랑이다.[3]

1. '성모'의 재현과 멸사(滅私)의 희생정신

『찔레꽃』[4]은 재자가인(才子佳人)의 사랑하는 남녀 주인공을 둘러싼 오해와 갈등을 극기와 인내로써 이겨내는 여성 주인공을 통해 이타적 사랑의 절대성과 이상화를 보여준다. 이 작품에서 여성주인공 안정순은 고난으로 서사화되는 현실적 한계를 희생으로 넘어서며 이것은 완벽한 성모(聖母)의 이미지로 구현된다.

재능, 덕성, 미모 면에서 한 점의 결함도 없는 완벽한 '여성미의 절정' 안정순은 가난이라는 물질적 한계를 지니고 있다. 가난이 결국 그녀의 사랑을 좌절시키지만 그녀는 개인적 애정에 머무르지 않고 가난한 가족에 대한 책임, 주변 사람들에 대한 봉사와 배려, 자기 자신에 대한 의지로 확

---

3   요하네스 로쯔, 심상태 역, 『사랑의 세 단계―에로스, 필리아, 아가페』, 서광사, 1985.
4   김말봉, 『찔레꽃』, 문학출판사, 1984.

대 변형하면서 사랑의 영역을 확장시킨다. 정순이 자신을 버리되 모든 것을 품는 성모의 이미지로 재현되는 것은 크게 세 가지 측면에서 살펴볼 수 있다. 대리가장, 가정보육교사, 타인의 행복을 위해 자신의 불행을 감내하는 사랑의 양보가 그것이다.

『찔레꽃』의 서두는 '해가 이글이글 대지를 내리쬐는 한여름' 아침부터 일자리를 구하러 다니는 정순의 초라한 행색으로 시작된다. 보육학교 출신의 정순은 다니던 유치원이 하루아침에 문을 닫게 되면서 직업을 잃게 된다. 정순이 일자리를 찾아 서울의 큰 거리를 헤매고 다니는 것은 갑자기 미쳐버린 아버지의 석 달 치 밀린 병원비 때문이다. 어린 동생은 이모님 댁에 의탁해 있고, 썩을 대로 썩어 내려앉은 초가집, 생계를 이을 가장의 부재는 깨끗하고 젊은 여성을 불순한 세계로 던져 넣는다. 어렵사리 보육교사 자리를 얻어 생계를 유지할 수는 있게 되었으나 자신을 핍박하고 모멸하는 외부 세계의 폭력에 정순은 시장에 팔려 나온 송아지처럼 하루하루를 견디어 내지 않으면 안 되었다. 닥쳐 올 가족의 고난을 대신 짐지며 모든 이기적 오해와 폭력적 현실에 맞서는 정순은 더 큰 사랑의 실천을 위해 자신을 희생의 제물로 바친다.

가족을 위해 돈을 벌어야만 하는 교육받은 신여성의 설정은 1930년대 초반 과도한 섹슈얼리티로 가족제도를 위협하던 '모던걸'로서의 신여성과는 확실히 대별(大別)된다.[5] 대부분의 신여성들이 경제적 어려움으로 직업세계에 발을 들였다 하더라도 신세한탄이나 허영에 들뜬 욕망으로 가족들의 애물단지가 되거나 몸을 망치기 십상인데 반해 가난한 집안을 건사하기 위해 젊음을 희생하는 정순은 '어디까지나 자기 자신 이외에는 생각지 못하는 동물적 존재들'과는 변별된다.

정순이의 직업은 보육교사이다. 정순의 구체적인 직업 활동이 사회에서 이루어졌다면 정순의 교사적 입지가 확인되었겠지만, 정순은 가정보

---

5   김종수, 「멜로드라마적 인물과 자본주의 가치의 내면화」, 『대중서사장르의 모든 것』, 이론과실천, 2007, 151쪽.

육교사로 활동하면서 '어머니'의 이미지가 부각된다. 오래 전부터 심장병으로 누운 경애의 어머니를 대신해 어린자녀들의 엄마 역할을 담당하게 된 것이다. 정순은 경애 어머니의 질투와 모함 속에서도 꿋꿋하게 아이들을 자기 자식처럼 돌보고, 경애 어머니가 죽은 후에도 조만호의 집을 나가려고 했으나 "어린 아들 용길이가 엄마를 부르며 선생님을 찾는다"(『찔레꽃』, 233쪽)는 행랑어멈의 말을 듣고 발길을 돌린다. 시기와 질투로 매일 정순을 들볶던 경애 어머니도 죽기 전에 정순을 어린 아이들을 마음 놓고 맡길 수 있는 유일한 '새어머니감'이라고 말한다.

정순이 구체적으로 성모의 이미지를 획득하게 되는 것은 한 번도 만난 적도 본 적도 없는 경구가 세계일주에서 막 돌아와 아이들의 가정교사인 정순에게 성모의 그림이 들어 있는 사진을 선물하면서부터 이다. 이로써 정순은 성모의 이미지로 강렬히 환기되는데 경구는 용길을 안고 있는 정순이가 귀국 기념으로 정순에게 준 마돈나(聖母)의 그림과 같이 생각되어 일순 정순에게 합장하고 싶은 충동을 느끼곤 한다.

병든 아버지와 가족을 위해 헌신하는 대리가장의 모습에, 자신을 핍박하고 모멸하던 이의 자식들을 사랑으로 끌어안음으로써 획득되는 모성적 이미지는 자신을 죽여 더 큰 사랑을 실천하는 성모적 이미지로 승화된다. '하늘에서 내려온 듯이 티 없이 아름다운 정순의 육체', '짙은 그늘을 쫓아내주는 오직 하나의 태양', '경건하고 깨끗한 정순의 미소' 등은 정순의 이미지를 모성애, 자매애, 인류애를 지닌 성스러운 어머니나 구원의 여성으로 기능하게 한다.[6]

부성(대리가장)과 모성(성모)을 동시에 가져 탈성화(脫性化)된 정순은 마지막으로 사랑하는 남자의 행복을 위해 자신의 사랑을 포기한다. 정순은 경구에게 경애가 민수를 사랑하고 있으며 민수와의 결혼을 희망하고 있다는 이야기를 듣는다. 정순은 마음 같아서는 당장 모든 오해를 풀고 민

---

6   김미현, 「여성 연애 소설의 (무)의식―김말봉의 『찔레꽃』을 중심으로」, 『여성문학을 넘어서』, 민음사, 2002, 233쪽.

수가 자신의 약혼자임을 밝히고 싶지만 졸업 후 유학을 시키는 것은 물론 민수의 생활비쯤이야 간단히 해결해 줄 수 있다는 이야기를 듣고 과연 자신이 민수의 행복을 깨뜨릴 권리가 있는지를 반문한다. 자신과 결혼하는 것보다 경애와 결혼하는 것이 더 나으리라는 정순의 생각은 민수의 입장에서 모든 것을 생각해 보려는 정순의 지극한 사랑에서 출발한다.

정순은 모든 오해가 풀린 후에도 자신의 사랑을 재출발시키기보다는 그 남자를 사랑한 다른 여성(경애)의 불행을 막기 위해 새로운 사랑의 시작을 거부한다. 정순이 경구의 열렬한 구애를 거부하는 것도 똑같은 이유에서이다. 정순은 경구에게 그의 신부가 될 날만을 손꼽아 기다린 윤회에게 잔인한 남성이 되지 말라고 충고한다.

> 모든 것은 될대로 되지 않았어요? ······ 민수씨! 이미 한 여자를 울렸으니 또 다시 한 여자를 울리는 것은 너무 잔인하지 않아요? ······ 두 분은 이미 약혼을 하셨으니······ 행복 되시기만 빕니다.
>
> ─『찔레꽃』, 402쪽

타락한 세상에 도덕적 주체로서 자존심을 지켜나가는 정순이 자신의 개인적 사랑을 희생하여 더 큰 사랑을 실천하는 '성모'의 이미지로 고양되는데 반해 남성미의 절정인 이민수는 도덕적 영웅의 모습을 보여주는데 그친다. 일주일 전에 자신의 집을 경매에 부친 조만호의 딸 조경애를 죽음의 경각에서 구해낸 민수는 '운명의 물레바퀴'처럼 교만한 조만호에게 도덕적으로 패배감[7]을 안기고 결국 자신이 승리하였다는 사실에 쾌감을 느낀다.

---

7 "자기는 일주인 전에 자기집 응접실에서 어떻게 무정하게 이 청년의 부자를 보냈던고? "에이, 여보쇼. 당시도 자식 키우지요? 두고 봅시데이! 흥, 세상은 물레바퀴라."하고 분노에 떨던 이 도사의 말소리가 지금 북소리처럼 조만호 씨의 귀를 울리는 것이다. 그 노인의 아들이 목숨을 내걸고 경애를 건졌다는 사실은 뜨거운 숯불로 그의 이마를 지지기라도 하는 듯 진땀이 내솟는 것을 어찌할 수 없었다. 생각하면 할수록 부끄러워졌다. 차마 민수를 치어다 볼 용기가 없다. 하물며 무어라고 이러니 저러니 말

민수가 날렵한 승마 솜씨로 경애를 구하고 경애 또한 혼절한 상태에서 영환을 무시하고 민수를 찾으며, 경애의 사고 소식을 듣고 온 가족이 달려와 민수에게 경의를 표하는 대목에서 '진실로 선(善)으로써 악(惡)을 이긴' 민수의 행동은 악인들 스스로에게 반성의 기회를 제공하였기에 더욱 정의롭고 대범하게 부각된다.

높고 거룩한 인류애를 실천한 민수의 영웅적 행동은 여기에서 그치지 않는다. 경애의 퇴원과 경구의 귀국을 축하하는 가족 파티에서 영환이 제시한 현상금 오천 원을 거절한 민수의 '젊은 사자와 같이 늠름한' 노기는 참석자들로 하여금 저절로 고개가 숙여지게 만든다. 더불어 이것을 기회로 가난한 민수를 비웃어 주자했던 윤영환의 그릇된 짐작과 현상금으로 경애의 생명을 건지려 했던 영환의 존재를 부각시키고자 했던 조만호의 술책은 민수의 옥 같은 행동과 대비되어 더욱 비열하고 추잡하게 그려진다.

그러나 '남성미의 절정'인 민수의 영웅적 행동이 정순의 성모와도 같은 '숭고미'로 상승되지 못하는 것은 민수의 모든 행동이 '도덕성'으로 위장된 '복수심'에서 비롯되었기 때문이다.

> 내 아버지를 울린 녀석! 그리고 그 경애라는 교만하고 맹랑한 계집애 앞에 서서 오천 원을 받아 버린다면? 모처럼 참말로 천재일우의 기적적으로 얻은 내 복수(復讐)가 그들 오천 원과 상쇄(相殺)되어 버리겠지? 흥, 오천 원에다 내 감정을 팔아 버릴 수는 없거든. 그보다도 오천 원을 내게 던져 주고 난 뒤에 마치 삯군에게 삯을 지불한 것처럼 득의 양양해질 그 꼬락서니를 차마 볼 수 없었을 것이 아니야.
>
> —『찔레꽃』, 202쪽

자신의 행복을 깨뜨린 조만호에 대한 복수는 경애와의 약혼으로 이어진다. 복수는 사랑의 절대성이 실패한 대상을 향하는 것이 아니라 사랑에

이 나올 수는 없는 것이다."(『찔레꽃』, 169쪽)

실패한 자기 자신에 대한 보상으로 나르시시즘의 절대성을 드러낸다. 민수가 정순이 조두취와 결혼할 것으로 오해하고 경애와 약혼하려 드는 것은 이러한 복수로서의 사랑을 보여준다.

이민수의 사랑이 안정순의 사랑처럼 숭고성을 담지할 수 없는 것은 '오해'라는 똑같은 상황 속에서 민수와 정순의 반응태가 극적으로 상반되기 때문이다. 정순은 자신보다 먼저 민수의 입장에서 생각하고 과연 그에게 이익이 되는 것이 무엇일까를 고민하는 반면 민수는 자신을 물질적으로 패배시킨 조만호와 정순에 대한 복수심으로 들끓었던 것이다.

가난하지만 순결함을 잃지 않고 타락한 세계에서 고고하게 자신을 지켜나가는 정순은 값 높은 영혼의 값 높은 승리를 보여주며 성모적 이미지로 재현된다. 허위와 가면의 진흙탕 싸움에서 공리적(功利的) 현금주의자가 되지 않기 위해 늘 경계하며 도덕적 자존심으로 자신을 지켜나가는 정순은 그야말로 '보아주는 이가 없어도 홀로 피어 알아주는 이가 없어도 향기를 보내주는 찔레꽃'과 같이 숭고한 면모를 지닌다. 정순의 '거절'이라는 당혹스러운 결말은 찔레꽃이라는 상징적 장치를 통해 긴장을 완화시키고 복선적 역할을 수행한다. 경애에 의해 포착되는 찔레꽃의 이미지가 정순의 성격과 행동을 시종일관 지배함으로써 안정순의 존재를, 그와 동시에 안정순의 삶으로 표상되는 자기희생과 헌신이라는 모랄을 신비화한다.[8]

2. '예수'의 부활과 기독교적 박애주의

'전 인류의 근본 문제, 개인생활의, 가정생활의, 국가생활의, 세계평화의 근본문제를 포착하려는 소설'[9]로 찬(贊)을 받으며 1천 원 현상모집에

---

8   서영채, 「1930년대 통속성의 존재방식과 그 의미」, 『민족문학사연구』 4, 민족문학사연구소, 1993, 287쪽.

당선된 박계주의 『순애보』는 사랑에 순(殉)하는 사도들의 고난과 그들의 승리를 통해 더 큰 사랑의 부활을 노래하는 순교자의 서사시이다.

남성주인공 최문선은 천품(天品)과 재능 면에 있어 이상적 인물이다. 현실의 물적(物的) 고난과 고아라는 외로움은 고결함을 첩색(疊色)시키고 민족주의적 혈통은 영웅의 계보를 덧씌운다.[10] 초기의 현실적 어려움은 영웅의 곁에서 그를 돕는 영호와 명희에 의해 조력된다. 문선은 영호의 도움으로 자신의 예술가적 기질을 발휘할 수 있었고, 연인 명희의 도움으로 교육가의 길로 나아간다.

문선이 교육자로서 농민복음학교에서 학생을 교육하던 중 일어난 에피소드는 대부분의 선행 연구에서 무시되었지만, 그가 '원수를 사랑하라'는 기독교적 사랑을 실천하고 성자의 모습으로 부활하기 위해 선행되어야 하는 '이기적인 자아의 파괴'라는 측면에서 중요한 삽화로 살펴볼 필요가 있다.

문선은 조선어 마지막 수업시간에 아이들이 자신의 비통한 감정과 달리 떠들며 장난치자 격분하고 이에 한 아이를 심하게 때린다. 문선은 수업이 끝나고 자신의 생활 철학을 어기고 분노를 폭력으로 표출한 것을 후회한다.[11] 문선은 생도를 때린 일로 자신의 본모습을 마주한다. 지금까지

---

9   이광수, 「인간의 근본문제를 논하는 소설」, 『매일신보』, 매일신보사, 1939.12.17.

10   『매일신보』에 연재된 『순애보』와 해방 이후 작가가 전면적으로 수정한 단행본 사이에는 상당한 차이가 있다. 가장 뚜렷한 차이는 해방 후의 간행본에는 인물의 내력이나 사건을 독립운동과 연관시키거나, 민족의식을 고취하는 삽화를 문선이 지은 소설이라는 명목으로 삽입하는 등 민족주의적 색채로 윤색되어 있다. 거기에 인물의 심리묘사가 보강되어 있고, 종교적·도덕적 설교의 경향뿐만 아니라 그에 못지않게 선정적인 표현의 농도 역시 강화되었다. 우리에게 단행본이나 한국문학전집 등에 수록되어 알려져 있는 『순애보』의 텍스트는 모두 해방 후 발간된 수정본이다. 지금까지 『순애보』에 대해 언급한 대부분의 연구는 해방 후의 수정본을 기초로 이루어져 있어 1930년대 시대적 산물로서 작품의 실상을 제대로 드러내지 못한 경우가 많았다. 따라서 본 논문은 작품이 놓인 당대적 현실과 문맥을 고려하여 『매일신보』 연재 당시의 텍스트를 연구의 저본으로 삼는다.

11   "교육은 주먹으로 세례를 주는 그러한 강압적 수단으로 되어지는 것은 아니다. 인격의 감화, 사랑의 감화, 이러한 생활로서의 감화로 교육 시키는 교육가가 아니면 교육

자신은 남보다 낫다는 우월감과 남보다 착하다는 교긍심으로 타인을 낮추어 보았다. 남보다 잘한 일을 하거나 선량한 일을 할 때에도 타인을 의식하고 그들보다 나은 태도를 가지려고 하였다. 타인의 칭찬을 즐기고 보상을 사양함으로써 더욱더 '값 높은' 존재가 되는 것 같았다. 하지만 이러한 행동은 진심으로 타인을 위한 것이 아니라 남을 이용하고 희생시키면서 자신을 선전하는 우상화 작업이었다. 이 일을 계기로 문선은 자신이 얼마나 이기적이었는지를 깨닫고 '나'를 가장 무서운 적으로 돌리고 적과 싸워서 이기기를 힘썼다.

문선은 보통의 일반인이 보기에 충분히 훌륭한 인격을 갖추었으나 자신을 견책하고 고통스러워한다. 문선의 고통의 원인은 외부에 존재하는 악에 대한 항쟁이 아니라 자신의 도덕적 결함에 대한 자성에서 비롯된다. 진정한 죄책 경험은 자신의 이기심을 냉혹하게 차단하려는 노력으로 이어진다. 이기적인 나를 죽이고 사랑으로써 감화를 실천하자는 생활철학의 입지를 세운 문선은 실제로 도둑질 하던 아이의 매를 대신 맞음으로써 생활철학을 실천한다.

문선이 자아의 소멸에 집착하는 것은 개인적 행복을 실현하고자 하는 이기적 욕구는 희생적 사랑이라는 윤리적 당위를 종종 위반하기 때문이다. 당위의 실천자로서 개인은 더 큰 당위를 위해 개인적, 이기적 욕심을 버려야 한다. 자기의 물적, 정신적 이익을 따지지 않을 때에만 진정한 타인의 행복을 기대할 수 있다. 만약 자신의 욕심이 타인의 이익을 압도할 때 윤리적 당위성은 훼손되고 이기적 소유욕만이 남게 될 것이다. 결국 '나를 없애지 못하면' 남을 위해 희생할 수 없다.

그렇기에 아가페는 자기 상실적 사랑이다. 대주체를 향해 나아가기 위해서 자기 상실은 반드시 선행되어야 한다. 아가페는 사랑하는 관계에 있어 상호성을 기대하지 않으며 감성에 의해 촉발된 사랑이 아니라 의지의

___

가의 자격이 없다. 사랑에는 분노가 없고 폭력이 없다. 사랑은 어디까지든 사랑 그것으로써 감화요 희생이다."(『순애보』 43회, 1939. 2. 13)

강렬한 표현이다.[12] 교육가로서의 생활을 통해 일상에서 '나(自我)'가 없는 생활을 동경하게 된 문선은 원수를 대신하여 자신의 소중한 목숨을 내어놓음으로써 아가페적 사랑을 실천하는 성자의 모습으로 나아간다.

서울 K유치원 보모로 일하는 인순은 송도원 해수욕장으로 피서를 왔다가 우연히 보트가 전복되는 사고로 문선의 도움을 받고 사랑에 빠지게 된다. 문선에 대한 인순의 사랑은 날이 갈수록 심해졌고 문선과 결혼하기 위해 자신의 정조를 제공하기로 결심하고 문선을 자신의 집으로 초대한다. 문선은 인순의 간곡한 초대를 받아 늦은 시각 인순의 집으로 향한다. 문선은 평소에 학교에 잘 나오지 않는 생도의 집을 찾아다니다가 인순이 초대한 시각보다 늦게 인순의 집에 도착하게 되는데, 인순의 비명 소리를 듣고 뛰어 들어간 집에서 흉한이 던진 탁상 전등을 맞아 실명이 되고 인순의 강간 살인범으로 억울한 누명을 쓰게 된다. 생명의 위험에 처한 여인을 구해준 행위와 또 그녀에게 베푼 선의의 배려, 그리고 교육자로서의 사명 등의 이타적 행위로 말미암아 문선은 엄청난 고통과 시련을 맞이한다.

문선은 의식이 깨어나자 자신이 추악한 누명을 쓴 강간범이자, 앞을 못 보는 장님으로 폐물이 된 것에 분노한다. 자신의 앞날에 대한 모든 희망과 포부를 꺾어 버렸으며 사랑하는 사람의 모습도 볼 수 없게 만든 원수에 대해 '때려도 시원치 않고 칼로 그의 가슴을 푹 찔러 준다고 하여도 시원치 않을'것 같았다. 그러한 생존 욕구와 내면적 갈등으로 고민하던 문선의 앞에 사건의 원흉인 이치한이 나타난다. 이치한은 자신이 진범임을 밝히고 범행 일체를 고백한다. 문선은 자신이 지금 예수와 똑같은 상황에 처해있다고 생각한다. 생명을 빼앗은 가장 미워할 원수를 향하여 오히려 복을 빌어준 예수와 같이 문선은 자신을 희생하기로 결심한다. 문선은 이치한의 정체를 묻는 경찰에게 "그 이는 내 동무올시다"라고 말하고 돈을 주어 보냄으로써 누명을 벗을 기회를 스스로 포기한다.

---

12   한영숙, 「긍정적 자아 정체감과 자존감을 위한 사랑의 구성요소와 유형에 대한 연구」, 고신대 석사논문, 2005, 44쪽.

문선은 세 목숨을 살리기 위해 한 목숨을 희생하는 수(數)의 우열을 통해 자기희생의 논리와 타협한다. 문선은 타인을 위한 희생의 정신을 자기의 생활에서 실현하게 될 때 장차 자신의 죽음은 신이 주신 선물이요 은혜라고 생각한다. 그는 자신의 세속적 행복보다 종교적 진리를 실천하게 됨에 오히려 기뻐하는 순교자적 정신을 보인다. 문선이 상상적 순교[13]를 통해 거듭남(rebirth)은 '예수'의 부활로 이미지화 된다. 문선이 '예수'적 이미지로 환기되거나 그에 상응하는 숭고미를 갖는 것은 문선이 보통의 인간적 욕망을 넘어서는 극단의 용기를 갖기 때문이며 종교적 명령을 흔들림 없이 수행하기 때문이다.

최문선과 함께 이상적 사랑의 숭고한 가치를 실현하는 순애(殉愛)의 사도들로 윤명희와 장혜순이 있다. 이들의 사랑은 신뢰와 성실을 바탕으로 하기에 운명적으로 느껴진다. 끊임없이 동경과 애모로써 자기를 제공하고 그 사랑이 배신의 휘장을 드리워도 자신에게 부과된 운명을 묵묵히 실천한다.

여주인공 윤명희는 어린 시절부터 문선에게 품었던 사랑의 마음을 성인이 된 이후에도 변함없이 간직하며 늘 문선의 곁에서 그를 돕고 자신의 사랑을 지켜 나간다. 명희는 문선이 위궤양으로 병원에 입원할 당시 피가 부족한 문선에게 수혈을 한 이후 더욱 확고한 운명적 사랑을 예감한다. 문선이 교육자로서의 생활원리로 '나를 죽이는 작업'의 선행을 통해 순교자로 나아갔다면 명희는 육체에 대한 죄의식으로 정신적 순결의 이상적 사랑을 구현한다. 명희는 문선과 재회한 뒤 문선을 향한 사랑의 감정을 싹틔운다. 그러나 "이렇게 남자를 그리워하는 것은 여자로서 온당치 못한 행실이 아닐까? 어렸을 때는 어려서 그랬거니와 지금은 장성한 처녀

---

13 물론 문선은 사형당하지 않는다. 사형일을 얼마 남겨두지 않고 이치한이 스스로 자수하여 모든 누명이 벗겨지기 때문이다. 하지만 문선이 육체적으로 절명(絶命)되지 않았다 하더라도 그 스스로가 원수를 대신하여 죽음을 받아들이고 순종하는 것으로, 문선은 상상적 순교를 하였다고 보아도 무방할 것이다.

로서 사나이에게 마음을 빼앗기고 있다는 것은 죄를 범하는 것이 아닐까"(『순애보』 26회, 1939.1.26) 하고 반성한다.

늘 함께하지 못하는 연정의 대상을 그리워하고 보고 싶어 하는 것은 사랑하는 사이에 있어 당연한 것이지만 이것이 마음의 그리움이 아니라 육체적 욕망일까 명희는 경계한다. 명희의 고민은 욕망을 규율하는 양심의 존재를 부각시키고 이러한 경계는 어리석은 죄의식일지라도 정신적 순결함을 보장하는 증표가 된다.

명희의 순결한 죄의식은 금강산 여행 중 문선과의 우연한 포옹을 '육체의 정조'를 받쳤다고 믿게 한다.[14] 이로 말미암아 "그이가 만일 이미 사랑을 약속하고 사랑을 속삭이는 애인을 가졌다 하면 나는 그 부부의 행복을 빌면서 나의 남은 생애를 독신으로 끝마칠 터"(『순애보』 38회, 1939.2.8)라는 '마음의 정조'로 이어진다. 명희의 극단적 순수함은 육체에 대한 순결한 죄의식에서 비롯되어 정신의 초월적 지향으로 무한히 확대된다.

명희의 마음의 정조론은 문선에 대한 확고한 믿음으로 이어진다. 명희는 아무리 세상에서 문선이 치정살인을 저지른 강간 미수범이라 떠들어도 그의 결백을 믿는다. 추운 날 감옥에서 고생할 문선을 생각하며 구미(口味)도 잃고 방에 불을 때기도 금하며 사랑의 고행을 견디어 나간다. 명희의 일편단심 숭고한 사랑이 더욱더 빛을 발하는 것은 문선이 사라지고 난 후이다. 문선이 감옥에 있을 때는 누명만 벗겨지면 결백이 증명되어

---

14 "명희는 이날까지 그 몸을 어느 남자의 품에 안겨보지 못하엿고 — 안겨보지 못하엿다는 것보다 안겨보지 안엇다 — 그 손목조차 남자의 손에 쥐여 보이지 안엇다. 이럿케 결백하게 자라오든 명희는 이제야 비로소 소중히 녀기든 자기의 정조의 절반을 일흔것 갓치만 생각되엿다. 문선의 품에 안겻다는 것. 그리고 그의 목을 껴안엇다는 것. 그의 얼굴에 자기의 얼굴이 다혓다는 것. 그가 자기의 허리를 끌어 안엇다는 것. 이 모든 것은 결백하게 잘오든 처녀의 자랑의 절반을 일케한 것이라고 명희에겐 생각키엿다. '그럿타. 나는 처녀가 소중히 녀기는 정조의 절반을 그에게 제공하고 만 것이 아니냐.' '만일 내가 금후 다른 남자를 그리워 하고 다른 남자와 결혼한다면 나는 나의 마음의 정조를 남용하는 음녀(淫女)와 다를 것이 무엇이랴.' 그의 순결한 처녀심은 이러케까지 극단의 정조관을 부르짓는다."(『순애보』 34회, 1939.2.4)

석방되고 자신에게 돌아올 것과 힘든 시간을 견딘 자신의 사랑이 이루어질 것이라는 희망이 있었다. 하지만 사랑의 대상이 사라지고 난 후 가족의 권유와 주의의 시선에도 굳건히 자신의 마음의 정조를 지켜나가는 명희의 사랑은 과연 숭고함의 극치라 할 수 있다.

후일담 형식으로 혜순의 편지로 서사화되는 문선과 명희의 사랑은 '사랑을 가르쳐 주는 부부애의 본질'을 그려주는 것이요, '연애 그것의 최고 수준'을 보여 주는 것이다. 명희는 문선의 눈이요 손과 발이 되어 줌으로써 자기 헌신을 통한 희생적 사랑을 실천한다. 진정한 사랑은 현실의 질곡이나 고통의 모든 것을 초월한다는 대주제를 통해 사랑의 자기희생적 윤리는 선포된다.

윤명희의 정숙하고 헌신적 사랑은 장혜순의 서사로 이어진다. 혜순은 철진과 결혼하였으나 더러운 누명을 쓰고 이혼 당한다. 그러나 혜순에게 이혼은 오히려 전화위복의 계기가 되는데 우연히 선교사 멜폰 여사의 도움으로 장래가 촉망되는 성악가로 성장하게 된다. 혜순은 명희, 멜폰 여사 등과 평양을 여행하던 중 철진과 옥련이 탄 차와 교통사고를 일으킨다. 이 사고로 철진과 옥련은 큰 부상을 입게 되는데 혜순은 이들에게 수혈하여 '원수를 선(善)'으로 갚는다.

문선이 '원수를 사랑하라'는 성현의 덕목을 '순교'로써 실천하여 박애정신을 펼쳤다면, 명희는 더 큰 사랑에 순(殉)하기 위해 고난과 시련의 길을 걸음으로써 헌신적 사랑을 도모하였다. 이에 혜순은 '자기 가슴에 못을 박아 아픈 상처를 주고 떠나간' 원수를 '용서'함으로써 아가페의 사랑을 실천한다. 용서(容恕)는 이기성을 벗어난 '베푸는 자아(self-giving)'의 윤리를 통해 아가페의 힘을 드러낸다. 용서는 자신을 박해하고 억압한 타인을 기꺼이 허용하고자 하는 마음의 자세로 상호성의 원리가 무너졌을 때 그것을 회복시켜주는 최선의 도덕적 대안이 될 수 있다. 용서하는 자는 선과 악의 구분이 아무것도 아님을 아는 사람에게만 가능하며 도덕적 성취를 넘어선 초월적 시선에서만 가능한 것이다.[15] 자신을 배반한 철진과 옥란을 용서하고 사랑하는 순수함을 지닌 혜순은 문선과 명희의 사랑의 완성을 기록하고 전하는 관찰자로서 자기희생적 사랑을 실천하는 인물군을 형성하게 된다.

『순애보』에서는 사랑의 실현과 그것을 방해하는 인물들의 삼각관계가 그 관계성을 통해 주제를 형성하기보다는 인물들의 개인적 행적을 통해 고난에 대처하는 자세와 숭고한 희생에 초점이 놓인다. 인류를 위한 희생과 타인을 위한 봉사라는 윤리의 반복적 주입은 고통의 미화를 통해 개인의 희생을 조장하는 총동원 체제하의 국가주의 이데올로기를 투사한다.[16] '현실적 패배를 은폐하고 숭고한 종교적 사랑의 역설, 그리고 '선으로 악을 갚자'는 극단적 이상주의의 논리는 파시즘적 억압의 순응에서 더 나아가 적극적인 친일의 논리로 전화할 수 있는 가능성마저 안고 있다'[17]는 점에서 위험성을 지닌다.

3. '보살'의 현신과 인류애적 자비심

대중연애서사의 견지에서 보면 『사랑』[18]은 안빈에 대한 석순옥의 직선적 욕망을 드러내지만 그것이 사랑을 통해 일개인의 낭만적 환희나 희열을 목표로 하는 것이 아니라 사랑을 성취하는 과정에 중생이 사랑으로 완성되고, 세상이 사랑의 세계가 되는 날, 비로소 자신의 사랑도 완성된다는 종교적 성취를 목전에 두고 있다.[19] 그러므로 『사랑』의 서사주체들

---

15   라인홀드 니버, 노진준 역, 『기독교 윤리학』, 은성출판사, 1998, 203쪽.
16   진영복, 「『순애보』의 자기 소멸을 통한 주체화 방식」, 『어문론총』 45, 한국문학언어학회, 2006, 579쪽.
17   김영찬, 앞의 글, 63쪽.
18   이광수, 『이광수대표작선집』 5, 삼중당, 1968.
19   한 여성으로서의 순옥의 사랑은 사랑 그 자체의 특질이 이성에 대한 그것이었으면서

은 사랑에 빠져있는 연인들이자 사랑을 통해 세계를 계도시키는 수행자(修行者)들이다.

『사랑』의 세계가 이념화하는 사랑의 큰 특징은 정신성의 절대화이다. 정신성의 절대화는 이상주의적 사랑의 강렬함을 상징한다. 정신과 육체를 분리하고 육체를 제거한 바탕 위에 정신의 극단화는 성인적 삶을 통해서만 완성될 수 있는 극기의 세계이다. 정신적 삶의 극단을 보여주는 핵심적 인물인 안빈은 인물 간의 반목(反目)을 조정하고 삶의 가르침을 제시하는 성자적 위치를 갖는다. 안빈은 인간적 명성과 이기와 절연한 살아있는 우상이자, 중생을 구원하기 위해 이 땅에 재림한 부처가 된다.

안빈은 성숙한 남성의 시선으로 세상의 진리를 깨닫고 중생을 자비의 가르침으로 인도하는 중계자이자 그 스스로가 이미 성자의 반열에 올라있는 완성자이다. 반면 어렸을 적부터 안빈의 높은 정신적 세계를 사모해왔고 그의 곁에서 도와 드리는 것만을 생의 목표로 삼는 순옥은 안빈의 지침에 따라 사랑을 실천하고 그로 인해 성녀로 완성되어가는 인물이다. 『사랑』의 서사 전반은 석순옥이 사랑하는 이의 가르침을 따라 중생을 계도하고자 희생하는 불보살의 이미지로 형상화된다.

석순옥의 안빈에 대한 사랑은 일반 남녀들의 '연애라든지 혼인라든지'를 구하는 사랑이 아니다. 그 사랑은 신을 숭배하는 신자의 마음과 같이 우상적이며 복종적이다. '육체를 떠나서 영혼으로 여호와라는 육체없는 이를 사모하는' 숭고한 마음에 연애나 혼인의 일반적 감정이 섞인다면 오히려 그것이 타락일 것이다.

성자와 성녀의 존재들에게 육체라는 것은 욕심의 발원체이다. 육체가 추구하는 감각적 욕망은 동물적 본능에 가까운 것으로 육체에 대한 욕망을 떼어버린 사람만이 '영원한 존재'가 될 수 있다. 철저히 탈성화(脫性化)된 사랑으로 사랑의 정신성은 절대화되고 육체를 희생의 제물로 제공함

도 이미 이성을 초월하고 있는 것으로 발전되어 있다. 이것이 곧 이상적 사랑이라고 할 수 있다. 조연현, 『한국 현대문학사』, 성문각, 1969.

으로써 이들은 성인의 반열에 오르게 된다. 순옥이 자신의 피 속에 아모로겐이 생기지 못하도록 노력하고 영원히 아우라몬의 상태로 유지하려 함은 이 때문이다. 십여 년이나 마음으로 사모하고 삼 년 동안이나 그 사모하는 이의 곁에 있으면서도 사모한다는 말도 못하던 순옥의 사랑은 '아우라몬'[20]을 통해 일절의 애욕이나 번민을 내포하지 않은 정신의 결정체이자 숭고의 표상이 된다.

> 순옥! 일생에 변치 말고 아우라몬으로 살어. 순옥이 한 사람이 세상에 있는
> 것이 전 인류의 복일 것이야. 아우룸 아우룸(金)! 순옥은 일생을 진금으로 살아,
> 응. 납이 되지 말고 납이 되지 말고.
>
> —『사랑』, 68~69쪽

순옥의 살아 있는 시성식(諡聖式)은 안빈의 생화학을 통해 증명되고 거행됨으로써 순옥의 보살행은 과학적으로 선포된다. 순옥의 성인화(聖人化)는 과학적 증명을 통해 순옥의 내부적 속성으로 확약되고 주변인물들의 증언을 통해 재확인된다.

먼저 천옥남-안빈-석순옥의 삼관관계에서 살펴보자. 이들의 삼각관계에는 악인이 없다. 앞서 살핀 바대로 안빈과 석순옥은 성인의 반열에 오른 인물들이며 석순옥과 연적관계에 있는 천옥남은 '수녀에게서 보는 듯한 싸늘한, 성스럽다고 할 만한' 인물이다. 하지만 이들이 서사 내적으로 처첩의 갈등을 형성하는 것은 천옥남의 질투심이 유발되고 그로 인해

---

20 안빈이 박사 논문 연구 중 발견한 아모로겐은 이성 간의 사랑의 감정으로 인해 분비되는 특수한 물질이다. 아모로겐은 두 가지 물질로 구성되는데 하나는 애욕의 번민으로부터 분비되는 취소(臭素)라는 물질이고 다른 하나는 순정한 자비심과 같은 정신적 사랑으로 분비되는 아우라몬이라는 물질이다. 아우라몬은 현숙한 어머니의 아기를 안은 가장 무심한 상태에서만 찾을 수 있는 인간의 모든 이기욕을 떠난 성자의 피에서만 채취할 수 있는 물질이다. 이 아우라몬이 순옥의 혈액에서 채취된다. 절정의 순수 '퓨어 아우라몬'이다.

괴로워하는 내면 정경이 곳곳에 포착되기 때문이다. 안빈이 순옥의 도움으로 박사논문이 통과되고 명성을 날리자 세상의 소문과 이목은 천옥남의 질투심을 부채질한다. 남편을 사랑하는 여자가 남편을 도와주는 것은 내가 하지 못하는 일을 대신 해주는 고마운 일이라고 항변하며 자존심을 지키려 하지만 심정은 괴롭고 이로 인해 병이 도져 심각한 지경에 이른다. 이에 옥남은 원산요양을 결행해 질투의 뿌리를 불살라 승리자의 기쁨을 안고 집에 돌아오든가, 도저히 이 질투를 이기지 못하면 최후의 수단으로 죽어 버리기로 결심한다.

하지만 옥남의 질투심은 자신을 대하는 순옥의 깨끗하고 거룩한 태도에 변화된다. 사람까지 죽일 수 있는 질투라는 강력한 힘은 그 열정의 불길을 잠재우는 '자비심'을 통해 진화(鎭火)된다.[21] 위선의 가면을 쓰고 질투심으로 들끓던 옥남의 내면은 순옥의 참모양을 보고 저급한 동물성을 버리고 참된 깨달음에 이르게 된다. 순옥의 옥남에 대한 헌신적 사랑은 결국 연적인 옥남의 내적 변화를 유발하고 스스로 두 손 모아 숭배하게 만드는 강력한 힘을 발휘한다. 이를 통해 옥남은 남편과 순옥에 대한 신뢰를 회복하고 성인의 경지에서 죽음까지 초연하게 맞이한다.

천옥남-안빈-석순옥의 관계와 빗대어 박인원-안빈-석순옥의 관계도 살필 필요가 있다. 이들의 삼각관계는 박인원과 석순옥이 처음부터 서로를 친동기간으로 생각하고 서로를 통해 상생된다는 점에서 삼각관계가

---

21 "이튿날두 또 그다음 날두 밤 세 시쯤 되면 순옥이가 내 곁에 와서 내 손을 가만히 만져보구, 그리구는 가제루 손을 싸가지구는 내 이마의 땀을 씻구, 그리구는 등으로 손을 넣어서는 등골의 땀을 씻구, 그리구는 한 번 가만히 한숨을 짓구, 그리구는 살그머니 일어나서 순옥이 자리루 돌아가서는 아이들 이불을 덮어주구, 머리를 한 번 더 만져주구, 그리구는 기도를 하는 모양으로 잠깐 가만히 앉았다가 누워 자지 아니했어?" "그때 순옥이는 천사와 같이 환히 빛이 났어. 순옥이 몸에서는 사람의 몸에서는 맡을 수 없는 향기가 나구, 그리구 그 손의 보드라움, 따뜻함, 순옥이, 이것으로 나는 순옥의 참모양을 보았어. 순옥이는 화식 먹는 사람이 아니라구, 천사라구. 관세음보살님이시라구. 밤중마다 그렇게 앓는 나를 염려하구, 그렇게두 자비스럽게 도한(식은 땀) 흘리는 내 몸을 아껴서 땀을 씻어주는 것이."(『사랑』, 137~138쪽)

형성되지 않는 듯 보이지만, 인원과 순옥의 이상이 부딪치거나 안빈에 대한 인원의 욕망이 은폐된 채 노출될 때 유효해 진다. 인원은 순옥을 곁에서 지켜보면서 그녀의 공상이 어린 계집의 허영심이나 유명인사에 대한 소녀적 감수성이 아니라 물질적, 세간적 욕망을 버린 높은 생각과 티없는 정신생활이라는 것을 확인하고 자신 또한 순옥의 살아가는 모양에 눈을 뜨고 영혼의 깨달음을 얻게 된다. 순옥이 진정한 사랑을 완성시키기 위해 안빈의 곁을 떠났을 때, 순옥을 대신하여 안빈의 곁에서 또 다른 방식으로 자신의 사랑을 완성시킨다. 박인원도 안빈에 대한 연애감정을 인류애적 차원으로 변화시키며 성인의 경지로 나아간다.

앞서 살핀 바대로 석순옥의 안빈에 대한 사랑은 '그의 몸을 구하지 아니함은 물론이거니와 그의 마음도 구하지 않는다.' 오직 극렬과 정성으로 자신의 사랑을 그에게 바칠 뿐 바라는 것이 없는 절대적 숭배와 겸양(謙讓)의 사랑이다. 순옥의 삶의 지침이 되는 절대명제로서의 안빈에 대한 사랑은 허영과의 결혼을 결행케 하는 원동력이 된다. 순옥이 허영과의 결혼을 결심하게 된 계기 가운데는 결핵으로 죽음이 가까이 온 옥남이 안빈과 순옥의 관계를 오해하지 않고 마음 편하게 세상을 떠나게 해주려는 의지적 배려가 자리 잡고 있다. 더불어 옥남이 죽고 난 후 자신과 안빈의 관계로 인해 혹여 안빈의 명성에 해가 되지 않을까 하는 노파심이 있다. 이러한 이유로 순옥은 "사랑하는 사람 곁에 있지를 못하고 원치 않는 사람한테로 갈 수 밖에 없는" 것이다.

순옥의 허영과의 결혼은 안빈에 대한 사랑의 완성으로 나아가는 한 도정이자 그의 가르침을 일상에서 실천할 수 있는 장을 마련한다는 점에서 숭고한 자기희생의 행위로써 의미화된다.[22] 순옥은 '간호사가 환자를 간호하는 셈치고' 또 '악업(惡業)을 짓지 않기 위해서' 결혼을 단행하고 실제로 허영과의 결혼 이후 순옥의 삶은 저를 잊은 오로지 허영을 위한 헌신

---

22   최주한, 『제국권력에의 야망과 반감 사이에서』, 소명출판, 2005, 143쪽.

그것으로 요약될 수 있다.

순옥에게서 사랑은 이기적 동기에서 나오는 불순한 물질이 아니다. 누구를 위해서 아낌없이 모든 것을 희생하는데서, 갚아지기를 바라지 않고 생명까지도 무조건으로 내어 바치는 것이 사랑이다. 그러므로 그것은 남녀 간의 쾌락이나 행복의 재료가 아니라 천하의 사람을 위한 자비와 은혜의 사랑이다. 이러한 높은 사랑은 주체의 시련을 예비한다는 점에서 쓸쓸하고 고생스럽지만 거룩하고 깨끗하기에 일반인들의 손에 닿지 않는 보물과 같은 것이다. 값없는 사람들을 위해 자신의 몸과 마음을 바쳐서 희생하는 순옥의 형상은 보살의 자비행으로 실현된다.[23]

북간도로 간 뒤 순옥의 생활은 실로 참담한 것이었다. 순옥에 대한 감사의 정(情)도 식어가고 원망은 날로 더해갔다. 북간도로 이주해 온 후 몇 해가 지나도 허영의 마음은 여전히 질투로 들끓었고 시어머니는 의심과 미움 속에서 병세만 점점 진행되었다. 그러던 중 북간도에 유행성 감기가 돌고 허영 부자와 시어머니가 이 병에 들린다. 오직 한 사람뿐인 의사인 순옥은 아침저녁으로 잠시도 쉬지 못하고 집안의 병인과 병원의 환자들을 돌본다. 자신들만을 돌보지 않는 원망으로 허영과 시어머니의 원성은 높아만 갔고 순옥은 더욱더 자신의 몸을 돌볼 수 없는 처지에 이른다. 결국 섭과 뒤이어 허영이 죽고 갖은 악다구니 속에서 사흘 뒤 한씨마저 죽는다. 불과 십여 일 내에 허영의 집 세 식구가 죽고 순옥 또한 오륙 차례의

---

23 구인환은 순애의 화신 순옥과 지고의 존재인 안빈의 사랑을 통해 자비의 논리와 그것의 성취의식이 『사랑』의 주제라고 파악하였다. 신상철은 "이성 간의 에로스적 사랑이 현실적인 극복 방법에 의해 모색되지 않고, 억제와 수양으로 곧장 성자적 사랑으로 비약"한다는 점에 주목하였다. 최정석은 순옥의 사랑은 이성적인 그것을 초월하여 보다 더 거룩한 보살의 자비행으로 옮아가 있다고 보았다. 윤홍로는 "석순옥이야말로 저 높은 중생의 구제 원리인 자기희생적, 초훼예적인 초월적 사상의 실천 중계자"라고 지적하였다. 구인환, 「『사랑』의 자비와 순애의 논리」, 『이광수 소설 연구』, 삼영사, 1983; 신상철, 「『사랑』 논고」, 『이광수 연구』 하, 태학사, 1984; 최정석, 「작품 『사랑』의 사랑 분석」, 『이광수 연구』 하, 태학사, 1984; 윤홍로, 『이광수 문학과 삶』, 한국연구원, 1992.

각혈로 몸져눕는다. 허영의 죽음과 순옥의 병환은 순옥이 안빈의 곁으로 되돌아 올 수 있는 계기를 마련한다.

성인의 지위에 오르게 되는 날이면 인연 없는 사람까지 사랑할 수 있게 되는 것이니 순옥의 허영에 대한 사랑은 더 큰 사랑을 실현시켜 나가는 과정적 사랑이었던 것이다. 순옥의 사랑은 안빈의 뜻에 따라 '저를 죽이고 너와 인연있는 자를 사랑하라'는 가르침의 실천적 행위였으며, 그것이 또한 사랑의 완성을 통해 절대적 자기완성에 이르는 보살의 자비의 길이였음을 알게 한다.

『순애보』의 사랑과 『사랑』의 헌신적 사랑이 분기되는 지점이 바로 이곳이다. 『순애보』에서 강조되는 사랑은 타인을 위해 나를 버림으로써 가능한 사랑이었다. 궁극적으로 자기의 소멸을 통해 더 큰 사랑은 실천되는 것이다. 그러므로 그 사랑은 오히려 폭력적이고 비타협적이다. 문선과 철진의 앞에 놓인 순교는 타인을 위해 자신을 희생할 수 있는 선물이자 신의 은총이라는 논리를 통해 죽음을 미화한다.

반면 『사랑』에서 성인들의 중생들을 위한 헌신적, 희생적 사랑은 중생의 감화와 계도를 일차적 목표로 하지만 그 최종적 목표는 자기완성에 있다는 점에서 『순애보』의 희생적 사랑과는 변별된다. 『순애보』의 자기 소멸적 사랑은 주체의 자기 부정을 통해 실현되는 반면, 『사랑』의 자비적 사랑은 그것을 실행하는 주체의 존재가 부정되지 않고 타인을 계도하는 과정에서 자연스럽게 자신이 완성을 되어 간다는 점에서 훨씬 인간적이고 부드럽다. 그들은 죽거나 다치지 않은 채 마음의 평화를 획득한다. 자비(慈悲)라는 말 안에 그것은 이미 내포되어 있다.

부처는 자비로서 중생을 구원한다고 했으니 자비(慈悲)는 불교의 근본이며 실천적 덕목이다. 자(慈)는 '자애하다', '정을 주다'는 의미로서 사랑하는 마음으로 친절을 베풀거나 남에게 즐거움을 주는 일이고, 비(悲)는 '애련, 동정, 친절함, 불쌍히 여김, 정'을 의미하여 남의 괴로움을 제거하는 일이라고 해석된다. 이 어휘들을 종합해 보면 자비(慈悲)란 자신과 타인에게 이롭지 않은 것과 괴로움을 제거하려는 의도와 행동 그리고 자신과 타인에게 이로운 것과 행복을 가져오려는 행동이라고 정의할 수 있다. 그러므로 자비는 자기 자신뿐만 아니라 타인 모두 더 나아가 모든 생명체를 포함한다.

중생을 감화시키는 과정에서 세상은 사랑으로 물들고 그 사랑은 결국 자신의 사랑의 성취뿐 아니라 자기의 완성으로 귀결됨을 인류애적 자비심을 통해 보여주고 있는『사랑』은 보살적 서사주체의 현현(顯現)을 통해 사랑의 위대함을 전파한다. 순옥은 안빈의 나이가 육십 세 되는 날 생일 아침에 조심스럽게 그러나 열있게 자신의 사랑이 완성되었음을 고백한다.

순옥이 현재 누리는 마음의 평화는 극기와 수련의 대가이다. 육체를 시련의 고통에 내어 던짐으로써 획득된 정신의 절대평화는 이들에게 강한 윤리성을 부여하며 도덕적 완성자로서의 면모를 보여준다.

제2장

멜로드라마 구조와 권위적 '종교소설'

멜로드라마 구조는 선(善)과 악(惡)의 극단적 양극화를 통해 마침내 선의 승리를 일구어 내는 도덕적 우화의 성격을 지닌다. 서사의 진행은 물질적, 신체적으로 열악한 환경의 '선'이 위압적이고 강한 '악'의 환경에 노출되면서 '선'의 위기로 시작된다. '악'의 일시적 승리와 '선'의 유보는 심미주체들에게 더욱 강한 '선'의 회복을 기대하는 지평으로 이어진다. 결국 '악'의 전멸적 해소와 '선'의 일방적 승리는 인과응보(因果應報)라는 당위(當爲)의 측면에서 실현된다.

당위(當爲)는 상위 가치의 실현을 강제하는 관습적 명제이다. 그것은 사회가 공통적으로 인정하는 선언적 성격을 띤 것으로 사회 구성원 각자에게 부여된 실천적 명제이다.[1] 당위는 개인적 가치를 넘어서 초개인적 가

---

1   헤셴은 가치와 당위의 본질적 관계를 말하면서 '관념적 당위'와 '규범적 당위'를 구분한다. '관념적 당위'는 사회가 공통적으로 인정하고 있는 당위로서 선언적 성격을 띤다. 이는 사회 구성원 모두 이룩해야 할 집단적 당위의 성격을 띠며 그러므로 초개인

치를 실현한다는 점에서 '종교적' 성격으로 확대되며 개인적 욕구를 억제하고 사회적 질서를 준수해야 한다는 측면에서 권위적이다. 멜로드라마의 이분법은 당위의 측면에서 '가치의 서열화'를 통해 수용주체에게 시비(是非), 선악(善惡), 긍부(肯否)를 확인케 한다. 당위는 이미 '가치론'의 영역으로 넘어 온 이상 선택의 문제가 아니다. 그러므로 당위는 교훈적 성격을 띤다.

1930년대 대중연애서사는 탈신성화되었거나 탈기독교화된 사회에서 '세속적 종교'로서의 사랑이 폭력적이고 타락한 현실 속에서 위기를 맞으나 결국 당위적 가치를 실현하는 도덕적 주체에 의해 기존의 종교적 권위를 획득해 나가는 서사이다.

1. 돈과 사랑의 이분법과 '악(惡)'을 통한 '악(惡)'의 징벌

『찔레꽃』이 1930년대 대중연애서사의 대표성을 지닐 수 있는 것은 '사랑'과 '자본주의적 가치 질서' 간의 대립이라는 '돈과 사랑'의 문제가 핵심적 갈등으로 포진하고 있기 때문이다. 돈이 물질적 허영이나 외부의 폭력적인 강압, 성적 유혹 등의 형식으로 상징되던 이전 시대의 대중소설과 달리 생활의 논리, 일상으로 자리매김 되는 것이 『찔레꽃』만의 특수성이자 시대적 안목인 것이다.

1930년대 소비자본주의 사회에서 돈은 '인간의 가장 기본적인 본성' 또는 '인간 최대의 행복인 사랑'에 값하는 지위를 갖게 된다. 이제 돈은 신이

적 가치에 기초한다. 반면 '규범적 당위'는 집단적 당위를 실천하기 위해 각 개인이 실현해야 할 개인적 가치에 기초한다. 관념적 당위는 추상적이긴 하지만 실현이 가능하다는 점에서 규범적 당위의 내용을 이룬다. J. 헤센, 진교훈 역, 『가치론』, 서광사, 1992, 76~78쪽.

사라진 시대에 '물신(物神)'이 된 것이다. 돈이라는 물질적 가치와 사랑이라는 정신적 가치의 대결은 1930년대 대중독자들의 감정과 욕망의 흐름을 반영함으로써 시대적 '트렌드'를 형성하지만, 이 둘의 대결을 가장 고전적인 방식으로 일시에 해소해 버림으로써 재래적 윤리는 신봉(信奉)된다.

『찔레꽃』은 다양한 성격의 인물들이 등장하여 사건이 복잡하고 규모 있게 꾸며져 있는 듯 보이지만 사실 중첩된 여러 개의 삼각관계는 주인물을 중심으로 정확하게 이분된다. 멜로드라마의 공식성에 따라 선과 악이 사랑과 돈의 대립으로 정확히 구분된다. 조만호-안정순-이민수, 조경애-이민수-안정순, 조경구-안정순-이민수, 조만호-옥란-최근호 등 크게 네 가지로 구분되는 갈등의 서사는 중심인물을 분기로 좌(左)는 부자 = 돈 = 악을, 우(右)는 빈자 = 사랑 = 선을 표상한다.

악의 축이자 돈 많은 부자의 전형을 보여주는 조만호는 은행 두취로서 부와 권력을 지닌 인물이다. 스물다섯에 와세다 대학을 마치고 경상도 부호 정창식의 맏딸에게 장가를 든 이래 민활한 사업 수완과 정씨의 후원으로 오늘날에 이른 그는 사십이 넘어서면서 요릿집, 호텔, 온천엘 수시로 드나들며 색(色)을 탐(探)한다. 그러던 중 보육교사로 취직한 정순을 보고 "잘 익은 과일을 보는 때처럼 그의 눈에서는 어떤 애욕의 횃불이 여름밤의 인광과 같이 흩어졌다."(『찔레꽃』, 18쪽)

조만호는 도덕적으로 타락한 인물의 토포스를 보여준다. 은행의 두취라는 지위를 이용하여 재물을 축적하고 병든 아내를 두고 성적 욕망을 탐한다. 사회적으로 높은 지위를 이용하여 자신의 성적 욕망을 충족시키는 조만호의 이미지는 대중 로망스(popular romance)에서 가부장제의 이득을 누리는 전형적인 남근적 영웅(phallic hero)과 일치한다. 남근적 영웅은 여성인물을 도덕적으로 성적으로 억압하는 면에서 비도덕적 인물의 전형이다.[2]

그러나 조만호의 안정순에 대한 성적 탐욕은 아내의 신경증적 경계와

---

2   이정옥, 『1930년대 한국 대중소설의 이해』, 국학자료원, 2000, 155~156쪽.

침모 박씨의 음모로 표면화되지 않는다. 악의 근원태인 조만호는 오히려 익살맞고 희극적인 인상을 준다. 이러한 이유로 조만호는 공포나 혐오의 감정을 유발하지 않고 악당으로서의 모습은 희석된다. 반면 악의 실행태로서 침모 마누라 박씨는 그로테스크한 묘사를 통해 구체적인 악인의 모습을 보여준다.

침모 박씨는 거동이 불편한 경애 어머니의 사설탐정이자 그림자 역할을 수행하면서 정순을 핍박과 모멸감 속에 빠뜨리는 인물이다. 경애 어머니가 죽자 조만호의 매파 역할을 하면서 정순을 오해 속에 고립시키고 자신의 물질적 욕망을 채워나간다. 결국 정순이 자신의 마음대로 되지 않자 기묘한 사기를 계획하고 딸 영자를 정순으로 둔갑시켜 조두취의 침실로 들여보낸다. 인륜을 저버리고 물질적 욕망에 따라 처신하는 박씨의 행동은 당위적 서사의 공식적 결말에 따라 처리된다.

『찔레꽃』의 선행연구가 조만호-안정순-이민수의 삼각관계에 집중하여 논의된데 반해 조만호-백옥란-최근호의 삼각관계는 부차플롯 정도로 인식되었다. 하지만 백옥란의 서사는 '돈이냐 사랑이냐'의 선택에 있어 안정순과 정반대의 선택을 하게 함으로써 정순이 가지 않은 길에 대한 독자들의 호기심을 충족시킨다. 그러므로 안정순의 서사와 백옥란의 서사는 조만호를 기준점으로 상극의 데칼코마니처럼 겹쳐진다. 옥란의 선택이 부정되면 부정될수록 정순의 선택은 이상화된다.

조만호-백옥란-최근호의 서사는 '황금을 가지고 사랑을 사려는 사나이(조만호)'와 '순정한 사랑을 돈이라는 우상과 맞바꾸려는 기생(백옥란)', '세상물정 모르는 귀여운 도련님(최근호)'의 삼각관계를 은유한다. 최근호는 요정에서 우연히 만난 '학대 받는 백색 노예' 옥란을 불행에서 건져내 일평생 사랑할 것을 약속한다. 하지만 자신의 전부를 내어 걸었던 옥란이 다시 기생 권번으로 나온 것을 보고 환멸을 느낀다.

옥란이 근호와의 다짐을 깨고 생활전선에 뛰어들 수밖에 없는 상황은 정순의 그것과 동일하다. 옥란에게는 근호가 벌어오는 65원으로는 생계가 불가능한 칠팔 명의 식구가 달려 있다. 더욱이 숨겨 놓은 아들이 내년이면 학교에 들어갈 나이가 된다. 옥란은 궁핍으로 인해 사랑하는 근호와의 약속을 어기고 권번에 나갈 수밖에 없게 되었다. 하지만 정순이 타락하고 비도덕적인 돈의 전횡 속에서도 도덕적 자존심으로 자신을 지탱하는 반면 옥란은 자신의 물질적 이익을 계산하고 미래의 안정을 위해 현실과 타협한다. 옥란은 조두취에게 반강제로 아내가 죽으면 혼인하여 아들 수남을 정식 아들로 호적에 넣어줄 것을 다짐받고 최근호와 헤어질 것을 결심한다. 자본의 논리가 지배하는 가부장적 사회에서 사랑을 포기하고 적극적으로 자신의 욕망, 금전적인 욕망과 사회적 지위를 얻기 위해 수단방법을 가리지 않는 옥란은 비정한 여성인물로 악녀 모티프의 전형을 보여준다.

그러나 옥란이 그토록 소원했던 정실부인의 자리는 처음부터 옥란의 자리가 아니었다. 조두취는 가정교사와 결혼하기로 하였다고 전하고 옥란은 영원한 제2의 애인이 되어 자신 곁에 머물러 달라고 말한다. 이에 옥란은 아들 수남의 이름으로 전셋집을 줄 것과 가족의 위로금으로 일시 삼만원, 매달 생활비로 삼백 원을 줄 것을 청한다. 하지만 조두취는 옥란이 근호와 좋아지낸 것을 이미 알고 있으니 돈 이백 원으로 더 이상 귀찮게 하지 말라고 으름장을 놓는다.

결국 자신에게 지극한 사랑을 약속했던 최근호를 버리고 선택한 황금장이 조만호에게 조롱당하듯 버림받은 옥란은 최근호 역시 다른 여자와 결혼해 버리자 자신을 진심으로 사랑한 최근호를 배신한 데 대한 죄의식과 조만호에 대한 복수심으로 충동적으로 조만호를 죽이겠다고 결심한다. 근호의 결혼식 날이자 두취에게 버림받은 날 밤, 옥란은 칼을 품고 조만호의 침실에 숨어든다. 벽장 속에 숨어있던 옥란은 두취와 가정교사의 침대를 덮친다. 옥란은 조두취는 해(害)하지 않고 침모의 딸 영자의 갑상선에 한일자로 칼날을 박아 살해한다.

스스로 돈의 논리에 끌려간 옥란의 자학적 행동은 충동적 살인이라는 자기 파괴적 행위로 마무리 된다. 하지만 여기서 특기할 사항은 '돈'을 선택함으로써 ‘악’의 측에 서게 된 옥란이 복수심으로 의도치 않게 또 다른 ‘악’을 제거하였다는 점이다. 이 또다른 ‘악’은 침모의 기묘한 계략으로 자신의 딸을 정순으로 둔갑시켜 조두취와 혼인시키려는 술책이다. 더욱이 딸의 임신으로 비록 혼인이 성사되지 않더라도 물질적으로 큰 보상을 받을 수 있는 ‘악’의 완성을 목전에 두고 있었다.

옥란의 영자 살해는 ‘악’의 ‘악’을 통한 징치(懲治)뿐만 아니라 ‘악’의 행동성으로 모든 오해의 연속이 해결됨으로써 ‘선’은 가장 추악한 현장에서 빛나게 된다. ‘선’은 아무런 노력을 하지 않아도 결과적으로 보상받고 치유된다는 자족적 논리는 ‘선’으로써 ‘악’을 이기고 ‘선’이 결국 보상받는다는 ‘권선징악’의 논리를 한 차원 높인 것이다. 바로 이 부분에서 도덕성이 종교적 절대성으로 상승된다. 그리고 파탄에 이르러 개심(改心)하게 되는 ‘악’의 모습은 동정심이나 연민을 자아내기보다는 인과응보(因果應報)라는 ‘당위(當爲)’가 도덕적 지위를 회복함으로써 정당성을 획득한다.

> “아이구, 영자야! 어밀 죽여다구. 어미가 너를 이렇게 만들었구나.” “아이구, 명천 하나님! 이 늙은 년에게 벼락을 내려 주셔요. 이 년이 돈에 눈깔이 어두워서…… 아이구.” 경관 앞에 두 손을 모은 채, “나리님. 이 년을 이년을 죽여 주셔요” 하고 침모 박씨는 모든 것을 고백하였다.
>
> (…중략…)
>
> 피가 묻은 단도를 한 손에 들고 나오는 젊은 여인은 무엇이 우스운지 생글생글 웃으며, “저는 기생 백옥란예요. 데리고 가시면 자세한 말씀을 여쭐테니깐요” 하고 옥란은 경관 앞으로 나섰다.
>
> —『찔레꽃』, 396쪽

『찔레꽃』은 ‘돈’의 서사를 통해 파행적인 소비 자본주의화 과정에서 왜곡되고 뒤틀린 인간관계와 욕망을 되비친다. 물질적인 ‘돈’의 논리가 가치론적으로 ‘악’의 논리에 상응하는 것은 반자유주의와 반서구주의를

핵심으로 하는 식민지 후기 지배정책에 동조한다.[3]

식민지배 초기 개인의 자유, 권리, 행복을 강조하고 국가간섭을 배제하고자 한 자유주의 사상은 조선인의 애국심을 약화 시킬 수 있는 일제의 핵심 지배 이데올로기였다. 더불어 조선왕조를 비판하면서 자신들만이 조선인의 생명과 재산을 지켜줄 수 있다는 '동화'의 논리를 식민화에 활용하였다. 자유주의는 본질적으로 국가 그 자체에 대해 비판적인 이데올로기이므로 탈조선화를 위한 훌륭한 도구가 될 수 있었다. 그러나 식민화가 진전되면서 일본은 초기 지배 정책과 달리 자유주의를 강하게 비판한다. 이는 일본이 계속되는 전쟁 수행을 위해 조선인을 진짜 일본인을 만들기 위해 강한 애국심으로 무장한 국가주의(파시즘)를 채택하였기 때문이다. 일제가 파시즘으로 나아가면서 자유주의는 제 욕심을 채우는 이기주의로, 구체제의 이념으로 묘사된다.

자유주의는 물질만능, 영리만능, 상업주의적인 것으로, 조만호의 '황금으로 취하지 못할 것은 없다'는 물질만능적 태도는 이러한 이유로 악의 기능을 하게 된다. 더불어 지금까지 영미(英美)가 지배하던 질서는 돈과 권력이 지배하는 질서, 침략적인 질서이므로 이제는 일본이 중심이 되어 공존공영(共存共榮)하는 정신의 질서, 생존권의 질서로 맞서야 하는 것이다. '신질서'로서의 '국가주의'가 자유주의를 압도하고 '영미'로 대표되는 서구에 대한 반감을 고조시킨다.

경구가 대학을 졸업하고 세계일주를 하는 동안 미국에서 겪은 인종차별은 반서구에 대한 감정을 극대화시킨다. 경구는 세계일주 도중 뉴욕에 도착하자마자 아메리카의 사치와 허영을 확인하고자 제일 훌륭한 호텔로 들어선다. 경구가 궁전과도 같은 호텔 안으로 들어서려 하자 '파수병 같은' 보이가 앞길을 막아선다. "'손님은 백색인(白色人)에 한하여 받습니다'라고 쓰여 있는 작은 진유판을 쳐다보는 경구의 눈은 일순 팽이같이

---

3   이나미, 「일제의 조선지배 이데올로기―자유주의와 국가주의」, 『정치사상연구』 9, 한국정치사상학회, 2003.

뱅글뱅글 돌아갔다. 어디다 호소할 곳 없는 분노를 안은 채 유색인(有色人)을 들이는 제 이류 여관을 물색하던 어느 황혼이 지금도 눈 앞에 선하다.'
(『찔레꽃』, 157쪽)

인종차별. 지구 위에 분한 것, 슬픈 것, 그리고 억울한 것이 모든 것을 한데 뭉쳐 놓은 것이 인종차별이란 저주받은 문자로 화해 나왔다고 경구는 생각하였다. "이것이 청교도의 아메리카냐? 자유와 평화를 부르짖고 메이 플라워 호를 타고 대서양을 건너온 너의 조상들은 지금 무덤 앞에서 울고 있으렸다." 민족끼리 인종끼리 싸우고 죽이고 그리고 자기네의 조그마한 사회를 배경으로 거기서 우월감을 느끼며 나보다 나은 자를 씹고 깎고……'

─『찔레꽃』, 162~164쪽

조선인을 개만도 못한 '개의 하인'으로 부리며 귀족적인 부와 사치를 일삼는 미국인의 행태를 통해 피 끓는 울분을 느끼는 경구의 정서는 반서구의 감정을 극단적으로 표출하며 국가주의 이데올로기에 복무하게 된다.

2. 애욕과 순정의 이분법과 '피(血)'의 희생을 통한 회개(悔改)의 원리

윤명희-최문선-김인순, 장혜순-이철진-신옥련의 핵심적 삼각관계에서 최문선, 윤명희, 장혜순이 육체와 영혼의 순결함으로 십자가의 사도(使徒)들로 형상화 된다면 이철진, 신옥련 등은 육욕을 탐하는 인물들로 욕망의 사자(使者)들이다. 『순애보』는 정신과 육체, 순결과 육욕, 미와 추라는 멜로드라마적 선악의 공식성을 따르지만 『찔레꽃』처럼 애정 갈등에서 삼각관계를 형성하는 인물들에게 공식의 이분법을 직대입하지 않는다. 취사(取捨)의 선택이 없다면 이에 선행하는 갈등이 존재하지 않는다. 순애의 사도들에게 육욕을 포함한 일체의 개인적 욕망은 경계의 대상이자 악의 세계이다. 그들은 자신의 심적, 도덕적 주장에 따라 육신을 구속시키고 의지를 결행한다. 『순애보』에서 정신의 세계와 육욕의 세계, 순정과 애욕의 세계는 횡경막(橫經膜) 상하의 세계로 이분된다.

횡경막 상하의 세계는 의지와 지성의 세계에 반하는 물욕과 성욕의 세계로 구분된다. 머리와 가슴으로 행하는 횡경막 이상의 세계는 전인류의 행복을 위하여 노력하는 정열가로서 인격아(人格我)들이 지향하는 세계이다. 반면 이기적 욕심이 팽배한 횡경막 이하의 세계는 한 개인의 욕심을 위하여 남을 속이고 희생시키는 인격의 상실자들인 동물아(動物我)들이 지향하는 세계이다.

여기서 주목할 점은 이 두 세계의 속성이 사랑에 의해 좌우된다는 것이다. 즉 인격의 크고 적은 것은 자기를 잊어가며 사랑의 세계를 건설하려는 노력에 비례한다. 인격아는 자신을 제공하여 사랑의 세계를 건축하지만 동물아는 제공된 사랑으로 자신의 물욕과 성욕을 채운다. 자신의 잠자는 것과 먹는 것을 잊어가며 결국에는 죽음으로써 자기를 인류에 제공하여야만 진정한 횡경막 이상의 세계에 도달할 수 있는 것이다.

자신의 육신을 제공하여 아름다운 사랑의 실천을 보여준 최문선, 윤명희, 장혜순은 횡경막 이상의 세계를 지향하는 인격아들이다. 반면 이철진, 신옥련 등은 개인적 향락과 만족을 위해 사랑에 눈감은 동물아들이다. 윤명희-최문선-김인순, 최문선-윤명희-황인수의 삼각관계가 기표적 차원에서 작동될 뿐 갈등의 내용을 구성하지 못하는 반면 이철진-장혜순-신옥련의 삼각관계는 숭고한 사랑과 육체적 욕망 사이의 갈등을 예각화하면서 통속성의 면모를 보충해 준다. 더불어 이들의 부차 플롯은 중심 서사의 곳곳에 개입함으로써 중심 서사보다 복잡한 사건을 양산해 내고 다양한 삼각관계의 창출을 통해 '복합적인 행동노선'을 만들어내는 멜로드라마의 공식성에 복무한다.

이철진은 독일 유학생 출신으로 현재 T신문사 평양지국의 기자로 근무하고 있다. 이철진은 아내 혜순이 서울에 간 사이 혜순의 학교 동무 신옥련과 육체적 관계를 맺는다. 옥련과의 육체적 관계로 양심을 가책을 느끼던 철진은 오히려 혜순에게 명희의 오빠 윤명근과 불륜의 덫을 씌움으로써 아내의 부정을 문제 삼는다. 철저히 가부장적인 사고방식을 지닌 이철진은 옥련과의 부정적인 행동을 세상 사람이면 누구나 누리는 향락이라고 위안하며 남성의 권위를 내세워 혜순을 억압하는 남근적 영웅의 면모를 보인다.

동무의 남편과 애정 행각을 벌인 신옥련은 동경음악학교 출신의 신여성이다. 철진이 혜순과 이혼함으로써 철진의 실질적인 부인이 되지만 자신의 팜므 파탈(femme fatale)적인 성격을 버리지 못하고 또다시 철진의 친구인 명석을 유혹한다. 혜순이 탄 차와 교통사고가 난 이후 심리적 두려움을 느껴 앞으로 다른 삶을 살겠다고 다짐하나 그 사건을 계기로 철진이 혜순을 그리워 한다는 것을 알고 철진에 대한 배신감으로 애욕을 노골적으로 표출한다.

이상적 사랑에서 최고선(最高善)과 최고미(最高美)로 추앙받은 사랑의 '정신성'은 반대로 육체를 절대악(絶對樂)과 절대추(絶對醜)의 자리에 배치함으로써 상대화된다. 이상적 사랑은 육체의 순결성을 숭고성의 이념으로 치환하여 미덕화(美德化) 한다. 순결성이 하나의 덕(德, virtus)[4]으로 찬양될 때 이에 반하는 육욕(肉慾)은 인간의 가장 추(醜)함을 드러내는 징표가 된다. 육체의 순결성은 정신의 숭고성에 복무하고 인간의 도덕성에 기준이 됨으로써 보편성과 공동선에 도달한다. 순결의 표징태로서의 깨끗한 몸은 쾌락의 대상이 아니라 종교적 성물(聖物)이 된다. 정갈한 육체, 정조는 금욕적 윤리의 상징적 기표로 인내와 절제를 통해서만 도달할 수 있는 지표인 것이다. 명희가 '죄의식'을 통해 끊임없이 자신의 '정조'를 심문하는 것도 육체적 순결이 정신의 윤리적 순결을 담보하기 때문이다. 온갖

---

4   독일어의 Tugend, 영어의 virtue는 '덕', '탁월함' 등을 뜻하는데 여성의 경우에는 이 '덕'이 '순결'을 뜻한다. 니클라스 루만, 앞의 책, 158쪽.

유혹에 대처하여 여성이 순결을 지켜나간다는 것은 쾌락이나 득리(得利)로부터 자신을 격리시키고 세상의 공통 규범에 헌신함을 의미한다.

『순애보』에서 유일하게 육체의 순결을 훼손하고 이로 인해 정신까지 병든 인물로 옥련이 설정된다. 옥련은 동무 혜순의 남편을 빼앗은 것이 단순히 사랑의 감정으로 촉발된 것이 아니라 자신의 본능으로부터 숨길 수 없는 '애욕의 발로'였음을 고백한다. 애욕의 세계로 들어감은 양심의 세계에서 멀어짐을 뜻한다. 양심은 개인에게 부과된 윤리적 당위를 의식하고 실천하는 전체적인 인간의 인격 기능이다. 옥련은 규범체험으로서의 양심의 세계에서 멀어지면서 욕망하는 기계로, 방탕하고 향락적으로 자신의 몸을 향유한다.

옥련의 선정적인 애정행각이 부각 될수록 윤리적인 악의 색채는 짙어지고, 정신적 사랑의 가치를 실현하는 혜순의 선의 논리는 더욱더 숭고해진다. 혜순은 철진의 사랑이 옥련에게 옮겨간 것을 알고 "사랑이 없는 결혼 생활은 지옥이오, 표면만 화장 식힌 결혼생활은 간통이다"(『순애보』 64회, 1939.3.7)라는 도덕적 결벽성으로 철진을 양보한다. 이후 모든 재산을 철진에게 주고 학교 일을 도우면서 성악에 몰두한다.

육욕에 물든 추악한 동물아들이 결정적으로 변모하게 되는 중요한 근거가 '피'의 희생이다. '피'의 희생은 중요한 서사적 계기에 핵심적 에피소드로 등장하여 사랑의 절대성에 종교적 권위를 부여한다. '피'의 희생은 육욕에 빠진 인물들이 개심(改心)하게 되는 변화의 계기를 마련할 뿐 아니라 숭고한 남성과 고결한 여성의 피는 희생을 통하여 타인에 대한 사랑을 실천하는 생명의 희생이라는 측면에서 고귀하게 그려진다.

첫 번째 피의 희생은 문선이 위궤양으로 토혈하고 생명이 위독하자 간호하던 명희가 수혈한 '순정의 급혈'이다. 명희는 문선을 위해 일절의 망설임도 없이 수혈을 자처하며 오히려 그리운 이에게 피로서 자기를 제공함에 기쁨을 느낀다. 명희에게 헌혈은 자신을 희생하여 문선을 살렸다는 자긍심과 자신의 피와 문선의 피가 화하여 함께 뛰놀고 있으리라는 감격으로 이어진다. 행복의 눈물과 만족의 웃음이 교차되면서 희생의 숭고함이 빛난다. 더불어 문선과 명희의 혈액형이 동일하다는 우연은 이들의 사랑을 운명적으로 윤색한다.

두 번째 피의 희생은 상상적 차원이다. 문선이 인순의 강간 살인범으로 누명을 썼을 때 진범 이치한이 찾아온다. 문선은 살인범에게 우리에게는 '피'가 필요하다고 역설한다. 문선이 말하는 '피'의 의미는 사랑이요, 희생이다. 자기외(自己外)의 자기(自己)인 타아(他我)를 위해서는 '피'의 희생은 선행되어야 한다. 범인을 대신하여 그 죄를 받으려는 속죄와 대속의 결단은 피의 희생으로 완성된다.

세 번째 피의 희생은 숭고한 여성인물 혜순을 통해 이루어진다. 명희와 멜폰 여사와 함께 평양에 놀러 온 혜순은 우연히 철진과 옥련이 탄 자동차와 사고가 난다. 이 사고로 혜순은 무사하였으나 철진과 옥련은 절명할 위기에 놓이고 혜순은 수혈을 자처한다. 혜순에게 철진과 옥련은 자신에게 누명을 씌우고 헌신짝 같이 버린 악마이자, 남편을 빼앗은 탐욕스러운 원수이다. 하지만 혜순은 그들의 생명을 살리기 위해 피를 나누어 준다. 원수들에 대한 '가장 통쾌한 복수'는 이 원수들의 악행을 선행으로 되갚아주는 것이다.

도덕적으로 숭고한 인물들의 고귀한 사랑 앞에서 선과 악의 구분은 무의미해진다. 그러므로 이들이 실천하는 아가페적 사랑은 가치 초월적이며 가치 창조적이다. 즉 희생적 사랑은 사랑 받는 대상의 빈부(貧富), 귀천(貴賤), 선악(善惡), 미추(美醜)에 상관없이 그들의 가치에 우열을 두지 않는다. 이는 아가페가 인간의 옳고 그름이라는 도덕적 판단을 넘어서 있다는 뜻이며, 대상의 가치에 따라 결정되는 사랑이 아니라 오히려 대상에 가치를 부여함으로써 새로운 사랑의 가치를 창조한다는 것을 의미한다.[5]

피의 나눔이라는 희생 제의적 사건을 통해 나를 버리지 못하고 인간적

---

5   안더스 니그렌, 고구경 역, 『아가페와 에로스』, 크리스챤다이제스트, 1998, 78~83쪽.

이기욕에 사로잡혀 있던 악(惡)의 인물들은 모두 회개(悔改)하게 된다. 도덕성을 고양시키고 윤리적 존재들의 숭고성을 부각시키는 도덕적 개변(改變)의 구조는 도덕적 지상명령의 건재함을 통해 윤리적 지평을 준수한다.[6] 도덕적 악덕을 드러내는 인물들은 궁극적으로 선한 인물들의 중재에 의해 자신의 과거를 회개한다. 그리고 그들은 선한 인물의 행위 양식과 도덕심에 융합된다. 도덕적 감화를 통한 계도의 양식은 당대 사회의 도덕적 정화를 목적으로 한다는 점에서 실천적 덕목이다.

먼저 이치한을 살펴보자. 이치한은 숭고한 남성인물 최문선에게 실명이라는 육체적 고통과 강간 살인범이라는 정신적 고통을 준 악한이다. 문선이 실명되고 강간 살인범이 되어 병원에 누워 있을 때 이치한이 찾아온다. 이치한은 문선의 누명을 풀고 자수하기 위해 문선을 찾은 것이 아니라 양심의 가책으로 인한 개인적 고통을 해결하기 위해 문선을 찾는다. 양심의 가책을 덜고자 문선을 찾은 이치한의 이기심에 문선은 오히려 사랑이요 희생이라는 피의 맹세를 통해 이치한을 자신의 의지를 실천에 옮길 수 있도록 도와준 행복한 친구라고 말한다. 이에 결국 이치한도 개심하여 자수한다. 이치한의 회개와 자수를 통해 도덕적 인물의 윤리적 위상은 드높아진다. 문선의 '경탄할 만한 인격을 재삼재사 찬탄'하며 자신들이 무고한 인물을 강금하고 신문한 것에 미안함을 표명한다. 더불어 "신은 결코 군과 같은 사람을 버리지 않을 것이오"라는 말을 통해 문선의 값진 희생이 반드시 보상받으리라는 도덕적 질서를 확약한다.

피의 희생이 구체적인 감화를 발생시켜 인물을 계도하는 모습은 이철진을 통해 보고된다. 철진은 교통사고 후 혜순이 자신들에게 수혈해 준 것을 알고 단순한 고마움을 넘어 지금까지 자신이 살던 세계와 '원수까지 사랑한' 혜순이 사는 세계를 비교해 본다. 철진은 혜순의 희생정신을 통해 지금까지 자신의 삶을 반성하고 새로운 인생건축을 위하여 진정한 자기를 회복

---

6   송기섭, 「1930년대 대중소설과 전통서사」, 『어문학』 79, 한국어문학회, 2003, 259쪽.

할 것을 결심한다. 철진은 혜순을 만나고 돌아온 길에 옥련과 명석의 불륜의 현장을 목격하고도 자신이 그들을 나무랄 수 없는 죄인임을 다시 한 번 깨닫게 된다. 자신도 그들보다 나을 것 없이 그들과 똑같은 과거를 가졌기 때문이다. 또한 옥련이 이렇게 육욕의 세계에 빠지게 된 것도 자신의 책임이니, 작금의 이 모든 사단의 책임은 자신에게 있는 것으로 참회한다.

이 작품에서 가장 역동적인 정체성의 변화를 보여주는 이가 철진이다. 자신의 과오(過誤)를 덮기 위해 아내를 모함하고 또다시 아내의 사랑을 얻기 위해 다른 사람에게 고통을 주는 철진의 행동은 소유아적이다. 하지만 아내의 사랑의 세례로 이 모든 책임이 자신에게 있음을 참회하고 삼남지방 수재현장에 구호반을 자처하여 떠난다. 그리고 한 여자의 사랑을 받기 위해 애쓸 것이 아니라 헐벗고 굶주린 수많은 이재민을 위해, 자신의 손길을 필요로 하는 수많은 동포를 위해 피와 눈물을 쏟을 것을 결심한다. 철진은 '한사람으로 기뻐하지 말고 열 사람 백 사람 천 사람과 더불어 기뻐하라'는 예수의 가르침을 현장에서 실천하고 그 실천의 과정에서 목숨을 잃음으로써 진정한 순교자가 된다.

반면 혜순에게 똑같이 수혈을 받은 옥련은 철진과 같은 회개의 세례를 받지 못한다. 오히려 이 수혈을 계기로 철진이 혜순을 그리워하는 것을 알게 되고 그것에 위기감을 느껴 적대적 감정의 표출로 철진의 친구를 유혹하기에 이른다. 하지만 옥련의 끝 모를 애욕의 발현은 명석과의 불륜의 현장이 철진에게 발각되면서 파탄에 이른다.

자신의 추잡한 행동에 아무런 울분도 분노도 표출하지 않고 떠난 철진의 행동에 옥련은 심한 양심의 가책을 느낀다. 철진이 떠난 후 추악한 자신을 바라보고 근신의 생활을 하며 철진이 돌아오면 세상의 모든 것을 버리고 수도원에 들어갈 것을 결심한다. 하지만 우연히 철진이 수해현장에서 사망하였다는 소식을 듣고 수도원으로 들어가기 전에 최후로 자신의 죄를 뉘우치기 위해 철진의 묘를 찾는다.

나 같은 더럽고 추악한 무서운 요녀가 또 어디 있겠어요. 백 번 죽고 천 번 죽어 마땅한 년이오. 내가 철진이를 죽였소. 내가 죽였소. 혜순이! 내 죄를 어떻게 해요? 내 이 무서운 죄를. 혜순이! 나를 발로 쳐주오. 때려주오.

―『순애보』 151회, 1939.6.4

옥련의 서사는 숭고한 인물에 의한 타락한 인물의 감화가 발생학적으로 무한히 확대되어 더 많은 인물의 계도로 이어질 수 있음을 보여준다. 옥련이 자신의 개심을 고백하는 이 장면은 자신의 추악성을 고발함으로써 회개의 발판이 마련된다. 또한 숭고한 인물에 대한 절대적 복종을 통해 그들에게 심판의 기능을 부여함으로써 도덕적 인물의 존재론적 위치는 앙양된다.

개심(改心)의 구조는 악한의 인물이 선한 인물로 변화되었다는 것에 초점에 있는 것이 아니라 악을 선으로 변화시키는 도덕적 당위와 그것이 현실적으로 절대명령을 지닌다는 멜로드라마적 재신성화를 핵심으로 한다.

3. 이기와 이타의 이분법과 '죄(罪)'의 고백을 통한 절대정신의 숭배

『사랑』은 작품의 세계관과 연결하여 좀 더 거시적 안목에서 멜로드라마의 공식성을 적용할 필요가 있다. 대부분의 선행연구는 정신적 사랑에 가치를 두는 인물군과 육체적 욕구에 사로잡혀 있는 인물군을 대별하여 선악의 공식성을 파악하였다. 석순옥을 비롯하여 안빈과 박인원, 천옥남은 전자에 속하는 인물들로 아가페적 사랑의 차원에 속하고, 허영과 그 주변에 있는 인물들은 에로스적 사랑의 차원에 속한다고 보았다. 하지만 이러한 지엽적 이분은 '자기희생으로 중생을 감화시키고 사랑의 성취를 통해 궁극적인 자기완성에 이르는 인류애적 자비심의 실현'이라는 담대한 주제를 소극적으로 해석한 결과이며 이렇게 연구될 때 소외되는 많은 서사주체들을 구제할 방법이 없어진다. 이에 본 연구는 멜로드라마적 공식성에 따른 선악의 이분으로 이기주의(利己主義)와 이타주의(利他主義)를 선별한다. 정신적 사랑과 육체적 욕구의 이분법은 이타주의와 이기주의로 수렴될 수 있다.

이기주의와 이타주의를 구분하는 서사주체의 행위적 속성으로 질투, 거짓, 탐욕, 교만 등이 있다. 선(善)은 개념이라기보다 행위이며 사상이라기보다 실제이기 때문에 이기와 이타를 대별하기 위해서는 서사주체의 행위를 윤리적 가치로 환원할 필요가 있다. 질투, 거짓, 탐욕, 교만은 이기주의자들의 행동태이며 이것이 곧 중생과 보살이라는 존재론적 등급을 나누는 기준이 되기에 이 둘의 '주의적' 차이를 통해 지향되는 사랑의 속성은 다를 수밖에 없다. 이기와 이타는 최종적으로 행복과 만족을 지향한다는 점에서는 동일하지만 그것을 발생시키는 과정적 지점은 서로 상이하다. 샤프츠베리(Shaftesbury)에 의하면 이 둘의 분별은 행위자의 공공선에 대한 애정의 차이에서 발생된다. 표현은 다르지만 프란시스 허치슨(Francis Hutcheson)은 애정의 목표가 행위자 자신에게만 향하는지 아니면 행위자의 행복을 포함한 최대 다수의 최대 행복에 대한 열망인지에 따라 구분된다고 보았다.[7]

결과적으로 말해 자기와 상관이 없는 심지어 적대감을 갖고 있는 사람에게 선의를 베풀거나 더 나아가 그를 위해 희생하고 헌신하는 일련의 행위를 이타주의라 한다면 이는 안빈을 중심으로 한 수행자(修行者)들의 삶이다. 반면 이기주의는 추상적인 욕구가 아니라 즉각적이고 분명한 욕구를 드러낸다. 이기주의는 순전히 자기의 고유한 법칙을 따르는 특성이 있다. 언제나 어떤 종류의 자아의 반응에 대해 목적론적인 경향을 드러내며 모든 행위의 순간이 순전히 자기에게만 유용하도록 작용시킨다는 점에서 탐욕적이다. 모든 악은 탐욕에서부터 시작된다.[8]

---

7   조관성, 『현상학과 윤리학』, 교육과학사, 2003.
8   가이 오크스, 김희 역, 「사랑에 관하여」, 『게오르그 짐멜 – 여성문화와 남성문화』, 이

허영은 이 모든 특징을 내부적 속성으로 갖는 다혈질적 이기주의자이다. 허영은 학생시대 때부터 순옥을 사랑하여 따라다니는 순정한 청년시인이었다. 허영은 순옥의 계속된 거절이 자신의 "신념이 없고 뒤가 무른" 때문인지 모르고 안빈과 순옥의 사이를 질투하여 그들의 불륜에 대해 거짓소문을 낸다. 질투로 유발된 안빈-석순옥-허영의 삼각관계는 순옥이 허영과 결혼함으로써 해소된 듯이 보이지만 순옥의 안빈에 대한 사랑이 지속되는 한 중지될 수 없으며 또한 허영은 결혼한 이후에도 안빈에게 의심을 거두지 않음으로써 질투는 계속된다.

질투의 외부적 형상은 사랑하는 두 연인 사이의 또 다른 연인의 개입이다. 장 폴 사르트르(J. P. Sartre)에 따르면 인간은 사랑할 때 연인에게 바쳐진 자신의 주체성을 그 연인의 사랑을 통해 되돌려 받기를 원한다. 하지만 되돌려 받길 원하던 자신의 본질이 다른 사람을 향하고 있다는 것을 아는 순간 인간은 극심한 고통을 받게 된다. 절망적 질투심은 사랑을 잃어버렸다는 사실에서 발생하지만 그 상실은 한층 더 깊이 파멸적인 자아상실에 기초하고 있는 것이다. 허영의 질투는 자기보존이라는 인간적 욕구를 충족시킬 수 없음에 자존심을 상하게 되고 감정적 분노를 드러낸다. 이러한 감정은 순옥의 바깥출입을 막고 안빈을 만나지 못하게 하는 행위로 표출된다. 허영은 자신이 질투심에 사로잡혀 있다는 것을 부인하고 심적 고통의 원인을 부정(不貞)한 순옥이나 안빈에게 돌림으로써, 자신의 내부에 고통의 원인이 있음을 외면하고 스스로 자기 연민에 빠진다.

질투는 자기 보존의 충동이라는 점에서 본래적이다. 그러므로 질투라는 심성의 발생 자체는 이기적인 것은 아니다. 하지만 그 원인을 자신의 내부에서 찾지 않고 연인의 부도덕함에 소급할 때 질투는 이기적 탐욕이 된다. 『사랑』의 서사 전반은 허영의 질투심이 순옥과 안빈의 불륜적 사랑에 있는 것이 아니라 허영의 인간적 그릇됨에 있는 것으로 서사화됨으로

화여대 출판부, 1993, 226쪽.

써 허영의 이기주의적 면모를 부각시킨다. 질투가 타자를 비난함으로써 자신을 보존하려는 소극적 형태의 이기주의의 발현이라면 자신의 탐욕을 만족시키기 위해 동원되는 허언(虛言)은 적극적 형태의 자기 방어이다. 순옥에게 허영의 거짓말은 '가면연극', '거짓의 껍데기'로 각인된다.

허영은 매사가 본심을 숨기고 애써서 말을 꾸미려 한다. 진실을 말하는 것은 불리한 상황을 연출할 수 있기에 거짓말을 하는 것이 더욱 편리할뿐더러 당장의 곤경을 면할 수 있기 때문이다. 허영의 거짓말은 상황적으로 발생한다기보다 태생적 속성이기에 상황이 변하면 언제든 재가동된다는 점에서 악의 속성을 지닌다. 허영과 시어머니 한씨의 거짓말이 본격적으로 가동되는 것은 이귀득의 등장에서부터 이다.

이귀득이 허영의 아이를 낳아 기른다는 것을 알게 된 순옥이 허영과 한씨에게 귀득의 일을 전하자 허영은 오히려 더 크게 성내며 거짓의 껍데기를 벗지 않는다. 하지만 상황이 명명백백히 밝혀지자 허영은 감격적인 어조로 자신을 용서해 달라고 말한다. 순옥은 이들의 이기심을 간파하고 그들이 자신을 필요로 하는 동안에는 그들의 필요에 응해주자고 결심한다.

악인의 거짓말은 하나의 진실을 덮기 위해 또 다른 거짓말이 동원되는 형식으로 중첩된다. 하지만 거짓말이 하나씩 보태어질수록 진실은 은폐되기보다 더욱 분명해지며 이기적 주체의 비도덕성은 부각되고 이타적 주체의 도덕성은 명료해 진다. 순옥은 어떠한 거짓말에도 흔들리지 않고 이기적 주체의 뜻에 따라 움직이겠다고 다짐함으로써 이타적 주체의 숭고성은 더해 간다.

이기적 주체의 거짓말은 그것 자체가 목적이 아니다. 거짓말은 목적을 달성하기 위해 차용된 수단이며, 궁극적 목적은 탐욕에 있다. 탐욕은 크게 애욕과 물욕으로 구분된다. 앞서 살핀 바대로 선인의 이타심은 사랑에 있어 정신과 육체를 분리시키고 육체를 희생의 장으로 제공함으로써 사랑의 정신성을 절대화시켰다. 이들이 철저히 육체를 배제한 것은 육체가 인간의 감각적 욕구에 따라 동물적 본성을 발현시키기 때문이다. 이상주의적 사랑에서 육체는 불결한 것, 오염된 것, 본능적인 것의 징표이다.

허영은 육체적 욕망에 충실한 속물적 인간이다. 그는 안빈에 의해 과학적으로 증명된 '취소'의 피를 가진 인물이다.[9] 허영에게서 사랑은 육체를 통해서만 드러난다. 그러므로 사랑을 표현하는 길은 탐욕적이요, 물질적이다. 허영이 육체적 욕구만을 탐하는 탐욕적 인물이라는 증거는 '매독'을 통해서도 확인된다. 매독은 심장병과 함께 허영의 목숨을 위협하는데 이 난잡한 화류병은 순옥을 만나기 전 허영의 방탕한 생활을 증명한다.[10]

보살의 자비와 중생의 욕망은 정신의 사랑과 육체의 사랑으로 나뉜다. 보살의 자비적 사랑이 정신적 하나 됨을 만족하는 마음의 사랑이라면, 중생의 욕망은 신체적 접촉을 갈구하는 몸의 사랑이다. 마음의 사랑, 시선의 사랑이 사랑하는 존재를 그 자체로 인정하여 추구하는 바가 없는 수동적 사랑이라면, 욕계의 중생을 사로잡는 몸의 욕망은 빈 위(胃)를 채우기 위해 음식을 먹어 치우는 동물의 활동성처럼 능동적이다.[11] 그러므로 순옥의 자비적 사랑은 욕망의 수렴방식을 통해 이기적 중생을 끌어안는 반면 허영의 동물적 사랑은 욕망의 발산 방식을 통해 욕망을 소모함으로써 더 큰 욕망을 지향하는 확산의 형태를 취한다.

허영의 탐욕은 물욕으로 이어진다. 허영이 순옥과 이혼할 수 없는 이유 중의 하나가 애욕이라면 다른 하나는 물욕이다. 이러한 물욕은 허영뿐만 아니라 시어머니 한씨를 통해서도 드러난다. 허영과 한씨는 순옥을 아내와 며느리로서 사랑하거나 혹은 죄에 대한 뉘우침으로 놓아줄 수 없는 것

9　취소(臭素)는 구리다거나 고리다는 말로는 표현할 수 없을 정도로 우주상에서 가장 흉악한 냄새를 가진 물질이다. 이를테면 악한의 욕심 썩어지는 냄새로 비유할 만한데 육체를 갈망하는 애욕의 번민 속에서 발생한다. 이 상상 속에서만 존재하리라 믿었던 물질이 허영의 피 속에서 발견된다.

10　"순옥이가 나간 뒤에 허영은 제가 지금까지에 육체관계를 맺은 여성을 하나, 둘, 누구 누구하고 세어보았다. 그리고 아현동에서 매독을 올라서 육공육호 다섯 대를 맞은 일을 생각하고 슬그머니 겁이 났다."(『사랑』, 354쪽)

11　한자경, 「불교의 생명론 ─ 욕망과 자유 ─ 윤회의 길과 해탈의 길의 갈림길에서」, 『한국여성철학』 2, 한국여성철학회, 2002, 20쪽.

이 아니라 순옥이 벌어오는 돈에 대한 욕심이 크다. 중요한 것은 악인의 이기심으로 드러나는 범부적(凡夫的) 욕구를 순옥이 잘 알고 있다는 것이다. 그렇기에 순옥은 허영의 집에서 나간 뒤에도 꼬박꼬박 돈 백 원을 허영의 집에 보낸다. 하지만 제 일밖에 모르는 이기적 중생의 탐욕적 심리는 만족을 모른다. 주제와 분수에 걸맞게 자족할 수 있다면 중동치기라도 갈 수 있지만 이들은 자신의 내면적 속성으로 만족할 수 없기에 물질과 육체를 탐하고, 탐하면 탐할수록 욕망은 채워지지 않는다.

이기적 중생의 마지막 속성으로 교만(驕慢)이 있다. 기독교 전통에서 교만은 인간 불행의 원인이며 불교적 전통에서 교만은 죄의 기원이 된다. 허영은 혼인한 처음에는 막 내리 눌러보기도 하였으나 순옥에게는 허영의 힘으로 눌려지지 않는 무엇이 있었다. 한씨에게 순옥은 조금도 마음에 들지 않는 며느리이며 더불어 시어머니의 위권을 마음대로 부릴 수 없는 것이 역정이 나는 때가 많았다. 허영과 한씨의 교만은 자신들이 본래 순옥이보다 훨씬 높은 위치에 있는 사람이라는 데서 출발한다.

토마스 아퀴나스(Thomas Aquinas)는 교만을 "본래의 자신보다 더 자기를 높은 데 놓는 것"이라고 정의했고, 어거스틴(St. Augustin)은 교만은 우뚝 솟고 저명해지고자 하는 욕구(desire for perverse eminence)라고 말했다. 그러므로 교만의 핵심은 타인에 의해 주체가 높아지는 숭배가 아니라 타인의 인정과 상관없이 자기에 의해 스스로 자신이 높은 곳에 위치지어 진다는 것이다. 자기가 자신을 스스로 탁월하다고 느낄 때 타인은 비판과 천시의 대상이 될 수밖에 없다.

교만은 자신을 부풀려 생각하고 왜곡시켜 이해한다는 점에서 일종의 자기기만이다. 그러므로 교만은 이중의 악이다. 다른 사람에게 마땅히 돌려주어야 할 평가를 돌려주지 못하는 잘못과 동시에 타인들의 모습을 왜곡시켜 부당하게 대하고 멸시하는 잘못이다. 한씨는 '저만 높은 사람'이라고 생각하기에 타인들은 '시골 상것들'이 될 수밖에 없으며 그들의 존중받고 고마움을 표시하는 행동은 천한 것이 된다. 모든 정의(正義)에 역행하는 교만은 공동체 안에서의 상호 보존과 화목을 해친다는 점에서 파괴적인 죄이다. 자기를 보존하고 자기만을 사랑하는 중생의 이기적 욕구의 발로인 교만은 타인에게 냉혹하고 피해를 줌으로써 다른 죄악들을 낳는 모판의 성격을 지닌다.

거짓, 탐욕, 교만으로 대변되는 중생의 사랑은 가장 낮은 단계의 사랑이다. 사랑이 일체 유정물의 생명 현상 가운데 가장 숭고한 것임은 사실이지만 다 같은 사랑이라 하여도 천차만별의 계단이 있고 품이 있는 것이다. 이런 까닭에 사랑은 자비심을 정점으로 하여 위계화된다. 육체와 정신을 기준으로 육체의 결합만을 목적으로 하는 것은 짐승이나 벌레의 그것이다. 인간적 사랑은 육체의 결합과 정신에 대한 사모의 조화라 할 수 있겠지만 이는 낮은 단계의 사랑이다. 사랑의 극치라 할 수 있는 육체에 대한 욕망을 전연 떼어버린 사랑, 영원한 존재를 인식하는데서 만들어지는 사랑은 인류의 자랑이 아닐 수 없다. 육체를 떠난다는 것, 욕망을 버린다는 것은 일체의 인간적 이기욕을 버리고 오직 그를 위하여 사랑할 때 그것이 비로소 자비심의 황금색을 띤 사랑이 되는 것이다. 이로써 사랑은 중생의 인성(人城)을 버리고 성인의 신성(神聖)을 갖게 된다.

이기적 중생의 사랑과 대비되는 이타적 성인의 사랑은 '죄'의 고백을 통해 반성적 시선을 드러낸다. 중생의 입장에서 보면 죄의 근원은 외부에 있기에 반성할 내용도, 고백할 내면도 없다. 반면 성인을 지향하는 서사 주체들은 죄에 대한 청교도적 감수성과 불교의 인과응보의 논리를 통해 자기 고양의 의지를 피력한다.

> 총 맞은 노루가 뛰어가면 가는 대루 길에 피가 흐르는 모양으루 죄 있는 사람이 지나간 자욱에는 어디나 죄의 자최를 남기는 것이요, 사십 여 년 살아온 내 자최를 돌아보면 끊임없는 죄의 흔적이요, 한없는 시간과 공간을 두고 돌아온 내 자최에는 검은 죄의 흔적이 끝없이 뚜렷이 이어 닿아 왔고 또 지금두 새로운 검은 흔적을 만들구 있는 것이요. 이러하기 때문에 나는 누구를 대하든지 부끄러

움 없이는 대할 수가 없고. 또 두려움 없이는 대할 수가 없구.

―『사랑』, 224쪽

　자신의 과거와 현재에 대해 반성하고 죄를 깨달아 참회하는 것이 업장(業障)을 맑히는 첫길이라고 말하는 안빈은 죽어가는 아내에게 업보와 인연과 운명에 대해 말하는 중이다. 옥남은 당신 같은 사람에게도 참회할 것이 있냐구 묻자 안빈은 삶 자체가 죄의 연속이요, 부끄러움과 두려움의 생활이라고 말한다. 하지만 자신은 죄의 껍데기, 범부의 껍데기를 벗고 성인이 되려고 애쓰고 있다고 말한다. 죄를 피하고자 하는 의지, 선업(善業)을 쌓고자 하는 의지, 절대선을 향해 나아가고자 하는 의지는 참회의 과정을 통해 자기 고양의 의지로 비약된다.

　순옥의 일생에 허영이 나선 것도 인과적 법칙에 따른 것이다. 원인이 있으면 반드시 결과가 있고 어떤 결과가 있으면 반드시 그 결과를 생성하는 원인 있으니 인과율은 이 우주와 인생을 지배하는 제일 근본 법칙이다. 순옥과 허영은 전생으로부터 오는 은원(恩怨)의 관계를 청산하지 않았기에 금생에 다시 만난 것이다. 이 은원의 업을 풀지 않으면 그들은 내생에서 다시 만날 것이다. 인연의 논리에 따라 인연 있는 중생을 사랑하는 과정은 결국 청산과 참회의 과정이다. 자비와 은혜를 실천하는 사랑의 길은 시련과 고난의 형태를 띠면서 성인이 되기 위한 수련의 길로 형상화된다.

　자신의 죄를 고백하는 안빈으로부터 그의 아내 천옥남과 현실주의자 박인원과 석영옥에 이르기까지 성인이 되고 싶어하는 서사주체는 모두 자기 마음속의 지옥이나 그림자에 대해 고백한다. 그것은 마치 정기적인 고백을 통해 스스로를 정화하는 수도사들의 풍경과도 흡사하고 이러한 과정을 통해 사랑은 철저히 정신적인 것으로 그려진다.[12]

12　　서영채,『사랑의 문법』, 민음사, 2004, 115쪽.

제3장

대중적 숭고(Popular sublime)와 과정적 모방(模倣) 효과

우상적 주체들은 서사 내부에서 볼 때 '개인적 희생자'들이지만 서사 외부에서 볼 때는 '아름다운 계몽'[1]을 실천하는 사랑의 전도사들이다. 이들의 헌신적이고 희생적인 사랑의 태도는 도덕성을 넘어 종교성의 영역으로 확대된다. 타락한 사회에 현실적 변화와 초월의 수단으로 이상주의적이고 정신적인 힘에 초점을 맞추는 것은 새로운 형이상학적 체계를 창조함으로써 그들의 '도덕성'을 '재신성화(resacrilization)'하는 것이다. 우상적 주체는 아가페적 사랑을 통해 신성(神性)으로 나아간다.

심미주체는 서사주체의 희생과 헌신을 통해 숭고함을 미감한다. 숭고(sublime)는 지배적인 담론, 관습, 의미체계 너머에 존재하는 재현할 수 없는 것의 지표로서 무한을 향한 인간 정신의 열망을 표현한다.[2] 리타 펠스

---

[1]   최문규, 「포스트모더니즘과 장엄함의 미학」, 『(탈)현대성과 문학의 이해』, 민음사, 1996, 236쪽.
[2]   J. 리오타르, 유정완 역, 「숭엄과 아방가르드」, 『포스트모던의 조건』, 민음사, 1991.

키(Rita Felski)는 이러한 숭고의 개념이 남성적인 미의 형식을 대표하는 것과 여성 대중연애서사가 키치(kitsch)[3]라는 경멸적인 함의를 갖는 것에 반대하여 '대중적 숭고(Popular sublime)'라는 개념을 제시하였다.

'대중적 숭고'는 초월적인 것, 고양된 것, 형언할 수 없는 것에 대한 열망으로 여성적 감수성과 관련된다. 이것은 두려움과 공포와 동일시되는 남성적 미의 영역이 아니라 주정주의(主情主義), 환희, 자아상실의 여성적인 미와 결합한다. 대중적 숭고의 형식은 이해할 수 없는 것을 친숙하게 만들고 초월적인 것을 구체화하기 위해 노력하며, 그럼으로써 이 둘 사이에 긴장의 장을 창출한다.

오해와 타락으로 얼룩진 사회의 거대한 폭력에 맞서 대결하는 우상적 주체의 숭고성은 이상주의적 사랑을 통해 영원과 무한으로 나아간다. 심미주체는 서사주체의 행동에 대해 숭고함을 느끼고 공통된 정서 안에서 감격의 일치에 이르도록 유도된다. 독자들이 느꼈을 숭고한 감정은 자신을 희생하여 더 큰 사랑을 실천하는 열망 앞에서 외적인 고난과 갈등은 뭉뚱그려지고 심미주체는 하나로 뭉쳐지는 격양된 정서와 현실적 의무감으로 고양된다.

심미주체는 서사주체의 가치 상향적 행위를 대리 체험하고 그러한 과정에서 서사주체를 자신보다 우월한 위치에 놓고 그들을 선망(羨望)한다. 계속해서 수용주체들은 서사주체의 당위 실천과정을 통해 자극을 받게 되어 그들의 행위를 모범으로 규정하고 자신들의 역할에 행위모델로 삼

---

[3] 급조된 값싼 예술작품을 부르는 용어로 1870년대에 처음 만들어진 '키치(kitsch)'는 대중문화의 타협적인 차원을 지칭하는 장르적 명칭으로 사용되어 왔다. 키치는 종교적 또는 미학적인 초월의 이상에 대한 열망을 담고 있으나 그것의 구체적인 표현이 근대의 대량생산된 값싼 상품으로 나타난다는 점에서 미학적 부적격성을 띤다. 키치는 달콤한 낭만주의와 무절제한 감상에 빠지도록 조장하는 감상성과 동일한 것으로 간주되며 어떤 감정에의 호소도 위조성과 피상성을 지닐 수밖에 없다는 점에서 뚜렷하게 여성화된다. 예컨대 여성 대중연애서사는 비판적 문학에서 문학적 키치의 결정판으로 반복적으로 인용된다. 리타 펠스키, 김영찬·심진경 역, 『근대성과 페미니즘』, 거름, 1998, 188~190쪽.

게 된다. 모방이란 그 대상을 모범으로 하여 따른다는 것으로 많든 적든 이상화의 의미가 포함되어있다. 도덕적 주체들의 이상적 행위는 당시의 독자들에게 자신들이 나아가야 할 바를 제시하고 있는 모범적 행위이며 또한 상찬(賞讚)의 대상이기에 1930년대 대중연애서사는 연애소설이면서 계몽적 교육소설로 역할하게 된다.

1. 낙관적 센티멘털리즘과 도덕적 우화의 상찬(賞讚) 효과

다각적으로 얽혀있는 애정의 삼각관계는 애정의 중심축에 서 있는 인물이 돈이냐, 사랑이냐의 취사(取捨)의 갈등에 놓여있다는 점에서 선택의 플롯을 추구한다. 이러한 선택의 플롯은 멜로드라마적 공식성에 의해 문학적 관습으로 고정되어 있다. 수용주체들은 연애소설의 장르적 공식을 따라 편안하게 독서에 참여할 수 있지만, 독자들의 상식적 예측은 서사 내부의 다양한 변수와 우연적 상황의 얽힘으로 호기심과 긴장감을 유발한다. 심미주체는 최종적으로 낙관적 전망에 심정적 안정감을 기대하면서도 선택의 과정이 구체적으로 어떻게 펼쳐질 것이며, 최종적으로 어떻게 해결될 것인지를 흥미롭게 추적(追跡)한다.

『찔레꽃』의 폭발적 인기를 견인하며 심미주체의 동일시적 감정이입을 이끌어 내는 여주인공 안정순은 민수의 사랑이냐, 조만호의 돈이냐의 갈림길에서 어느 하나를 선택해야 한다. 동일시(identification)는 자기 이외의 대상이 자신이 좋아하거나 존경하거나 혹은 부러워하는 대상일 때 그 사람의 행동 특성을 모방함으로써 자신이 마치 그 사람이나 된 듯한 만족감을 가지게 되는 것[4]으로 명확한 의식의 지각 작용이라기보다는 잠재의

---

4   김종서 외,『교육학 개론』, 교육과학사, 1984, 219쪽.

식적인 반응의 결과이다. 독자는 작중인물과의 동일시를 통해 독서 체험을 현실의 삶 속에서 의미화하고 확대하는 과정을 거쳐 가치를 내면화 하게 된다. 안정순의 인간됨을 볼 때 독자들은 쉽게 정순의 선택이 '사랑'을 향할 것임은 예측할 수 있지만 정순의 근본적인 고난의 원인인 '가난'이 서사에 계속해서 노출됨으로써 안정순의 선택은 긴장감 있게 진행 된다.

정순이 조만호 집에서 가정교사 생활을 시작했을 때 '전설에 나오는 공주' 마냥 신기해하는 것은 호화로운 생활에 대한 동경과 환상의 표현이라 할 수 있다. 이 같은 심리는 안정순의 집과 조만호의 집의 선명한 공간대비를 통해 극단화 된다.[5] 독자들은 정순의 시선을 따라 부르주아 가정의 부와 사치를 구경하면서 엿보기의 욕망을 충족시킨다. 하지만 부와 사치가 '행복의 전당'이 아니라 '황금으로 만든 지옥'임을 정순이 겪은 에피소드[6]를 통해 바라봄으로써 자신들의 현실적 처지를 위안 받게 된다.

정순이 수용주체의 공감과 감정이입의 대상이 될 수 있는 것은 현금적 공리주의를 경계하고 도덕적 자존심을 지키는 인물임에도 불구하고 물질의 유혹에 흔들리는 약한 인간적 모습을 서사에 종종 노출하기 때문이다. 정순의 회의하고 갈등하는 양상의 진폭이 커지면 커질수록 수용주체

---

5   "동남편으로 향한 이 방은 앞에 유리문이 있고 서쪽에 둥그런 창이 났는데 그 창에는 뻥 뚫어진 우물정 자로 간살을 막아 놓은 말하자면 썩 신식 풍속으로 꾸며진 방이다. 두 간 방은 훨씬 더 될 듯한 이 방 한편에는 체경이 달린 양복장이 놓여 있고, 전나무로 만든 테이블 옆에 등의자 한 개, 벽에는 팔월 삼일이란 글자를 안은 달력이 걸려 있다. 방 맞은 편 넓은 뜰에는 솔, 살구, 복숭아, 뽕나무 들이 주욱 들어서서 은은한 그늘을 지우고 있는 것이 무엇보다도 정순의 맘에 들었다.(『찔레꽃』, 15~16쪽) "참 저걸 어떻게? 비가 막 새는 군!" 천정 한 모퉁이가 뻘겋게 빗물이 내린 사이로 뚜뚝뚜뚝 굵은 물방울이 떨어지는 것이다. 재작년에 지붕을 이은 뒤로 아직 그대로 있는 정순네 초가집은 썩을대로 썩은 모양이다. 어머니는 세수대야를 갖다 물 떨어지는 곳에 놓고 후- 한숨을 내쉬며 부엌으로 난 창을 확 열어 재쳤다. "저런 제길! 부엌에도 물이 하나로군" 부엌에서 퍽-퍽- 물을 퍼내는 소리가 들려오자 정순은 꿈에서 깨인듯이 책을 내려놓고 벌떡 일어섰다."(『찔레꽃』, 11쪽)

6   주인 조만호는 음탕한 시선으로 정순을 바라보고, 부잣집 마나님 같던 경애 어머니는 침모 마누라의 보고를 받고 정순을 핍박한다. 정순은 어이없는 오해와 굴욕을 겪고 쫓겨날 지경에 이른다.

는 서사주체에게 쉽게 동화된다.

'동화(assimilation)'는 체험의 동질성을 바탕으로 한다는 점에서 동일시의 한 양상이다. 동화는 독자가 소설 속에서 자신이 선택한 모델의 양식을 본 떠 자아를 형성하려는 거의 의식적인 노력[7]이라는 점에서 선망의 기제를 포함한다. '스르르 구름같이 손에 감기 울 저 아름다운 옷감'에 대한 유혹은 너무도 강렬하며 자존심만 아니었다면 '열 번 절하고 진열장 앞으로 달려갔을' 정순의 태도를 통해 독자는 인간의 양면성에 대한 이해와 정순의 도덕적 선택에 대한 선망을 동시에 체험하게 된다.

정순의 선택 플롯은 취사(取捨)의 문제에 있어 '직선의 서사'에 가깝다. 물질에 대한 인간적 욕망이 발견되지만 언제나 그 결론은 '도덕적 자존심'을 더욱더 무장하는 계기가 된다. 더불어 자신의 욕망을 발견할 때 마다 본성을 깨우치고 그러한 물적 가치를 지닌 인물들을 비판[8]함으로써 상대적으로 자신의 자존심을 굳건히 수성(守成)하기 때문이다. 이러한 '직선의 서사'가 독자들에게 단조롭거나 지루하지 않게 읽히는 것은 직선 속에 '오해의 플롯'이 겹쳐지면서 공식성이 가변되기 때문이다. 이 오해도 두 개의 서사가 중첩되면서 서사의 진행은 더욱 복잡해진다. 오해로 비롯되는 곡선의 서사는 독자들의 흥미와 긴장감을 배가시키는 기능을 수행한다.

경애-민수, 경구-정순의 표면적 사랑의 서사는 경애와 경구의 오해에서 비롯되었지만 악의성이 없다는 점에서 지탄받지 못하고, 진실을 알고 있는 두 연인의 망설임으로 독자들은 안타까움을 느끼게 된다. 연인을 위하는 마음으로, 자존심으로 진실을 행동으로 옮기지 못함으로써 진실은

---

7 J. 그리블, 나병철 역, 『문학교육론』, 문예출판사, 1983, 198쪽.
8 "조만호의 심뽀를 생각할 때 정순은 어디까지나 자기 자신 이외에는 생각지 못하는 그 동물적 존재가 가증스러웠다. 좀 더 서로 사랑하고 도와주고 용서하면서 실수도 있을 텐데. 정순은 혼자만 잘되고 혼자만 배 부르고 그리고 혼자만 즐기려 하는 사람들 틈에 끼어 사는 자기 자신이 갑자기 쓸쓸하여졌다. 능청스럽게도 거짓말을 뱉아놓고도 아무런 부끄럼을 느끼지 않는 조만호는 덮어 놓고라도, 경애 어머니의 뼈만 남은 파아란 얼굴을 생각해 보거나, 요사이 돌변한 경애의 차고 쌀쌀한 시선을 눈앞에 그려보거나 정순은 이대로 조만호 씨 집으로 들어가기가 정말 싫어졌다."(『찔레꽃』, 160쪽)

은폐되고 정보는 지연된다. 오해가 거듭될수록 정순과 민수의 결합 가능성은 낮아지고 독자들의 긴장감은 고조된다. 침모의 계략에 의해 발생하는 오해는 자신의 욕심을 채우기 위해 정순을 이용한다는 측면에서 악의성을 갖고, 독자들은 훈계(訓戒)의 눈초리로 서사를 따라간다. 이들의 오해 과정을 읽는 독자들은 안타까운 심정으로 마음을 졸이고 어서 오해가 풀려 재결합하기를 기대한다.

결국 위험에 빠진 정순과 민수의 사랑은 '흉악한 오해'가 일시에 해소됨으로써 행복한 결말을 향해 나아가는 듯하지만 여기에 또 하나의 반전이 도사린다. 모든 오해가 밝혀진 뒤에 민수는 자신의 잘못을 깨닫고 정순에게 용서를 구한다. 순결한 정순을 오해한 것은 자신의 천박함 탓이요, 정순의 결백이 증명된 이상 모든 처리를 정순의 뜻에 따르겠다고 말한다. 일반적인 멜로드라마의 공식성을 따른다면 정순은 민수를 용서하고 고난의 대가를 보상받는 결혼이나 그에 걸맞은 화합의 해피엔딩으로 진행되어야 할 것이다.

그러나 정순은 모든 독자들의 예상을 깨고 순리(順理)의 뜻을 따라 민수의 청을 거절한다. 독자들은 사랑의 패배를 감내하고 또 다른 사랑의 아픔을 만들기 않기 위해 돌아서는 정순의 고결한 덕행에 감동한다. 수용주체들은 그동안 그녀가 무릅썼던 고통과 그런 고통이 보람없이 끝난 것에 대해 동정과 연민을 느끼게 된다.

여기서 『찔레꽃』의 감상성은 최고조에 이른다. '오해-갈등-중첩된 오해-오해의 해결-갈등의 해소'의 에피소드적 반복, 운명적으로 엇갈리는 사랑의 서사는 심미주체로 하여금 감정이입의 강렬도를 높이고 센티멘털리즘을 미감케 하는 것이다.

센티멘털리즘(Sentimentalism)은 비애, 눈물, 우울, 탄식, 애상 등을 기본 정조로 한다.[9] 하지만 센티멘털리즘이 눈물의 비애와 탄식에 주조 된다고

---

9   이상섭, 『문학비평용어사전』, 민음사, 1976, 12~13쪽.

해서 체념적 비관주의에 기대는 것은 아니다. 감상성(感傷性)으로 번역되는 이 용어는 인간성의 사실적 표현으로 인간의 미덕에 대한 찬양을 통해 소박한 낙관주의와 이상주의를 전망한다. 김기진은 '일상생활의 외위(外圍)에서 불가항력의 초인간력을 부단히 느껴 오고 따라서 숙명적 배신적 사상에 감염을 오랫동안 당하여 온 특정한 사회의 보통인의 보통 감정은 일양(一樣)으로 센티멘털리즘 아닌 것이 없다'고 말한 바 있으며 이러한 이유로 센티멘털리즘은 '현재 조선 사람의 보통감정이요 최대의 풍속을 가지고 항행을 하여왔다'고 지적하였다.[10]

안정순의 행위에 대해 독자들의 감정이입은 하나의 미감으로 집결되지 않을 것이다. 이는 결말의 의외성 때문일 터인데 이민수와의 결별로 당혹스러운 가운데 아쉬움과 탄식을 느낄 수도, 경구와의 새로운 사랑을 전망하면서 기대와 예찬의 복잡한 감정을 느끼게 된다. 하지만 이러한 일련의 감정들이 소박한 낙관주의에 기대고 있음으로 의외적이기는 하나 충격적이지는 않다. 정순의 태도를 통해 독자들이 미감하는 센티멘털리즘은 '혼합된 감정의 모순'이라는 측면에서 일종의 숭고미이다.

프리드리히 쉴러(J. C. F. Schiller)가 논문 '숭고한 것에 관하여'에서 논한 것처럼 숭고의 감정은 '어떤 발작처럼 그것의 최고도에서 표현되는 슬픔과 황홀함에까지 이르게 할 수 있는 기쁨의 결합이다.' 하나의 감정에서 두 개의 모순되는 느낌의 결합은 모순되지 않는 방식으로 우리의 도덕적 자립을 증명한다는 점에서 감상적이다.[11]

센티멘털리즘은 탄식하고 감사하고 슬퍼하고 원망하고 기뻐하고의 연쇄적 반응을 이끌어 냄으로써 수용자로 하여금 하나의 감정에 오래 머무르지 못하도록 유도한다. 빠르게 변하는 감정의 기복은 텍스트 내부의 서사 속도에 따라 긴장감을 유발하고 수용자의 외부적 현실을 잊고 내적으

---

10   김기진, 「통속소설소고」, 『조선일보』, 조선일보사, 1928.11.9.
11   김수용, 『아름다움의 미학과 숭고함의 예술론―쉴러의 고전주의 문학 연구』, 아카넷, 2009.

로 몰입하게 만드는 최고의 미감이다. 독자들이 정순의 행위를 통해 느끼는 이러한 감상성은 더 높은 차원의 열망, 기대, 환희를 주조하는 숭고의 감정이다.

일반적으로 대중연애서사는 선악의 이분법적 대립구도 속에서 결국 선이 승리하는 해피엔딩의 형식으로 '교정할 수 없는 낙관주의(incorrigible optimism)'를 선보인다. 결론만 놓고 보자면 『찔레꽃』은 대중연애서사의 기본공식에 위배된다. 서로 사랑하지만 결과적으로 이들의 애정실현은 좌절되기 때문이다. 하지만 선이 보상받는 해피엔딩의 구조가 아님에도 '악'을 통해 '악'이 제거되고 인물들의 도덕성과 윤리성이 강조되면서 심미주체들은 안정감을 갖고 위안을 얻게 된다.

더불어 이민수에 의해 할퀴어진 마음을 안고 서 있는 정순에게 경구가 다가옴으로써 장차 그 두 사람의 새로운 결합이 예비 되어 있다. 목숨을 걸 만큼 사랑했던 민수가 자신을 오해하고 오히려 고난의 수렁 속에 밀어 넣음으로써 정순이 받은 타격과 배신감은 나름의 교양과 윤리감각을 갖춘 경구에 의해 치유됨으로써 수용주체에게 또 다른 기대감을 갖게 한다.

독자들은 정순의 용서하고 자기를 희생하여 더 큰 사랑을 실천하는 감상적 숭고미를 심미적 향수로 전이시킨다. 이것은 심미주체가 서사주체의 행동에 공감을 갖고 바라보며 그것을 하나의 미(美)적 감정으로 받아들여 자신들의 행위에 준거 척도로 삼는다는 것이다. 자본주의적 돈을 권력 삼아 전횡을 일삼는 부르주아의 타락성, 또는 그것을 쫓는 인물들의 탐욕스러운 욕망과 대비하여 비록 가진 것은 적지만 삶에 최선을 다하고 타인을 위해 스스로를 희생하는 서사주체의 교양과 도덕을 확인하면서 심미주체는 '어떻게 살 것인가'의 물음에 대답하게 된다. 도덕적 주체가 전하는 삶의 가치는 주어진 삶에 만족하지 않고 적극적으로 가치 있는 삶을 추구하는 것이다.

독자들은 그들의 도덕성과 희생을 선망하면서 자신들도 물질적 부정적 돈의 논리에 저항하고 도덕적 보편성이 현실에서 승리할 수 있음을 보여주고 싶을 것이다. 심미주체는 서사주체의 행동을 '현실적 경험의 한 양상으로 모방'[12]함으로써 도덕적 저항을 실천한다. 수용주체들은 정순을 통해 이분법적 삶을 대리체험하게 됨으로써 자신의 삶에 객관성을 부여할 수 있게 된다. 이러한 독서체험은 삶의 무질서한 경험에 질서를 부여하고 새로운 의미를 생산한다는 점에서 창조적 체험이다. 삶의 발견과 생산적 체험이 없다면 인간은 존재적 진실을 묻어두고 도착과 왜곡의 실존에 함몰되고 말 것이다.[13]

결국 『찔레꽃』은 선과 악의 대립을 돈과 사랑의 이분법으로 알레고리화 함으로써 현실을 모델화한다. 이렇게 의미론적으로 대립되는 선악의 인물구도는 '긍정과 부정의 속성을 각각의 인물들에게 귀속시킴으로써 그들을 가치 평가하고 또 그것을 통해 가치에 부합되게 정돈된 인간상과 세계상을 만들어냄으로써 사회화 작용'을 한다.[14]

2. 숭고와 비장의 결합과 정서적 감응의 실천(實踐) 효과

정신적 가치에 입각하여 아가페적 사랑을 실천하는 인물들에 대해 수용주체는 경이적인 숭고함을 느낀다. 반면 이들의 고난과 시련이 현실적힘을 압도하여 서사주체를 파괴할 때 비장함을 느낀다. 혼합된 감정의 모순적 결합을 통해 『순애보』는 독자 수용의 층위에서 절대적 우위를 점유하게 된다.

최문선과 윤명희는 어렸을 적부터 서로를 운명의 대상으로 여겼으나 예기치 않은 분리로 서로에 대한 그리움만을 간직한 채 성장한다. 하지만

---

12   수잔 랭거, 이승훈 역, 『예술이란 무엇인가』, 고려원, 1982, 302쪽.
13   구인환 외, 『문학교육론』, 삼지원, 1990, 80쪽.
14   허창운, 『현대문예학의 이해』, 창작과비평사, 1989, 243쪽.

운명은 우연을 통해 이들을 다시 결합시킨다. 우연히 재회한 이들에겐 서로를 향하는 또 다른 사랑이 존재하였으나 이들의 육체적 공박에도 불구하고 아무런 심적 갈등없이 서로의 사랑을 굳건히 한다. 지고지순한 인물들의 운명적 사랑이라는 주제는 독자들로 하여금 사랑에 신비성을 부여하고 서사주체의 경험이 자신들의 체험으로 이행된다는 측면에서 기대감을 고조시킨다. 문선과 명희의 사랑이 운명적이었다면 문선이 인순의 강간 살인범으로 몰리고 실명에 처하는 사건도 가히 운명적이다. 문선의 누명(陋名)과 실명(失明)은 '이중의 우연성'을 통해 운명에 복무한다.

문선이 분노와 증오로 갈등하던 중 진범 이치한이 찾아와 범행 일체를 고백한다. 이치한의 절박한 사정과 최문선의 기구한 운명은 '사건의 우발성'과 서사주체로서는 감당할 수 없는 '운명적 고립성'으로 독자들로 하여금 동정심을 유발시킨다. 이치한의 고백을 들은 최문선은 이치한을 용서하고 그를 자신의 친구로 받아들임으로써 그의 벌을 대신 받기로 결심한다. 독자들은 이기적 인간으로써 받아들이기 힘든 상황을 감내하기로 마음먹은 최문선의 도덕심이 과연 어디까지 진심인지 고민하게 된다. 텍스트는 독자들의 이러한 의심과 호기심을 충족시키기 위해 최문선의 내면심리를 초점화하고 선택의 어려움이 부각 될수록 독자들의 공감과 연민의 감정은 향상된다.

명희가 감옥으로 찾아오는 꿈[15]은 문선의 갈등을 예각화하여 드러내고 문선이 명희와의 탈옥을 거부하고 죽음을 선택함으로써 기독교적 윤리를 실천하려 할 때 독자들은 신선한 충격에 빠진다. 이러한 충격은 경이

---

15   "문선씨! 어서 갑시다. 그립든 이야기는 후일 하기로 하고 어서 이곳을 떠납시다. 이
      땅이 보이지 않는 머나먼 나라로 아니 그 보다도 세상 사람이 보이지 않는 머나먼 북
      극으로 어서 갑시다." (…중략…) "그러나 나는 그대와 함께 갈 수 없는 죄의 몸. 강간
      미수라는 더러운 죄인. 그리고 살인자. 그대의 곁에도 설 수 없는 추악한 몸이라오."
      (…중략…) "사랑하는 이여. 그대가 나를 진정으로 사랑하거든 나를 이 감방에서 홀
      로 남겨두고 그대는 어서 이 감방에서 나가주소서. 그리하야 후일 우리는 천국에서
      반갑게 만나기로 합시다. 그 평화와 사랑의 나라에서……."(『순애보』 59회, 1939.3.2)

의 감정에 가깝다. 신비한 것, 숭고하거나 고귀한 것, 초자연적인 현상에 대한 심미주체의 경이감(驚異感)은 서사주체에 감탄이나 찬미의 감정을 유발한다.[16] 경이감은 이미 늘 우리에게 가까이 있었던 것들이 새로움으로 다가오는 것을 말하는데 『순애보』에서는 외적 환경이나 자연, 시각적 지표가 아닌 사랑 그 자체가 경이감을 준다. 이는 현실적으로 아가페적 사랑의 실천이 얼마나 어려운 것이며, 이것이 사회에서 실현될 때 일상이 경이로 전이될 수 있음을 보여준다.

독자들은 문선이 생존의 욕구를 포기하지 말았으면, 또는 이치한이 회개하고 자수하였으면, 아니면 문선의 누명이 벗겨져 결백이 증명되었으면 하는 소박한 감정을 느낄 것이다. 이것은 운명적 힘에 대한 인간의 왜소함, 허약함, 무력함에 대한 반감이다. 하지만 이러한 저기압의 감정에는 곧 고양의 감정이 뒤따르게 마련이다. 문선은 자신의 눈을 멀게 하고 살인범으로 몰아넣은 원수를 심지어 '행복을 가져다주는 친구'라고 여기며 자신의 개인적 행복을 희생하기로 결심한다. 결국 사형언도를 받은 문선은 숭고한 사랑을 실천하기 위해 자신을 멸(滅)하는 것은 당연하다고 생각하며 이를 기쁘게 감수한다. 독자들은 문선의 종교적 신념을 통한 아가페적 사랑의 실천에 숭고의 미감을 경험하게 된다.

삶의 보편적 가치를 넘어서 인간 힘의 절대성을 시험하고자 순교자가 되길 자처하는 문선의 초월적 행동은 하지만 자신의 목숨을 바쳐야 한다는 점에서 결단의 순간에 극단의 비장함이 미감된다. 문선의 죽음은 타협의 산물이 아니라 선택의 결과로 장엄하다.

문선은 (일찌기 예술을 사랑하였으나) 지금은 앞 못보는 장님. 그리고 생명을 더 길게 질 수 없는 사형수. 그는 이 남은 한 개의 예술인 노래를 심장의 피를 끌여서 처량하게 부른다. 한 걸음을 옮겨 디디고 또 한 걸음을 옮겨 디디면서 부르

16 　구연상, 「기술시대의 근본 기분」, 『철학과 현상학 연구』 19, 철학현상학회, 2000.

는 그의 애처로운 멜로디! 그는 벽에다가 가슴을 대고 두 팔을 들어 벽을 어루만지면서 노래를 계속한다.

(…중략…)

그 선물과 은혜를 찬송하리라는 사형수의 비장한 노래! 노래를 부른 문선의 눈에서는 눈물이 비오듯 쏟아진다.

—『순애보』56회, 1939.2.27

독자들은 박애주의적 사랑의 실천이라는 숭고한 이상이 아무런 인연도 없는 사람을 살리기 위해 목숨을 희생시키려는 문선의 행동으로 드러날 때 비장함을 느낀다. 비장미(悲壯美)는 세계에 의해 주체가 패배할 때 발생하는 비극성의 미감이므로 당연히 이루어져야 할 숭고한 이상이 시련에 부딪칠 때 발생한다.[17]

비장은 패배와 멸망, 고통의 결과가 분명함에도 자신이 지니고 있는 가치와 이상을 포기하지 않고 기꺼이 싸워 패배와 죽음을 맞이하는 인물이 만들어내는 미의식이다. 문선이 자신에게 모든 삶의 고통을 안겨다 준 이치한을 용서할 때 행동의 이면에는 그의 벌을 대신 받겠다는 비장한 각오가 선행하였고 이로 인해 독자들은 인간의 생존 욕구를 넘어서려는 치열한 문선의 대결의식에 비장함을 느끼게 된다. '원수를 사랑하라'는 명제의 실천을 통해 느껴지는 비장감은 문선이 사랑하는 연인을 위해 사랑을 포기하고 떠나는 대목에서도 체험된다.

문선은 재판 과정에서 인순을 짝사랑하지 않았다는 증거로 명희와의 관계를 제시할 수 있었다. 하지만 이미 불구자가 되어 누명이 벗겨지더라도 명희와 절대 결혼할 수 없음을 깨달은 문선은 세상에 연애관계를 밝혀 명희를 곤란한 처지에 빠뜨릴 수가 없었다. 문선이 명희의 행복을 바라는 마음은 누명이 벗겨지고 석방이 되자 명희의 곁을 떠나는 결단으로 이어진다.

---

17   김문환, 『미학의 이해』, 문예출판사, 1989, 195~196쪽.

문선이 명희의 행복을 위해 떠나는 것은 숭고한 사랑의 실천이지만 애정 실현의 좌절이라는 점에서는 비극적이다. 더불어 문선과 명희의 사랑이 서로를 향해 극단적으로 상승됨에도 소통되지 못하고 엇갈리는 장면은 독자들로 하여금 더욱더 안타까움을 유발한다. 숭고미와 비장미를 직조하며 운명적 사랑을 나누는 문선과 명희의 서사는 이후 장혜순과 이철진의 부차서사로 넘어가면서 독자들의 심미적 체험을 지속시킨다. 독자들은 악과 육욕의 가치를 추구한 인물들의 내면적 고통을 들여다보며 이들이 개심한 이후 어떤 행동을 취할 것인지 관심있게 추적한다.

이철진은 장혜순의 수혈로 개심(改心)한 이래 그의 개변(改變)은 실천의 차원에서 행해진다. 철진이 지난날의 과오를 청산하고 철저히 희생과 봉사의 정신으로 수해민을 돌보는 광경에서 독자들은 감동을 받는다. 더불어 뛰어난 지성과 미모로 결혼한 이들이 인간성의 회복을 통해 다시 재결합되기를 기원한다.

하지만 철진은 문선과 동일한 순교자의 길을 선택함으로써 독자의 기대를 배반한다. 홍수로 사람이 떠내려가는 것을 보고 물에 뛰어든 철진은 과거의 죄를 사하고 생명을 구하는 가장 아름다운 선물을 받기 위해 죽음을 선택한다. 물에 빠진 이가 위기에 처한 약한 동포이기에 그의 행동은 더욱 의롭고, 철진의 의협심과 용기는 독자들로 하여금 깊은 슬픔과 숭고의 감정을 동시에 체험케 한다.

철진의 죽음에 대한 정보가 지연되는 가운데 혜순의 성악가로서의 성공은 희(喜)와 비(悲)의 감상 속에서 독자들의 긴장감을 고조시킨다. 혜순은 독창회 중 철진이 위급하다는 전보를 받게 되고 눈물로 마지막 노래를 채 부르지 못하고 병원으로 달려간다. 혜순이 병실에 들어서기 직전 철진이 운명하였다는 설정이나 죽는 순간까지도 혜순을 애타게 불렀다는 구절은 독자들의 심금을 울리며 안타까움을 느끼게 한다.

고요한 새벽. 홀로 혜순의 비통한 울음소리와 자신을 헌신적으로 보살펴 주던 은인의 죽음으로 또 홀로 남게 된 칠용의 울음은 독자들의 가슴을 적신다. 자신을 배신한 철진을 용서하고 정신적 사랑을 보여준 혜순과 그 사랑의 수혈로 더 큰 사랑을 실천하려 했던 철진의 숭고함은 죽음으로 인한 사랑의 상실로 비장하게 마감된다. 정신적 사랑의 소중한 가치는 확인되었으나 철진의 죽음으로 심리적 상실감을 경험한 독자들은 최문선과 윤명희의 운명적 사랑이 혜순과 철진의 사랑과는 다른 방식으로 전개되길 기대한다.

문선은 명희를 피해 함흥의 김영호의 과수원에서 숨어 지내다가 명희의 약혼 소식을 듣게 된다. 온 정열을 다하여 사랑한 명희가 불구자의 아내로 수치와 조롱을 당하지 않게 하기 위해 그녀를 떠나왔지만 명희에 대한 견딜 수 없는 그리움과 이제는 다른 이의 약혼자가 되었다는 생각에 괴롭기만 하다. 실명한 두 눈에서 흘러내리는 뜨거운 눈물은 심미주체의 가슴속에 뜨거운 열기로 옮겨진다.

하지만 시련과 고난에 맞서 꿋꿋하게 정신적 사랑의 소중한 가치를 실현시키는 문선과 명희에게는 그에 걸맞은 보상이 마련되어 있었다. 김영호가 문선이 괴로워하는 것을 보고 혜순에게 편지를 띄워 결국 두 사람은 재결합하게 된다. 소극적일 수밖에 없는 문선에 비해 명희는 함흥까지 찾아와 문선을 설득하고 가족들의 응원을 얻어 낸다. 텍스트 내부에서 이들의 사랑은 숭고함의 절대적 가치를 표상하기 때문에 어떠한 방해나 오해에도 흔들리지 않는다.

자신의 비장한 최후까지를 결단하며 숭고한 사랑을 완성시킨 문선과 명희를 통해 독자들은 정신적 사랑의 위대한 승리를 찬양하게 된다. 모든 것을 희생하겠다는 마음의 다짐이 있어야만 진정한 사랑을 성취할 수 있다는 논리는 현실적으로 불가능하지만 '사랑'을 통해 모든 것을 가능하게 만드는 행복한 동화로 독자들을 위안한다.

『순애보』는 일반적 대중연애서사와 다르게 숭고미와 비장미를 교직하여 심미주체에게 정서적 충격을 발생시킨다. 숭고한 사랑의 정신을 실현하는 긍정적 서사주체들은 누구나 할 것 없이 시련과 고난의 현실에 처해있다. 상황의 얼그러짐을 통해 운명적 사건에 맞닥뜨린 긍정적 인물의 부정적 상황은 심미주체에게 동정의 감정을 유발하고 고양의 감정으로 부력(浮力)된다. 인간의 삶의 체험에 있어 고통받고 있다는 사실은 보편적 체험의 동질감을 유발하지만 윤리적 선택을 방해한다는 점에서 비도덕적 상황이다. 하지만 서사주체가 이러한 극한의 상황을 넘어설 때 심미주체에게 강한 윤리적 동기를 유발할 수 있다. 독자들은 당대 사회 구성원들에게 적합한 도덕적 명제로서 아가페적 사랑을 독자들 개개인에 대한 실천적 명제로 전이시키면서 강한 행동성을 드러낸다.

문선은 '생활철학'이라는 말을 통해 기독교적 박애정신, 아가페적 사랑이 연설이나 글이 아닌 '실천'의 명제임을 강조하였다. 즉 타인을 사랑하고 아무런 조건 없이 그를 위해 희생할 수 있는 마음은 이상적 관념이나 철학적 주제가 아니라 인간의 일상을 영위함에 생활의 일부로서 실천되어야 하는 것이다.

'진리는 말만이 되어서는 안 된다. 연설과 글만이 되어서도 안 된다. 진리는 생활이 되어야 한다.' 이렇게 생각하는 문선은 다시 마음속으로 부르짖었다. '그렇다. 말만이 일어나고 생활이 무시를 당한 세계! 그것은 미완성의 세계다.

나는 오늘까지 진리를 말하는 사람이었고, 진리를 글 쓰는 사람만이 되었었다. 지금이야말로 진리를 생활할 수 있는 첫 문이 열려진 것이 아니냐 하고 마음속으로 외치는 문선은 진리를 비로소 생활할 수 있는 기회가 온 것으로 생각할 때 기뻤다.

−『순애보』 50회, 1939.2.21

일정한 방식으로 수행되는 생활방식으로서의 실천은 "사회적으로 확립된 일관되고 복잡한 협동적인 인간활동"을 지칭하는데 이는 근본적으로 사회적 미덕(virtues)과 내재적 선(internal good)을 성취하려는 과정에서 실현된다. 그러므로 실천은 본질적으로 사회적이다. 실천은 복잡한 형태의 사회적 상호행위의 형태로 오직 그 안에 참여하는 자만이 고유한 내재적 선을 경험할 수 있다는 점에서 또한 참여적이다.[18]

수용주체는 '생존의 욕구냐' '기독교적 박애정신의 실천'이냐는 양자택일의 이슈가 아니라 당대 구성원들에게 적합한 도덕적 성격과 그 실현조건에 초점을 맞추어 텍스트를 해독함으로써 삶의 철학으로 아가페적 사랑을 실천하게 된다. 사랑의 실천이 인간을 인간답게 만들고 사회를 도덕적으로 물들인다.

3. 신성가족의 거룩과 진화적 향상(向上) 효과

인류애적 자비심을 통해 대승적 사랑을 실천하는 『사랑』의 서사는 궁극적으로 절대자를 자신의 내부에 위치시키면서 자기완성의 경지에 도달하는 것이다. 그러므로 누구나 희생과 헌신을 통해 보살이 될 수 있으며 그것은 인간 자신의 마음가짐에 있다는 믿음을 전파한다. 인간의 완성, 스스로 완성자의 경지에 도달하는 것은 외부의 갈등과 대립을 통한 격렬한 싸움이 아니라 자기희생과 인고, 구도를 통해서 이루어진다. 그러므로 『사랑』에서 서사주체의 욕망은 서로 부딪치기는 하지만 투쟁하지 않고 조화를 이루며 서로 간의 모방을 통해 궁극적으로 발전을 지향한다.

안빈과 석순옥이 성인으로 나아감은 두말할 나위가 없거니와, 심미주체는 순옥에게 감정이입을 통해 스스로 안빈의 제자가 되어 그의 설교에 감화되는 체험을 하게 된다. 안빈에 대한 독자들의 존경심은 박인원의 감정변화와 같은 노선을 걷게 된다. 독자들은 인원처럼 "스스로 약은 체하고 밝은 체하여 남의 속을 잘 아노라 하던 건방진 자신감"(『사랑』, 28쪽)을

---

18   김비환, 「자유주의적 '실천(praxis)'과 '미덕(virtue)'」, 『한국정치학회보』 36, 한국정치
      학회, 2002.

가지며 안빈의 속을 염탐하였으나 현실주의자 박인원조차도 안빈의 곁에 머물고 난 후에는 안빈을 신처럼 존경하게 되었듯, 독자들도 똑같은 감정의 변화를 겪게 된다. 그리고 안빈에 대한 서사주체의 존경심은 이내 자기 자신의 도덕률로 전화하여 모두들 성자 성녀의 마음가짐을 가지고자 한다. 서사의 마지막에 이르러 안빈의 회갑을 맞아 한 자리에 모인 이들의 형상은 사랑의 신성가족을 초상(肖像)한다.[19]

> 안빈의 나이 만 육십 세가 되는 날은 눈이 많이 오는 동짓달이었다. 안빈은 모든 식구를 다 모아서 만찬을 같이하였다. 안빈의 머리는 삼분지 이나 백발이었고 눈썹에조차 센 터럭이 있었다. 본래 수척한 얼굴이지마는 근년에는 더욱 수척하여서 싸늘하다고 하리만큼 맑은 기운이 돌았다. 그래도 눈의 빛과 음성만은 젊은 것 같았다.
>
> 인원이나 수선이나 다 전보다도 위의가 엄숙하고 빛났다. 사람을 사랑하는 힘이 는 것 같았다. 마치 어머니나 누나의 애정으로 자식이나 동생을 간호하듯이 그러면서도 조금도 지어서 하는 빛이 없이 극히 자연스럽게 하는 것이 순옥의 눈에 띄었다. 더욱 놀란 것은 인원에게서는 그 쌀쌀스럽고 어떤 때에는 잔인하다고 하리만큼 남의 허물을 알아내고, 빈정거리는 입도 삐쭉거리는 것도 스러지고 수선도 그 무뚝뚝하던 것이 믿음성스러운 위엄으로 변한 것이었다.
>
> —『사랑』, 456~461쪽

세상은 커다란 병균 덩어리이다. 부처님이나 예수님이 넓은 의미의 간호부였듯이 이들은 병들고 소외된 자들에게 헌신하는 사랑의 신으로 비유된다. 하나같이 성자와 성녀의 형상으로 표현되는 신성가족들은 성지(聖地)인 '북한요양원'에서 낙원을 일군다. 이 유토피아적 공간은 이 땅에 소외되고 병든 자들을 치료하고 구제하기 위해 안빈이 평생 소중하게 일

---

19   서영채, 『사랑의 문법』, 민음사, 2004, 117쪽.

구어 온 곳이다. 성인들의 온기와 열정으로 가꾸어지는 북한요양원은 일찍이 속계에서는 볼 수 없는 부드러운 금빛과 향기로운 연꽃 바람 속에 있다. 이 공간에서 모든 병든 자들과 지치고 힘든 성자들은 치료받고 기쁨의 평화를 얻는다. 순옥이가 생각하기에 이러한 환경은 이 세상에서는 다시는 찾아볼 수 없는 곳 같았다.

심미주체는 시련에 사랑으로 답하는 순옥의 행위에 숭고함을 느낀다. 순옥이 정신적 수련을 통해 죽거나 다치지 않은 채 자비심을 실천하는 생보살이 될 때 독자들은 더 큰 감정의 아우라를 느끼게 된다. 더불어 성지인 북한요양원의 분위기와 성인들이 화합한 신성가족의 초상은 독자들에게 하나의 종교로 체험된다.

신적인 것의 체험인 종교는 수용주체들에게 거룩함을 발생시킨다. 거룩한 것은 인간의 종교적 가치 체험을 통해서만 주어지기 때문에 다른 경험치와 비교될 수 없는 절대적 체험의 소산이다. 그것은 단순히 체험되는 고귀한 것, 고상한 것이 아니라 초지상적인 것, 초세계적인 것이다. 루돌프 오토(Rudolf Otto)는 그의 저서에서 거룩한 것의 특수한 가치의 질로서 '누미노제(Numinose)'라는 용어를 사용했다. '누미노제'는 우리말로 '성스러운 것'으로 해석될 수 있는데 절대적 존재 앞에 섰을 때 자신이 진실로 아무것도 아님을 존재론적으로 통감하는 피조물적 무의 체험을 동반하는 감정이다.[20] 심미주체가 느끼는 누미노제는 안빈을 중심으로 하여 일생을 수행(修行)과 헌신(獻身)으로 일관된 삶을 살아온 성인들을 향한 종교적, 절대적 미감이다.

거룩한 체험 속에는 고유한 이중의 계기가 내포되어 있다. 밀어내는 것과 끌어당기는 것이 그것이다. 이것은 신적인 것은 한편으로는 체험하는 자에게 어느 정도 거부의 반응을 유발하고 다른 한편으로는 강력하게 끌어당기는 속성을 말한다. 안빈은 이러한 이중의 계기를 인과의 법칙에 따

---

20   김화영, 「영성 이해, 갈등에서 통합으로—관상적 직관에 나타난 양가적 무의 균형과 돌파를 통하여」, 연세대 박사논문, 2009, 17쪽.

142   한국 대중연애서사의 이데올로기와 미학

라 설명한다.

독자들은 인과율을 믿으면서도 사람의 일에는 인과가 없는 것처럼 행동하는 일이 많다. 우리가 현실에서 당하는 횡액(橫厄)의 원인을 과거의 나에게서 찾지 않으면 현실의 나에게는 불평과 원망이 생길 수밖에 없다. 인간이 한치 앞을 내다보지 못하고 신을 미워하고 밀어내는 것은 인과를 거부하는 것이다. 하지만 이 인과응보의 주재자는 하느님, 부처님이다. 하느님, 부처님은 차착 없이 공평하게 시행하기에 속일 수도 잘못할 수도 없는 정확한 기록자요 심판자인 것이다. 그러므로 밀어냄의 연속된 반응으로 무한히 끌어들여 얽어맨다.

순옥의 삶이 바로 이러한 것이다. 순옥은 허영이라는 인과를 받아들일 수가 없었다. 그것은 신에 의해 주재된 착실한 업의 수행임에도 그 인과를 거부하기 위해 화를 내고 앙탈을 부린다. 순옥은 진정으로 인과를 받아들일 용기를 갖지 못한다. 그러나 사랑의 가르침에 따라 안빈의 인도에 따라 허영이라는 인과를 받아들인다. 그것도 기쁘고 즐겁게, 행복하게 받아들인다. 순옥은 거룩함을 스스로 체험한 경험자이자, 자신이 보살의 반열에 오름으로써 심미주체에게 이 체험을 전달하는 중계자가 된다.

종교적 체험에서 주어지는 거룩한 것은 가치이면서 동시에 실제이다. 인간의 노력은 가치의 실현을 목표로 삼는다. 우리는 진리의 인식에서 논리적 가치를, 윤리적 행위에서 윤리적 가치를, 예술적 체험과 형성에서 미학적 가치를 실현한다. 그러나 거룩한 것은 바로 초지상적인 것이고 초인간적인 것이며, 신적인 것이기 때문에 실현할 수 없다. 이러한 의미에서 심미주체는 거룩함을 느끼면서도 인간적 무력감을 느낄 수밖에 없다. 하지만 신이 모든 것을 예비하고 있듯이, 작가 이광수 또한 독자들에게 또 다른 고양의 발판을 마련해 놓았다.

『사랑』의 서문은 이 소설의 주제를 궁극적으로 함축할 뿐만 아니라 독자들에게 '끝없이 높은 사랑을 찾아 향상하고 애쓰라'는 희망의 메시지를 전한다. 그래야만 '진정한' 사람이 될 수 있다는 것이다. 『사랑』의 서문이나 서사를 통해 볼 때 서사주체는 세 가지 인간 군상으로 대별된다. 성인, 중동치기, 중생이 그들이다. 성인은 중생의 마음으로는 헤아릴 수 없는 둘도 없는 높은 혼을 가진 사람이다. 종교적 말씀을 삶의 지침으로 삼고 언제나 저를 잊고 남을 위해서 일하는 이다. 중동치기는 성인도 못되고 그렇다고 악인도 못되는 중간치기를 말한다. 어떤 때에는 옳은 것을 표준으로 하다가 또 어떤 때에는 이로운 것을 표준으로 하는 불가측 행동의 소유자들이다. 이들은 말씀과 가르침으로 언제나 계도가 가능하기에 중생보다는 높은 정신의 소유자들이다. 반면 중생은 제 일밖에 모르는 이기주의자들이다. 이들은 이로우면 하고 해로우면 안하는 동물의 심리를 지니고 있으며 타인의 슬픔을 자신의 기쁨으로 여기는 추악한 심성을 갖는다. 육체적 결합과 생식을 목적으로 하는 동물적 사랑을 행하는 이들은 거짓과 탐욕과 교만으로 점철되어 결국 지옥으로 떨어질 인간들이다.

『사랑』의 인간 군상들은 철저히 위계화 되어 있다. 질서화의 기준은 사랑의 자비심이다. 하지만 이러한 위계화는 고정적이요, 불변적인 것이 아니다. 무한한 향상과 진화를 통해 상승의 통로는 마련되어 있으니 벌레, 동물과 같은 존재인 중생으로 살 것인지, 인류에 자비의 불을 밝히는 보살로 살 것인지는 독자들의 선택의 몫으로 남게 된다.

독자들의 감정이입은 순옥을 통해서 이루어지기 때문에 허영의 범부적 삶은 '거리두기'를 통해 관찰된다. 허영은 중생적 욕망을 갖고 그것을 실현하기 위해 자비의 보살을 시련에 빠트리는 서사주체이다. 허영은 수수께끼적인 인물이 아니다. 그러므로 서사 구조도 중생의 욕망실현을 위한 거짓, 탐욕, 교만의 에피소드적 사건이 순옥과 독자에게 은폐되지 않는다. 서사는 정확한 정보를 제공하기 위해 발견된 정보를 제한하거나 왜곡하는 게임의 형식을 취하는 것이 아니라 하나의 에피소드가 발생하면 그것에 대한 진실이 뒤따르고 노출된 진실을 덮기 위한 거짓말이 그 뒤를 따르는 형국이다.

이러한 서사진행은 진실에 사건의 무게가 놓이는 것이 아니라 그 진실을 은폐하기 위한 거짓말의 중첩에 방점이 있다. 이미 진실은 서사 표면에 노출되어 있기 때문에 서사주체와 심미주체는 궁금증을 유발하지 않는다. 진실의 주재자인 이타적 주체를 속여 넘기기 위한 이기적 주체의 거짓말이 계속 될수록 그들의 처지는 더욱더 비루해 진다. 허영의 질투심과 거짓말은 석순옥과 안빈의 성인적 태도와 맞물려 허영의 범부적 특징을 부각시킨다. 독자들은 허영의 행동이 파렴치해 질수록 이들을 사랑으로 감싸는 순옥과 안빈의 높은 정신과 덕에 감동을 받게 된다.

심미주체는 허영의 거짓, 탐욕, 교만을 목도하면서 자신들의 삶을 허영의 삶에 대비해 볼 수 있다. 허영을 내심 욕하고 비난하면서도 부정하고 싶지만 부정할 수 없는 것이 중생의 삶으로서의 자신들의 삶일 것이다. 자신들은 얼마나 많은 거짓과 탐욕으로 업을 쌓았으며, 교만을 통해 타인에게 상처 입혔는지를 반성한다. 독자들은 자신들이 중생일 수밖에 없는 현실에 깊은 무력감을 느끼지만, 향상과 진화를 통해 비루한 중생이 값 높은 부처님이 될 수 있다는 것은 현실의 고난과 시련을 이겨내는 지침이 될 수 있다. 우주의 인과율에 의해 다스려지는 현실의 나는 내일의 나, 내생의 나, 천겁 만겁 후의 나를 결정하매 명일의 향상과 진화만이 후생을 위한 현생의 격한 희망이 될 수 있다.

여기서 심미주체의 내부에서는 하나의 모순이 발생된다. 중생이 보살이 되는 것은 사랑을 통하여 궁극적으로 자기완성에 이르는 것이다. 하지만 이것은 혼자만의 자기완성이 아니라 또 다른 중생을 위해 희생하고 헌신할 때 그 중생들도 감화되어 그들 또한 보살이 되어야 하는 것이다. 자기와 타인이 모두 완성되어 궁극적인 선으로 나아갈 때 진정한 이타주의는 실현된다.

순옥의 일생은 자신의 사랑을 완성하기 위한 수난과 시련의 길이었다. 영혼의 주재자인 안빈의 곁을 떠나 허영의 부인으로, 한씨의 며느리로, 섭의 어미로 살다 다시 안빈의 곁으로 되돌아오는 회귀의 과정은 순옥의 영혼이 거듭나는 과정이었다. 순옥의 진화론적 과정을 통해 순옥은 생불

(生佛)이 될 수 있었던 것이다. 순옥의 일생은 보살의 자비행을 통해 궁극적인 자기완성에 이르는 길이었지만, '자비'의 정의에 따라 엄격한 의미에서 말하자면 실패의 길이라고 할 수 있다.

이것이 바로 심미주체가 느끼는 모순이다. 허영과 같은 비루한 중생을 위해 순옥은 희생하고 헌신하였음에도 허영은 결국 감화되지 못했다. 대중연애서사의 공식성에 따르면 허영이나 시어머니 한씨, 옥남에게 심정적 혼란을 초래한 배은희 등은 모두 회개하거나 감화되어야 한다. 이것이 보살행의 완성이자 도덕적 당위의 승리이기 때문이다. 앞서 살핀『순애보』에서는 이치한, 이철진, 옥련이 도덕적 개심의 공식성에 따라 회개의 절차를 예비함으로써 도덕적 명령은 절대화되었고 윤리는 실현되었다.

하지만 허영과 한씨는 순옥의 정성어린 호의와 고생을 알지 못하고 악다구니 속에서 죽어갔다. 순옥은 육년 동안 전심력을 다했음에도 한씨와 허영에게 기쁨과 화평을 주지 못하고 비참하고 추악한 가운데 죽음을 맞게 한 것이 모두 자신의 죄 많음에서 비롯된 것 같아 늘 마음이 무거웠다. 그러나 허영과 그의 어머니가 건져지지도 못하고 죽어버림으로써 순옥의 고생이 공연한 것이 되지 않았나는 심미주체의 의심은 안빈의 의해 해결된다.

> 이 우주에는 없던 것이 생기는 법도 없고 있던 것이 없어지는 법도 없소. 그러므로 우리의 행위의 인과의 사슬도 영원히 끝날 수가 없는 것이오. 그러니까 순옥이가 허영 군이나 허영 군 자당에게 하는 일도 결코 결과 없이 스러질 원인이 될 리는 없는 것이오. 이생에서 안 되면 다음 생에, 다음 생에도 안 되면 또 다른 생에, 언제나 순옥이가 허영 군의 마음에 심은 씨가 날 날은 있는 것이오.
>
> ─『사랑』, 430쪽

순옥이가 허영과 그의 어머니에게 쓴 정성은 언제나 사라지지 않고 두 생명을 건지는 씨가 될 것이라는 안빈의 말은 현생에서의 보살의 노력은 그에 값하는 결과를 얻지 못하더라도 후생이나 그 언제 이후의 생에 반드시 이루어질 것이라는 인과의 강력한 힘을 전한다. 결국 거짓, 탐욕, 교만을 일삼는 중생은 현생에서 쌓은 죄로 인해 내생에 더 큰 업을 부과 받게 될 것이며 이 업을 참회하기 위해 계속해서 윤회해야 할 것이다. 반면 현생에서 고난과 시련을 겪으면서 참회한 중생들은 사랑을 통해 궁극적으로 자기완성의 대업을 이룸으로써 해탈의 경지에 이르게 된다. 이제 심미주체는 무한한 진화적 향상을 통해 보살행을 이루는 기쁨의 시간만이 남아있다.

제3부

전후 시기 대중연애서사
열정적(熱情的) 사랑과 역설적 인간학

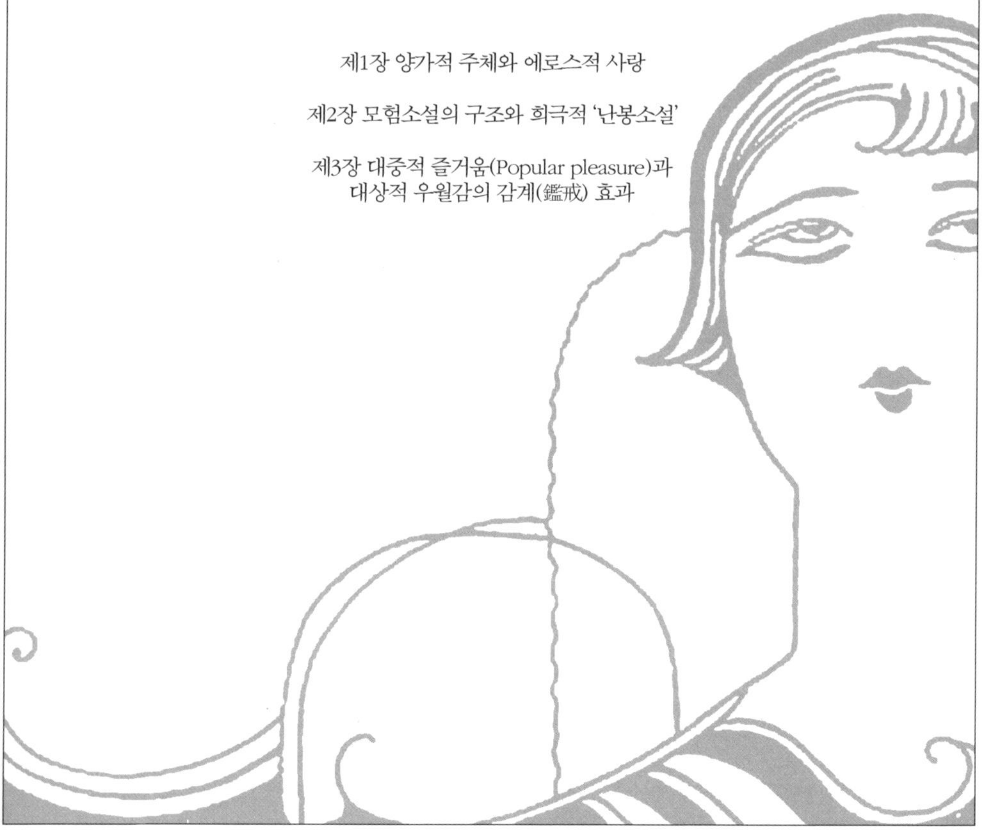

제1장

양가적 주체와 에로스적 사랑

열정은 '감정의 해방'이라는 점에서 독특한 위상을 갖지만 역사적으로 볼 때 가부장에 의해 배우자가 결정되는 가족 구속적 결혼의 시대에 자유로운 두 개인의 만남이 주체의 의지에 따라 결정된다는 점에서 새로운 시대로의 변화를 예고하였다. 이런 형식의 사랑은 집단의 위계와 의지에 반하는 반항적 사랑의 형식이며, 사랑을 정당화시킬 기제를 내부적으로 담지하기 때문에 자유로운 속성을 지닌다.

열정적 사랑은 개인을 집단으로부터, 사랑의 내용을 형식으로부터 '해방시킨다'는 측면에서 사랑과 자유의 결합형으로써 능동적인 속성을 지닌다. 하지만 주체가 저항할 수도 설명할 수도 없는 강력한 힘에 사로잡힌다는 측면에서는 지극히 수동적인 면을 동시에 갖는다.[1] 그러므로 열정

---

1   열정은 선택할 수도 해명할 수도 없는 어떤 것에 사로잡히는 것을 말한다. 'passion'이 성경에서 예수의 '수난'을 의미하는 것이나, 'passive'가 중세에는 어쩔 수 없이 겪게 되는 것을 뜻하고 현대에 '수동적'인 의미를 갖는 것 모두가 주체의 의지로 조율할 수

적 사랑은 정체성의 획득이자 정체성의 상실이며 정복과 자발적 복종의 모순적 조합이다. 열정적 사랑은 사랑에 눈을 멀게 하는 눈멂과 날카롭게 볼 수 있게 해준다는 눈뜸 사이의 은유이며, 희망에 부푼 사랑이자 좌절된 사랑이라는 양가성으로 가득 차 있다.[2]

1950년대 대중연애서사는 사랑의 정열에 휩싸인 명동형, 아프레 걸(apres-girl), 전후파 여성인물을 통해 애욕적 욕망을 발산하는 열정적 사랑을 전면화한다.[3] 이들은 '자신의 재량에 따라 성을 기획하는 새세대의 여성들'로 개인의 욕망 실현과 성적 자유를 서구적 교양이나 근대적 감각으로 습득한 인물들이다. 이들은 전통적 윤리와 도덕으로부터 자유와 성적 자기 결정권을 주장할 정도로 똑똑한 여성들이다. 능동적으로 자신의 삶을 개척하는 사회적 욕구와 열정의 자유분방함에 휩싸인 정서적 욕구의 충족을 삶의 모토로 삼는다. 이들은 남성편력을 통해 에로스적 사랑을 구현하며 가정에서, 육체에서 자유와 해방을 구가한다.

하지만 그들이 보여주는 편력 양상은 개인적 욕구 충족을 위한 모험에 가깝고 개인 간의 대립과 갈등은 질투의 감정에서 유발된 '쟁탈'의 의미가 강하다. 자아실현의 욕구로 대표되는 열정의 능동성은 개체성과 개성의 발견에 이르기보다 타인에게 복종을 구하는 경우가 태반이다. 그러므로 1950년대 대중연애서사의 열정적 사랑은 능동과 수동을 양수겸장(兩首

없는 무언가에 휩싸이는 것을 말한다.

2 열정적 사랑의 척도를 인지적, 정서적, 행동적 지표로 분류한 하트필드와 월스터의 연구는 열정적 사랑의 역설적 성격을 과학적으로 증명하였다. 열정적 사랑의 인지적 요소는 ① 상대방에 대한 과도한 생각이나 독점 ② 상대방이나 관계에 대한 이상화 ③ 상대방에 대해 알고자 하는 욕구와 상대방에게 자신을 알리려는 욕구이다. 정서적 요소는 ① 상대방에 대한 성적 매력과 긍정적 감정 ② 혹은 그 반대의 부정적 감정 ③ 상대방을 사랑할 뿐만 아니라 사랑받고자 하는 감정 ④ 안전하고 영원한 함께 됨의 욕구 ⑤ 생리적 흥분 등이다. 마지막 행동적 요소로는 ① 관찰 ② 서비스 ③ 신체적 밀착의 유지이다. Hatfield, E. & Walster, G. W., *A new look at Love*, MA-University Press of America, 1978.

3 1950년대 신문소설에서 주요 작중인물의 사회적 위상을 살핀 김동윤에 의하면 성별 비중에서 여성주인공이 우위를 점한다. 이들은 여대생이거나 유한부인, 마담, 미망인 들이다. 김동윤, 『신문소설의 재조명』, 예림기획, 2001, 71쪽.

兼掌)으로 안고 가는 역설의 의미론이다.

스타일에 따라 사랑을 분류한 존 알란 리(J. A. Lee)의 유형학에 의하면 에로스적 사랑은 열정적 사랑을 모태로 한다.[4] 만물의 결합, 우주의 조화를 관장하는 정신적인 힘을 상징했던 에로스가 인간학적 의미의 열망하는 영혼의 근본작용으로 변화된 것은 플라톤(Platon)에 의해서이다. 인간으로 하여금 무언가를 충동케 하여 열정을 갖고 욕구하도록 하는 에로스는 인간의 원초적인 작용 능력이다. 에로스는 욕구 지향적 사랑으로, 감각-본능적인 것으로부터 자유로울 수 없으며 종종 미적인 쾌락을 탐닉하거나 본능적인 충동과 욕망에 사로잡힌다.

욕구로서의 에로스와 열정의 근본적 결합은 구체적인 몸, 육체로부터 오는 감각이다. 그러므로 감정적 뜨거움과 강한 육체적 매력에 끌린다. 에로스적 사랑은 취향의 기호에 대한 뚜렷한 호불호(好不好)를 지니며 대상에 대한 집착은 성적인 흥분이 유지되는 한 지속되지만 열정적 사랑이 시간성에서 한계를 갖듯 사랑이 맹목적이 아니라는 사실을 명백하게 증명해 준다.

1. '자유 · 부인'의 유희적 사랑

열정적 사랑의 해방적 측면이 1950년대와 시대적으로 조우하는 지점은 '자유'라는 용어에서 이다. 유한한 인간을 절대적 신으로부터 분리한 주체의 독립성과 책임성을 강조한 자유는 근대적 자아의 합리성과 자율성에 대한 믿음을 기반으로 한다. 관습이 강요하는 구속에서 벗어나 자기의 사랑을 스스로 호명하는 열정적 사랑이 자아에 대한 각성과 책임의식

---

4   로버트 스턴버그 · 카린 웨이스, 김소희 역, 『심리학, 사랑을 말하다』, 21세기북스, 2010.

을 연대한 자유정신과 결합하는 것은 이러한 이유 때문이다.

정비석의 『자유부인』[5]은 '명랑한 현대여성'과 '허영적 사치여성'을 동시에 뜻하는 '자유·부인'을 통해 열정적 사랑의 긍·부정태를 실험한다. 오선영은 R여자전문대학을 졸업한 여성으로 대학교수의 부인이자 두 아이의 어머니이다. 나이는 서른다섯이지만 상당한 동안(童顏)으로 "오른편 입술에서 조금 떨어진 곳에 참새 눈깔 만한 검은 사마귀가 유난히 귀여웁고 영롱한 눈이 퍽 총명하면서도 정열적인 인상이다."(『자유부인』 상, 12쪽) 대학 졸업 후 스승이던 장교수와 자진해서 결혼한 것도 그런 열정의 증거였다. 지금까지 박봉의 월급으로 규모있게 살림을 꾸리며 내조에만 힘썼던 오선영은 요즈음 들어 육체적 고독과 상대적 빈곤감으로 자신의 처지와 현실을 재인하게 된다. 상당한 지략가이자 뛰어난 외모, 태생적 정열의 담지자인 오선영은 가정을 구속의 공간, 노예의 집으로 인식함으로써 대문 밖의 '자유의 세계'를 탐색하기 시작한다.

> 오선영 여사는 쾌활한 걸음거리로 대문을 나섰다. 그에게 있어서는 대문 밖은 자유의 세계였다. 늦가을 하늘이 시원스럽도록 맑게 개었다. 솜반대기같이 하얀 구름이 한가로이 떠돌고 있는 푸른 하늘가에는 솔개 한 마리가 유유히 날고 있다. 오여사는 눈에 보이는 모든 것에 상쾌함을 느꼈다. 일체의 가정적 구속을 떠나서 창공에 나는 솔개와 같이 자유로운 기분이었다. 진실한 자유라는 것은 거리를 걸어다니는 여자들의 마음을 가리키는 것인지도 모른다.
>
> —『자유부인』 상, 15쪽

오선영은 남편의 압제를 받는 노예의 생활에서 해방되어 자유인으로서의 쾌감을 맛보고 경제적으로 자립하기 위해 적극적인 취직을 단행한다. 1950년대 여성의 사회적 노동은 불가피한 시대적 요청이었다. 당대

---

5   정비석, 『자유부인』 상·하, 고려원, 1985.

여성의 사회진출은 전쟁으로 인한 인적손실에 따른 것으로 남성의 부재가 가져온 노동력 부족을 대체충당하고 가족의 생계를 유지하기 위한 일 방편이었다.[6] 오선영의 사회진출은 경제적으로도 도움이 되려니와 시대에 뒤떨어지지 않기 위한 현대성의 발로로 여성의 자기 정체성 확보에 결정적 역할을 한다. 그러므로 8·15해방이 민족해방이었다면 취직이야말로 여성의 진정한 민주해방인 것이다.

오선영이 열정의 긍정적 발현태로서 자유를 실현하고 자신의 역량과 능력을 실험하기 위해 선택한 취직은 여성 자신의 '부인(夫人)' 되기를 거부한다. 부인(夫人)은 일반적 의미의 결혼한 여성을 지칭하는 부인(婦人)과 달리 남의 아내, 특히 신분이나 지위가 상대적으로 높은 남성의 아내를 지칭하는 용어이다. 명명 방식에서 엿볼 수 있듯이 부인(夫人)의 정체성은 남편의 사회적 지위에 따라 위계적인 의미를 부여받는다.[7]

오선영은 취직을 통해 사회인으로 거듭나면서 대학교수 부인(夫人)에서 오선영 '여사(女史)'라는 새로운 명칭을 부여받는다. '여사(女史)'란 일을 스스로 처리할 재능이 있는 여성이나 실제로 출사(出仕)하여 자신의 맡은 일을 담당하는 여성을 뜻하는 말로 독립성과 전문성의 의미가 내포되어 있다. 오선영 여사는 취직을 통해 진정한 사회인이 됨으로써 자신의 역량에 따라 문제들을 처결해 나가야 하는 독립적 지위를 부여받게 된다.

실제로 오선영은 민활한 사업수단과 서비스로 '파리양행'에 상당한 매상고를 올린다. 오선영은 취직을 통해 가정에서는 맛볼 수 없는 신선한 긴장감과 삶의 보람을 느끼고, 한 사람의 사회인으로서 세상과 겨루어 나아가는 생동감 있는 스릴을 느낀다. 이러한 심정은 단순히 가정주부로서는 상상할 수 없는 쾌감으로 여성의 정체성과 존재에 대한 심리적 위상을 높인다.

6   이임하, 「1950년대 여성의 삶과 사회적 담론」, 성균관대 박사논문, 2002.
7   최미진, 「부인명(夫人名) 대중소설에 나타난 여성의식 연구」, 『현대소설연구』21, 한국현대소설학회, 2004, 187쪽.

남편을 내조하고 아이들을 키우며 현모양처로 살던 시절에는 십 년 동안 같이 살면서도 한 번도 인정된 적 없고 하찮게만 생각되던 자신의 존재였다. 하지만 신춘호로부터 칭찬받은 자신의 몸에 대한 새로운 가치,[8] 백광진과 한태석으로부터 인정받은 천재적인 사업소질 등은 잊고 있던 자신의 존재와 능력에 대해 새삼 재평하게 되는 기회가 된다. 오선영은 새롭게 발견한 자신의 육체미와 사교술을 바탕으로 열정이 명령하는 대로 정열적인 사랑을 불지핀다.

오선영은 버젓이 남편이 있음에도 세 명의 남성으로 이어지는 유희적 사랑을 통해 열정적 사랑을 실험한다. 유희적 사랑은 여러 명의 애인을 두고 이들을 번갈아 가며 관계를 즐기는 사랑의 태도를 말한다. 유희적 사랑의 주체는 사랑하는 관계를 오래 지속시키는 동시에 자신이 원하는 것을 애인으로부터 얻어내는 자신의 기술을 시험한다. '나는 많은 사람들과 흥미로운 관계를 맺어 왔지만 그 누구에게도 정착하지 않았다'는 것이 유희적 사랑의 대명제이다. 로마의 시인 오비디우스(Ovidius)는 이러한 취미적이고 헌신 없는 사랑에 대해 놀이와 게임을 뜻하는 라틴어 '루두스(Ludus)'라는 명칭을 부여했다.[9] 루두스식 사랑을 추구하는 사람은 사랑의 대상이 중요한 것이 아니라 자신이 사랑을 하고 있다는 그 자체, 오직 연애 자체가 중요하다. 이러한 이유로 스탕달(Stendhal)은 취미적 연애에서 허영을 뺀다면 빈 껍데기일 뿐이라고 지적하였다.[10]

오선영의 '갈아타기'식 유희적 사랑은 열정적 갈망과 육체적 욕망을 통해 에로스적 사랑을 실현한다. 오선영은 젊은 대학생 신춘호를 통해 잊

---

[8] "이성의 품에 안겨 보는 것도 감격적인 사실이거니와, 자기 몸에 대해 새로운 가치를 발견했다는 것도 또 하나의 감격이었다. 남편은 십 년 동안이나 부부 생활을 해 오면서도 한 번도 아내의 육체를 칭찬해 준 적이 없었다. 보배를 소유하고 있으면서도 그 보배의 참다운 가치를 모르는 증거였다. 그렇건만 신춘호는 몸에 손을 대어 보는 순간에 놀랍도록 감탄하지 않았던가. 아까운 보배를 헛되이 썩히는 것 같아서, 오선영 여사는 한숨이 절로 흘러나왔다."(『자유부인』상, 130쪽)

[9] 오비디우스, 이미혜 역, 『연애법』, 동심원, 1996.

[10] 스탕달, 권지현 역, 『스탕달의 연애론』, 삼성, 2007.

었던 젊음과 열정에 대한 감각을 일깨운다.[11] 과거 장교수의 하숙방에서 맡아 보았던 동물적인 냄새를 신춘호에게서 감각하고 남성의 야만성에 대해 황홀감을 느낀다. 남편과의 무미건조한 생활에 비하면 신춘호와의 사랑에는 청춘의 꿈과 정열의 분방이 있으며 이로 인해 오선영은 씩씩한 생의 파동을 경험한다.

유희적 사랑이 내포하는 열정의 속성은 사랑과 성적 애착사이에 있다. 열정적 사랑은 타자와의 감정적인 연루가 너무도 강렬히 스며들어 일상의 통상적 책무를 무시하게 만들고 그러므로 어떤 급박함으로 특징 지워진다. 오선영이 추구하는 에로틱한 사랑은 대상에 대한 신체적 접촉으로 감정적 유대를 공고히 하고 그럼으로써 적극적인 자기 개방에 이른다. 오선영은 남성들에 대한 시각적인 신체적 매력에 끌리며 육체적인 관계로 나아간다. 남편 아닌 이성의 품에 안겨 보는 야릇한 흥분, 말초신경을 자극하는 저릿저릿한 시선, 애욕의 황홀한 불꽃으로 열정을 불태운다.

하지만 대상에 대한 사랑에 사로잡혀 질투와 강한 소유욕을 드러내는 열정적 사랑은 사랑을 실현시킬 수 없을 때 사랑과 증오를 하나로 수렴한다. 이상적 사랑의 전통에서 사랑과 증오는 분명한 대립관계 속에 놓여 있었다. 증오는 그저 부당함에 대한 반응이거나 상처 입은 감정 정도로 간주되었다. 이상적 사랑은 용서와 관용을 통해 더욱 신성화된 데 반해 열정적 사랑의 애정과 증오는 '사랑하기 때문에 증오한다는' 역설을 일반화하면서 긴밀하게 의존한다.

신춘호를 통하여 잃어버렸던 청춘을 회복하고 육체를 감각할 수 있었

---

11 "신춘호의 시선은 호소하는 듯, 애원하는 듯, 감격에 사무치는 정열의 시선이었다. 무언의 시선이건만, 무척 많은 이야기를 속삭이고 있는 듯이 신비로운 시선이기도 하였다. 오선영 여사는 무심중에 신춘호의 시선과 마주쳤다. 오 여사는 호흡이 자꾸만 급박해 와서 대답 대신 눈으로 반문하였다. 그러자 그 순간, 허리에 감겨 있던 사나이의 팔이 서서히 몸을 조이며 얼굴이 점점 가까이 다가오더니 다음 순간 입술을 고요히 스쳐 갔다. 입술과 입술이 스쳤던 그 순간에 영혼이 세례를 받은 것같이 정신과 육체가 아울러 신성한 감격을 느끼고 있었다."(『자유부인』 상, 77쪽)

던 오선영은 조카딸 명옥과 춘호가 연인 사이임을 알고 강한 질투심을 느낀다. 명옥과 춘호가 미국유학을 떠나는 날 오선영은 자신의 실패한 사랑에 대한 보복심리로 "신춘호의 곁으로 성큼 다가섰다. 그리하여 양복 바지 위로 그의 엉덩이를 꽉 꼬집기와 동시에, "죽여 버릴 테야!"하고 이를 바드득 갈며, 살가죽이 문드러지도록 심살스럽게 비틀어 주었다. 백주 대로상에서 일대 발광을 부린 셈이었다."(『자유부인』 하, 157쪽)

오선영은 강한 소유욕과 질투욕으로 그들을 소유하길 원했지만 반대로 항상 자신이 사랑받고 있다는 것을 확인받길 원했다. 오선영의 유희적 사랑은 남편으로부터 사랑받고 있지 못하다는 심리적 빈곤감에서 촉발된다. 오선영이 타인으로부터 자신의 능력을 인정받을 때마다 남편의 몰라줌을 원망하는 것도 이 때문이다. 육체적으로나 정신적으로 남편에게 강한 소속감을 부여 받지 못하자 더 큰 복종의 대상의 찾아 떠난 것이 유희의 시작이었다. 세 명의 대상을 오고 간 남성편력은 더 큰 남성적 매력과 강렬한 지배력으로의 이동을 보여주며 대상 의존적 성격을 드러내는 열정의 수동적 성격이다.

후반부에 이르러 오선영은 그동안 다른 남성들에 비해 고리타분하고 유약하게 보이던 남편이 위대한 인물처럼 느껴지며 자신에게는 둘도 없는 보호자임을 알게 된다. 자신이 자유를 얻어 가정과 사회를 넘나드는 자유부인이 될 수 있었던 것도 진보적인 사고를 가진, 민주가정을 실현하고자 한 남편의 덕이었음을 깨닫게 된다. 한글 맞춤법 개정안에 반대해 원칙과 정당성을 주장한 장태연의 모습이 오선영에 의해 강력히 인지되면서 더 강하고 더 멋진 남성을 찾아 헤매던 오선영의 열정은 남편의 재발견을 통해 복종의 종착점에 도달한다.[12]

---

12 "자기 집에서는 구박만 받던 남편이었다. 그러나 이제 알고 보니 오 여사가 그토록 구박해 왔던 남편은 한글에 관해서는 삼천만의 대표적 학자가 아닌가! 오선영 여사는 참회의 눈물을 아니 흘릴 수가 없었다. 장태연 교수는 우레 같은 박수를 받으며 연탁 앞으로 침착하게 걸어 나오더니 방청석에서 박수소리가 사라지기를 기다리며 조용히 청중을 바라보고 있었다. 눈물겨웁도록 거룩한 모습이었다. 진리를 주장하는데

지금까지 남편을 무시하고 한글을 '홀소리 닿소리'라는 말로 비아냥거리던 오선영은 자신의 무지한 태도를 반성함은 물론 공청회장에서의 남편의 모습을 통해 험난한 시대를 온몸으로 부딪치며 자신의 의지를 관철시키는 영웅의 모습을 발견한다. 장태연은 혁명적이거나 행동주의적 노선을 표방하지 않지만 자신의 신념과 의지를 끝까지 관철시키면서 의지를 시험하는 1950년대판 영웅의 모습을 지닌다.

경제적 자립을 통해 자신의 삶을 스스로 개척하고 사회적 자존감으로 자아 정체성을 형성할 수 있었던 자유부인은 오히려 더 큰 복종의 대상을 찾아 방랑의 길을 떠났다 원점으로 돌아온 격이다. 이들의 열정적 사랑은 육체적 욕망을 긍정하고 자아실현의 욕구를 실현함으로써 능동적인 측면을 보이지만 반대로 정체성을 획득함과 동시에 상대를 통해 자아를 확인하려는 정체성의 상실이자 사랑에 눈이 먼 좌절된 사랑이었다.

1950년대 자유부인들의 유희적 사랑은 이렇듯 모순에 가득 차 있으며 이러한 역설은 '자유'에 부여된 이중적 심리를 통해 확인된다. 가장 열렬하게 긍정되고 찬양받던 자유의 열정은 후반부에 이르러 오선영의 지위만큼이나 부정된다. 열정의 자기 해방적 측면, 자유의 주체적 측면은 유희적 측면이 전면화되어 방종, 일탈, 허영, 타락 등으로 지탄받게 된다. 자유라는 말은 기의를 삭제한 채 기표의 세계로 옮겨지면서 전후사회의 속류화 된 문화적 혼란을 은유하게 된다.

'자유'에는 유희와 허영에 들뜬 오선영의 탈선적 이미지가 덧씌워져 법과 질서로부터 이탈하는 각종의 무질서와 과도함이 잉여 된다. 결국 자유란 불건전한 외래풍조의 범람에 따른 전통사회의 가치에 반하는 '바람기'를 뜻하며 1950년대가 당면한 사회적 부조리를 포괄한 알레고리로 작용한다. 결론적으로 말해 이 작품은 표면적으로 오선영의 사회 진출과 여

있어서는 권력조차 초개시하는 장 교수의 준엄한 태도는 순교자의 그것처럼 비장해 보이기도 하였다. '저렇게 훌륭한 남편을 몰라 보았구나!' 뼈가 저리도록 뉘우쳐졌다."(『자유부인』 하, 262~264쪽)

성 정체성의 확립을 통해 수세기 동안 억눌려온 여성의 삶을 전복하고자 하는 환상적인 면모가 그려지는 듯하지만 자유를 찾아 나섰던 가정주부가 파멸 직전으로 몰리고 결국 남편의 용서를 통해 가부장적 이데올로기 하에 종속될 수밖에 없음을 보여줌으로써 『자유부인』(自由夫人)의 진정한 역설은 자유부인(自由否認)으로 완성된다.

2. '자인 · 졸렌'의 도취적 자기애

김내성의 『실락원의 별』[13]은 가정 낙원설을 주창할 만큼 성실한 가장(家長) 강석운이 열정적 사랑에 휩싸여 마침내 윤리와 도덕을 저버리고 진실한 사랑을 찾아 나서는 과정을 격조높은 연애의 서사로 보여준다. 특히 이러한 과정은 '자인·졸렌'적 인물을 통해 윤리와 생리의 투쟁으로 형상화된다.

김내성은 「대중문학과 순수문학」에서 대중문학은 대중독자에게 문학적 위안을 주는 '자인(sein, '존재한다'는 의미의 독일어)'의 문제와 대중독자의 교양을 고양시킬 수 있는 '졸렌(sollen, '있어야 한다'는 의미의 독일어)'의 문제를 동시에 담아야 한다고 주장하였다. 즉 대중의 구미에 맞는 자인적 인물과 그들의 문학적 교양을 일보 전진 시킬 수 있는 졸렌적 인물의 적절한 배합만이 대중문학이 통속문학으로 전락하지 않고 독자 대중의 사랑을 받을 수 있는 인기 요인이 된다는 것이다.[14]

'있어야 한다'는 당위성에 초점을 둘 때 졸렌적 인물이 성실한 도덕주의자로서의 인생철학을 갖는다면 '존재한다'는 욕구에 중심을 둔 자인적

---

13 김내성, 『실락원의 별』 상 · 하, 정음사, 1957.
14 김내성, 「대중문학과 순수문학 – 행복한 소수자와 불행한 다수자」, 『경향신문』, 경향신문사, 1948.11.9.

인물은 자아의 생리적 욕망을 따른다. 이들은 자신의 성적 욕망을 위해 졸렌적 가치를 포기하고 사회적 제도와 질서에 혼란을 초래한다. 자인적 인물들에게 중요한 것은 졸렌적 인물들이 이상화하는 사회적 의무와 자격보다는 정열에 불타는 자기 의욕이며 인간적 욕망을 대담하게 처리해 나가는 행동력으로 졸렌적 가치를 위협한다.

김내성이 『실락원의 별』에서 창조한 새로운 인간상은 이 두 가지의 양면적 가치를 한 몸으로 체현하는 '자인·졸렌'형 인물이다. 이들은 감정적 격량에 휩싸여 가정과 사회를 이탈하지만(열정의 자인적 성격) 현대적 교양과 지성을 발판으로 참다랗게 인생을 고민할 줄 알기 때문에(열정의 졸렌적 성격) 통속적 인간 군상으로 몰락하지 않는다. 그러므로 이들은 미풍양속의 파괴자이자 신선한 생태의 건설자이며, 모랄리티의 붕괴자이자 자기 행복의 추구자들이다. 이러한 성격이 1950년대 다른 대중소설과 변별되는 김내성의 '자인·졸렌'적 인물의 독특성이다.

이야기의 중심에 단란한 한 집안의 가장이자 최근에 「유혹의 강」이라는 '난봉소설'을 집필하기 시작한 소설가 강석운이 있다. 강석운은 '가정 낙원설'의 주창자로 가정은 지상의 파라다이스이자 세상의 온갖 허식과 절연할 수 있는 하나의 피난소로 '에덴의 낙원'이라는 신념을 갖고 있다. 결혼 후 한 번도 경제적인 문제와 여자관계로 문제를 일으킨 적이 없는 석운의 가정은 사랑과 애정이 넘쳐나는 중산층 건전가정을 표상한다. 석운은 성실한 남편과 다감한 어버지의 자격으로 졸렌적 가치를 대변한다. '졸렌'이 사회적으로 당위적 성격을 갖는 도덕적 가치의 형상화라 한다면 성실한 가장, 현모양처의 아내, 귀엽고 영리한 아이들로 구성된 석운의 가정이라야말로 사회적 도덕과 윤리를 실현시키는 최소단위로서의 가정의 가치를 보여준다.

이러한 강석운을 정점으로 세 명의 여성이 애정의 사각관계를 형성한다. 강석운과 함께 성실, 윤리, 안정감의 가정 낙원을 형성하는 아내 김옥영(늘 푸른 화초 야스데로 상징), 자유, 신선함, 깊은 정신적 교감과 열정적 사랑을 보여주는 여대생 고영림(정열에 불타는 강인한 생명력을 지닌 칸나로 상징), 어릴 적 사랑을 가슴에 묻고 평생 짝사랑으로 일관하는 한혜련(기다림과 절개를 보여주는 봉선화로 상징)의 세 여성이 그들이다. 비록 세 명의 여성이 배치되어 있긴 하지만 서사의 중심에는 김옥영-강석운-고영림의 삼각관계가 놓여있다.

일상의 소소한 행복과 충족감으로 평온한 삶을 누리던 강석운의 가정에 「칸나의 의욕」의 저자로서 고영림이 파고든다. 사실 영림이 석운을 만나기로 결심한 것은 올케 한혜련의 무기력하고 가련한 동경을 실현시켜 주기 위한 자기희생의 대아적 발로였다. 자기의 온갖 자인적 욕망을 죽이고 타인의 '자기'를 위해 노력할 때 졸렌의 이상은 실현된다. 하지만 영림의 현대적 지성과 총명함은 자신의 졸렌적 행동이 다만 허위와 쓸데없는 영웅주의에 지나지 않음을 깨닫는다. 영림은 자기희생을 버리고 자신의 의욕을 중시해 강석운을 유혹하기로 결심한다.

석운 또한 영림의 소설을 통해 사고방식의 투명성과 감각의 소박성으로 강한 동질감을 느낀다. 그리고 칸나의 거침없는 당당함과 온 몸으로 발산하는 젊음의 향기에 강한 정신적 동요를 감각하고 더불어 중년의 허무감, 불안감, 초조감을 꿰뚫어 보는 칸나의 날카로운 시선에 비밀을 갖는 남편이 되고 만다.

아내있는 남편이 젊은 여대생과 교감하는 정신적 편린, 단선적으로 볼 때 불륜의 서사가 강렬하고 지적인 로맨스의 충동으로 서사화되는 것은 자인과 졸렌의 가치가 균등하게 처리되고 나름대로 진지하고 긍정적으로 그려지고 있기 때문이다. 고영림에게 칸나의 의욕으로서의 자인적 욕망은 아내있는 남편, 올케 혜련과의 약속, 심정적 갈등으로 한 달간의 연소(燃燒) 과정을 거친다. 칸나는 고통과 고민의 시간을 견디며 자신의 정열에 최후로 저항한다. 석운 또한 영림과의 만남 이후 더욱더 가정에 충실하려고 노력하지만 연재소설을 단 한 글자도 쓰지 못할 정도로 심적 갈등을 겪는다. 하지만 이들의 자인적 욕망은 저항적 노력을 넘어서는 강렬한 생명력을 갖기에 저항감이 사라진 자리에 열정의 해방감이 자리 잡게 된다.

> "영림!" 사십대의 지성이 지닌 최후의 저항은 드디어 허무러졌다. 억압되어
> 있던 격정은 돌팔매 하듯이 분류했고 숨가쁜 포옹 속에서 영혼의 격류는 아우성
> 과 함께 소용돌이를 쳤다. "칸나여, 내 역사는 내 손으로 만들마!" "아아, 선생님!"
> 열풍 속에서 접순은 작렬했다. 나긋나긋한 칸나의 입술이 왔다. 꺾어지는 모가
> 지, 눈을 감고 창궁을 우럴었다.
>
> —『실락원의 별』 하, 38쪽

　자인과 졸렌의 균형적 감각이 무너질 때 생리적 욕망은 폭발된다. 애리
의 댄스홀 개업식에서 다시 만난 이들은 서로의 감정을 확인하고 호텔에
서 하룻밤을 보내게 된다. 고영해가 찾아와 사태의 전말을 알게 된 옥영
은 모든 것이 허물어졌음을 깨닫는다. 옥영은 최근에 들어 남편의 초조감
을 현저히 느끼고 있었다. 그것을 다만 작품 행동과 현실 행동의 틈새에
서 오는 윤리적 감정의 부조화라고만 가볍게 생각했던 자신이 어리석었
다고 후회한다. 옥영이 보기에 고영림은 남편이 좋아할 타입의 여성으로
벌렁거리는 정열로 감싸여진 인물이었다. 옥영도 졸렌의 이상을 실현하
는 에덴의 낙원이 실낙원이 되었음을 마침내 깨닫게 된다.
　석운은 집으로 돌아와 자신은 이미 나쁜 사람이 되었다고 말하고 자신
의 사랑이 일시적 외도가 아니라 진실한 연애임을, 영림을 목숨이 붙어
있는 한 잊을 수 없다는 말로 대신한다. 석운은 영림을 돌려보내겠다는
핑계를 대고 집을 나오지만 결국 장녀 경숙의 피아노 사줄 돈을 갖고 영
림과 애욕의 도피행각을 벌인다. 모든 졸렌적 가치를 포기하고 자인적 욕
망을 실현한 이들은 고독과 무료와 권태를 모르는 향락의 과정을 밟아 나
간다. 낯선 지리와 낯선 얼굴은 도덕과 윤리를 무화시키고 이방인처럼 서
먹서먹한 것이 오히려 이들의 욕망을 부추기었다.
　하지만 모든 사태적·사회적 측면에서 한계가 없는 생리적, 열정적 사

랑은 '시간성'에서 그 한계를 드러낸다. 열정적 사랑은 짧은 시간 동안만 지속되며 반드시 끝나기 마련이다. 열정적 사랑의 본질 그 자체, 상대에 대한 집요한 애착과 감정의 충동성과 격렬성이 종말의 근거가 되며 대개의 육체적 충족이 그 끝이다.

석운은 달랑달랑 돈이 떨어져 가고 아는 얼굴을 두셋 만나면서 영림의 정열과 옥영의 평온을 저울질해 보게 된다. 태양빛처럼 뜨거운 영림의 체취와 별빛처럼 은은한 옥영의 기억 속에서 갈등하던 석운은 신문에 난 딸 경숙이의 호소문을 통해 비로소 자신이 어리석은 사나이였음을, 깨어진 낙원을 재건설할 것을 다짐하며 집으로 돌아온다.

강석운의 서사는 가정 낙원의 졸렌적 가치의 실현에서 출발하여 자인적 욕망을 실현하는 인생의 위기를 겪다가 결국 가족애를 통해 졸렌적 가치로 회귀하는 모습을 보여주는 서사이다. 하지만 여기서 눈여겨 보아야 할 흥미로운 지점은 석운의 자인적 욕망이 고영림으로 대변되는 '청춘'에 대한 갈망이었다는 것이다.[15] 고영림은 그 자체로 매력적인 인물이지만 고영림이 갖은 젊음과 청춘의 열기는 이즈음 인생황혼의 초조감과 허무감에 휩싸인 석운에게 하나의 애련한 향수이자 다시 획득하고 싶은 정열의 감각이었다.

"아직도 내게는 청춘이 있었던가?" 상실을 자각했던 청춘이었다. 그 청춘이 아직도 자기 주변에서 서성대고 있는 것을 깨닫자 강석운은 새삼스럽게 소년처

---

15 이러한 성격은 소설 연재 전 「작가의 말」을 통해서도 확인할 수 있다. "졸작(拙作)『애인』에 등장하는 임학준 교수는 '인생황혼'에 대하여 자기철학을 상실하고 자기회의에 빠졌던 일순간이 있다. 그러나 거기에서는 뜻하지 않은 사건의 발생으로 말미암아 그러한 회의 사상의 발아가 육성을 보지 못하고 자연적으로 소멸해 버리고 말았다. 이 작품『실락원의 별』은 임 교수의 그러한 자기회의에서 싹튼 인생관조를 최후의 일선까지 추구해 보고자하는 의도에서 붓을 들었다. 이 작품에서 임 교수는 이미 백발을 머리에 인 칠십 노령으로서 등장하고 그의 외아들인 소설가도 이미 인생의 고개를 굴러 내려가기 시작한 중년신사가 되어 있는 것이다." 김내성, 「작가의 말」, 『경향신문』, 경향신문사, 1956.5.16.

럼 가슴이 설렜다.

　(…중략…)

　자기 인생에 다시금 무게를 갖다 주려는 고영림의 존재를 생각하고 강석운은 생명의 충실감을 숨가쁘게 전신에 느꼈다. 책상 머리에서 불현듯 몸을 일으키며 강석운은 외쳤다. "무게를 다오! 무게를 다오! 내 생명에 무게를 다오!" 영혼의 충족과 삶의 활기가 조수처럼 밀려 왔다. 아우성을 치면서 밀려 왔다. "청춘은 아직도 가지 않았다! 내 주변에서 서성대는 청춘을 붙들자! 놓치면 천추의 한이다!"

─『실락원의 별』 상, 400쪽

　과거 자기에게 있었으나 현재는 없는 것, 다시 되찾고 싶은 것으로서의 청춘에 대한 희구는 본연의 자기사랑으로서 자기애(自己愛)였던 것이다. 모든 것을 개인적 자아의 필요와 그 운명에 집중하는 것이 에로스적 사랑이다. 플라톤에 의하면 에로스는 인간이 현재 자신에게 없다고 느끼는 것을 스스로 필요하다고 느끼는 것에서 출발하는 욕망과 동경의 표현이었다. 현재적 필요에 대한 의식과 그 필요에 대한 만족, 플라톤이 말한 필요의식(sense of need)과 게오르그 짐멜(Georg Simmel)이 말한 소유의지(will-to-possess)는 에로스의 본질적 요소이다.

　한 오락 두 오락 흰 머리털에서 보이는 상실한 청춘에 대한 서글픔, 그로 인해 갖게 되는 성실한 가정생활에 대한 반동, 청춘의 상실을 자각하면서 젊은 여성들에 대한 관심은 늘어갔고 늙음을 가지고 이십 대의 젊음을 정복할 수 있다는 것은 소박한 인간 욕망의 최대의 것인 동시에 생명력의 순수한 환희를 의미하는 것 같았다.

　석운의 영림에 대한 열정적 사랑은 그 생동감 넘치는 청춘과 젊음에 강한 동기 부여가 되어 있었던 것이다. 에로스는 가치가 있다고 인정되는 것만을 욕망과 사랑의 대상으로 삼기에 영림이 지닌 정열은 석운에게 획득적 가치를 부여하였다. 그리고 에로스가 획득적인 사랑이라는 사실이

에로스의 자기중심적 성격을 충분히 알려준다. 모든 욕망과 욕구, 동경은 자기중심적이다. 그러므로 석운에게 중요한 것은 젊은 시절의 한 조각에 대한 감각적 기억이다. 즉 고영림이라는 젊은 여성과의 연애가 중요했던 것이 아니라 자신의 청춘, 잃어버린 젊음에 대한 반추와 자기애의 발로였던 것이다. 이는 석운이 영림에게서 옥영을, 옥영에게서 영림의 모습을 발견하는 것으로 증명된다.[16] 그러므로 석운의 연애 서사는 가정 제일주의자에서 생동하는 젊음에의 체취에 끌려갔다가 다시 고국으로 역려(逆旅)하는 여정을 보여준다.

석운과 더불어 '자인·졸렌'의 변증법을 보여주었던 영림 또한 '에고이스트(egoist)'이다. 영림은 석운과 같은 지점에서 열정적 사랑의 한계를 인지한다. 정열적 사랑이 일상의 평범이 되어가는 시점이다. 언제까지나 석운과의 사랑을 불태우기보다는 자기 자신이 더욱 중요하다는 것을 깨닫는다. 누구보다도 싱싱한 의욕과 숨 가쁜 저항 속에 살아온 자신을 기억하며 정열이 식기 전에 환멸을 느끼기 전에 석운을 떠나 온 자신이 행복하다고 생각하였다. 칸나의 의욕-저항-해방의 정신을 통해 자인-졸렌-자인의 가치체를 실현한 영림은 새로운 생태와 모랄을 제시함으로써 현대적 감각을 대변한다.

작품은 주인공들이 가족의 안정 속으로 되돌아오는 보수적인 결말을

16　학생은 단정히 모아 앉은 두 무릎 위에서 카메라를 집어 얼굴을 가리우며 웃음을 감추었다. 그런 타잎의 학생의 웃음에서 석운은 순간 아내에게서 느끼던 인상 한 조각을 불현듯 붙잡았다. 약혼 전후를 통하여 그런 종류의 아내의 웃음에 석운은 잊지 못할 감각의 맛을 붙이고 있었던 것이다.(『실락원의 별』 상, 53쪽) 학생(고영림)은 쿡쿡 웃었다. 그 웃음에서 석운은 또 옥영의 모습 한 조각을 불현듯 줏었다.(『실락원의 별』 상, 209쪽) 눈 흘김과 함께 옥영의 손길이 남편의 손가락 두 개를 휘감아 쥐고 비틀어 댔다. 그러나 그 순간, 후훗하고 웃음을 죽이며 흘겨 나오는 아내의 입매와 눈매에서 강석운은 불현듯 아내 아닌 딴 사람의 환영을 한 조각 발견하였다. 그것은 아까 견지동까지 차를 같이 타고 온 수수께끼 같은 여학생(고영림)의 옆모습 이었다.(『실락원의 별』 상, 98쪽) '칸나의 의욕'이라는 소설을 읽고 나서 "우리들과는 제네레에숀이 달라서 세대적인 거리가 있기는 하지만 나와 비슷한데가 있어요." "나도 그걸 생각했소. 당신과 같은데가 있다고."(『실락원의 별』 상, 275쪽)

통해 윤리적 감각을 옹호하지만 윤리와 생리의 극단 안에서 진실한 사랑을 탐색케 함으로써 이들의 사랑을 지지한다. 그러므로 건강한 에로스는 인간의 생리적 욕망을 대변하지만 부정적이거나 비판받지 않는다. 오히려 생명의 불가항력적인 발현이거나 처참하고도 진지한 생명력의 절규를 의미하게 된다.

3. '차일드 · 우먼'의 그로테스크적 사랑

김광주의 『흑백』은 공미주라는 십구 세의 소녀가 '4, 5년 동안의 어린 처녀로서의 전락의 과거'를 통해 스물네 살의 여성으로 성장하는 모습을 그린 소설이다. 이 여성 수난사는 신진 여배우가 허영기를 버리고 세상에 눈 떠 참배우가 되는 과정과 맞물리고 여성의 성장과 영화의 완성이 오버랩되어 연애소설의 형식이자 영화소설적 면모를 동시에 지니는 독특한 구조를 갖는다.

여성 주인공 공미주는 '삼척동자라도 그 이름만 들으면 부들부들 떤다는 거물' 공창수의 무남독녀 외딸로 올해 겨우 십구 세에 불과하지만 놀랍도록 조숙한 매력을 지닌 처녀이다. 올 삼월에 여고를 졸업하였지만 K 여자대학 입학시험에 떨어지고 시시한 대학에는 가지 않겠다는 부잣집 외딸의 고집으로 대학공부는 깨끗이 단념해 버렸다. 무작정 놀 수도 없고 스무 살도 안 된 나이에 결혼을 할 수도 없으니 돈의 힘으로 영화배우가 된다.

영화배우에 대한 뚜렷한 자각이나 의식 없이 몇천만 환대의 착수금으로 영화배우가 된 공미주는 응석받이 딸마냥 영화제작자들로부터 공주 대접을 받는다. 캐릭터의 명명법이 인물의 성격을 드러내듯 공미주는 명명 그대로 아름다운 '공주'인 것이다. 영화배우로서는 새파란 애송이 이지만 미주는 이미 공주이다. 그래서 카메라 앞에 처음 서 보지만 자기 마음대로 연기하려 하거나 상대배우를 탓하며 초짜 영화감독을 비웃는다.

자존심과 허영기로 똘똘 뭉친 발랄한 성격, 이 세상에 자기 외에 무서운 것이 없다는 언행, 모든 뒤치다꺼리를 해주는 몇백억대의 거부(巨富) 아버지의 존재는 미주를 정신적으로 미성숙한 어린아이형 인물로 형상화한다. 하지만 어린아이와 같은 정신적 미성숙성에 반해 놀랄만치 발달한 육체는 미주의 여배우로서의 발판이 된다. 하이힐 위로 뻗어 올라간 미끈한 두 다리며 경쾌한 옷차림 위로 드러나는 둔부나 유방의 선이 그 천생의 미모와 합쳐져 여배우가 될 수 있는 최적의 조건을 마련한다. 더불어 여자로 태어났어도 한 세상 기분 좋게 멋들어지게 살아보겠다는 배포는 대담무쌍한 인생관을 주조하고 자신의 욕망 충족을 위해 물불을 가리지 않는 저돌성으로 드러난다.

이렇듯 정신적 미성숙함과 육체적 과잉은 '차일드·우먼'이라는 새로운 인물형을 창조한다. '차일드·우먼'은 말 그대로 미성숙한 아이와 성숙한 여성의 성격을 동시에 갖는다는 말인데 어린아이적 순수성과 숙성한 여성으로서의 육체성을 겸비함으로써 정신적 미성숙과 육체적 과잉을 드러내는 조합어이다.

> 고거 깜찍하게 생겼는데……. 얼굴은 어린애처럼 어리디 어린데다가 원 볼기짝만 저렇게 통통하게 살이 졌을까? 어린애가 뭐야? 다리랑 어깨랑 자랄대루 다 자란 여잔데……. 젖퉁이들 좀 봐! 익을 대루 다 익었는데……. 앙증스런 얼굴에다가 움켜쥐면 으스러져서 금방 터질 것만 같은 감촉을 지닌 생선처럼 비린내가 나면서도 팔딱팔딱 뛰는 육체미! 나이쯤인걸…….
>
> 허리는 움겨쥐면 한줌밖에 안 되겠는데… 아주 나긋나긋하게 생긴 여배우로군. 젖비린내가 날 것 같으면서두 자랄 것은 다 자랐단 말이지. 깜찍스런 얼굴에다ㅡ그게 요즘 유행하는 챠일드·우먼이라는 타이프야…….
>
> ㅡ『흑백』 64, 1959.6.22

새침하고 깔끔하고 나긋나긋한 어린아이같이 사랑스런 차일드(child), 앙큼스럽고 관능적이며 남자를 다룰 줄 아는 악마 같은 우먼(woman), 동심과 악마성을 동시에 지닌 '차일드·우먼'은 열정적 사랑의 수동적·능동적 속성을 함께 내포하는 새로운 인간형이다. 열정적 사랑은 자유와 해방을 통해 이전 세대와 결별하고 주체의 개별적 속성으로 자신의 사랑을 성취하는 성인적 독립성을 갖지만 그 반대로 사랑의 대상이 확인되는 순간 자신의 전 존재를 그 대상과 합일하여 주체를 상실시킨다는 면에서 유아적 속성을 지닌다. 이러한 열정적 사랑의 모순성을 상징하는 것이 '차일드·우먼'이다. '차일드·우먼'으로서의 공미주는 그야말로 한 개의 보기 드문 경이적 존재이자 기이한 존재였다.

대부분의 영화관계자들이 공미주의 아버지 공창수의 거금으로 영화가 시작된 만큼 미주를 공주 대접, 여왕 대접을 할 수밖에 없다. 그러한 가운데 오직 최감독만이 미주를 그렇게 대접하지 않자 처음에는 반감을 가지다가 차츰 최명훈이라는 남성에 호기심을 느끼게 된다. 그러던 중 아버지의 돈을 적당히 활용하여 얼렁뚱땅 영화를 만들어 보자는 속셈을 갖고 있는 영화제작자들 사이에서 홀로 훌륭한 영화를 강변하고 자신은 돈의 논리를 따르지 않겠다고 감독직을 거부한 최명훈을 발견하고 비로소 사랑에 눈뜬다.

미주는 명훈을 찾아가 자신을 공창수의 딸이 아닌 한 개의 인간으로 대해주길 요구하고 배우가 되지 않아도 좋으니 곁에만 있게 해달라고 간청한다. 미주는 모든 자존심을 버리고 최감독에게 매달리지만 최감독은 "썩어빠진 집안의 돈의 힘으루 엄벙덤벙 명색이 인기배우라구…… 젊은 시절을 허영 속에서 살아가자는 그런 정신과 태도부터가 잘못이야"(『흑백』 45, 1959.6.3)라고 충고한다. 더러운 돈의 위력을 철저히 경멸하는 최명훈에게 미주는 사랑의 대상이 아니라 훈계와 질타의 대상이었다. 그리고 그 질책은 미주를 향한 것이라기보다는 더러운 돈의 위력과 권세를 휘두르는 공창수를 향한 것이다.

한 번도 입 밖으로 내어 본적이 없는 소중한 사랑의 감정이 채 피워보기도 전에 처참히 짓밟힌 미주는 홧김에 아버지에게 보복을 부탁한다. 결국 감독이 교체되고 로케 촬영차 부산에 내려온 미주는 여성으로서 자신을 무시한 최명훈에 대한 반발감과 반드시 여배우로 성공하여 최감독에게 복수할 것을 다짐한다.

미주에게 충고와 제어의 역할을 했던 최감독이 사라진 상황에서 미주는 더욱더 대담해진다. 아무리 똑똑하고 영리한 체를 해도 인생경험이 부잣집 외동딸 수준밖에 되지 못하는 미주에게 남예성 양, 팬, 신진 여배우, 미모, 여왕 등의 휘황찬란한 어휘들은 어린 허영심을 자극하고 그 호기심이 대담한 행동으로 이끌었다. 상처받은 자존심을 치유하듯 미주는 자신을 추켜 세워주는 그럴듯한 말에 쾌감을 느끼면서 황홀한 기분에 도취되어 처음 보는 남성에게 키스를 허락하는 등 대담한 애정행각을 벌인다. 하지만 미주의 과도한 무절제는 에로틱함을 넘어 그로테스크함을 유발한다.

> 몇 시간 동안의 휘황찬란하던 꿈이 악마가 되어서 커다랗게 아가리를 벌리고 덤벼 드는 것 같은 무서운 찰나. 그는 호락호락이 물러 설 수 없다는 듯이 씨근벌떡 거리는 숨소리가 빨라지고 높아지기만 하면서 어깨를 쥐었던 한편 손이 남예성 양의 허리를 휘감고 침대위로 비수처럼 들어간다. 청년의 눈동자는 술 취한 사람의 그것이 아니다. 미친 사람의 눈이다.
>
> ─『흑백』 80, 1959.7.12

천둥번개와 비바람이 사납게 으르렁 대는 밤, 샴페인의 향긋함에 취해 입술을 허락하고 늦은 밤 드라이브까지 끝낸 남녀. 모든 것을 내맡긴 줄 알았던 여성에게 대드는 남성과 극렬히 거부하는 여성. 그들의 에로틱한 몸싸움과 여성의 모가지를 옥죄며 오늘밤 목적을 달성치 못한다면 절벽 아래로 꼭두잡이 시켜 버리겠다고 으르는 남성. 에로와 그로가 적절히 버무려진 한 장면이다.

미주는 자신의 정열을 과도하게 표출하여 남성을 유혹하지만 그것이 성적 제압과 폭력으로 되돌아 올 때 당황하게 된다. 빼앗으려는 남성과 지키려는 여성의 육탄전은 에로틱함의 선정성, 관능성과 그로테스크함의 기괴함, 야만성을 동시에 보여준다. 열정적 사랑의 에로스적 측면은 성적인 무절제와 관능성을 주조하고 촉발된 욕망을 제어하지 못하기 때문에 언제든 그로테스크함으로 발전할 가능성은 농후하다.

미주는 공주로 태어나 공주처럼 자라난 여성이다. 자신의 욕망이 좌절되거나 실패의 경험이 없다. 미주에게 명훈에 대한 좌절의 감정은 자존의 훼손과 엄청난 심리적 무기력감을 발생시킨다. 어린아이와 같은 정신적 연령을 가진 미주에게 이러한 경험은 손상된 자존심을 회복하기 위한 대담한 행동으로 역발산될 가능성이 크다. 미주가 부산에 와서 자신의 외모에 더욱더 자부심과 우월감을 느끼고 대담성을 갖는 것은 이러한 이유에서이다.

공미주에 대한 '차일드·우먼'이라는 명명 또한 에로틱하면서도 그로테스크하다. 동안(童顔)의 순수하고 깨끗한 얼굴(baby face)과 어울리지 않는 발육될 대로 발육된 관능적인 육체, 유방과 둔부의 강조(glamorous body)는 에로틱하면서도 식물성과 동물성을 혼합한 그로테스크적인 면모를 드러낸다. 이러한 부조화는 거부감을 불러일으키면서도 섬뜩한 것 이면에 더욱더 강력한 매혹의 힘을 내장시킨다.[17]

손춘호의 손아귀에서 자신을 구해준 최감독에게 또다시 깊은 사랑과 감사의 감정을 느낀 미주는 다시 한 번 최감독에게 매달려 볼 작정으로 명훈을 찾아가지만 '모든 것은 너가 알아서 하라'는 매몰찬 말을 듣고 될 대로 대라는 식의 허무감에 빠지게 된다. 끝맺지 못한 영화, 손춘호에 대한 분풀이, 최감독의 멸시와 모욕의 감정에서 탈피하여 멀리 도주해 버리고 싶은 심경이었다.

---

17   필립 톰슨, 김영무 역, 『그로테스크』, 서울대 출판부, 1986.

서울에 돌아와서 우연히 채 끝내지 못한 영화가 상영관에 걸려 있는 것을 보고 기쁜 마음에 영화관에 들어섰으나 조잡하고 엉망인 영화를 보고 깊은 실망과 마지막 남은 자존심마저 무너져 버린 미주는 완전히 자포자기의 심정이 되고 만다. 몸 둘 바를 알지 못하고 헤매는 밤거리에서 우연히 손춘호와 재회하고 미주는 수면제를 사들고 호텔로 향한다. 원래는 자살을 계획하고 수면제를 샀으나 부산에서의 일을 보복하기 위해 수면제를 맥주에 섞어 춘호에게 마시게 한다.

> 맥주병을 얻어맞고 산산 조각으로 깨어지고 금이 간 커다란 체경 속에 비치어있는 미주의 얼굴. 제 얼굴을 제 스스로 멀리서 들여다보고 서 있는 미주의 입은 앙칼지게 다무러졌고 두 눈동자는 매섭게 광채가 나는 것이었다. 예쁜 얼굴에 금이 주욱 주욱 가서 보기 싫게 흉악하게…… 이 거치른 인간세파에 내동댕이 쳐지는 것만 같은 찰라. 마침내 미주는 대담하게 제 계획대로 행동을 개시하는 것이었다.
>
> —『흑백』 179, 1959.11.6

몰락한 집안, 미처 버린 어머니, 자살기도와 범죄. 일 년 사이에 몰라보게 변한 공미주의 처지가 그로테스크하다. 걸레쪽같이 변해버린 자신의 신세와 범죄를 저지른 것에 대한 두려움. 실성한 사람같이 선숙을 찾아간 미주는 우연히 병원에 입원한 최감독과 재회하게 된다. 그리고 자신의 운명을 예감이라도 하듯 최감독에게 마지막 연서를 띄운다. 자신은 아무리 최감독을 미워하고 원망하려 했지만 명훈을 향한 반딧불 같은 그리운 심정을 억제할 수 없었음을 고백한다. 첫 단추가 제대로 끼워졌던들 지금 자신과 명훈은 다른 관계로 만나지 않았을까를 상상해 보고 허영에서가 아니라 진정한 여배우로서 최감독의 카메라 앞에 다시 설 수 있게 되길 희망한다.

결국 미주는 춘호의 끈질긴 추격으로 잡히고 이후의 미주의 삶과 집안

이야기는 후일담 형식으로 간략하게 처리된다. 유비서의 집 앞에서 춘호에게 잡힌 미주는 그와 일 년 반쯤의 동거생활을 한다. 도박과 아편으로 최후를 마친 손춘호와 두 살짜리 딸, 도피한지 일 년도 못되어 송환 당한 아버지, 미쳐서 뇌병원에 있는 어머니. 이것이 이즈음 공미주의 삶이다.

열아홉 살에서 스물네 살이 된 공미주. '차일드·우먼'에서 진짜 인생을 경험하고 삶과 투쟁을 벌이는 여성이 된 공미주. 그녀는 한 인간에 대한 사랑에 실패하여 전락하고 다시 그 사랑으로 일어섬으로써 최감독의 카메라 앞에 다시 서게 된다.

제2장

모험소설의 구조와 희극적 '난봉소설'

　프라이는 로망스 양식에 있어서 플롯의 본질적인 요소를 모험으로 보았다. 연애와 모험의 결합이 로망스 양식의 가장 핵심적인 성격이며 당대적 상황을 대표하는 상징들을 편력하면서 시대의 이상을 정확하게 기록해낸다.[1] 연애소설의 모험구조는 탐색의 형태로 나타나는데 분리-입문-회귀의 과정으로 요약되는 통과제의로서의 탐색과정을 통해 서사주체들은 변화된 모습을 보여준다. 이러한 통과제의로서의 탐색과정을 연애소설의 주인공은 그대로 재현한다기보다 시대적 파편을 흔적으로 간직한다.

　1950년대 대중연애서사는 모험소설의 서사주체들이 긍정적 의미 변화를 모색하는 시련, 탐색, 편력의 과정을 부정적 의미의 '난봉'으로 서사화한다. 난봉의 사전적 의미는 도리나 예의에 어긋나는 허랑방탕한 짓, 흔히 주색잡기(酒色雜技)를 뜻한다. 고래(古來)의 견해를 참조하자면 '봉건

1　모오리스 Z. 쉬로우더, 김병욱 · 최상규 역, 『현대소설의 이론』, 대방출판사, 1984, 35쪽.

사회의 유교적 도덕관념으로는 남녀가 자유롭게 사랑하는 것도 난봉이라고 하였'으므로 사회 이념에 반하는 남녀 간의 애정관계를 보여주는 일련의 서사를 '난봉소설'이라 칭할 수 있다.[2] 전후 대중연애서사는 열정적 사랑으로 빚어지는 자극적인 정서를 난봉의 서사로 풀어냄으로써 서사 주체의 편력 행위를 희극과의 친연성 속에서 도덕적으로 마무리한다.

1. 변형 편력 구조와 전후파 여성의 허영에 관한 세태 보고

앞서 살핀 바대로 로망스의 기본공식은 분리-입문-회귀의 연속적이고 과정적인 성격을 지닌다. 오선영의 탐색 또한 '가정으로부터의 분리'-'사회의 입문'-'가정으로의 회귀'라는 모험소설의 일반적 구조를 따르고 있지만 서사는 오선영의 모험을 일탈(逸脫)-전락(轉落)-회개(悔改)의 변형 편력 과정으로 서사화함으로써 계몽주의적 세계관을 드러낸다.[3]

오선영의 일탈은 '화교회'라는 사교모임에 출입하면서부터 시작된다. 화교회 모임에 다녀 온 후 오선영은 자신의 삶이 얼마나 시대에 뒤떨어져 있는가를 새삼 깨닫게 된다. 부엌데기와 같은 자신의 처지와 남편의 무능이 뼈저리게 원망스러워진다. '화교회의 즐거움을 제대로 누리자면 댄스도 할 줄 알아야겠고 식모도 있어야겠고 하다못해 택시라도 마음놓고 탈

---

2   이형대, 「근대 대중가요의 형성과 통속민요의 변주」, 『고시가연구』 25, 한국고시가
     문학회, 2010.
3   정비석은 연재 전 「작가의 말」에서 봉건도덕의 압제에서 허덕이던 우리나라 여성들
     이 민주주의 해방과 동시에 여성으로서의 완전한 인권을 회복하게 되었다고 말한다.
     하지만 "오랫동안 조롱에 갇혀 있던 새가 갑자기 넓은 세계에 놓여 나오면 날아갈 방
     향을 잘 모르듯이 정숙하던 가정부인들이 민주해방 덕택에 오히려 심리적으로 방황
     하게 되었으니" 이에 작가는 그러한 가정부인을 주인공으로 하여 길 잃은 양과 같이
     헤매이는 발자취를 더듬어 볼까 한다고 기술한다. 정비석, 「작가의 말」, 『서울신문』,
     서울신문사, 1953.12.23.

만한 경제적 여유라도 있어야 할 것 같았다.'(『자유부인』상, 32쪽)

오선영은 지속적인 외출과 경제적 자립을 위해 '취직'을 선택한다. 오선영의 취직은 표면적으로 경제적 목적을 가지고 있지만 이면은 자유로운 시대 사조에 발맞춘 단조로운 가정 탈출로 처리된다. 그렇기에 오선영의 취직 플랜은 전후 사회를 관통하는 이데올로기적 메타포를 지닌 '작전계획'으로 명명됨으로써 치밀함을 강조하는 이면에 공포감과 적대감을 조성한다. 취직을 허락받기 위해서는 십 년 동안이나 동고동락해 온 남편을 적으로 설정하고 적을 무찌르기 위한 작전 계획을 공산당의 무자비함에 비유함으로써 오선영은 공산당이 되고 만다. 오선영의 취직을 위한 준비공작[4]은 적의 아성을 일거에 함락시키려는 기막힌 작전 계획이었으며 "그만한 계획 밑에서 총공격을 개시한다면 제아무리 난공불락의 적성이라도 함락을 면할 길이 없다."(『자유부인』상, 65쪽)

한국전쟁을 통해 공산주의의 폭력성과 잔인함을 생체험한 사람들에게 여성의 취직을 괴뢰도당과 연결시키는 것은 물리적 공포와 불안을 조성하기에 부족함이 없다. 1950년대 반공주의는 냉전체제를 내면화시킨 한국사회에서 절대적 사상으로 규정력을 발휘하며 자유와 민족을 수호한 성스러운 이념으로 신성화되었다. 이러한 상황에서 '자유'를 만끽하고자 취직을 감행한 오선영의 행위를 북한 괴뢰도당의 사상과 같은 것으로 처리함으로써 오선영의 가정으로부터의 분리는 민족 전체를 위협하는 일탈이나 범죄로 서사화된다.

취직이 가정으로부터의 이탈(離脫)을 보여준다면 댄스는 성적 일탈(逸

---

[4]   첫째, 일하는 아이를 되도록 빨리 얻어 오는 것이었다. 적에게 거절당할 구실을 봉쇄해 버리기 위해서는 우선 일하는 아이가 절대로 필요하였다. 둘째, 대의명분이 분명할 필요가 있었다. 셋째, 수입의 문제였다. 만원을 더 불린 것은 남편의 대항을 심리적으로 약화시키자는 전술이었다. 이를테면 심리작전이다. 넷째, 취직은 자신의 의사가 아니라 어디까지나 올케의 권고에 의한 것이라고 주장하는 점이었다. 남편의 호감을 사는 데에는 그것도 대단히 필요한 심리전술이었다. 다섯째, 이야기를 끄집어내는 시기가 문제였다.(『자유부인』상, 64~65쪽)

脫)을 보여준다. 오선영은 신춘호에게 댄스를 배우면서 잊고 있던 육체적 감각을 일깨운다. 더불어 담배를 피우고, 술을 마시거나, 적극적인 육체의 교섭을 시도한다. 오선영이 댄스를 통해 더욱더 일탈의 길로 빠져드는 것에 반해 오선영에게 댄스의 맛을 선보인 신춘호는 한량기질은 있으나 당대 세대의 대학생 이미지에 어울리게 허무적이고 낭만적인 기질을 가진 교양인의 모습이 부각된다. 그러므로 오선영이 백광진과 한태석과 더불어 유희적 사랑을 실험할 때 지금까지의 자포자기의 생활을 반성하고 미국에서 영문법을 전공하여 열심히 살 것을 다짐한다.

오선영이 가정으로부터 멀어질수록, 일탈이 가속화 될수록 집안은 엉망이 되어간다. 애초에 취직을 할 때 살림살이를 돕겠다는 둥, 아이들의 교육비를 저축하겠다는 대의명분은 사라지고 늘어가는 것은 화장품과 옷이요 허영심뿐이었다. 오선영은 허풍선이 협잡꾼 백광진에게 사업 미천을 빌미로 사기를 당하고 한태석에게 농락을 당하면서 전락의 길을 걷는다. 오선영의 전락은 신춘호, 백광진, 한태석을 만난 장소인 '이십오시 다방'에서 극명하게 부각된다. 오선영 스스로는 자신이 밖으로 나다닌 것은 자유를 얻기 위함이었지 파멸을 위해서는 아니라고 변명하지만 인간으로서는 영원히 구원받을 수 없는 '이십오시'라는 시간은 오선영의 전락에 종교적 가치를 부여한다. 결국 오선영은 애인대용품으로 한태석을 유혹하여 댄스파티에 동행하고 한태석에게 끌려 하룻밤을 보내게 된다. 그리고 막 정조를 허락하기 직전 한태석의 아내 이월선 여사의 등장으로 '험한 꼴'을 보게 된다.

취직과 댄스를 통해 다양한 남성편력을 맛보고 남편을 비웃던 오선영은 결말에 이르러 자신이 걸어 온 길은 전락의 일로(一路)였으며 자신에게 남은 것은 처량한 신세뿐이라는 것을 깨닫게 된다. 뉘우침이 들자 불현듯 그리워지는 곳이 '나의 집'이요 오직 자신의 집만이 유일한 자유의 세계요, 행복의 보금자리라고 생각되었다. 오선영은 반성의 시간을 갖고 회개하여 가정으로 회귀하면서 희극적으로 마무리된다.

오선영으로 대변되는 '자유부인'의 1950년대적 속성을 드러내는 군상이 '전후파'이다. 전후파는 명동형, 아프레 걸 등으로 불리는데 '명동형' 여성인물은 당시 패션과 유흥의 중심지인 명동을 중심으로 활동한 여성으로 공간적 의미가 인물의 성격을 대변하는 용어로 치환된 경우이다. '아프레 걸'은 전후파를 의미하는 프랑스어 아프레게르(apres-guerre)에서 파생된 말로 전후파 여성을 의미한다. 아프레 걸은 미국문화의 영향으로 도시에 사는 20대 전후의 여성 특히 대학교육을 받은 여성으로서 세대적 의미를 지닌다. '전후파'는 앞선 종류의 여성들을 포함하는 여대생, 미군 상대 성매매 여성, 댄스홀에 출입하는 부인, 가정에 무관심하고 매춘이나 사교계에 진출한 전쟁미망인 등을 모두 포함하는 용어이다.[5]

『자유부인』은 전후파 여성의 성격을 '화교회'를 통해 보여준다. '화교회'는 자유를 갈망하는 마음에서 생겨난 조직체로 R 전문대학 동창생 중에서 각계의 지도자적 입장에 있는 부인들과 실업계의 중역부인들만으로 구성된 특별한 집단이다. '꽃 같은 모임'이라는 이름에 걸맞게 서구문화의 최첨단에 서서 유행을 부추기고 새로운 이념의 '자유' 개념을 창출한다는 점에서 신문화의 선도자들이다. 유행을 각 세대가 이전 세대를 부인하고 그들로부터 스스로 구분되는 자신들만의 독특한 트랜드를 형성하는 것이라고 한다면[6] 전후파는 확실히 1950년대적 집단성을 표방한다. 이들은 겉으로 보기에는 부유한 유한마담들 같지만 실제로 경제적으로 자립한 여성들로 한 사회를 부양하고 경제를 책임지는 보이지는 않는 '큰 손'들이다.[7]

---

5   김현주, 「'아프레 걸'의 주체화 방식과 멜로드라마적 상상력의 구조」, 『한국 문예비평 연구』, 한국현대문예비평학회, 2006, 316쪽; 주창윤, 「1950년대 중반 댄스 열풍」, 『한 국언론학보』 53, 한국언론학회, 2009, 290쪽.

6   페르낭 브로델, 주경철 역, 『물질문명과 자본주의』, 까치, 1995, 459쪽.

7   올케가 다녀간 이후로 오선영 여사는 계라는 것에 대한 인식을 새로이 하였다. 오병헌 국회의원의 마누라는 선거운동비를 조달하기 위해 백만 원짜리 계를 들었다고 한다. 선거운동에 계돈을 이용하는 사람이 어찌 오병헌 국회의원 한 사람뿐이랴. 더구나 선거운동을 앞두고 은행에서 대부를 철저히 단속하게 됨으로써 계의 존중성은 더

'화교회'가 권세가의 마담들이 회비 제도로 모이는 사교모임이라면 일명 '나이롱계'는 경제적 토대 위에서 '나이롱같이 산뜻하고 나이롱같이 현대적으로 나이롱같이 신용있게' 계를 운영하는 회합이다. '화교회'나 '나이롱계' 모두 똑똑하고 센스 있는 전후파 여성들이 중추적인 역할을 수행하고 사회 경제를 주도하는 장을 마련한다.

　하지만 서사의 표면에는 전후파 여성들의 사치와 허영만이 부각된다. 이 또한 전후파 여성들의 양가성일 터인데 이들은 진한 화장과 비싼 옷을 걸치고 모임에 다니면서 부와 권력을 과시하며 수다 떠는 일로 하루를 보낸다. 이들이 모여 풀어내는 아리랑 타령이란 가정 경제와 국가 정치에 대한 단편적인 이해를 바탕으로 각자의 살림살이와 치장에 대한 자랑에 지나지 않는다. 영리한 듯하면서도 맹꽁이 노릇을 하는 것이 그들이며, 유일한 재산은 재치 있는 대화와 반지레한 차림새일 뿐 그 이면은 누더기 같은 잡연한 지식과 편협한 자존심, 미끈하게 기름진 육체가 있을 따름이다.

　한 달에 먹는 송이버섯 값이 삼천 원이 넘는다는 세무서 직원부인은 송이버섯 부인으로, 정육점에 십만 원의 자금을 주어 너비아니만 먹는다는 은행 중역 부인은 너비아니 부인으로 희화화되고, 자신의 권세를 광고하기 위해 남편의 비리와 알선을 들추어내는 유한마담들의 자랑질은 무지함을 드러낸다. 여기에 자신의 행복을 부각시키기 위해 친구의 불행과 뒷담화가 이어지고 짙은 농(弄)과 음담패설이 뒤따른다.

　춤을 출 줄 안다는 것은 하나의 우월감으로 전후파 여성들에게 댄스는 기본이다. 이들은 최신 문화의 선봉장으로 사교와 친교의 목적으로 댄스를 받아들이지만 그 이면에는 성적 혼란과 정조의 문란이 도사리고 있다. 이처럼 가정을 돌보지 않고 허영심에 가득 찬 개방적 성의식을 가진 가정

　욱 확대되어 가고 있다. 그렇다면 계의 융자는 국회의원의 당락을 결정하는 동시에 간접적으로는 정치를 좌우할 수 있게 되는 것이 아닐까? 계를 많이 가지고 있는 여자는 한국은행 총재 이상의 권리를 가지게 된다고 말하던 최윤주의 말이 과연 옳은 말임을 이제야 깨달은 듯하였다.(『자유부인』 상, 247쪽)

부인을 뜻하는 '자유부인'은 전통을 말살하고 사회도덕과 윤리기강을 해치는 전후파의 대표자가 됨으로써 계도의 대상이 된다.

> 도대체 자유부인들한테서 허영을 깡그리 뽑아 버리면 남는 것은 무엇이 있을 것인가. 육이오의 처참한 전화(戰禍)는 정숙하던 많은 부인들로 하여금 윤락(淪落)의 길을 면치 못하게 하였다. 오늘날 자유부인들이 놀아나는 것은 먹고 살기 위해서가 아니라 순전히 허영 때문인 것이다. 그들의 행동에는 하나에서 열까지 허영 아닌 것이 하나도 없다.
>
> 오선영 여사는 '젊다'는 허영심을 만족시키기 위하여 철없는 대학생에게 성적 충동을 일으키게 하는 파렴치한 행동조차 사양치 않았다. 그런 허영의 괴뢰(傀儡)가 어찌 오선영 여사 한 사람뿐이랴. 민주주의란 과연 좋은 사상이기는 하다. 그러나 자유와 방종이 혼동되어, 사회질서가 그로 인하여 파괴될 우려가 있을 경우에는 민주주의를 잠시 무시해도 좋으니 여성 각자에게 지각이 생길 때까지는 아낙네들을 엄중히 단속할 필요가 있을지도 모른다.
>
> —『자유부인』 하, 37쪽

오선영의 남성 편력은 봉변을 통해 스스로 회개의 일면을 보여 주었다. 반면 똑같은 전후파 여성이자 난봉의 끝을 보여준 최윤주는 파멸의 극단을 보여준다. 최윤주와 오선영은 좋은 옷, 멋진 애인, 풍족한 여유에 대한 질투와 반감으로 상대방보다 더 나아 보이기 위해 일탈 경쟁을 하였다. 서로에게 지지 않기 위해 더욱더 사치와 허영에 들떠야 했다. 최윤주는 남편의 외도로 우울해 하던 중 댄스파티에서 우연히 백광진을 만나 사업 권유를 받게 된다. 봉건 시대의 무식한 여자라면 모르지만 남녀동등권이 버젓한 민주주의 시대에 누가 그런 꼴을 보고 살겠냐는 말을 던지고 남편과 자식을 버리고 집을 나와 백광진의 응원 속에서 사업가가 되어 볼 결심을 한다. 하지만 백광진은 최윤주에게 임신과 유산을 시키고, 빨아 먹을 대로 다 빨아 먹은 뒤에 종적을 감추어 버린다.

전후파 여성들의 허영과 윤리적 부도덕은 결국 '만신창이'가 됨으로써 종지부를 찍는다. 『자유부인』은 전후파 여성들의 '만신창이' 되기를 통해 '새로운 모랄'을 제시한다. 전쟁의 참혹한 여파 속에서 밀물처럼 유입된 외래문화는 전통적인 도덕과 가치를 급속하게 붕괴시켜 책임과 의무를 외면한 채, 개인들의 욕망만을 앞세우는 정신의 공백 상태를 불러왔다. 이에 혼란한 시대를 살아내면서 미래를 준비해야할 국민에게 당위적 가치로서 주입되고 훈육된 사상은 전통주의적이며, 봉건주의적이다. 그것은 여남동권(女男同權)의 시대에 여필종부(女必從夫)의 미덕을 최고선에 놓음으로써 강한 회귀본능을 작동시킨다.

작가가 말하는 참된 민주주의란 전통적 가치질서의 회복으로서의 전통주의, 보수주의이다. 작가는 양가적 의미를 지닌 '자유'와 '민주'라는 용어의 부정적 가치를 강조함으로써 비판하기 위한 '자유' 개념을 차용하였다. 결국 근본적 작의(作意)는 "현모양처이던 여성들이 자유라는 미명으로 얼마나 방종의 길을 걷게 되었으며, 그릇된 민주사조 때문에 미풍양속이 얼마나 문란해졌던가"(『자유부인』 하, 167쪽)를 비판하면서 "오직 나의 집만이 유일한 자유의 세계요, 행복의 보금자리"라는 미명의 깨달음을 전달한다.

2. 가족로망스와 생리와 윤리의 세대(世代) 투쟁

'인생이란 생리와 윤리의 투쟁의 그래프다!'라고 소설 초반에 던진 강석운의 말은 『실락원의 별』의 핵심명제이다. 이 소설은 김옥영-강석운-고영림의 애정 갈등을 통해 윤리와 생리의 투쟁을 형상화한다. 강석운은 김옥영과 함께 안식과 평화의 가정 낙원을 꿈꾸었지만 고영림이 갖고 있는 젊고 신선한 발랄함에 동요함으로써 자기 욕망에 굴복하고 만다. 표층의 서사는 김옥영이 윤리를, 고영림이 생리를 대변하고 이 둘 사이에서 강석운이 선택적 갈등을 하는 듯 보인다. 하지만 앞서 살펴본 대로 강석운과 고영림은 자인·졸렌적 인간형으로 당위와 욕망 사이에서 끊임없이 고민하고 하나를 선택함에 다른 명제의 균형 추를 놓치지 않으려 했다. 그렇다면 윤리와 생리, 모랄과 욕망의 대변자는 누구인가.

강석운의 아버지 강학선과 고영림의 아버지 고종국은 각각 하나의 신념을 대변한다. 결국 강석운과 고영림의 서사는 인물 간의 갈등이 아니라 윤리와 생리를 대변하는 세대 간의 투쟁이며 이는 가족로망스를 통해 갈등과 반목, 화해의 발달과정을 겪게 된다.

가족로망스(Family Romance)란 원래 신경증 환자들에게서 흔히 나타나는 부모에 대한 특정한 환상을 지칭하기 위해 지그문트 프로이트(Sigmund Freud)가 창안한 용어이다. 프로이트는 아버지-어머니-자녀 사이에 일어나는 욕망의 삼각형 모델이 마치 중세 로망스 장르와 유사한 갈등과 화해의 서사를 보여주기에 가족 '로망스'라는 명칭을 부여하였다. 그것은 예컨대 자신들이 낮게 평가한 부모에게서 벗어나기 위해 사회적 지위가 높은 사람이 자신의 진짜 부모라고 상상하는 식의 부모에 대한 원망(怨望)을 복수하고 자기 자신을 과대평가하는 에고이스트적 표현이다. 이러한 기원에는 자기 자신을 타자의 사랑과 인정을 받는 존재로 여기고 싶어하는 원초적인 나르시시즘적 경향과 이를 좌절시키는 부모에 대한 오이디푸스 콤플렉스가 자리 잡고 있다.[8]

욕망의 삼각형 구도에서 '욕망'의 관계는 각각의 인물의 입장과 상황에 따라 다르게 드러난다. 하지만 중요한 것은 어머니와의 합일이든지, 아버지의 개입으로 인한 좌절과 욕망의 변형이든지, 아버지의 상징적 살해든지 간에, 이는 모두 '욕망 충족의 꿈'을 핵심으로 하는 로망스 구조를 따른다는 것이다. 그러므로 욕망 충족의 꿈을 방해하는 아버지라는 기표

---

8   지그문트 프로이트, 김정일 역, 「가족로맨스」, 『성욕에 관한 세 편이 에세이』, 열린책들, 1996, 57~61쪽.

는 부정의 대상이며 새로운 가족체계를 형성하기 위해 상상의 아버지가 호명된다. 이때의 아버지는 물리적 기표이기보다는 체제와 이념, 자식의 세대와 변별되는 이전의 이데올로기를 대변한다.

강석운의 아버지 강학선 교수는 윤리학의 노대가로서 자타가 공인하는 사계의 권위자이다. 칠십 노령을 맞이한 이때까지 뜬소문 하나 없이 한 사람의 남편으로서의 정조를 고스란히 아내에게 바쳐온 성실한 노학자였다. 옥영은 이 늙은 부부의 고담(枯淡)한 여생을 바라볼 때마다 경건하기만 하다. 이렇듯 강석운의 아버지이자 김옥영의 시부인 강학선 교수는 '윤리', '도덕', '정조'의 신념을 대변한다.

강학선 교수가 말하는 윤리란, 마음의 소재 즉 인간의 개인적 욕망을 다스려 자기의 연장과 인류의 번영에 기여하는 것이다. 만약 자신의 개인적 생리를 다스리지 못하면 사회의 질서와 균형은 깨어질 것이고 이기적 관념이 판치는 혼란한 시대가 될 것이라고 예언한다. 하지만 강학선 교수로 대변되는 당위와 모랄은 아들 강석운의 불륜에 의해 부정된다. 여기서 주의해야할 점은 강학선과 강석운의 대결은 강학선과 김옥영의 대결로 치환된다는 것이다. 강석운이 영림과 함께 애정의 도피행각을 벌인 빈자리에 김옥영이 자리함으로써 시부와의 설전을 통해 인간 생리의 본능과 논리를 강변한다.

김옥영은 남편 석운과 영림의 삼각관계에서 석운과 더불어 가정 제일주의를 주창하는 가정 윤리의 선봉장인 듯 보였다. 하지만 석운의 외도를 확인하고 이제는 자기의 상처받은 감정을 처리할 방도만이 남았음을 깨닫고 아내와 어머니로서의 의무를 포기한다.

시부인 강학선 교수는 '나라가 어지러울 때 충신이 나고 집안이 고롭지 못할 때 열녀가 난다'는 고래(古來)의 윤리로 옥영을 설득한다. 이전에 많은 여성들이 이런 일을 겪고도 가정을 지키고 어린 생명들을 양육하는 문화사적 사명과 숭고한 모성애를 보여줌으로써 인류의사를 실천하였다는 것이다. 결국 그들의 노력과 희생은 자신의 욕망을 버림으로써 한 집안을, 나아가 한 나라를 구한 것이라는 발언을 통해 모랄을 공고히 한다.

하지만 옥영은 남편의 애정을 잃어버린 현재 열녀도 현모양처도 되고 싶지 않고, 그 어떤 대아적 사명감도 남아 있지 않음을 고백한다. 자신이 석운과 결혼한 것은 자식을 낳아 모성애를 발휘하고자, 혹은 경제적 보호를 받고자 한 것이 아니라 영원히 변함없는 남편의 애정을 갖고자 결혼한 것이라 강변한다. 결혼은 남편의 애정을 차지하기 위한 하나의 부수적인 결과일 뿐이기에 신을 생각하기 전에 인간을 생각하고 인류를 생각하기 전에 김옥영의 개인 욕망을 따를 뿐이라고 대답한다. 오히려 시부에게 당신은 어머님과 결혼하실 때 인류의사를 생각한 것이냐고 반문함으로써 모랄에 통렬한 일격을 가한다.

강학선 교수의 '인류의사'라는 윤리에 대해 옥영의 '애정 제일주의'라는 생리적 역공은 사회와 개인, 모랄과 욕망의 대립을 형상화하며 세대적인 거리감을 보여준다. 결국 옥영은 '아내였던 여인', '불효 소부', '미련한 어머니'의 자리를 버리고 여자 김옥영으로 살 것을 다짐하며 가정을 박차고 나온다.

기성세대의 윤리와 도덕, 정조가 김옥영에 의해 통렬히 부정됨으로써 인간적 욕망으로서의 생리는 긍정되는 듯하다. 하지만 반대로 기성세대의 생리는 고영림에 의해 철저히 비난받는다. 기성 생태의 대변자로 고영림의 아버지이자 한성양조의 사장 고종국이 있다. 환갑의 나이에도 일 년에 한 번씩 여자를 새 것으로 갈아대고 현재는 젊은 황산옥과 여생을 즐기고 있는 그는 최근 들어 외도에도 권위가 있는 것이라고 기생이나 마담을 마다하고 용모가 좋고 교양이 있고 나이가 젊은 상대를 찾아 이력서의 한 대목을 빛내고자 하였다.

금력(金力)을 통해 육체를 사려는 고종국의 생리는 딸 고영림에 의해 처참히 비판받는다. 영림은 애욕에 들떠 날뛰는 오빠와 아버지를 개, 돼지라 명명하며 모두 돼먹지 못한 인간들 때문에 여성이 고통을 받는 것이라고 비난한다. 남성들은 자신들 마음대로 방탕할 대로 방탕하면서 아내의 정조를 문제 삼는 것은 언어도단이라고 공박한다. 욕심쟁이, 악마, 짐승의 무리들인 남성은 머지않아 멸망할 것이라고 웅변하면서 오빠의 따귀를 맞받아친다. 영림의 아버지 고종국은 영림의 강경한 태도에 입맛을 다실 뿐이며 딸의 의사를 좌우할 힘이 없다.

아버지로 기표화되는 기성세대의 윤리와 생리에 도전하는 두 겹의 가족로맨스, 김옥영-강석운-고영림의 서사는 수평적으로 볼 때 연애의 서사로 보이지만 수직적으로 볼 때 기성세대에 도전하는 보복하는 자식들의 모습을 심층화한다.

하지만 여기에 한 겹의 가족로맨스가 더 존재한다. 김옥영-강석운-고영림은 윤리나 생리, 어느 한 것에만 치우치지 않고 영혼의 연소를 통해 진실한 사랑 찾기를 시도한 자인·졸렌형 인물들이다. 이들은 기본적으로 자기애에 빠진 나르시시스트들이며 그렇기에 사회적 자격과 의무에서 쉽게 이탈할 수 있었다. 바로 이 지점에서 김옥영-강석운-고영림은 자신들이 기성세대를 부정한 방식과 똑같은 방식으로 다음 세대에 의해 부정된다.

강석운과 김옥영이 진실한 애정을 찾기 위해 가정을 나가자 맏딸 경숙은 아버지와 어머니가 허수로이 취급한 가정을 옹립하기 위한 책임과 사명을 짊어지게 된다. 경숙과 동생들은 아버지와 어머니의 자격을 버리고 나간 부모의 애정을 규탄하며 그들이 자식을 버린 이상 자신들도 더 이상 그들을 부모로 여기지 않을 것이라고 다짐한다. 아이들은 자신보다 젊은 여자를, 자식보다 자신의 삶을 찾아 나선 부모를 무섭게 책망한다. 경숙은 K신문에 아버지와 어머니에게 보내는 호소문을 싣는다.

아버지와 어머니는 이미 아이들을 버렸기 때문에 저희들은 응당 부모를 잃은 고아일 수밖에 없습니다. 따라서 부모가 팽개치고 간 권리와 의무가 제게로 돌아온 것 같아서 욕도 하고 쥐어 박기도 했습니다. 울고만 있을 때가 아니라고 생각했기 때문에 절대로 울지 못하게 한 것입니다. 부모가 자식들을 위해서 울어주지 않는 것을 자식이 부모를 위해서 울 필요가 없다고 저는 생각했기 때문입니다. 아버지는 어머니와 네 아이의 사랑을 합쳐 봐도 그 젊은 여자 하나의 사랑만 못해서 가정을 버리고 나갔습니다. 어머니는 저희 네 아이의 사랑을 합쳐 봐도 아버지 하나의 사랑만 못해서 집을 나갔습니다. 이러한 아버지와 어머니를 위해서 저희들이 울어야만 할 필요가 어디 있겠습니까? …… 울기 전에 우리는 살아야 합니다. 고아라고 모두가 다 죽지는 않습니다. 경숙은 반드시 살아 보일 테예요. 아버지와 어머니가 없어도 동생들을 훌륭하게 키워 보일 테예요.

—『실락원의 별』하, 351쪽

　그간 훌륭한 아버지, 정숙한 어머니와 함께 행복한 가정이라고 믿어 왔던 아이들의 자긍심은 처참히 깨어지고 이제 남들 앞에 떳떳이 설 수도 없는 아이들은 부모를 비판한다. 일신의 행복을 위해서 떠나간 패덕한 아버지와 무정한 어머니에 대한 부정은 고아의식을 촉발한다. 아이들은 스스로에게 더 이상 부모는 존재하지 않는다고 선포한 자발적 고아들이며 고아지만 죽지 않고 살아 보임으로써 부모에게 복수할 것을 다짐한다. 경숙은 아버지와 어머니는 자식들을 버렸지만 자신은 결코 동생들을 버리지 않을 것이며 학교를 그만두고 돈을 벌어 동생들을 가르치겠다고 한다. 부모가 집을 나간 이후 경숙은 완전히 이 가정의 새로운 지배자가 되었다.
　경숙의 호소문은 부모와 자식 사이에 움트는 새로운 윤리관계를 보여준다. 강학선, 고종국의 기성세대가 각각 윤리와 생리의 체현자로서 김옥영-강석운-고영림에게 부정되었다면 이들 또한 과도한 자기애의 발현으로 다음 세대에 비판을 받는다. 그들이 믿었던 진실한 사랑이란 결국 자식과 가정을 파괴함으로써 얻어진 허황된 이상에 지나지 않으며 과연 그것이 진실한 행복인 것인가를 되묻는다.
　강학준과 고종국이 김옥영과 고영림의 부정에 논리적으로 설복(說伏)되었다면 김옥영-강석운-고영림 또한 호소문을 통한 통렬한 비판을 보고 부모로서 잊고 있던 모성애와 가족애를 느끼고 가정으로 회귀하게 된다. 아이들을 정점으로 새롭게 재형성될 이 가정은 과거의 가정과는 다를 것이며 새로운 세대의 윤리관이 형성될 것이라고 예상할 수 있다.

3. 탐색 여행과 패륜(悖倫) 모녀의 남성 쟁탈

　로망스 구조가 탐색구조를 기본 형태로 한다면 여행의 형식이야말로 로망스 구조의 기본형이라 할만하다. 여행은 일상의 평범한 공간을 벗어나 다른 공간으로의 이동이라는 의미와 더불어 분리-입문-회귀의 모험을 통해 주인공의 변화된 모습을 관찰할 수 있다. 쉬로우더에 의하면 탐색의 주인공은 여행을 통해 자신이나 세계의 본성을 발견하게 되는데 협소한 환경으로부터 좀 더 넓은 환경으로 옮아가는 공간적 이동은 물론 유아 의식으로부터 성숙한 의식으로의 시간적 이동도 포함된다고 보았다.[9] 실제로 이 작품은 주인공을 여배우로 설정함으로써 당대의 다른 소설들과 달리 상당한 공간 이동을 보여주고 있다. 더불어 하나의 공간으로 대변되는 남성을 체험해 나감으로써 주인공의 의식의 성장을 확인할 수 있다.

　『흑백』의 첫 시작은 서울 홍제동의 '스타지오'라는 영화세트장이다.[10] 소설의 전반부는 주로 영화 촬영이 이루어지는 세트장이거나 공창수의 혜화동 집이 배경이 된다. 영화 세트장은 영화를 찍기 위해 인위적으로 만든 건물이기에 인공적 느낌이 강하다. 이 세트장에서 공미주는 주인집 도련님에게 농락당하는 어린 하녀의 역할을 하게 된다. 조작적이고 인공적인 영화세트장과 더불어 혜화동 공창수의 집은 가정집이라는 따뜻한

9　모오리스 Z. 쉬로우더, 앞의 책, 35쪽.
10　홍제동 벌판. 주택촌에서도 아득하게 멀리 떨어져 있는 럼은 벌판에 하이얀 건물이 다섯 채, 짙어가는 어둠속에서 장난감을 엎어 놓은 것처럼 또렷하게 시야로 들어온다. 그러나 가까이 다가서서 보자면 아담하면서도 웅장하기 이를 데 없는 '아취'형의 큼직한 건물들. 신축 된지 얼마 안 되는 촬영장. 한국에서 그 규모가 크고 설비가 완전하기로 첫손을 꼽는 이 '스타지오'(『흑백』(1), 1959. 4. 20)

분위기나 안정적 느낌 없이 유령이 나올 것 같은 을씨년스러운 공간이다. 더러운 돈으로 쌓아올린 이층 양관에는 하품과 권태만이 늘어지고 사람이 있을 때라곤 파티나 마작판이 벌어질 때뿐이다.

영화세트장 '스타지오'와 혜화동 이층 양관을 배경으로 전개되는 '서울'이라는 공간은 공미주의 공주로서의 삶을 보여준다. 아버지의 철저한 보호 아래 중학·고등 육 년 동안을 자가용차로 아침저녁으로 모셔다 줬으며 대학에 떨어졌을 때도 아버지는 무슨 일이 있어도 미주를 인기 여배우로 만들어 놓겠다는 신념으로 영화제작사까지 차릴 기세이다. 딸 미주와 최감독과의 불화를 무마하기 위해 몇천 환대의 돈을 뿌리고 감독을 매수하려 한다. 이렇듯 미주의 서울에서의 삶은 공주로서의 삶을 영위하는 가운데 신진 여배우로서 첫발을 내딛는 과정을 보여준다.

하지만 공주로서의 삶, 신진 여배우로서의 삶에 균열이 가기 시작한다. 이미 앞서 지적한 바와 같이 서울이라는 공간은 화려하고 인공적인 반면 그 내면에 혼탁하고 타락한 일면을 가지고 있다. 아버지 공창수의 세계로 대변되는 서울은 불순한 돈으로 세워진, 향락과 광란, 아첨과 야망만이 넘쳐나는 인공적 세트장일 뿐이다. 커다란 세트장에 불과한 서울에, 공미주의 내면에 변화를 일으키는 인물이 최감독이다.

최감독은 미주의 삶이란 화려한 옷을 입고 금붙이로 치장한 아버지의 인형에 불과하며 미주의 여배우 되기란 부잣집 따님의 구역질나는 허영기에 지나지 않는다고 충고한다. 미주는 아버지의 세계, 서울의 세계가 이미 깨끗하다거나 건전치 못함을 알고 있었지만 그것을 최감독의 입을 통해 듣게 됨으로써 최감독으로 대변되는 새로운 세계를 동경하게 된다.

자신의 모든 욕망을 성취시켜주지만 더러운 아버지, 반면 자신을 거부하고 모욕하지만 깨끗한 아버지, 미주의 영화배우 입문은 기존의 더러운 아버지의 세계와 분리되어 새로운 정의에 찬 아버지를 발견하고 따르는 과정으로 전개된다. 하지만 이 새로운 아버지는 더러운 아버지에게 양육된, 자신의 세계에만 갇혀 있는 더러운 딸을 거부한다.

이중의 거부, 기존의 세계에 대한 주체의 거부와 새로운 세계의 주체에 대한 거부, 이러한 겹겹의 거부는 미주로 하여금 서울의 상징성을 버리고 부산으로의 여행을 감행하게 한다. 여행은 이전의 익숙했던 세계를 떠난 다는 점과 새로운 세계와 맞선다는 점에서 일종의 정신적인 일탈 행위라 고 할 수 있다. 이러한 육체의 이동으로 드러나는 정신적 일탈은 억압으 로부터의 해방이라는 내재적이고도 초월적인 욕망이 자리하기 쉽다. 부 정적 현실에서 벗어나고자 하는 욕망이 곧 여행이기에 그러한 여행의 의 미에는 변화와 거부, 저항이 도사리고 있다.[11]

영화 로케 촬영차 부산으로 내려온 미주는 처음 며칠 동안 지극히 명랑 하고 유쾌한 시간을 보낸다. 썩어 빠졌다는 가정도, 어머니도, 아버지도, 괘씸하기 짝이 없는 최감독의 일도 모두 잊어버리고 영화배우로 자신을 떠받들어 주는 분위기 속에서 시간 가는 줄 모른다. 미주가 아버지의 이 름으로 대변되는 서울의 세계와 분리됨은 부산에서 '남예성'이라는 예명 으로 불리어짐을 통해 알 수 있다. 서울과 멀리 떨어진 부산에서는 아버 지의 힘이 약화될 수밖에 없으며 그 힘이 영향을 미치지 못함은 보호자가 사라진 딸이 여러 남성에 의해 교환됨으로써 시련을 겪는 과정을 통해 확 인할 수 있다.

작품 속의 항도(港都) '부산'은 한국전쟁 이후의 부산의 모습을 보여주 지만 범인(凡人)들의 일상적 모습과는 동떨어진 향락적이고 이국적인 형 태로 그려진다. 부산은 한국전쟁 중에 대한민국의 임시 수도가 되었고 전 쟁 후에 피난민들의 성지와도 같은 역할을 하였다. 전국에서 수많은 피난 민들이 몰려와 인구가 2배 이상 증가하였으며 피난민들과 영세민들은 방 치된 채 생존을 위한 치열한 싸움을 벌여 나가야만 했다.[12] 하지만 작품 속의 부산은 전쟁에서 살아남은 이들의 치열한 삶의 현장은 사라지고 다

---

11   아지자·올리비에리·스크트릭, 장영수 역, 『문학의 상징·주제사전』, 청아, 1989, 338쪽.
12   이헌종, 「한국전쟁 당시의 부산 사회연구」, 『항도 부산』 16, 부산광역시사편찬위원
      회, 2000.

분히 향락적이고 퇴폐적인 열대의 휴양지처럼 그려진다.

미주가 부산에 내려와 머무르는 '해풍장'이 있는 송도 해수욕장은 바다를 한 눈에 볼 수 있고 당시로는 흔치 않은 위락시설로 개발된 이국적 공간이다. 송도는 화씨 구십도를 넘어서는 불 속 같은 염천에 벌거숭이 떼들이 시원한 바다로 몰려 들어가고 나오는 흡사 '웃도세이'의 운동장이었다. 또한 사람들을 피해 미주가 숨어 들어간 남포동은 국제시장과 일본인 거주지역이 공존한 만큼 혼합적이며 이국적이다.[13]

> 남녘 항구의 번화한 뒷골목. 부두의 거리 남포동에는 아홉시를 얼마 넘지 않은 여름 밤이 꽃송이처럼 바야흐로 만개해 가고 있었다. '캬바레 코스모포리탄' 이층 넓은 면적에는 열어젖혀진 유리창마다 잠들어 가는 바다와 어수선한 부둣가의 야경이 어떤 머언 이방 국제 항구의 그것과 같이 무한한 향수를 자아내면서 어른거리고 있었다. 찬란한 네온 사인의 눈부신 유혹. 선정적인 쨔스 밴드의 음탕한 자국.
>
> ―『흑백』 120, 1959.8.25

이국적이고 향락적인 도시에서 남예성은 손갑성-손춘호 부자(父子)에게 시련을 겪는다. 손갑성은 부산의 흥행조합장이자 일류극장을 세 개나 가지고 있으며 흥행가를 쥐락펴락하는 세력과 돈을 지닌 인물이다. '차일드·우먼' 남예성이 부산에 와 있다는 소식을 듣고 확실히 별미(別味)를 더듬어 보고 싶다는 불순한 감정으로 연회를 베푼다. 낡고 때 묻은 여배우보다는 영화배우도 채 되지 않은 여배우, 신진 여배우의 신선하고 나긋나긋한 몸을 주물러 보고 싶었던 것이다. '빨간 노랭이' 손갑성의 망나니 외아들 손춘호도 우연히 해수욕장에서 촬영 중인 남예성을 발견하고 댄스파티와 드라이브로 거리감을 없앤 후 숙소까지 쫓아 들어와 예성을 겁탈

---

13   하미혜, 「문학작품에 나타난 부산항의 장소성 연구」, 『부산지역연구』 10, 부산지역연구학회, 2004.

하려 한다.

퇴폐적이고 향락적이며 이국적인 공간에 놓인 십구 세의 어린 처녀. 보호자로부터 분리되어 더욱더 대담하고 당돌하게 행동하는 예성의 모습은 어린아이의 치기와 같이 보여진다. 자신의 불안정한 위치, 혼란스러운 상황에 대해 아무런 감각 없이 순간순간을 조력자들을 통해 위기를 모면한다. 미주는 예상치 못한 조력자가 자신이 사랑하고 새로운 아버지로 삼고 싶은 최감독임을 알게 되면서 다시 매달려 보지만 새로운 아버지는 재차 아버지 되기를 거부한다. 이후 그녀의 불안정한 상태는 서울의 공창수의 몰락과 오버랩되어 가속화된다.

딸 미주가 부산으로 내려간 뒤 공창수는 마작과 연회로 시절을 보낸다. 그러던 중 세금포탈과 밀수사실이 탈로나면서 피신해야 될 지경에 이른다. 공창수의 뒤바뀐 처지는 유들유들하고 개기름이 번지르르하게 흐르던 곰 같은 모습이 초상집 개마냥 되었다는 언술을 통해 확인할 수 있다. 그리고 이러한 공창수의 변화는 딸 미주의 처지에도 그대로 영향을 미치게 된다.

돈 많은 아버지의 권력 상실을 까맣게 모른 채 조력자에 의해 간신히 겁탈의 시련을 모면함으로써 부산을 탈출한 미주는 훼손된 아버지가 있는 서울로 향하지 않고 '대천'으로 향함으로써 파국을 맞게 된다. 미주는 그곳에서 운명의 장난처럼 더 큰 시련, 시련의 종지부를 찍을 이일성과 재회한다.

대천으로의 공간 이동은 더 큰 시련을 예비하기 위한 여행으로 보여 지는데 대천의 공간적 성격은 부산과 별반 다르지 않다. 벌거벗은 사람들의 풍만한 육체와 매력이 넘쳐나는 풍속화, 즐비한 댄스장과 호텔, 이방인들의 들뜬 감정과 정열, 일상이 뒤로 물러나고 순간의 향락이 지배하는 시간. 대천은 부산의 연장선상에서 남예성-이일성-공부인의 삼각관계를 성립시킨다. 공미주가 남예성의 가명을 쓰는 동안 남예성-이일성-공부인의 삼각관계는 젊은 남성을 사이에 둔 두 여성의 세대적 갈등으로 보여지지만 그 이면에는 모녀(母女)간의 남성 쟁탈(爭奪)이라는 패륜적(悖倫的) 서사가 자리 잡고 있다.

빤질빤질하게 생긴 얼굴에 후리후리한 체구, 젊음을 무기로 유한마담들의 집을 돌아다니며 댄스를 교습하는 이일성은 댄스와 외모를 무기로 여대생, 유한마담들로부터 돈을 편취하는 고급 사기꾼이다. 독특한 매력을 지닌 핸섬보이 이일성은 공부인의 애인이다. 공부인은 세상 사람들이 뭐라고 손가락질해도 이일성과 함께 자신만의 자극과 외도를 즐긴다. 공부인은 주책이랄 정도로 이일성에게 빠져들었고 건강한 남성의 몸에 넘쳐 흐르는 젊고 싱싱한 매력에 허우적거린다. 공부인의 최대 관심사는 오직 육체가 명령하는 대로 향락의 도가니에 빠져보는 것이며 이일성이야말로 자신의 욕망을 충족시키는데 최적의 인물이었다.

> 한마디로 나는 동물의 추악한 신음소리를 들은 것이요. 씨근벌떡거리는 남자와 여자의 가쁜 숨소리가 깊은 밤중의 조용한 병실 속에서 제멋대로 출렁대고. 다음날 안수인이 간호부에게 건넌방 환자의 신원에 대해 묻자 "무슨 환자냐구요? 지독한 환자죠. 영원히 고칠 수 없는 불치(不治)의 환자요. 연애병 환자, 정신병 환자, 성병 환자, 댄스병 환자……. 그 모든 병을 겸한 환자―그리면서두 환자가 아닌 멀쩡한 환자."
>
> ―『흑백』 132, 1959.9.12

이일성과 공부인의 관계는 돈으로 맺어진 사이다. 이일성은 돈을 대가로 자신의 몸을 지불하였고 이해관계가 끝나자 공부인의 곁을 떠나 대천으로 도망친다. 그곳에서 서울의 댄스홀에서 잠깐 만났다 헤어진 남예성과 재회한다. 이들은 마치 운명의 상대라도 만난 듯 서로에게 빠져들지만 사라진 이일성을 찾아 대천까지 쫓아온 공부인에 의해 파국은 예비된다.

대천에서 이일성과 미래를 약속하며 즐거운 시간을 보내던 중 이일성을 찾아 대천으로 내려온 공부인과 마주하면서 남예성-이일성-공부인의 삼각관계는 수면위로 부상한다. 어머니에게 남자친구를 소개하는 남예성에게 이일성-공부인의 관계는 비밀에 부쳐지지만 남예성과 공부인이 모녀 관계임을 알게 된 이일성은 홀로 도주한다.

이일성과 공부인의 관계를 진정한 남녀 간의 사랑이라 말할 수 없지만 이일성에 대한 공부인의 집착은 삶의 활력과도 같았다. 세상사 모든 것이 시큰둥하고 삶의 의미가 없을 때, 남편이 자신을 보호해 주지 못한 체 남편을 위해 정조를 판 공부인은 그 보상심리로 젊은 육체를 탐하며 생리를 충족시켰다. 하지만 사랑하는 무남독녀 외딸로부터 자신의 정인과 육체의 선을 넘어버렸다는 말을 듣는 순간 공부인은 미쳐버린다. 대천의 서사는 공부인의 실성과 함께 대시련이 마무리되는 듯 보이지만 이일성과 공부인의 관계는 은폐된 채 완전한 전락을 기다리게 된다.

도피하는 아버지의 급한 부름을 받고 유비서와 함께 대천을 떠나 서울로 회귀한 미주는 서울을 떠날 때와는 완전히 다른 처지에 놓이게 된다. 아버지는 떠나고 비록 유령이 나올 것 같았지만 대궐 같은 집에는 다른 사람의 명패가 달려 있었고 머무를 곳이 없어 유비서의 집에 기거를 하게 된다. 일 년 남짓, 서울-부산-대천-서울로 이어지는 공미주의 여행은 원점 회귀의 방식을 취하지만 정신적으로 숙성하지 못한 채, 아무런 보호자도 없이 홀로 남겨진 서울의 미주에게 이일성과 공부인의 비밀의 서사가 공개된다.

미주는 서울에 돌아와 대천에서 사라진 이일성의 행적을 궁금해 하던 중 '시대의 사기한 검거'라는 신문기사를 보고 이일성의 실체를 알게 된다.[14] 더불어 대천에서 사라진 어머니는 실성하여 정신병원에 있고 미친 어머니를 통해 자신들의 패륜적 관계에 대해 알게 된다. 머무를 곳을 상

---

14 김동윤은 '이일성'이 당대의 실제인물인 '박인수'를 모델로 한 것이라고 지적하였다. 1955년 댄스홀을 무대로 혼인을 빙자하여 춤바람이 난 여대생과 직업여성을 70여 명이나 농락한 박인수 사건이 '땐스'와 외모를 무기로 여대생, 유한 '매담'들과 결혼한다는 것을 조건으로 돈을 편취하고 육체를 농락한 이일성 사건과의 연계성을 들어 두 사건의 유사성을 지적하였다. 김동윤, 앞의 책, 87쪽.

실한 미주는 거리로, 극장으로, 바(bar)로 전전하다가 손춘호를 만나 최후에 이르게 된다. 현실적 대안이나 계획없이 손춘호와 어울리고, 오히려 부산에서 손춘호와 관계를 맺었던들 오늘의 패륜적 결과는 없었을 것이라고 후회한다.

서울-부산-대천으로 이어지는 미주의 편력은 아버지의 보호 아래 화려한 삶을 영위하던 어리디 어린 공주가 아버지와 분리되어 이국적 정취의 공간에서 욕망 실현으로 포장된 시련을 겪는 과정이다. 일반적으로 로맨스의 탐색과정은 분리와 시련을 겪은 주인공이 정신적 육체적으로 성숙하여 회귀하는 욕망충족의 꿈을 서사화하지만 이 작품에서는 정신적 육체적 미성숙은 물론이거나 회귀의 공간 또한 불안정하다.

미주의 진정한 회귀는 후일담으로 간략하게 처리되어 시련의 서사가 장황한데 반해 회귀의 서사가 약화된 로맨스 구조의 전형적 형태를 보여준다. 쉬로우더는 현대적 로맨스의 특징을 시련의 입문이 강화된 데 반해 회귀의 서사가 약화되었다고 지적하였다. 손춘호와의 일년 남짓한 동거 생활과 몰락한 아버지의 귀국, 실성한 어머니의 뒤치다꺼리. 과거 십구세의 응석받이 외동딸은 사라지고 어린 딸아이를 둔 어머니이자 집안의 경제를 책임질 가장으로 비로소 홀로 서게 된 미주는 실질적 공간 이동을 통해 시련을 겪고 성장한다.

미주에게 있어 사랑은 아버지와의 분리를 촉발시키고 새로운 세계를 발견하게 되는 밑거름이 되었지만 사랑의 상실로 인한 무력감과 복수심은 그녀를 시련의 공간으로 내몰았다. 끊임없이 새로운 아버지, 보호자를 갈망하였으나 사랑하는 대상과 사랑하려는 대상의 엇갈림은 미주를 '고아'로 남겨 놓는다. 성장한 공미주는 이제 오히려 자신이 아버지, 어머니의 보호자가 됨으로써 진정한 성숙성을 획득하게 된다.

제3장

대중적 즐거움(Popular pleasure)과
대상적 우월감의 감계(鑑戒) 효과

대중연애서사는 당대 이데올로기의 투사체로 지배 담론의 헤게모니를 재현하고 있다. 하지만 텍스트의 결말이 조화롭고 이데올로기적으로 성공한 것처럼 보일 때조차도 서사 내적으로 긴장과 불일치가 발생하는 지점이 있다. 대중문학의 많은 메시지들은 잠재적으로 작용하지만 이데올로기처럼 인지적 지식으로만 설명할 수 없고 비인지적 차원에서 작동되는 것도 많기 때문이다. 작가의 의도가 서사의 행간에서 엇나가는 지점을 통해 능동적 독자는 '나만의' 독해를 수행한다.[1] 그렇기에 대중문학 텍스트는 수용자들이 특정 순간에 무엇을 느끼고 생각하는가를 보여줌으로

---

[1]　텍스트의 의미는 유일하거나 고정된 것이 아니라 그것을 읽어내는 수용자 자신의 입장과 위치에 따라 다양한 방식으로 변용된다. 따라서 다양한 해독과정에서의 의미 생산은 수용자 개개인 혹은 같은 의미를 공유하는 수용자 집단들이 함께하는 생산적 활동이자 실천이다. 롤랑 바르뜨, 김희영 역, 『텍스트의 즐거움』, 동문선, 1997.

써 그들의 공포와 희망, 꿈과 악몽을 접합하고 따라서 새롭고 중요한 사회심리학적 통찰의 원천을 제공한다. 결국 이러한 입장은 대중문학의 즐거움에 대한 새로운 접근과 이해를 필요로 한다.

대중문학 텍스트를 통해 생산되는 독자들의 '즐거움(pleasure)'이란 일차적으로 수용자들의 정서적 반응, 즉 텍스트를 통해 느끼는 재미와 희열을 의미한다.[2] 즐거움은 대중연애소설이 대중을 잡아끄는 힘, 즉 당대의 폭발적 인기에 대한 설명을 가능케 한다. 특히 1950년대의 시대적 정황과 문학적 환경 속에서 '즐거움'에 대한 독자의 갈망과 기대는 새로운 것에 대한 매력과 모험의 동경 속에서 수용자들을 강렬한 독서체험으로 이끌었다.

즐거움은 독자들에게 풍속의 문화 산물을 통해 소비되고 적극적 쾌활(快活)과 현대적 명랑(明朗)을 선보이는 서사주체에 의해 수용주체에게 향유된다. 그러므로 즐거움은 대리만족의 기능이나 현실에 대한 좌절감 해소의 기능을 수행하게 된다. 하지만 이러한 기능적 해석은 필요의 충족과 만족의 경험으로만 즐거움의 기능을 한정시키기 때문에 즐거움의 생산적 측면은 배제된다.

이엔 앙(Ien Ang)은 감정적 리얼리즘(Emotional Realism)이라는 용어를 통해 '대중적 즐거움(Popular Pleasure)'의 생산적 측면을 정의한다.[3] 대중매체에서 전개되는 사건은 경험적 사실과 달리 과장이 심하고 황당무계해 보일지라도 그것이 '감정적 진솔함'을 느끼게 할 수 있을 때 즐거움을 발생시킨다. '감정적 진솔함'은 수용자들이 실생활에서 체험하는 '정서구조'를 대중매체 속에서 확인하는 즐거움으로 삶은 행과 불행 사이의 끊임없는

---

[2]　'Pleasure'라는 단어는 즐거움, 쾌락, 재미 등으로 다양하게 번역된다. '쾌락'이라는 용어는 보통 성적인 문제에 한정되어 사용되는 경향이 있고, '재미'는 놀이적 성격이 강하기에, 문화적 생산물에 대해 사회 구성원들이 경험하는 반응을 지칭하는 '즐거움'으로 번역하는 것이 일반적이다. 본고는 폭넓고 긍정적인 의미로서의 '즐거움'이라는 단어를 선택하고자 한다. 강만석, 「의미, 재미, 권력의 문제를 통해 본 신수용자론 연구―존 피스크의 능동적 TV 수용자론에 대한 비판을 중심으로」, 성균관대 박사논문, 1993.

[3]　Ang. I., *Watching Dallas―Soap opera and the melodramatic imagination*, London : Methuen, 1985.

교차라는 사실과 그것이 일상생활의 한 차원이라는 것을 인식하는 것이다.[4] 이러한 해독(解讀)의 좋고 나쁨을 판별할 수 없지만 최소한 그러한 즐거움은 생산적 의식을 배제시키는 것이 아니며, 즐거움과 멜로적 환상은 삶을 유쾌하고 살만한 것으로 만들어 주는데 기여한다.

수용주체가 현실의 삶을 긍정하고 도덕적 가치를 수호하기 위해서는 서사주체의 부정적 자극이 체험 되어야 한다. 서사주체는 수용주체보다 물질적, 정신적으로 우위에 놓인 인물이지만 그들이 보편적 평균 체험에 비추어 가치 하향적인 행동을 할 때 심미주체는 일종의 계훈(戒訓)을 얻게 된다. 심미주체는 서사주체의 행위를 거울삼아 자신의 일상적 생활에서 보편적 당위를 재확인하거나 서사주체에 대해 상대적 우월감을 갖게 된다. 결국 서사주체의 행위는 심미주체에게 관습적 당위를 재확인하게 하고 다시 이를 강화시키는 감계(鑑戒)의 효과를 가진다.[5]

1. 공모적 즐거움(Complicit pleasure)과 풍자적 태도의 저항(抵抗) 효과

롤랑 바르뜨(Roland Barthes)는 텍스트의 해독에서 생산되는 두 가지 다른 즐거움을 플래지르(Plaisir, Pleasure)와 쥬이상스(Jouissance, Bliss)로 구분하였다.[6] 플래지르는 안락한 느낌의 행복감을 통해 독자를 채워주는 것으로 근원적으로 문화적인 즐거움이다. 인물들의 일상적인 삶, 하찮은 세부적

---

4   윌리암스에 의하면 '정서구조'란 실제의 삶 속에서 활발히 체험되고 느끼게 되는 의미와 가치의 체계이다. 그는 정서구조는 개인 특유의 것처럼 보이지만 실제로 가치관이나 이데올로기와 마찬가지로 사회구성원들에 공유되는 사회적 체험이라는 점을 강조한다. 박명진, 「즐거움, 저항, 이데올로기」, 『사회과학과 정책연구』 13, 서울대 사회과학연구소, 1991, 73쪽.
5   김중신, 『소설감상방법론 연구』, 서울대 출판부, 1995, 121쪽.
6   롤랑 바르뜨, 앞의 책.

인 것에 대한 호기심, 당대만의 스타일을 드러내는 풍속의 묘사는 수용주체의 즐거움을 충족시켜준다. 바르뜨는 대중문학 텍스트가 오랜 시간이 지난 후에도 살아남는 것은 어떤 사상이나 철학이 아니라 바로 구체적인 즐거움을 유발하는 세부적인 것의 반영에 있다고 보았다. 세태의 묘사, 풍속의 서사가 바로 대중문학의 생명력이라고 본 것이다.

『자유부인』이 일차적으로 독자의 관심을 끈 것은 당대의 문화적 조류를 반영하는 미국적 라이프 스타일과 소비문화를 텍스트의 전면에 배치하여 독자들의 즐거움을 유도하였기 때문이다. 이 작품에는 구체적인 문화 기호로 당대 정치적 문제를 이슈화할 수 있었던 국회의원 선거, 사회적 쟁점이 된 한글 간소화 파동, 경제적 동향을 살필 수 있는 계, 민주혁명의 제일보이자 문화인의 표상인 댄스, 상류층의 화려함을 보여주는 화장품이나 패션 등이 나열된다. 이러한 당대적 상징물들은 전후 아메리카니즘의 한 표현이자 현대성의 일면을 보여줌으로써 독자들에게 문화적 즐거움을 준다.[7]

그중 1950년대 불어 닥친 댄스 열풍은 미국문화의 급속한 유입에 따른 사회 문화적 충격과 가치관의 혼란을 상징하는 문화적 지표였다. '댄스 왕국'이라는 비아냥거림에 걸맞게 댄스는 사회전반에 만연하였지만 중간계층 이상만이 누릴 수 있는 고급 사교장이었다. 현대적 교양과 미국문화를 최일선에서 맛볼 수 있었던 댄스홀은 일반 독자들에게 욕망의 대상이 되었고 실제로 가 볼 수 없는 하층 독자들은 텍스트 속에서 그 감각적 기호를 맛볼 수 있게 된다.

엘 시 아이 ─ 오여사는 문안에 썩 들어서자, 너무나 화려한 눈앞의 광경에 정신을 차리기가 어렵도록 황홀하게 놀랐다. 저만치 악대 위에서 파도처럼 웅장한 음악이 유량하게 흘러나오는 것도 놀라운 일이거니와 삼십 평이 훨씬 넘을

---

7   김하태, 「한국에 있어서의 아메리카니즘」, 『사상계』 7월호, 사상계사, 1959.

듯 싶게 넓디 넓은 홀에서 호화찬란하게 차린 칠팔십 명의 남녀들이 제각기 짝을 지어 멋들어진 스텝을 밟고 돌아가는 것은 눈으로 보기만 해도 흥거웁기 짝이 없었다. 천정에서 휘황찬란하게 비치는 오색 전등은 문자 그대로 불야성을 이루었고 바깥은 상당히 추운 날씨건만 홀 안의 공기는 훈훈하고도 향기로왔다. 오색이 영롱하게 밝은 천정의 샹들리에! 정열적으로 흘러넘치는 유량한 멜로디! 음악과 함께 리드미컬한 스텝을 밟고 돌아가는 흥에 겨운 인어(人魚)의 무리들!

─『자유부인』 상, 186쪽

　인생의 쾌락과 정열의 발산이 난무하는 댄스파티의 광경은 이산(離散)과 실업(失業) 등으로 경제적, 정신적으로 고통 받던 당대 대중들에게 그야말로 환상적인 세계를 선보인다. 댄스홀에는 당대의 어두움이나 고통은 없고 반짝임과 화려함만이 있을 뿐이다. 더불어 댄스는 당대의 문화적 기표일 뿐 아니라 남녀 간의 은밀한 요구를 드러내는 수단으로 활용됨으로써 독자들의 성적 호기심을 충족시킨다. 이는 전쟁으로 인해 억눌려온 인간의 생리적인 욕구가 여성과 남성의 신체적 접촉을 가능하게 한 댄스를 통해 비정상적으로 표출되었음을 보여준다.

　독자는 텍스트의 문화적 기표들을 통해 자신들이 경험하지 못한 것에 대한 추체험을 하게 된다. 이러한 정보의 새로움은 독자들에게 사회 현실을 보다 알기 쉽게 설명해주는 기능을 수행함은 물론, 상류사회의 세부적인 묘사를 통해 호기심을 만족시키는 효과를 갖는다. 결국 독자들은 자신들의 생활과는 거리가 먼 소수의 혜택 받은 사람들만으로 이루어진, 상상만으로 그려보던 상류사회의 면모를 직접 목도하는 즐거움을 얻게 된다.

　수용자들의 일상생활에서 작용하는 즐거움은 미시적 즐거움이다. 그것은 의미를 생산하는 쾌락이며 이때 의미는 기능성을 가진다. 기능성은 의미들이 일상생활을 이해하는데 사용될 수 있을 뿐만 아니라 또한 일상생활 속에서 이루어지는 개인의 내면적 혹은 외적 행동들을 변화시키는데도 사용된다. 다시 말해서 독자가 하나의 텍스트를 바탕으로 만들어내는 의미는 그것이 독자 개인의 의미이고, 또 나의 일상생활과 직접적으로 연결되어 있다고 나 자신이 느낄 때 비로소 쾌락일 수 있다는 것이다.

상류사회에 대한 '엿보기'의 즐거움은 서술자가 계몽적 목소리로 그들의 행태를 풍자함으로써 이중의 즐거움을 유발한다. 화자는 먹고 살기에 걱정이 없는 지극히 유한(有閒)한 마담들이 하루해가 지도록 할 일이 없으니 정체불명의 사교회를 만드는 것은 당연한 일이요, 그나마 집안에서 있을 때는 가정부인이지만 내일이면 곧 매소부로 전락할 것이라는 말을 통해 그들의 타락을 고발하고 공격한다. 독자들은 상류사회의 문화를 실제로 경험할 수 없는 심리적 박탈감을 화자의 냉소적인 서술을 통해 보상받게 된다.

더불어 계, 비리, 협잡 등의 전후 사회의 혼란상을 상류층의 타락상으로 보여줌으로써 심미주체는 서사주체보다 도덕적으로 우월한 위치에 놓이게 된다. 그것도 단순히 부를 축적하여 사회 고위층이 된 계급이 아닌, 지성과 문화, 정치와 경제의 중심 계층의 타락을 다루었다는 점에서 상대적 우월감은 높아진다. 서사주체가 자신의 사회적 지위를 무시하고 개인적 욕망에 따라 행동할 때 그들의 행동은 심미주체에게 부정적 자극을 유발한다. 그러므로 심미주체는 국회의원을 어릿광대로, 경제인을 사바사바 사장 등으로 비웃을 수 있게 된다.

현실에서 결코 놀림의 대상이 될 수 없는 지배계층을 순간적이나마 유희적으로 바로 보는 여유를 가질 수 있게 하는 서사방식이 '권위 깎아 내리기'[8]이다. 선거운동에 혈안이 되어 있는 오병헌 국회의원, 선거 자금을 만들기 위해 계를 조직하였다는 그의 부인, 밤 외출을 하려고 아이들에게 만화책을 선사하는 오선영, 하얀 종아리에 반해 타이피스트를 연모하는 장태연 교수, 돈으로 졸업장을 사는 대학생, 사내기생을 필요로 하는 유한마담 등은 적극적인 조롱의 대상이 된다.

---

8   김창식, 「신문소설의 대중성과 즐거움의 정체」, 『오늘의 문예비평』, 산지니, 1997, 112쪽.

상류사회 엿보기를 통한 호기심 충족과 '권위 깎아 내리기'의 즐거움은 독자들의 심리적 수혜를 입고 있는 오선영과 모든 정보를 통제하고 있는 서술자에 의해 이루어진다. 그러므로 텍스트는 오선영의 서사와 서술자의 목소리로 교직됨으로써 심미주체에게 이중적 반응을 이끌어 낸다. 서사 내부적으로 발생하는 두 개의 목소리는 심미주체에게 인간적 욕망 충족이라는 개인적 당위과 전통의 재건과 국민의 통합이라는 집단적 당위간의 투쟁을 보여준다. 하나의 텍스트 속에서 발화되는 두 개의 목소리는 수용자에게 '공모적 즐거움(Complicit pleasure)'을 유발한다.

'공모적 즐거움'은 즐거움과 지배 이데올로기, 즐거움과 권력이 어떻게 상호 접합되어 '동의'를 구축해내는지를 보여준다. 머서(Mercer)는 주어진 문화적 형태 속에서 즐거움과 권력의 관계는 직접적인 접촉의 점, 멀리 떨어진 분리점, 다양한 접근성을 가진 이중의 나선형과 유사하다고 보았다. 공간적인 은유법을 써서 말하자면 설득, 저항, 타협의 지점을 갖는다는 것이다. 이것은 또한 권력과 즐거움 간의 강력한 관계가 동의와 수용 속에서 생성 포착되는 능동적 과정을 말한다.[9] 결국 공모적 즐거움은 사회문화적 지배 이데올로기의 수용을 통해 얻어지는 안정적이고 규범화된 즐거움으로서 보편적 상식에 대한 확인이라 할 수 있다.

심미주체는 두 아이의 어머니로서 가정을 잘 지켜오던 오선영이 어느 날 갑자기 가정의 테두리를 벗어나 물불을 가리지 않고 전락하는 모습을 보고 한편으로는 심한 거부감을 느끼지만 다른 한편으로는 지금까지 자신들이 믿고 따르던 현모양처의 여성상이 실상은 가부장제 이데올로기의 산물이었음에, 잊고 있었던 자신들의 새로운 가치에 대해 재조명하게 된다.

독자들은 능동적 독서를 통해 가부장제도의 가치들과 대립되는 여성의 가치를 발견한다. 오선영을 통해 발견된 여성의 새로운 가치는 사회적 존재로서의 정체성이다. 이러한 가치들은 보다 정치적인 성격을 띠는 권

---

[9]   박명진, 앞의 글, 82쪽.

력적인 가부장제도의 가치들보다 도덕적으로나 사회적으로 우월하게 느껴진다.

종속적인 가부장제 가치들에 엇나가는 오선영은 자신의 욕망을 마음껏 실현한다. 이러한 이유로 오히려 긍정적 인물인 장태연은 죽은 인물로, 부정적 인물인 오선영은 살아 움직이는 입체적 인물로 형상화된다. 그녀는 욕망의 충동에 따라 자연스럽게 움직이면서 갈등을 느끼고 그 갈등의 결과에 의해 좌우되는 인물이다. 육체적 욕망을 자연스럽게 노출시키는 오선영의 발언은 자신의 섹슈얼리티를 노출할 수 없었던 당대 여성 독자들의 사회적 창구 역할을 하면서 그녀들의 억눌린 불만을 발산하게 한다. 이렇게 자신의 욕망을 발설하고 추구하는 오선영의 서사는 심미주체에게 하나의 롤 모델로 제시된다.

하지만 오선영의 개인적 욕망 충족은 사회의 집단적 가치와 조화되지 못한다. 오히려 위배되거나 위협한다. 그러므로 여성의 웃음은 연막작전을 피기 위한 오징어 먹물로, 아내를 한번 날뛰기 시작하면 미처 걷잡을 수 없는 범의 새끼로 비유하면서 신랄한 풍자를 가한다. 서술자는 독자들에게 자유부인들의 잘못된 행태에 대해 질문을 던지자마자 자신이 바로 논평함으로써 문답식 서술을 반복한다. 대개의 일반적 수용자들은 집단적 당위를 대변하는 서술자의 목소리에 수긍하게 된다.[10]

서사주체의 풍자에 대한 심미주체의 저항효과란 집단적 가치나 지배

---

10 만천하의 사모님들이시어! 삼가 묻노니, 사모님들은 목전의 부질없는 체면을 유지하기 위하여 남편의 직무에 부당한 간섭을 하신 일은 없으시나이까. 부귀와 영화를 자랑하고 싶은 철없는 허영에서 고급 공용차로 거리를 횡행하시는 일은 없으시나이까. 자유부인도 좋고, 여남동권도 무방하다. 거세(擧世)가 민주세상이라면 남편인들 아내의 자유와 권리를 어찌 부인할 수 있으리오. 진시황이 환생을 했다 한들 여남동권의 시대 사조만은 만리장성으로도 막아 낼 길이 없었으리라. 그러나 여남동권 시대라고 해서 아내의 이름으로 남편의 직무 영역을 침범해서는 안 될 일이다. 민주 사상이란 나의 영역을 존중하는 동시에 남의 영역을 절대로 침범해서는 안 된다는 사상인 것이다. 이 문제만은 진정한 민주발전을 위하여 자유 부인들이 깊이 인식해야 할 시대적 과제의 하나인 것이다. (『자유부인』 상, 225쪽)

이데올로기에 대한 저항이 아니라 타락한, 허영에 들뜬 서사주체에 대한 저항의 의미를 갖는다. 이는 가치 하향적인 서사주체의 행위에 대해 부정적 거리두기를 통해 그들의 욕망실현과 전통의 위배에 대한 저항인 것이다. 이때 저항이란 사회체제를 비판하기 위한 정치적이거나 혁명적인 의미를 지니고 있지는 않다.

일반적으로 대중소설에서 저항의 의미란 지배이념에 의해 제시되는 사회적 정체성이나 사회적 통제를 거부하는 행위를 의미한다. 이념의 거부, 의미나 통제에 대한 거부는 그 자체로서는 지배적인 사회체제에 정면 도전하는 것으로 볼 수 없지만 통합에 저항하고 직접적인 사회적 도전에도 필수적인 사회적 차이의 감각을 유지하고 강화시키는 역할을 수행한다. 하지만 『자유부인』에서는 대중소설의 지배 이데올로기에 대한 저항이 반대로 그 지배 이데올로기에 저항하는 서사주체에게 심미주체가 저항하는 모순을 드러낸다. 이중의 역설을 통해 지배 이데올로기는 대중들과 공모하게 된다. 열정적 사랑을 추구하는 자유부인 내부에서 발생하는 양가성, 더불어 그들을 바라보는 심미주체의 이중적 시선, 몇 겹의 역설로 둘러싸여 있는 것이 『자유부인』이다.

서사주체와 심미주체의 내부적 이중성은 기실 당대 지배 이데올로기의 양면성에서 비롯되었다. 1950년대는 식민지 해방과 함께 뒤이은 한국전쟁으로 가치관의 혼란은 물론 의식의 공백상태로 다음 세기를 살아가야할 국민들에게 새로운 비전으로서 '현재적 주체'의 정립은 필수적이었다. 이러한 상황에서 '피로 맺은 우방' 즉 혈맹으로 다져진 한국인의 미국관은 다분히 우호적이고 긍정적일 수밖에 없다. 하지만 '해방의 은인', '자유민주주의 수호자'인 체제로서의 미국과 물질적 미국 문화를 받아들이는데 있어서는 양가적 반응이 뒤따른다. 미국을 동경하고 이상화하였으며 미국적 생활양식과 가치관을 피상적으로 모방하려고 하였으나 우리의 생활관습과의 차이에서 빚어지는 전환기적 혼란에 대한 두려움이 모순적으로 드러난다.[11]

정치적 민주주의와 경제적 자유주의는 남한 정부가 공식적으로 표방하는 이념 노선이었지만 이승만의 일민주의(一民主義)가 일관되게 강조한 것 중의 하나가 '물질과 정신의 일치'이다. 이는 결국 개인주의와 자본주의에 반대함은 물론 자본주의와 공산주의 모두에 공통된다는 물질주의까지를 배척하는 이념의 형태로 나타나게 된다. 실제로 이승만은 '사익, 계급, 개인, 경쟁과 같은 근대 자유주의와 자본주의 이념'에 매우 적대적이었고 스스로 '국부'로 불리우길 원했던 데서 알 수 있듯이 강한 유교적 가부장제에 대한 지향을 숨김없이 드러내었다. 이승만의 일민주의는 가족 유기체론과 도의, 윤리론을 주장함으로써 유교와의 친화성을 공공연히 표방하기도 하였다.[12]

전통과 가부장에 대한 강한 회귀본능을 드러내는 지배 이데올로기에 경박한 아메리카니즘은 경계의 대상이자 타도의 슬로건이 되었다. 그러므로 『자유부인』의 메커니즘은 전통의 열렬한 욕망으로 환원된다.

2. 교양적 즐거움(Cultural pleasure)과 속물적 처세의 비판(批判) 효과

1950년대 신문 연재소설의 인물들은 대부분이 학력이 높고 사회적 지위가 안정되어 있는 상류층의 인물들이다. 이는 대중의 계층 상승 욕구의 반영이자 물질적 기반이 높은 서사주체의 가치 하향적 행위를 통해 심미주체에게 오락적 즐거움과 도피적 위안을 주기 위함이다.

강석운의 아버지 강학선 교수는 윤리학자로 해방 후 K대학 문리과 학장을 거쳐 6·25를 전후하여 사년 동안이나 총장의 자리에 있었다. 한국 윤

---

11   임의섭 외, 『한국인의 대미인식』, 민음사, 1994.
12   박명림, 「1950년대 한국의 민주주의와 권위주의」, 『1950년대 남북한의 선택과 굴절』, 역사문제연구소, 1998, 109쪽.

리학계의 대가로 현재 소일로 몇 군데 강의를 하고 있다. 강석운은 일본 W대학 출신으로 유명 소설가이고 그의 아내 김옥영도 전문대학을 졸업한 재원으로 소설가인 남편을 도와 원고를 교정하는 등 전문가다운 안목을 갖고 있다.

고영림의 아버지 고종국은 일제시대 경성제대 법과를 나와 '애국도 하고 정치도 하고 여러 가지 직업도 바꾸어 보았으나 가장 실속있는 것은 황금의 감투임을' 아는 금력(金力)의 소유자이다. 고영해는 사회과학을 전공한 전문학교 출신으로 학교에서 4, 5년간 교편을 잡은 경험도 있으며 현재는 아버지가 운영하는 양조회사의 전무로 있다. 고영림은 M대학 영문과 4년생이다. 자신이 옳다고 생각하는 일엔 거침없이 당당하고 그 행동성에는 현대적 교양과 지성이 밑바탕 되어 있다. 고영림이 흔한 아프레의 전형으로 떨어지지 않는 것은 현대적 교양과 지성을 발판으로 하고 있기 때문이며 그로 인해 올바르게 인생을 고민할 줄 알기 때문이다.

강석운과 고영림의 집안은 서로 다른 관념적 속성을 드러내지만 학력을 바탕으로 지성과 교양을 갖추고 있다는 점에서 볼 때 상류층에 속하는 지성인들이다. 결국 강석운과 고영림의 만남은 배경은 서로 다르지만 계층적 동질감을 바탕으로 현대적 지성과 교양이 있기에 독자들에게 우아한 연애소설처럼 읽히게 된다.

강석운과 고영림의 연애서사에는 철학이 있다. 애정의 자세와 중량에 대한 성찰, 자아의 내면을 들여다보며 사랑의 질량을 측정, 강렬한 열정의 연소(燃燒)와 냉각(冷覺), 온갖 자극과 뚜렷한 개성에서 발산되는 정신적 감동. 서사주체들의 연애에 대한 치열한 자기 고민과 갈등은 수용주체에게 현대적 지성과 '교양적 즐거움'을 체험케 한다.

독일의 영문학자 디트리히 슈바니츠(Dietrich Schwanitz)는 『교양』이라는 책을 내면서 교양(敎養)이란 '사람이 알아야 할 모든 것'이라는 부제를 달아놓았다.[13] 그만큼 교양의 의미는 포괄적이며 말 그대로 인간이 사회생활을 영위하는데 인간으로서 '알아야 하는 모든 것'이다. 교양 개념은 독일어 'Bildung', 영어 'Culture'의 일본어 번역어인데 일본어 사전에 의하면 교양은 "일정한 문화이상을 체득하여 이를 통해 체화된 창조적인 이해력이나 지식"을 의미한다. 그러므로 교양에는 'Cultivation(문명화·매너화·문화화·훈육)'과 'Development(개발·계발·발전)'의 의미가 함의된다.[14]

　교양은 단순히 지식 체계가 아니라 인간의 오성을 관통하는 지식이며, 삶의 양식이다. 교양은 미적인 힘과 내적인 힘의 균형을 추구하는 것을 본질로 하며 그것을 인간생활에 유익하게 사용하는데 의의가 있다. 일반적으로 대중들이 손쉽게 교양을 접하고 그것으로 통하는 길은 책읽기에서 이다.[15] 특히 대중소설은 문화화된 교양을 통해 독자들을 자극하고 지식화된 교양을 서사로 풀어냄으로써 교양적 즐거움을 선사한다. 이러한 이유로 서사주체의 교양은 수용주체의 라이프스타일에 일정한 매너로 받아들여 질 수 있다.

　천정환은 1950년대 후반부터 교양이 문화의 핵심어로 떠올랐다고 주장했다. 당대에는 교양이란 무엇인가, 교양은 왜 필요한가라는 근원적인 질문보다는 그것을 어떻게 습득하고 체화할 것인가에 대한 방법적 문제에 관심이 집중되었다고 한다. 대중소설은 대중독자가 문화와 지식 교양을 최대한 체험하고 향유할 수 있는 경험지로 독자들은 기호화된 문화의 기표들을 따라 교양을 소비하고 새로운 교양을 창출하게 된다. 그러므로 교양의 개념에는 문제적 개인이 구체적인 사회 현실과 화해하기 위한 매개적 요소가 잠재해 있다.

　수용주체가 서사주체의 행위를 통해 얻게 되는 교양적 즐거움이란 '자기 향상의 동기(the self-improvement motive)'에 복무한다.[16] 책을 읽는다는 행위는 어느 무엇보다 주체적인 행위이며 이는 궁극적으로 자아의 회복과

13　디트리히 슈바니츠, 인성기 외역, 『교양』, 들녘, 2001.
14　천정환, 「처세·교양·실존―1960년대의 '자기계발과 문학문화」, 『민족문학사연구』, 민족문학사연구소, 2009.
15　서은주, 「1950년대 대학과 교양 독자」, 『현대문학의 연구』 40, 한국문학연구학회, 2010.
16　프랑크 루터 모트, 이임자 편역, 『베스트셀러의 진실』, 경인문화사, 1998, 95쪽.

진보를 향한 욕망을 내재하고 있기 때문이다.

작품에 등장하는 대부분의 서사주체들이 교양적으로 느껴지는 것은 그들의 언변에 일정 정도 이상의 지식체계가 바탕 되어 있기 때문이다. 서사주체들은 자신들의 신념을 강변하기 위해 지식과 이론을 도모한다. 강교수의 인간 이상론(理想論)이라든지, 인류의사, 강석운의 청춘부재래(靑春不再來), 김옥영의 애정론(愛情論), 고영림의 인간 가치체(價值體), 고영해와 이애리의 현대적 합리성(合理性) 등은 철저한 논리와 사회과학적 이론으로 무장되어 있으며, 독자들은 이를 하나의 지식으로 받아들여 자신들의 교양미를 높일 수 있다. 그러므로 교양적 즐거움은 일종의 계몽적 즐거움이다.

옥영을 버리고 영림을 구하는 강석운의 바람은 일시적인 외도라기보다는 진실한 사랑 찾기, 열정에 휩싸인 생명의 불가항력적인 상태로 그려진다. 이 작품이 일탈된 불륜, 추잡한 스캔들로 전락하지 않는 것은 연애의 감각성이 신체화 되지 않고 언어화 되어 독자에게 전달되기 때문이다. 이 작품의 클라이맥스로 지적될 수 있는 강석운과 고영림의 육체적 교섭 장면은 "세속적인 온갖 것을 포기함으로써 얻어진 두 줄기의 교차된 정열 속에서 한 쌍의 불나비는 이미 침대를 두려워하지 않았다"(『실락원의 별』하, 151쪽)라는 언술을 통해 확인 될 뿐이다. 감각과 생리는 지성과 교양으로 덧칠된 언어를 통해 하나의 필터를 더 거치게 되고 교양이라는 필터를 거친 욕망은 이들의 연애서사를 인간적인 신뢰와 애정에서 오는 정열로, 자신의 가치를 알아주는 이에 대한 인간적 동지애로 이상화시킨다.

이 작품이 1950년대의 다른 대중연애서사와 변별되며 '철학이 있는 엽색(獵色)'으로 대중독자들에게 폭발적인 인기를 얻은 것은 기존의 천편일률적인 아프레 걸이나 전후파들과 변별되는 '고영림'이라는 인물 때문이다. 독자들은 고영림의 모습에서 현대적 감각과 교양을 발견한다. 지성과 교양은 수용주체로 하여금 자기반성의 긴장감을 유발한다. 영림이 석운과 결별한 이후에도 타락이나 일탈하지 않음으로써 독자들에게 교양적 자의식을 선물한다. 1950년대 수용주체들은 교양이 함의하는 화려한 세계성을 통해 전문적 지식과 이론을 습득하고 그것을 현실의 태도나 매너에 적용함으로써 실용주의적 입장을 갖는다.

하지만 이러한 지식과 삶의 태도로서의 교양은 처세(處世)가 거느린 부정적 속물성의 악취를 희석, 중화시키기도 한다. 그러므로 교양은 세속주의와 반세속주의 사이를 진동하는 것이다. 독자들은 교양과 지성으로 포장된 속물적 서사주체에 반감을 표시하고 이들을 비판한다. 선물의 포장이 아름다울수록 위선은 돋보인다.

앞서 살핀바 대로 강석운과 고영림은 생리와 윤리의 투쟁 속에서 자기애에 함몰된 서사주체들이다. 이들은 지성과 교양이라는 논리를 바탕으로 자신의 행동을 정당화하지만 자신이 극도로 혐오했던 기성세대의 행동을 스스로 반복함으로써 위선을 드러내고 수용주체의 비판을 받게 된다.

강석운은 우연히 길거리에서 아내를 보게 된다. 집안일을 핑계로 자신과의 점심 약속을 거절한 아내가 고급 요릿집으로 들어가는 것을 보고 남편으로서의 심한 모욕감과 함께 자신의 가정은 이미 산산조각 났음을 느낀다. 아내를 미행하여 쫓아 들어간 요릿집에서 아내가 시부모를 만나는 것을 알게 된 석운은 크게 가슴을 쓸어내리며 지금까지 관념적으로만 상상해온 무서운 감정을 실제로 체험하게 된다. 세상은 방탕하고 난봉 난 남편을 둔 아내의 괴로운 감정을 참을 수 있는 마음고생쯤으로만 여겼지만 실제로 괴로운 감정을 잠시 동안 느낀 석운은 이것이 얼마나 비참하고 처참한 마음인지를 깨닫는다. 오늘 일을 계기로 약자로서의 아내의 입장을 이해하고 앞으로 더욱더 아내를 사랑할 것을 다짐한다.

고영림 또한 일찍부터 패덕의 아버지와 오빠로 인해 심한 마음고생과 뒷방 늙은이로 전락한 어머니를 보고 자신의 정체성을 키워 나갔다. 젊은 육체를 탐하는 고부자(父子)는 패덕의 종자들이며 위악의 무리들이었다. 영림은 짐승과도 같은 아버지와 오빠의 삶을 비난하고 자신은 결코 그와 같은 삶을 살지 않을 것을 다짐한다.

하지만 강석운과 고영림은 자신들 스스로 부정했던 그 삶을 똑같이 살아낸다. 다만 이들의 사랑에는 단순한 생리를 넘어서는 영육의 연소라는 참연애의 논리가 포장될 뿐이다. 아내의 입장을 이해하고 아내를 위하자는 다짐은 반대로 아내에게 상처받은 인격과 굴욕적인 감정을 선물하고, 자신의 딸만큼은 오롯이 건강하고 온전히 연애하여 행복한 결혼생활을 영위하길 바랐던 어머니와 올케에게는 배신감을 부여한다. 그들의 지성과 교양은 심미주체에게 배움과 성찰의 긍정적 효과를 부여한 반면 반대로 그와 똑같은 이유로 포장된 이들의 위선은 비판과 감계의 대상이 되는 것이다.

고종국, 고영해, 이애리는 속물적 처세를 교양과 지성의 감투로 위장하여 수용주체의 비판의 대상이 된다. 고종국 사장은 '싱싱한 과일을 연상시키는 새파란 젊은 여자들을 볼 적마다' 자신의 전재산과 바꾸어 볼 생각도 하고 인생의 마지막 한 토막을 화려한 정열로 불태워 보고 싶었다. 그는 스스로 자신의 속물적 삶의 태세를 방종으로 생각지 않고 윤리의 자로 재단할 수 없는 생명력의 절규라고 피력한다.

고영해는 아버지의 피를 그대로 물려받은 인물로 그 또한 한 사람의 미모를 붙들고 평생을 살아갈 인물이 아니었다. 그는 생리적 욕구를 거부하는 이들에게 달콤한 지성과 교양의 말을 포장하여 설득한다. 고영해와 이애리가 자신의 속물적 생태를 포장하는 이론은 현대적 애정의 합리성이다.[17] 고영해는 육체적, 경제적, 사회적으로 약자인 여성이 완력, 금력, 권력에 대해 동경하는 것은 당연한 이치이며 이러한 욕망을 실천에 옮기는 것이야 말로 진정한 애정의 합리성이라며 이애리의 일탈을 부추긴다. 이에 이애리도 인간 자체에 정열을 느끼기보다는 물질과 권위에 대해 더욱

---

[17]   고영해의 논리에 의하면 애정에는 두 가지 속성이 있다. 순수성과 합리성이 그것이다. 애정이 순수할 수 있던 때는 생존경쟁이 극심하지 않은 과거의 일이다. 그때는 애정의 합리성이 불순하다고 거부되었는데 오늘날처럼 생존경쟁이 극심한 때에는 삼부의 순수성과 칠부의 합리성이 적합하다는 것이다.

정열을 느낀다고 말함으로써 고영해와 완벽한 생활철학의 일치를 보인다.

고영해는 자신의 취미인 생물학과 전공인 사회학을 결합하여 '현대적 애정의 합리성'이라는 지식을 창조한다. 하지만 고영해에 의해 창의된 애정의 합리성이나 고종국의 건강한 생명력의 절규라는 논리는 자신들의 속물적 처세를 교양과 지식으로 포장한 것에 지나지 않으며 이는 수용주체로 하여금 비아냥의 대상이 되면서 지탄을 받게 된다.

3. 육체적 즐거움(Jouissance)과 혐오적 존재의 폄시(貶視) 효과

앞서 서술한 바와 같이 바르뜨는 텍스트의 해독에서 수용자가 얻는 즐거움을 플래지르(Plaisir, Pleasure)와 쥬이상스(Jouissance, Bliss)로 구분하였다.[18] 플래지르(Plaisir)가 안락한 느낌의 행복감으로 수용자를 만족시키는 사회·문화적 즐거움이라면 쥬이상스(Jouissance)는 독자들의 문화 심리적 기반을 흔들어 놓을 만큼 강력하고 황홀한 자기 상실의 경지를 유발하는 육체적 즐거움이다.[19] 두 개념의 결정적 차이는 수용자의 심미체험의 강도에 따른 것이다.

불어의 쥬이상스(Jouissance)가 영어의 'Bliss', 'Ecstasy', 'Orgasm' 등으로 번역되는 것을 볼 때 쥬이상스는 성적 오르가즘처럼 압도적인 육체적 즐거움을 뜻하며 이러한 이유로 인간의 원초적 감각에 의지하는 자연적 즐거움이다. 반면 수용자의 취향, 가치, 기억 등의 심리적 기반을 타격하고 현실적 삶의 의미로부터 도피하여 발생한다는 점에서 회피의 즐거움을

---

18   롤랑 바르뜨, 앞의 책.
19   쥬이상스(Jouissance)는 일반적으로 희열, 향락, 향유, 절대쾌(絶對快) 등으로 번역되는데 최근에는 '향유'로 번역이 통일되고 있다. 본고는 브루스 핑크의 논의에 따라 '쥬이상스'라는 원어를 그대로 쓰되 번역어로 '향유'를 사용한다.

집약한다.

쥬이상스와 같은 강렬한 강도의 즐거움이 텍스트의 경험으로부터 쉽게 발생할 수 있는 것은 아니기에 쥬이상스는 특정상황적(context-specific)이다. 상이한 텍스트나 시간 속에서 동일한 독자일지라도 같은 경험을 할 수 없을 수도 있다. 쥬이상스는 텍스트의 질을 따지는 것이 아니며 분석으로 증명될 수도 없으므로 수용자로 대변되는 분석자의 읽기를 통해 독자의 물리적 감각을 예측할 뿐이다. 쥬이상스는 텍스트와 독자가 에로틱하게 만나 자신들의 분리된 본질을 잃을 때 독서하는 순간의 독자들의 육체에서 나타난다. 그것은 의미나 억제를 허용하지 않는 새로운 것이 독자들의 것으로 순간적으로 육체에서 생산되는 것을 의미한다. 그러므로 바르뜨는 쥬이상스를 '육체를 통해 읽기'라고 명명하였으며, 이때의 텍스트는 개념적이거나 이데올로기적 함축적인 기의가 아닌 물리적 기표가 된다.

쥬이상스와 같은 강렬한 강도의 즐거움은 텍스트의 물리적 기호(이국적 배경, '차일드·우먼'이라는 육체적 명명법(命名法), 청춘남녀의 끈적한 접촉, 그로 인한 황홀한 감각)에 의해 촉발되는데 공미주의 탐색 여행은 수용자들의 육체적 즐거움에 강력히 복무한다. '차일드·우먼' 공미주는 어리디 어린 소녀(girl)의 얼굴에 놀랄 만큼 발달한 육체미를 지닌 여성(woman)이다. 이러한 '걸·우먼'의 깍쟁이 같은 행동과 대담성, 여기에 여배우라는 직업[20]은 앞으로 전개될 서사에 대한 수용주체의 호기심과 육체적 긴장을 유발시킨다.

미주의 육체적 노출과 공세는 주로 영화배우로 자신을 인정하지 않는 최감독, 매력적인 여성으로 자신을 보아주지 않는 최감독에게 집중된다.

---

[20] 서사의 곳곳에 노출되는 등장인물의 발언을 통해 당대의 여배우에 대한 시선과 인식을 확인할 수 있다. 공창수는 얼굴만 반반하게 생기면 손쉽게 영화배우가 되는 요즘 세상에 자신의 딸만큼 여배우에 적합한 인물이 어디 있느냐며 최감독을 닦달한다. 또한 손춘호는 "여배우로 출세하려면 우선 감독의 밥이 돼야 한다는데. 감독에게 찍어 먹혀야. 영화배우란게 뭐 다 그만하면 알쪼지! 태를 부리구 앙큼스럽게 놀거야?"라고 미주를 위협하고 겁탈하려 한다. 이를 통해 볼 때 당대의 여배우란 직업적이고 전문적인 예술인이라는 인식보다는 전시되고 교환되는 '화류계 여성'의 전형처럼 인식되었음을 알 수 있다.

이는 사랑하는 남녀의 상호교류적인 애정의 교환이 아니라 한 편의 오기와 집착으로 똘똘 뭉친 관능적 유혹의 성격이 강하기 때문에 다분히 퇴폐적이다.

자신의 목적을 달성하기 위한 어린 소녀의 대담한 포옹과 접촉, 반대로 무르익을 대로 익은 장성한 육체의 촉감, 촉촉한 빗속에서 육박해 조여드는 전신(全身)은 수용자의 육체에 감각적 울림과 기대감을 유발하고 성적 흥분을 고조시킨다. 열거되는 신체의 조직과 서사주체의 직접적 감정 노출은 독자들의 관음증(voyeurism)적 욕구를 자극하고 관능성을 표출한다. 고조된 성적 긴장과 분위기 속에서 독자들은 한편으로는 육체적 공세에 무너지는 최감독을 원하지만 반대로 가치 하향적 존재에 대적하여 자신의 자존심과 정의를 지키는 최감독의 승리를 기원하는 양가적 감정을 경험하게 된다. 비 내리는 캄캄한 밤, 거절한 불의(不義)에 분노하는 추격자, 어여쁘고 관능적인 여성의 미행과 육체적 공세, 그리고 용기 있는 거절과 과감한 응대는 한 편의 영화를 보는 것같이 스펙터클하게 독자들을 긴장시킨다.

자신의 전체를 내어 던져 유혹했으나 사랑하는 대상으로부터의 내쳐짐은 서사주체에게 어깃장을 유발하고 실패한 사랑에 대한 보복심리로 더욱더 대담한 애정행각을 벌인다. 하지만 그녀의 과감한 육체성의 발현과 애정행각은 자신의 정조에 대한 심각한 위협을 발생시키고 작품 전체를 통틀어 독자들에게 가장 극적인 긴강감과 쥬이상스를 유발하게 한다.

공미주는 부산에 내려와 서울에서의 사건을 잊기 위해 더욱더 즐겁고 향락적인 시간을 즐긴다. 상처받은 자존심을 회복하기 위해 공주처럼 받드는 사람들 속에서 자신을 잃어버리고 유혹에 취한다. 그러던 중 손춘호는 미주의 육체를 제 것으로 만들기 위해 야수와 같이 덤벼든다. 육박해 들어오는 손춘호와 이에 극렬하게 거부하고 저항하는 공미주의 육탄전이야 말로 서사에서 가장 큰 극적 긴장감을 유발하며 수용자들에게 성적인 즐거움을 부여한다.

뺏고 빼앗으려는 싸움, 찢겨지는 옷 사이로 노출되는 신체, 가빠지는 숨소리 등 열거되는 육체의 물리적인 기표들 사이에서 독자들은 제트 열차 같은 것을 탈 때나 영화 스크린의 자동차 추격전 같은 것을 관람할 때 뱃속 깊은 곳에서 느낄 수 있는 쾌락(快樂)의 감정을 향유하게 된다. 사랑하는 연인들 간의 승인된 결합이나 행복한 화합이 아니라 극렬한 거부와 폭력적 갈취로 이어지는 육체적 격투는 서사주체의 육체적 흥분과 긴장을 수용주체의 육체 안으로 전이시키고 독자들을 육체가 생산하는 즐거움으로 인도한다. 이러한 요소들은 서사체로부터 독립되어 서사체가 주체성에 작용하는 방식과는 별개의 성격의 즐거움을 생산할 수 있다. 따라서 이것은 서사체의 잘잘못이나 긍정과 부정, 선과 악의 의미와 관련되지 않는 즐거움으로 현실적 이해관계를 넘어서 있다. 자극적이고 선정적인 장면 묘사, 서사주체의 격렬한 싸움에 대비되는 서술속도의 지연은 모두 독자들의 성적 흥분과 흥미를 배가시킨다.

공미주와 손춘호의 목숨을 내어 건 성적인 싸움은 공미주의 격렬한 저항으로 일단락되지만 뒤이어 손춘호와 최명훈의 격투신이 연결되면서 남녀 간의 육탄적 선정성은 남성 간의 폭력적 야만성으로 치환되어 독자들의 육체적 즐거움을 연장시킨다. 이 소설은 유독 남성 간의 격투라는 에피소드가 많이 등장하는데,[21] 공미주를 중심으로 한 남녀 간의 성적인 애정행각이 수용자들의 육체적 즐거움에 봉사한다면, 남성들의 폭력적인 싸움은 원시적이고 야만적 즐거움을 통해 수용자들의 즐거움을 유발한다.

남성 대 남성의 처절한 싸움이 시작된 것이다. 멱살과 멱살이 대결하고 주먹과 주먹이 맞부딪치고. 넓은 방이 삽시간에 수라장으로 변했다. 벌써 손춘호의

---

[21] 해풍장 여관에서 손춘호와 최명훈의 격투신 외에도 부산 남포동의 캬바레 코스모포리탄에서 영화 관계자들과 손춘호 일당의 싸움, 종로 삐어홀 미인장에서 최감독과 황룡과의 격투 등 다양한 싸움과 폭력적인 장면이 삽입되어 있다. 작가 김광주가 이처럼 남성 간의 싸움이나 결투, 폭력적인 표현에 능란한 것은 1960년대에 접어들면서 그가 무협소설을 번안, 집필하여 큰 반향을 불러일으킨 사실과 밀접한 관련이 있다.

코에서는 피가 튀기 시작했다. 그 피가 최감독의 노오타이에 어지러운 무늬를 만들고 뿌려진다. 피! 피! 피! 구경을 하는 사람도 없는 치열한 싸움이 백풍의 기세 속에서 그 처절한 도를 더해만갔다. 숨어있던 손춘호의 친구들이 합세해 3대 1의 싸움이 이어지고 결국 손춘호의 친구들이 최감독의 머리를 맥주병으로 후려갈겨 기절시키고 도망친다. 최감독의 바른편 손은 본능적으로 머리 뒷통수로 돌아갔다. 선뜻하고 손에 스치는 피의 감촉.

-『흑백』87, 1959.7.19

천둥번개가 치며 비바람이 부는 한밤중에 의자를 던지고 유리창이 깨지는 등 아수라장의 싸움은 폭력이 독자들에게 공포의 감정을 유발하는 동시에 힘과 힘의 대결, 피로 인해 발생하는 야만적 흥취를 통해 독자들에게 다원적인 즐거움을 유발한다.

텍스트의 서사주체가 유발하는 육체적 즐거움은 해독의 순간에 해독자와의 얽힘 속에서 발생하는 것이기 때문에 육체적 선정성과 야만성은 발생의 순간 서사적 상황에 대한 수용주체의 감정적 몰입도를 높이지만 그렇다고 해서 수용주체가 서사주체의 행위에 전적으로 동의를 구축하거나 감정이입을 하는 것은 아니다. 이는 공미주를 위시한 핵심적 서사주체들이 수용주체와 심리적 거리감을 유발하는 가치 하향적인 혐오적 존재임을 통해서 알 수 있다. 작품의 제목『흑백』이 의미하는 바는 인물의 존재론적 가치를 대변한다. 흑(黑)의 인물들과 백(白)의 인물들. 즉 악(惡)의 인물들과 대립하는 선(善)의 인물들 간의 싸움. 이것이 이 작품의 제재이자 주제이다.

공미주를 위시한 공창수 일가는 '흑'의 인물군을 대변하는 혐오적 존재들이다. 이십 세 전후를 악의 도시 상해에서 자란 공창수는 해방 후 부산으로 흘러 들어와 무질서를 틈타 시계, 라이타, '산토닝' 등을 밀수해 백억대의 갑부가 되었다. 보수선생이나 빨강딱지 선생이라는 별명에 어울리게 돈을 물 쓰듯 하며 언제나 검정 선글라스에 어설픈 영어를 주워 넘기는 곰 같은 사나이이다. 공부인은 어려운 시절 자신의 정조를 고관에게 팔아넘겨 남편의 금력과 권력을 위해 희생한 인물이다. 이를 빌미로 온갖 사치와 불륜을 일삼고 최근에는 육체가 명령하는 대로 향락의 도가니 속에 빠져 사는 인물이다. 이렇듯 뒤숭숭하고 어지러운 가정 속에서 한 개화병의 꽃처럼, 장난감처럼, 노리개처럼 자라난 것이 미주이다.

가족이라는 허울 좋은 누더기를 쓴 이름뿐인 가족. 따뜻하고 안정적이며 보호와 휴식의 공간인 가정이 각자 자신만의 생리적 이익을 추구하고 물질적 이해관계로 얽힐 때 이들은 혐오적 존재가 된다.[22] 겉으로 보기에는 일상적 삶을 영위하기 위해 충분한 조건을 갖춘 이들이 내부적으로는 돈과 이익을 위해 결합된 관계이며 아버지는 아버지대로 어머니는 어머니대로 각자의 속셈과 이득을 위해 가정을 꾸려 나갈 때 가장 건전하고 행복해야할 가정은 이해득실에 따른 이합집산의 단체가 되고 만다. 도덕의 최소가치를 실현하는 가정이라는 규범적 당위를 저버리고 돈과 향락이라는 개인적 가치를 추구하는 '흑(악)'의 인물들은 심미주체에게 강한 혐오감과 함께 심적인 자극을 불러일으킴으로써 폄시 효과를 유발한다.

남편이 아닌 다른 남자에게 정조를 팔고 그를 통해 획득한 이권으로 권력을 구축하고, 다시 이를 약점으로 자신의 욕망을 추구하는 서사주체의 행위는 경제적 가치와 개인적 가치를 위해 윤리적 가치를 훼손하는 가치하향적 행위이다. 이러한 혐오적 행위는 수용주체에 거부감과 반항을 일으키게 되는데 심미주체는 심정적으로 동질감을 느끼는 '선'의 인물들을 통해 그들의 행위를 비판하게 된다.

'선'의 인물군을 대변하는 인물로 최명훈이 있다. 대부분의 영화관계자들이 공창수의 금력에 눌려 아첨을 일삼는 반면 최명훈은 그에 끝까지

---

22 겉으로 보기에는 화려하기 이를 데 없는 이 붉은 벽돌 양관도 안에서 곰곰이 생각해 보면 무엇 때문에 결합된 인간관계 인지를 이해하기 곤란한 괴상한 가정이었다. 돈이라는 무서운 힘. 그것 하나만을 이 집안에서 없애버린다면 이들은 뿔뿔이 헤어져버릴 존재들인지도 모른다. (『흑백』 20, 1959.5.9)

항거하고 마침내 '흑'의 인물의 파멸을 지켜보는 가운데 승리를 획득하게 되는 인물이다. 실제로 최명훈이 공미주의 사랑을 거부하는 것은 공미주 자체의 약점이라기보다는 공창수의 부정한 돈, 더러운 협잡 때문이다. 최명훈이 공창수의 금력에 대한 정의와 용기에 찬 대적으로 독자들의 심정적 수해를 입은 '선'의 인물이라면, 공미주와의 대척점에서 '선'을 대변하는 인물로 최선숙이 있다.

미주의 사촌언니 최선숙은 일찍이 전쟁으로 부모를 잃고 미주의 집에서 기숙을 하게 되었다. 여학교 삼 년을 마치고 자신의 운명을 제 스스로 개척하기 위해 이모의 집을 나와 간호원이 된다. 미주가 수선스럽고 고집불통의 화려한 아가씨라면 선숙은 조신하고 얌전하며 소박한 것을 즐기는 아가씨였다. 미주가 선숙의 간호원이라는 직업을 비웃어도 병든 사람을 위해 자신의 생을 바치는 가치 있는 직업임을 항변하며 삶의 보람을 느낀다. 미주가 점점 더 퇴폐와 향락, 자포자기의 심정에 이끌려 갈수록 선숙은 미주를 다독이며 결국 미주가 영화배우로 재기할 수 있도록 곁에서 돕는 성실한 조력자의 역할을 수행한다.

흑의 존재들이 건강한 신체에 불건전한 정신을 소유한 인물들이라면 안수인은 반대로 불건강한 신체에 건강한 정신을 대변하는 선의 인물이다. 6·25 직전 예술대학 성악과를 갓 나온 천재적인 테너라고 열광적인 찬사를 받은 그는 6·25때 입은 총상으로 '눈이 성한 편 볼따구니에는 눈 밑에서 입술까지 온통 바늘로 꿰맨 것 같은 화상의 흉터'를 지닌 험상궂은 사내이다. 그는 소년 감화원에서 아이들을 돌보며 최감독의 도움으로 정형수술을 받게 된다.

외삼촌의 도움으로 어렵게 대학공부까지 마치고 취직이 어렵다는 이유로 댄스홀을 돌아다니며 여학생과 유한마담을 꼬셔내는 훌륭한 외모의 이일성과 대비하여 비록 흉악하달 만치 험상궂은 얼굴을 하고 있어도 예술혼을 버리지 않고 능력껏 삶을 개척하려는 안수인의 고달픈 인생은 독자들에게 큰 감화와 비전을 제시한다.

결국 혐오적 혹의 존재들. 밀수와 세금 포탈의 혐의가 발각되어 서울을 떠났다가 강제 소환되어 유비서의 아랫방에 기거하는 공창수, 향락적 삶을 일삼다가 패륜녀가 되어 실성한 공부인, 허영에 들떠 영화배우가 되었다가 몰락한 공미주 등이 파산, 몰락, 정신이상의 파멸을 겪게 된데 반해 독자들의 심리적 수해를 입고 있는 선의 존재들. 미국에서 재차 정형수술을 마치고 귀국하여 감격적인 독창회를 벌인 안수인과 최선숙의 결혼, 미국에서 영화공부를 하고 돌아와 새로운 영화를 시작하는 최명훈 등은 모두 재기의 발판을 마련함으로써 새로운 삶을 구축하는 과정을 통해 혐오적 존재의 파멸과 긍정적 존재의 성장이 맞물리게 된다. 혐오적 존재의 경멸과 폄시를 통한 선한 인물의 긍정은 당위적 가치를 수성하고 윤리적 도덕을 지켜내는 현실의 독자들에게 교훈의 장을 마련한다.

제4부

산업화 시기 대중연애서사

낭만적(浪漫的) 사랑과 반성적 인간학

제1장

인식적 주체와 플라토닉 사랑

사랑의 역사적 이행을 진화론적 관점에서 살핀 이론에 의하면 낭만적 사랑은 열정적 사랑을 두 가지 지점에서 넘어섰다. 첫째, 무제한으로 상승될 수 있는 개체성을 포함시킴으로써 둘째, 지속성에 대한 전망을 갖고 결혼과 화해함으로써 제도적 공인을 받게 된 것이다. 낭만적 사랑에서 결혼은 열정적 사랑의 불확실성을 주관적 확실성으로 대체하는 기능을 수행하였으며 사랑하는 대상에 대한 가족으로서의 헌신과 구성원으로서의 자기인정을 결합시켰다는 측면에서 안정화에 기여하였다.

이제 사랑은 최대한 빠른 시간 안에 불타올랐다 사그라져 버리는 불꽃이 아니라 두 사람간의 거리, 규칙, 약속을 통해 고조된다. 사랑하는 두 대상은 사랑하는 관계에 참여함으로써 자신의 결여를 보충한다. 낭만적 사랑은 불완전한 개인을 완전한 전체로 만들어 주며 이러한 결합의 과정에서 자기반성의 계기는 마련된다. 낭만적 사랑은 자기반성적 개인의 새로운 세계와 둘이 하나가 되는 상호 지향성을 통해 새로운 주체 형성의 계기를 마련한다.

낭만적 사랑은 자기 지배와 감정 조절이 가능한 개체성의 강화를 통해 발전하였다. 주체는 사랑이라는 상호 지향적 관계에 참여하면서 자신의 감정과 행위를 조절하고 이것을 사회활동의 맥락 속에서 반성한다. 반성한다는 것은 단순한 내성이나 후회를 의미하는 것이 아니라 자기 자신을 대상으로 하는 의식이 정립되어 그 의식을 통하여 스스로를 다시 바라보는 체험의 구조화를 가리킨다. 주체의 자기반성은 '자기 인식에 대한 인식(consciousness of self-consciousness)'의 체험을 통해 도달할 수 있는 것이다.[1]

낭만적 사랑은 역사적 이행을 통해 획득한 자아 정체성을 바탕으로 사랑의 관계에 참여한 자기 스스로를 대상화하여 바라보고 관계의 상호성에서 자신을 비판적으로 성찰한다. 이는 주체가 '사랑' 그 자체를 심사숙고하는 과정일 뿐만 아니라 그 인식의 결과로서 나와 타자, 관계에 영향을 미치는 조건까지 인식의 대상으로 삼는다는 것을 의미한다. 그러므로 낭만적 사랑은 반성적 비전을 따르고 자기의 인식을 끊임없이 감시하는 인식적 주체에 의해 향유된다.

낭만적 사랑의 지속성은 정태적으로 형성된 고유한 정체성에 의해 보증되는 것이 아니라 새로운 인식에 의해 역동적으로 변형된다. 즉 '언제나 동일하게 있는' 것이 아니라 '사랑을 접하며 자라나고 있는' 변형과정 속에 있는 정체성이다. 그러므로 낭만적 사랑에서 주체의 문제를 다룰 때는 안정성의 개념과 동시에 변형, 상승의 개념을 함께 문제 삼아야 한다.

객체에 대해 기울이는 깊은 주의력과 주체의 행위, 사회적 구성까지 연장해 반추해보는 능력을 가진 반성적 주체는 현재 자신의 존재론적 결여, 현재적 사랑의 불구성을 통찰하고 반성한다. 이러한 의미에서 그들의 사랑은 순수하다. 플라토닉 러브(platonic love)는 육체의 욕구가 결합되지 않

---

1   송재룡, 「포스트모던 조건과 '윤리적 전화' 테제의 가능성」, 『사회이론』 30, 한국사회이론학회, 2006.

은 순수하고 정신적인 사랑을 지칭한다. 성적인 면을 제외한 정숙하고 순결하지만 강한 사랑이다. 소크라테스가 말했듯이 그것은 육체의 정념을 영혼의 비전으로 변화시키는 사랑이다.[2] 선정적이고 다양한 성적 욕망과 관음의 장면이 넘쳐나는 1970년대 대중연애서사가 지저분하거나 더러운 난음(亂淫)으로 비쳐지지 않는 것은 사랑하는 그 순간의 충실, 더럽혀지는 몸과 대비되는 매일 재생되는 깨끗함, 동화적 천진성과 순진무구함으로 날마다 새로워지는 순결한 사랑, 플라토닉 러브 때문이다.

1. '공범자' 되기와 구원적(救援的) 사랑

『별들의 고향』[3]은 화가이자 대학강사인 내가 경찰에게 경아의 시체를 인수해 가라는 전화를 받는 것으로 시작된다. 과거 잠깐의 시간을 함께 했던 그녀의 시체를 인수하러 가는 장면으로 시작되어 그녀를 회상하는 내용이 소설의 전체를 이루고 며칠 후 화장(火葬)하고 강물에 뿌리는 장례식을 치름으로써 소설은 끝을 맺는다. 소설의 몸통은 '나'를 만나기 전의 경아의 삶과 '나'의 이야기가 동일한 비중으로 다루어지며, 일인칭 시점의 반성적 자의식을 지닌 주체에 의해 진술됨으로써 은밀한 고해성사(告解聖事)와 같은 분위기를 자아낸다.

문오는 혜정과 경아와의 사랑을 통해 암흑의 시대를 살아내야 했던 자신의 과거를 바라본다. 과거의 나는 사랑을 갈구했던, 혹은 도피를 희망했던, 대상과의 단순한 지각관계를 형성한다. 그런데 현재의 나는 또 다른 의식의 작용을 통하여 그들과 관계했던 나를 객관화시켜 다시 바라본다.[4] 현재적 자아는 과거의 자아를 반성적으로 바라보는 인식적, 판단적

---

2   크리스토퍼 필립스, 이세진 역, 『사랑, 그 위대한 악법』, 예담, 2009.
3   최인호, 『별들의 고향』 상·하, 샘터사, 1994.

주체이다. 인식적 주체의 발생적 전제는 소설 전체를 회고적이고 반성적인 분위기로 물들인다.

소설의 시작에 이미 여성 주인공 '경아'는 죽어있다. 살아 있는 것 같은 모습으로 거리에서 행려병자처럼 죽어간 그녀, 시체를 인수할 어느 하나의 흔적도 남기지 않은 채 홀로 죽어간 그녀, 이처럼 물질적 주체인 경아는 존재론적 육체를 삭제 당한 채 '훌륭한 육체'를 가졌던 사진 속 여성으로 등장하고, 경아의 실제는 그녀의 시체를 앞에 둔 남성의 반추적(反芻的) 시선에 의해 재구성됨으로써 기표를 잃어버린 채 기의를 획득하게 된다.

사라진 기표에 대한 주체의 첫 번째 반응은 존재의 부정이다. 삼 년 전에 만나 일 년 동안 동거를 했고 지난 겨울의 만남을 마지막으로 기억 속에서 사라진 그녀, 그런 여성이 시체로 돌아왔을 때 문오는 곤경과 당혹감을 느낀다. 경찰의 의혹이 담긴 추궁과 스스로의 자괴감은 그녀의 존재를 이 세상에 존재하지 않았던 것처럼 거짓말로 정당화한다. 하지만 그녀의 죽음이 피부가 아닌 가슴으로 묵직하게 느껴짐으로써 마지막 만남에서 예상했던 그녀의 좌절을 끝까지 지켜내지 못한, 파멸을 막아내지 못한 죄의식에 사로잡히게 된다.

> 그래, 경아는 실제로 존재하지 않았던 여자인지도 몰라. 밤이 되면 서울 거리에 밝혀지는 형광등의 불빛과 네온의 번뜩임, 땅콩 장수의 가스등처럼 한때 피었다 스러지는 서울의 밤, 조그만 요정인지도 모르지. 그래, 그녀가 죽었다는 것은 바로 우리가 죽인 것이야. 무책임하게 골목골목마다에 방뇨를 하는 우리가 죽인 여자이지. 그녀가 한때 살아 있었다는 것은 거짓말일지도 몰라. 그것은 자그마한 우연이었어.
>
> ─『별들의 고향』 상, 72쪽

---

4   김홍중, 「근대적 성찰성의 풍경과 성찰적 주체의 알레고리」, 『한국사회학』 41, 한국
     사회학회, 2007, 186쪽.

하지만 이때의 죄의식은 나를 확대한 '우리'의 죄의식이다. '나'를 포함하여 무한히 확대될 수 있는 '우리'라는 대명사는 소설 내부에서 경아를 파멸로 이끄는 네 명의 남성 서사주체는 물론이거니와 작품을 독서하는 수용주체까지 끌어안음으로써 가해자의 범위를 확대한다. 정확한 가해자를 확인할 수 없는 상황에서 그녀의 죽음은 화려한 서울의 밤 속에서 이루어진 공개된 노상방뇨와 같은 경범죄로 죄의 수위는 낮아진다. 한명의 피해자와 수많은 가해자 속에 내레이터 역할을 수행하는 서사주체는 공범자일 뿐이다.

공범자는 주모자와 같이 선동적이며 행동적이진 않지만 절대적 거부도 절대적 순응도 아닌 세계에 머무름으로써 주모자와 세계에 대한 관찰적 시선을 갖는다. 주모자가 행위의 실패와 성공에 대한 전적인 책임과 그 대가에서 자유롭지 못한 반면 공범자는 성공과 실패에 대한 일부의 책임을 전가 받음으로써 공(功)과 과(過)의 일부만을 승인하게 된다. 이렇게 경아의 죽음이 '우리' 모두의 책임이라 여기는 공범자 '나'에게 그녀가 왜 죽었으며 실제로 누가 죽였는가 등의 문제는 부차적인 것이 된다. 보다 중요한 것은 이 사건을 계기로 이루어진 주체의 자신에 대한 반성이다. 이러한 반성은 '나'가 공범자일 때만 가능하며 이것을 계기로 '나'가 경아를 버리는 것이 정당화될 수 있다. 죄에 대한 인정과 그것에 대한 반성은 주모자의 파렴치함을 벗어 던진 채 공범자의 미덕을 이상화한다.

이 소설은 앞서 지적한 바와 같이 '경아'의 이야기와 '나'의 이야기가 동일한 비중으로 양분되어 있다. 하지만 각각의 남성과의 에피소드가 전개되기 전 서사의 내부에 나와 경아의 일화가 삽입됨으로써 '경아 이야기'는 온전한 경아의 이야기라 할 수 없다. 또한 문오를 제외한 남성 서사주체도 서술자의 목소리로 발화됨으로써 그들의 병리적 행위도 서술주체의 심리적 수해를 입게 된다.

문오의 시선에 의해 다시 살아 돌아온 경아의 모습은 하나의 이미지로 재현된다. 즉 시간의 변화 과정 속에서 나름의 삶의 이력을 만들어 가는,

행동을 하고 사건을 일으키는 주체로서의 모습이 아니라 정지된 화면 속의 인물처럼 순간의 생생한 이미지 그 자체로만 존재하는 방식이 경아의 소설적 실체이다.[5] 나의 회상 속에서 경아는 천진난만함과 생기발랄한 어린아이와 같은 모습으로 이미지화된다.

경아는 155cm가 넘지 못하는 키와 44kg의 몸무게로 실체화되지만 그녀의 신체는 형편없이 키만 큰 유치원생에 비유된다. 그녀의 놀이대상은 주로 풍선이나 인형 종류였으며 집에서는 늘 발가벗고 있었다. 경아의 태도는 성인의 행동이라기보다는 어딘지 어린애다운 요소에서 보여지는 동심의 세계와 같아서 일상을 소꿉장난같이 물들인다. 천성적인 밝음과 낙관을 가진 경아는 어떠한 비극적인 상황에서도 명랑하고 순수한 형상이 압도적이기 때문에 그녀의 사랑은 단순한 놀이와 같은 느낌을 준다. 경아가 주는 이러한 매력은 소녀와 어린아이의 이미지 속에 내재한 순수성을 통해 동화(童話)적 이미지를 구현한다.

동화(童話)는 일반적으로 '천진하고, 사랑스러운, 예쁜' 소녀들이 현실적 어려움을 딛고 이상적인 남성을 만나 결혼에 이르는 과정을 서술한다. 『별들의 고향』은 어른들을 위한 성인동화를 표방하고 있으며 경아의 유아적 이미지를 통해 동화적 사랑의 순수성을 구원의 이미지로 구축한다. 경아의 순수성은 남성 서사주체의 더러움을 정화시키고 반성의 매개체가 되는 반면 그녀의 천진무구함은 인식의 과정에 도달하지 못함으로써 정체성의 변화를 이뤄내지 못한다.

대중연애서사의 여성주인공들은 일반적으로 아버지와 같은 따뜻함과 안정감을 주는 남성을 연애에서 이상적 남성상으로 설정한다. 그들의 무조건적인 배려는 여성 스스로 자신이 보호받고 있다는 느낌을 받게 하고 아무런 연적(戀敵)없이 자신만이 온전히 그의 사랑을 독차지할 수 있기에 아버지와 같은 남성이야말로 낭만적 사랑을 완성시키는 최적의 조건이

---

5   차혜영, 「'종합선물셋트'로서의 문학, 1970년대 대중소설의 존재양상」, 『한국문학평론』 17, 한국문학평론가협회, 2001.

다. 연애소설의 여성주인공의 속성이 그러하듯 경아 또한 자신의 아버지가 생물학적인 아버지가 아니라 어릴 적부터 사랑해 온 하나의 연인이었다. 그 물질적 아버지가 죽자 아버지의 이미지는 자신이 사랑하게 될 남성의 이상적 이미지로 설정된다. "그녀는 자기가 진정코 좋아할 수 있는 남자는 자기보다 최소한도 몇 살 이상 차이가 나서 마치 애인이라기보다는 아버지 같은 남자가 아니면 안 된다고 어렴풋이 생각하고 있었다."(『별들의 고향』 상, 87쪽)

경아의 첫 번째 남자인 강영석은 자신의 일을 스스로 해결하기보다는 누군가에 의해서, 그것도 어머니의 입을 빌어 해결하려는 소아병적인 인물이다. 강영석은 그녀가 꿈꾸는 낭만적 사랑의 조건에 정반대되는 인물임에 그들의 사랑은 성숙하지 못한 '불장난'으로 비쳐진다. 등록금 때문에 육 개월간의 대학생활을 접고 취직한 조그만 무역회사에서 만난 그는 첫사랑이 자신을 버리고 유학 간 것에 반발해 술로 전전하며 여기저기 연애를 걸고 아니면 말라는 식의 이기적이고 무책임한 인물이다. 내일을 대비하지 않는 하루살이적 성격으로 순간의 쾌락만을 탐닉하는 강영석에게 이제 갓 사회생활을 시작한 애송이(경아)의 사람보는 눈이란, 세련된 복장과 좌중을 곧잘 웃기는 유머러스함, 일순간 발견되는 세상에 대한 무심함이 매력적으로 보이게 마련이다.

아버지와 같은 성격을 지닌 사람과 결혼하여 아이를 낳고 안정적인 가정을 이루길 바랐던 경아의 낭만적 꿈은 사실 그녀만의 소중하고 유일한 소망인 듯 보이지만 서술주체는 그녀의 사랑이 상식과 통속적 관습에 맞추어진 믿음에 지나지 않음을 날 목소리를 통해 드러낸다.[6] 그 나이에 걸

---

6   연애에는 또렷하지는 않지만 어떤 정석(定石)이라는 것이 있다. 다방에서 만나 커피를 마시고, 개봉관에서 영화 구경을 하고, 다시 나와 저녁 식사를 하고, 화제라야 무슨 책을 감명 깊게 읽었어요, 그래도 할 이야기가 없으면 우리 동네 옆집 개가 강아지를 낳았는데 하는 식의 이야기를 나누다가 헤어지는 제일기가 지나면, (…중략…) 제 이기의 증상은 공연히 한밤중에 잠이 깨면 상대편에게 사랑하는 경아에게라는 편지를 쓰게 되고, 낮 두시 회사 점심시간에 편지를 썼으면서도 그럼 이 밤 안녕히 주무십시

맞은 매력과 청순함을 가진 이십대 여인인 경아는 '연애의 정석'에 따라 낭만적 사랑을 꿈꾼다. 데이트란 이름으로 '갈취(喝取)'는 이루어지고 열정적 사랑의 고백으로 성적 욕망은 불타오른다. 거부와 집착은 육체의 개방을 가속화시키고 결국 성적 합일을 통해 이들의 미래는 약속된 듯 보인다. 이렇듯 연애에 관한 상식적인 담론은 인물의 행위를 지배하고 "영석도 예외는 아니었"음을 통해 정조를 훼손당하고 버려질 것이라는 복선이 예상된다. 경아는 자신을 사랑한다고 믿었던 영석의 기대를 저버리기 않기 위해 몸을 허락하고 몸을 허락한 후에는 사랑을 붙들기 위해 필사적으로 몸을 이용한다. 결국 경아는 임신과 낙태를 하게 된다. 경아에게 임신과 낙태를 시킨 장본인인 강영석의 행위는 마땅히 지탄받거나 피해 여성을 책임져야 할 상황이다.

> 당신이 만약 당신이 사귀는 여자가 어느 날 임신했다고 고백하면 당신은 당신의 친구를 불러내서 강소주를 마시며 재수 옴 붙었어. 젠장, 무슨 좋은 수 없을까 하고 투덜대려 들 것이다.
>
> ―『별들의 고향』 상, 143쪽

서술주체는 강영석을 '당신'이라는 이인칭 대명사로 호출한다. 텍스트 밖의 독자를 텍스트의 내부로 끌어들임으로써 객관적이며 도덕적인 개입을 차단하고 수용주체를 암담한 상황에 처하도록 배려함으로써 서사주체의 행위에 소극적 정당성을 부여한다. 결국 강영석의 목소리가 날 것으로 드러나는 '편지'를 통해 강영석의 '너무함'은 비난을 최소화하고 경아와의 관계에 종지부를 찍게 된다.

첫 번째 사랑과 대비되는 두 번째 남성 이만준은 죽은 지 10년도 더 지난 아내를 잊지 못해 재혼 이후에도 집안 도처에 아내 사진을 걸어 놓은

오. 지금은 밤 세시 오 분입니다라는 따위의 능청을 떠는 시기인 것이다.(『별들의 고향』 상, 104~105쪽)

과거에 사로잡혀 사는 인물이다. 그는 정숙함과 순결함에 병적으로 집착하여 어린 딸에게 지나친 엄격을 강요하는 한편 경아를 죽은 전부인으로 만들어 놓으려고 한다.

경아가 만준과의 사랑과 결혼에 집착할 수밖에 없는 것은 이만준이 강영석과 달리 아버지와 같은 나이의 따뜻함과 경제적 안정을 누리고 있기 때문이며 더불어 자신은 더럽혀진 몸이기에 정상적인 남성을 만날 수 없다는 자괴감이 컸다. 경아의 만준과의 결혼은 낭만적 사랑의 현실 '구제'와 같은 구원의 속성에 대한 강렬한 열망이다.

강영석과 이만준, 그리고 '나'로 이어지는 남성인물들의 병리성은 경아의 천진난만한 유아성 속에서 동질감을 확인한다. 어른이면서도 어린 아이를 체현하고 있다는 것 또한 병리적이기 때문이다. 이러한 유예된 관계 속에서 경아는 각각의 남성들과 낭만적 사랑을 꿈꾼다. 그 사랑만이 자신을 구원해 줄 수 있기 때문이다. 반면에 각각의 남성인물들은 경아의 성적인 순수함에 구원받길 바란다. 그들에게는 구원의 욕망이 우선이며 사랑은 후선이다.

문오는 자신이 경아를 곁에 두려함이 경아를 소유했던 이전의 남성들이 그러하듯 그들이 필요로 했던 각자의 이기주의로 경아를 소비하고 소비의 가치가 다했을 때 미련 없이 버려지는 소비재로 그녀의 생명을 갉아 먹고 있었음을 통렬히 고백한다. 그리고 그것에 대해 문오는 심한 부끄러움을 느낀다. 문오는 자신이 그들과, 낙태를 경험시킨, 인형의 옷을 입힌, 푸른 문신을 남긴 그들과 같이 한때의 절망과 외로움을 그녀의 육신에 쏟아 부으며 구원의 시간을 기다리는 공범자임을, 그리고 지금 이 시간 경아의 소비는 종결되었음을 선포하고 또 다른 소유주가 나타나길 기다리는 배덕자(背德者)임을 자각한다.

경아와 사랑하는 관계에 있었든, 혹은 주종의 관계에 있었던 남성들은 경아를 유아, 혹은 유치원생, 미성년자로 생각하면서 자신들이 경아의 소유주라고 생각한다. 그래서 그녀의 남성들 간의 교환은 전소유주에서 현

소유주로의 그리고 미래의 소유주로의 이동이라 할 수 있다. 그리고 그것에 대한 서술자의 시선은 다분히 옹호적이며 방관적이다.

> 한 가지 분명한 것은 그 사내를 내가 힐책할 수 없다는 사실이다. 그 사내의 무례하고도 건방진 태도에도 불구하고 그 사내의 마음을 내가 알 수 있을 것만 같은 사실이었다. 과연 그 사람에게 있어서 경아는 필요한 존재일지도 모른다. 그 사내는 자기의 생명을 걸었다. 경아를 찾아서 그림자처럼 붙어 다닌 사내, 그 사내의 깊은 방황을 무시하고 너는 지금 술을 마시고 있다. 나 또한 그 사내와 마찬가지로 스스로의 초조함과 절망감을 그녀의 내부 깊숙한 곳에 배설하는 비겁하고 비열한 녀석이 아닌가.
>
> ─『별들의 고향』하, 209~210쪽

경아를 소유했던 '나'를 포함하여 강영석-이만준-이동혁의 남성인물들은 대부분 비열하고 잔인하지만 본질적으로 악한 인물들은 아니다. 그러므로 '나'는 나의 비열함과 비겁함을 욕할 수 있을 지언정 그들의 처세적 입장을 비난할 수 없다. 경아를 한때 소유하고 필요에 의해 버리고 교환하는 우리들은 공범자들이며 이것은 범죄라기보다는 구원을 향한 현실적 몸부림으로 보아야 옳을 것이다.

나약한 주체를 재건하기 위한 주체의 자기 고발과 타자를 빗대어 이루어지는 자기반성은 악인보다 스스로를 더한 악인의 자리에 놓음으로써 내적 진실성을 확보한다. 현재의 자신의 입장에서 과거의 자신을 타자화하여 객관적이고 내밀하게 이루어지는 진술은 반성적 시선을 통해 진실한 목소리의 울림을 갖게 된다.

반성적 주체는 대상이 발휘하는 직접성에 함몰되지 않은 채 객관성을 유지하려는 주체이며 경험적 자아를 구속하는 도덕적 권위에 굴복하지 않고 대상과 윤리적 관계를 모색하려는 주체이다. 문오의 고백은 자신을 비판의 대상으로 내어 던짐으로써 진정성을 획득하고, 자신과 다른 남성주체의 행위를 절대적 관습으로 억압하지 않음으로써 윤리성을 확보한다.

2. '백치' 되기와 허여적(許與的) 사랑

『겨울여자』[7]는 젊고 순결한 한 여성의 사랑과 그 사랑으로 인한 성장을 아름답게 그려낸 연애소설이자, 두 남녀의 낭만적 사랑이 파괴 되어가는 과정을 1970년대적 한국사회의 불행과 오버랩시키면서 문제의식을 드러낸 격조 높은 사회소설이다. 운명적인 만남으로 열정적 사랑을 일구지만 시대적 징후를 문제적 속성으로 갖은 이들의 사랑은 외부적 폭력에 의해 중지된다. 하지만 이별이 사랑하는 두 대상의 오해나 감정적 소멸로 인한 파국이 아니기에 사랑은 더 큰 사랑으로 전이됨으로써 주체도, 사랑도 새롭게 태어난다.

『겨울여자』의 주인공 유이화는 여고 교목(校牧)인 아버지와 다정한 어머니가 꾸리는 건실한 중산층 가정의 장녀이다. 기독교적인 집안 분위기로 인해 또래의 여고생에 비해 경건하고 정직한 환경에서 자라난 그녀는 주소도 이름도 적히지 않은, 일일 보고서 형식의 편지를 받게 되면서부터 사랑에 눈뜨게 된다. 처음에는 자신의 존재를 드러내지 않는 발신자와 자신의 모든 행동이 감시받고 있다는 것에 수치심과 불명예스러움을 느끼지만 이런 종류의 숨바꼭질에 일종의 재미를 발견하면서 기쁨을 알게 된다.

이화와 편지의 발신자는 일방적인 편지의 발신과 수신이 이루어지는 일 년의 기간 동안 단 한 번도 만난 적이 없다. 관계성의 측면에서 일방통행과 같은 이들의 사랑은 감정의 발전과 그에 따른 행동성의 측면에서 볼 때 '연애'라고 보기 힘들다. 하지만 이화는 구애자의 존재를 확정할 수 없

---

7   조해일, 『겨울여자』 상 · 하, 문학과지성사, 1976.

는 상황에서 편지를 통해 연애를 상상한다. 또한 구애자의 언어를 통해 자신의 내적 경험을 재구성하고 반응함으로써 일반적인 사랑의 소통 방식과 동일한 전개과정에 놓인다는 점을 볼 때 이들은 연애관계에 놓여있다고 할 수 있다.

이화에 대한 일일 관찰보고서 형식을 띤 일 년간의 편지는 그녀의 하루일과에 대한 타인의 보고와 같은 형식을 띠지만 편지는 이화의 아름다운 미모와 구애자의 기대에 부응하는 행동에 대한 찬사로 가득 찬 연서(戀書)에 가깝다. 연서에서 이화는 '도시 한 가운데 별안간 나타난 숲 속의 요정'이거나 '한 마리의 두루미'와 같은 식물성을 지닌 순수하고 깨끗한 이미지로 재현된다. 세상은 악덕과 더러움에 물들어 있지만 이화만은 세상 사람들과는 다른 아름다운 순수함을 가지고 있다는 것이다. 이화에게 내재한 이러한 속성이 결국 발신자를 구애자로 만들었으며 구애자의 결벽성이 유일하게 세상과 소통할 수 있는 통로가 된 것이다.

일 년간 지속되던 연서의 발·수신은 이화의 대학 합격을 기점으로 마무리된다. 그리고 마지막 편지가 도착한 다음날 구애자와 구애 대상, 연서의 발신인과 수신인, 민요섭과 유이화는 조우하게 된다. 첫 만남에서 자신의 일 년간의 무례한 행동이 더러운 세상에서 자신이 살아남기 위한 유일한 대안이었음을 고백한 민요섭은 이화에게 용서를 청하고 '우정 비슷한 감정'은 지속된다.

민요섭이 이화에게 편지를 하게 되는 결정적 이유는 그녀에게서 세상에는 없으리라 믿었던 신성한 깨끗함을 발견하였기 때문이다. 그러나 민요섭이 구애대상의 매력이자 강점으로 꼽았던, 세상에서 자신을 생존하게 만들었던 '그 무지에 가까운 순수함', '자신 또한 신성한 것으로 바뀌는 것 같은' 감정은 오히려 구애자에게 칼을 겨눔으로써 그를 파멸시킨다.

이화의 생물학적 나이와 교육수준을 볼 때 다른 여러 인지능력에 비해 인간의 본성, 연애에 대한 배경지식은 백지에 가깝다. 그러므로 그녀의 순진함은 천성적이라기보다는 세상물정에 어두운 순진무구함이다. 바로 이런 백치와 같은 깨끗함을 민요섭은 사랑하였고 또한 자살하게 만드는 결과를 낳는다. 그녀 자체는 전혀 의도하지 않았지만 민요섭은 자신이 꿈꾸고 열망하던 청결(淸潔)의 순정 속에서 자신을 소멸시킴으로써 이화의 '백치'화를 가속화 시킨다.

민요섭이 자살하고 대학교에 입학한 이화는 두 번째 운명의 상대를 만나게 된다. 우석기와 이화의 사랑은 첫눈에 매혹되어 이끌리는 낭만적 사랑의 전형을 수행한다. 여자 대학 부근의 길거리에서 우연히 이화를 보게 된 석기는 '마음이 섬뜩하도록' 끌리는 일찍이 경험해 본 적이 없는 이상한 충격을 받는다. 그것은 신체 건강한 이십대의 젊은 수컷이 동류의 암컷을 발견했을 때 느끼는 육체적 흥분인 것도 같고, 정신적 결핍감을 안고 사는 이가 동질의 인간을 만났을 때 느끼는 고통같기도 하다. 석기는 묘한 초조함과 흥분을 감추고 이화를 쫓아가 버스에 합승하여 데이트를 신청한다. 이화는 처음 보는 남성, 그것도 저돌적이고 당당하게 밀어붙이는 남성의 추진력에 아무 거부반응 없이 따른다.

몹시 앳되어 보이는 얼굴에 어울리지 않게 무엇인지 반쯤 혼을 빼앗긴 것 같은 골이 텅텅 빈 바보 같은 얼굴. 자신의 내부 속에 너무 깊이 침잠하여 외부에 일어나는 어떠한 일에도 방심한 듯한 그녀의 태도에서 석기는 백치미(白痴美)를 읽어낸다.

> 애써 다시 미소를 지어 보이려고 하였다. 석기는 순간 이 애가 정말 혹시 바보 계집애가 아닌가 의심했다. 그렇지 않으면 저 불가사의한 태도는 무엇이란 말인가. 아까 버스에서부터 내 무례한 언동에 대한 이 알 수 없는 여자애의 반응은 줄곧 저 선의에 찬 미소뿐이 아니었던가. 그러나 아무리 그리고 어느 모로 보아도 도저히 (진짜) 바보 계집애 같지는 않다. 우선 바보 계집애의 눈이 저렇게 또렷하고 맑을 수는 없다.
>
> ─『겨울여자』 상, 101∼102쪽

수없는 공동(空洞)을 노출시키면서도 자극에 반응하지 않는 무심함. 바보와 같이 어리석어 보이면서도 마치 자신의 내부를 뚫어 보는 것과 같은 우월성, 이것이 석기가 이화에게서 느끼는 불가사의한 힘이다. 석기는 바로 이러한 힘에 이끌려 이화를 사랑하게 되고 터무니없는 행운을 잡은 것 같은, 꿈속에서 살고 있는 것만 같은 낭만적 기분에 빠져든다.

이화는 석기와의 연애 과정에서 전략적 바보 되기를 수행한다.[8] 석기를 만나기 이전에도 이화에게는 고지식함, 순진함 등의 바보스러운 성향이 내재해 있었다. 하지만 이는 이화 스스로가 의도하지 않는 치인(癡人)적 성향이며, 그것이 타인과 관계함에 있어 하나의 전략이 될 수 있으리라는 의식이 전혀 없는 상황에서 발생한 그야말로 '바보스러움'이다. 하지만 석기를 만난 이후의 바보 되기는 석기를 만나기 이전, 자신의 잘못으로 발생한 사건에 대한 반성적 인식에서 출발한 다분히 의식적이고 전략적인 행동이다. 그리고 석기가 죽은 후에는 자신과 관계되는 모든 인간에게 자신을 개방함으로써 바보 되기를 통해 사랑을 실천한다.

이화의 반성적 의식에서 출발한 바보 되기는 인간 일반의 이기적 욕망을 거부하고 타인이 원하는 한 무조건적으로 자신을 개방하는 것이다. 식욕, 탐욕, 물욕에 대한 자제와 양보는 물론이거니와 자신의 육체까지 내어줌으로써 타인의 욕망을 충족시켜 준다. 바보스러움의 대표적 특징인 '어리석음'은 자신에게 닥친 문제나 상황에 대해 슬기롭게 대처하지 못

---

[8] '바보'라는 말은 아주 다양한 경우에 사용되고 바보에 대한 정의 또한 연구자에 따라 다소 차이를 보인다. 바보에 대한 사전적 정의는 못나고 어리석은 사람, 멍청이, 치인(癡人), 주우(朱遇)이다. 이희승 편, 『국어대사전』, 민중서림, 1999. 문학에 있어서 바보는 비정상의 결함자이며 인간으로서의 약점을 현저하게 지닌 사람으로서 모자람과 과오 등 어리석음의 인간적인 특성을 파악하게 하며, 때로는 그런 바보스러움이 오히려 우위성을 갖게 함으로써 현우(賢愚)의 역설과 인간의 자기 아이러니를 맛보게 하는 인물들이다. 이재선, 「바보문학론」, 『한국문학주제론』, 서강대 출판부, 1989. 바보형 인물은 작품 속의 상황, 사건 전개에 대해 독자나 다른 작중인물보다 현격하게 열등한 해석을 내리고 그에 따라 행동하는 인물로 규정지어진다. 한만수, 「한국 서사문학의 바보인물 연구」, 동국대 박사논문, 1991.

하는 것을 말한다. 이때의 슬기로움이란 사회의 관습과 제도가 규정하는 범위의 틀 안에서 타인에게 피해를 주지 않는 정도의 자기 이득을 취하는 '지혜'의 일종이다. 이화는 타인과의 관계에서 슬기롭게 행동하지 않는다. 이화는 사회가 규정하는 일반적인 기대치에 반대되게 행동함으로써, 일반적 사람들과 다르게 행동함으로써 바보가 된다. 하지만 이화의 어리석음은 공격적이거나 타인을 공경에 빠뜨리지 않는다. 또한 이 바보 되기는 치기어리거나 어설프지 않기 때문에 웃음을 유발하지 않는다. 자신의 욕망을 추구하지 않으면서 타인의 욕망을 위해 자신을 허여(許與)하는, 그러므로 이화를 지칭하는 바보와 천사는 이음동의어(異音同義語)이다.

이화의 바보 되기는 타인과의 관계에서 자신의 욕구를 표명하지 않고 전적으로 타인의 의사를 따르는 것으로 행동화되는데 특히 남녀 간의 육체적 관계에서 두드러진다. 이화는 우석기는 물론 자신을 바라보는 모든 남성들로부터 '목마른 갈증과 허기'를 읽어낸다.[9] 이화는 그들의 목마름이 자신의 육체를 통해 충족될 수 있음을 알기에 자신의 모든 것을 내어

---

[9]   우석기 : 그가 몹시 목말라 한다는 느낌이 들었다. 그의 뜨겁고 마른 입술을 자기의 입술로라도 축여주어야 한다고 생각되었다. 그녀는 자기가 그를 목 축여 주지 않으면 안 된다고 생각하였다. 더욱 힘껏 그의 목에 매달렸다. 잠시 후 그의 맨몸이 그녀의 맨몸 위에 겹쳐왔다.(『겨울여자』 상, 212쪽) 오수환 : 이화는 그가 아직도 자기한테서 석기의 그림자를 지우지 못하고 있다는 걸 알았다. 그리고 그를 자유롭게 해주어야겠다고 생각했다. 이화는 석기가 군대에 입대하기 전날 묵었던 여관에서 자기가 이제 석기의 일로부터 완전히 벗어났음을 자신의 온몸으로 수환에게 증명하였다. 자신의 연민에 가득 찬 몸으로써 갈망을 가지고 있으나 그 갈망을 스스로 배덕이라고 여기는 사람에게.(『겨울여자』 하, 391쪽) 허민 : 이화는 허민이 뛰어넘지 못하고 있는 벽도 깨뜨려 주어야 한다고 생각했다. 그리고 그의 갈망을 자유롭게 해주어야 한다고 생각했다. 갈망을 알면서 그것을 모른 체한다는 것은 그녀에게는 마치 목마른 자에게 물을 주지 않는 행위와 마찬가지였던 것이다. 그것은 그녀의 천성이 허락하지 않는 일이었다.(『겨울여자』 하, 399쪽) 안세혁 : "저한테도 그럼 좀…… 열어주시지 않으시겠습니까?" 그러는 그의 표정은 가엾도록 비굴해 보였다. 이화는 순간 그에 대한 경멸과 거의 같은 비중의 동정심이 우러났다.(『겨울여자』 하, 492쪽) 김광준 : 자기를 갈망하는 그리고 그 갈망을 억제하려는 싸움에서 연유한 눈길이라는 것을 그녀는 미처 깨닫지 못하였다. (…중략…) 그의 몸은 차차 불덩이처럼 뜨거워졌다. 그녀는 그 뜨거움이 자신을 갈망하는 것임을 알 수 있었다.(『겨울여자』 하, 588쪽)

주는 허여적 사랑을 바탕으로 시혜적 애정과 따뜻한 동정으로 그들의 바람을 실현시켜준다. 그녀에게 있어서 상대방에게 육체를 허락하는 것은 타인에게 음식을 양보하거나 상대방이 필요한 돈을 내어주는 것과 같은 허여적 행동의 하나일 뿐이다.

이화는 자신의 몸을 내어 타인의 욕망을 끌어안고 자신의 연민으로 타인의 거짓의 벽을 허물어뜨리는 것을 보통사람들이 생각하는 '나쁜 짓'이라고 생각하지 않는다. 오히려 이화가 생각하는 악(惡)함은 타인이 고통을 당하거나 불행에 빠져 있는 걸 알면서도 자기만의 안락과 행복을 위해 그것을 모른 채 하는 것이다. 그러므로 이화는 자신만의 행복과 안락을 위해 현실에 머무를 것을 두려워 해 결혼 자체를 거부한다. 이화의 가족이기주의를 두려워한 결혼에 대한 거부는 고지식할 정도로 완강하다. 이 융통성 없는 고지식함은 현실적 타협을 거부하고 어떠한 상황에서도 자신의 의지를 끝까지 밀고 나가려는 우직성과 상통한다. 이화는 세계의 악(惡)을 인지하고 자신의 의무와 역할을 사랑 안에서 새롭게 규정함으로써 창조적 '백치'로 거듭난다.

낭만적 사랑은 어떤 정신적 커뮤니케이션, 즉 부족한 부분을 메워주는 성격을 띠는 영혼의 만남을 가정한다. 이화는 남성 타자들로부터 공허와 갈망을 읽어내어 육체로서 그것을 메워주고 '마음으로부터의 우정'을 나눈다. 인간에게 굴레 지어진 의무와 자제를 내려놓고 인간적 갈망에 순응할 수 있도록 이끌어 줌으로써 후천적 결핍을 보상한다. 그러므로 이화의 사랑은 육체적 교섭을 전제한다 하더라도 열정이 결여되어 있는 친밀감과 헌신만으로 이루어진 우애적 사랑, 동지애적 사랑에 가깝다.

사랑에 빠진 개인에게 그 사랑의 대상인 타자는 단지 그가 다른 사람이 아닌 바로 그 사람이라는 이유 하나만으로도 자신의 결여를 메워줄 수 있는 존재이다. 남성들은 이화와의 육체적 교섭을 통해 자신들의 허기와 정신적 빈곤감을 채운다. 이들은 육체적 관계를 남성 수컷의 본능적인 욕망 충족이라 생각지 않고 결핍된 현재적 자아의 결여를 메우는 의미체로 작동시킴으로서 자신의 주체성을 재형성하는 계기로 사용한다. 그러므로 이화와 관계를 맺은 대부분의 남성은 육체적 관계 후 자만심에 빠져 있던 이전의 삶을 반성하고 새롭게 거듭난 삶을 살 것을 이화 앞에서 맹세한다.[10]

이화가 아무에게나 속해 있고 또 아무에게도 속하지 않는다는 종속성과 독립성 또는 의존성과 주체성의 모순적인 태도를 지니는 것은 그녀가 '바보'이기 때문이다. 이화의 백치와 같은 순결함, 모든 것을 포근히 안아주는 허여적 사랑은 신화적 충만함으로 가득하다. 이화의 이러한 성격은 철저히 자발적이고 반성적인 동기에 따른 것이며 스스로 허여와 개방의 의도적 바보가 됨으로써 이루어진 결과이다. 이화는 전략적 바보 되기를 통해 상징적 질서에 포섭되지 않음으로써 윤리와 제도를 자유롭게 넘나든다.

3. '각성자' 되기와 평등적(平等的) 사랑

『휘청거리는 오후』[11]는 물신주의에 젖은 서울의 한 중산층 가정을 둘러싸고 벌어지는 결혼 풍속도를 아버지 세대의 인생관과 세 딸의 결혼관,

---

10   허민 : "눈을 뜨고 다니면서도 볼 줄은 몰랐으니까. 말하자면 이화는 내 눈을 뜨게 해 준 안과 의사나 다름없어."(『겨울여자』상, 280쪽) 오수환 : "이화 씨의 태도도 납득할 수는 있으나 아직 이해했다고는 하지 못하겠습니다. 분명히 어떤 새로운 사상에 접한 느낌이긴 하지만 새로운 만큼 낯설게 느껴지기도 합니다. 어쩌면 위대한 사상이 될지도 모를 그 사상을 실감으로 이해하기엔 제가 너무 관습에 젖어있는 인간이기 때문인지도 모르겠습니다. 하지만 가능한 한 저도 그것을 이해할 수 있는 인간이 되도록 노력해 보겠습니다."(『겨울여자』하, 397쪽) 안세혁 : "제가 이화 씨한테 감히 청혼을 했다는 사실 자체가 분수 모르고 한 짓이었다는 걸 깨닫게 해주셨으니까요. 저 자신이 얼마나 졸렬하고 망쳐버린 인간이었나 하는 데 대한. 그걸 깨닫게 해준 건 이화씹니다."(『겨울여자』하, 498쪽) 김광준 : "이화 형에 비하면 난 지극히 열등한 인간이오. 지난 한 달 동안 내가 깨달은 게 그거요. 뭐랄까, 이화 형은 나에 비하면 천상의 인간에 가깝소." "사실은 이화 형을 만나기 전까진 내가 좀 자만하고 있었소. 한데 이화 형을 만나고 나서 그게 얼마나 쑥스러운 짓이었나 하는 걸 깨닫게 되었소."(『겨울여자』하, 571쪽)

11   박완서, 『휘청거리는 오후』, 세계사, 1993.

그것의 대립에 초점을 맞추어 보여준다. 서사의 전면은 도시 중간계층의 허영과 욕망을 사회적 콘텍스트 안에서 다채롭고 사실적으로 조감하면서 가족 내적인 문제를 사회 윤리적인 문제로, 역사적인 사회 변동의 한 양상으로 파악하게 한다.[12]

아버지 허성 씨를 소설의 중심에 놓고 본다면 작품의 주제는 자기만족의 삶을 살아가는 소시민이 속물주의적 세태에 휩쓸려 몰락해 가는 과정에 대한 비판이다. 허성 씨는 자신에게 어울리지 않는 냉정한 시선으로 딸들을 훈계하고 세태를 비판하지만 결국 물질적 무능함과 성격적 우유부단함으로 인간적 파멸을 맞이한다.

반면 장성한 세 딸의 결혼 과정을 서사의 중심에 놓고 본다면 이 소설을 일이관지(一以貫之)하는 주제는 낭만적 사랑과 돈의 대결, 사랑과 물질의 선택적 갈등 속에서 중산층 소시민의 속물주의적 허위의식을 드러내는데 있다. 세 딸의 결혼 과정은 부유한 생활의 획득 방편이거나 현실적 타계를 위한 성적 배설(排泄), 사랑과 개성의 성취 등 다양한 양상을 보여준다. 결혼이 삶의 목적이 되어 버린 시대에 이해타산(利害打算)을 극복한 사랑의 결합에서 젊은 세대가 지녀야 할 새로운 윤리관을 제시하는 이 작품의 진정한 주인공은 그러므로 허말희이다.

서사 속의 말희는 두 언니의 결혼 과정을 지켜보면서 맞선 무용담의 청취자이자 조언자로 등장한다. 두 언니에 대해 약간의 연민과 경멸, 호기심 정도의 관심을 가지고 있으며 두 언니가 헛똑똑이 짓을 해가며 결혼에 골인했을 때 언니들의 결혼과정을 '도둑의 노략질'에 비유할 정도의 의식과 자기 목소리를 지닌 인물이다.

말희는 그 나이의 여대생에 걸맞게 '이 세상의 뭇남자와 여자가 뭇여자와 남자 중에서 어떤 한 사람과 사랑에 빠지게 되는 것은 다분히 운명적이라고 믿고 있다. 각자가 지닌 섹스 외에 개성과 미덕에서 오는 매력이

---

12   권영민, 「박완서와 도덕적 리얼리즘의 성과」, 『박완서 문학앨범』, 웅진, 1992, 100쪽.

그 최초의 계기가 되는 것을 믿어 의심치 않는'(『휘청거리는 오후』, 374쪽) 낭만적 사랑의 환상을 믿는 인물이지만 반면 가장 안전하고 바람직한 결혼이란 "어른들이 상대방의 조건을 이악하게 따져봐서 마땅하다 싶으면 서로 선 뵈고, 이렇게 해서 만난 상대에게 차차 연애감정을 느껴 골인하는 결혼"(『휘청거리는 오후』, 288쪽)이란 생각을 지닌 영악하고 현실적 인물이기도 하다.

개인의 개성과 미덕을 바탕으로 주체성의 균등한 나눔이라는 낭만적 사랑의 본질을 꿰뚫고 있으며 결혼의 현실성과 적절히 타협하는 말희의 인식은 상당히 성숙되어 있지만 그녀의 현재적 사랑은 자격지심(自激之心)과 우월감(優越感)이 어우러진 복합적 성격을 띤다. 말희의 단짝친구 미선은 용모나 성품, 집안 배경까지 모든 면에서 말희보다 월등하였다. 말희는 고등학교 때부터 이런 미선을 부러워하였고 그러던 중 미선의 남자친구 정훈이 미선을 헌신짝처럼 버리고 자신에게 왔을 때 심적 우월감을 느끼기에 충분했다. 더불어 미선이가 변심한 정훈이를 잊지 못한다는 사실은 정훈과 말희의 사랑을 병적으로 고조시켰다.

말희와 정훈의 사랑에 대한 현실적 근거는 미선의 고통이었으며 미선의 고통이 극대화될수록 이들의 사랑은 깊어갔다. 하지만 연인관계에 놓여 있는 두 인물 간의 감정적 유대가 서로에 대한 이해와 배려를 바탕으로 하지 않고 타인의 고통에 근거할 때 이들의 사랑은 불안정하고 위태로울 수밖에 없다. 말희는 이것을 미선의 결혼식 후에 비로소 깨닫게 된다.

정훈은 미선의 남자친구였다는 가장 큰 매력과 자신의 야망을 실현시켜 나가는데 대해 남다른 확신과 뛰어난 머리, 관능적인 몸을 지닌 완벽한 애인상이다. 정훈은 언제나 말희에게 '필요하다'란 말을 썼고, 말희는 이 말을 의심없이 '사랑한다'는 말로 받아들였다. '필요'와 '사랑'의 몽상적 일치로 말희는 그 어떠한 굴욕적인 상황도 사랑의 습관일 뿐이라고 생각하였다. 오히려 이런 정훈이 말희에게는 "큰 뜻을 담을 만한 큰 그릇으로 보였고, 무서운 결단력과 추진력을 함께 갖춘 남아중의 남아"(『휘청거리는 오후』, 326쪽)로 보였던 것이다. 정훈의 폭군처럼 오만한 행동은 말희에게 묘한 쾌감과 소속감을 부여하였다.

말희와 정훈의 관계는 비대칭적이며 불균형적이다. 정훈은 타인, 사랑하는 상대에 대한 배려나 이해를 전혀 찾아볼 수 없는 전형적인 폭군, 권위적인 남성이다. 그는 자신의 남성적 매력에 대한 자기 황홀에 빠진 인물이다. 말희는 이러한 주종의 관계에 오히려 쾌감을 느끼고 더욱더 복종하길 기대하는 주체성 없는 인물이다. 이들의 관계는 사랑하는 남녀의 관계가 아니라 SM(Sado-Masochism)에 가깝다.

정훈의 명령과 자신의 복종에 대해 그 어떤 굴욕감도 느끼지 못하던 말희는 미선의 모습을 계기로 비로소 자신의 사랑에 대해 새롭게 인식하게 된다. 미선의 결혼을 자포자기의 몸짓이라 판단하고 우월감에 휩싸여 결혼식에 참석한 말희는 너무나 행복하고 천진한 미선의 모습을 통해 지금껏 자신의 사랑이 가식(假飾)과 위장(僞裝)이었음을 각성하게 된다.

말희가 미선의 결혼식을 통해 비로소 반성하게 된 것은 자신들의 사랑이 가공되거나 포장되지 않은 '속임수 없이 진실'한 사랑이 아니라는 사실이다. 이들의 사랑은 거짓 사랑이다. 말희가 정훈에게 덧씌운 거짓된 사랑은 바로 '미선'이라는 레테르이다. 말희는 정훈이라는 남성, 야심과 야망으로 똘똘 뭉친, 제 것만을 위하는 권위적 인물을 사랑한 것이 아니라 미선의 것이라면 무조건 좋아하는 버릇에 미선의 남자에게까지 맹목적으로 열중한 것이었다. 미선이가 다른 남자와 행복한 결혼을 이룬 지금 정훈은 더 이상 말희의 우월감이 원천이 될 수 없게 되자 자신의 사랑을 되돌아보게 된 것이다.

정훈이 말희에게 덧씌운 거짓된 사랑은 '여자 약사'라는 레테르이다. 정훈이 미선과 헤어진 시기는 미선이네 집이 파산한 시기와 일치하며 정훈이 미선이를 섹스밖에 없는 여자라고 혹평했을 때 말희는 정훈이 자신에게 발견할 것이 섹스 외에 약사 자격증을 가진 월수(月收) 삼십만 원의 여자 약사라는 보장된 미래임을 알게 된다. 결국 말희는 정훈의 속물성에 혐오감을 느끼고 자신의 거짓된 사랑에 종지부를 찍게 된다.

말희와 정훈의 소통되지 못한 사랑이 종지부를 찍고, 그간의 삶을 반성하고 자신을 새롭게 추슬렀을 때 '진짜' 사랑이 찾아온다. 문경하는 정훈에게 결별 선언을 하려고 산사에 갔다가 만난 정훈의 후배로, 부모님의 강권에 못 이겨 고시공부를 하기 위해 암자에 머물러 있다. 문경하는 자신의 뜻과 전혀 상관없는 생활에 적응하지 못하던 중 말희의 결단에 힘입어 자신의 삶을 살 것을 결심한다. 지난밤 말희와 경하는 은밀히 손을 마주잡고 서로가 각각 당면한 폭력에 대항하기 위해 힘을 빌리고 격려를 주고받은 것이라 생각되었다.

말희는 산사를 올라가던 중 경하를 만나 도움을 받고 심적인 친밀감을 느끼며, 정훈과의 결투를 끝내고 산사를 내려오던 중 그녀를 따라 하산하는 경하와 이야기를 나누며 감정적 일치감을 경험한다.

> 경하는 눈이 부신 것처럼 그러나 대담하게 말희를 마주봤다. 남자의 이런 시선은 순간적으로 말희의 온갖 군더더기를 벗겨내고 말희의 섹스 그 자체를 보고 있었다. 말희는 자기가 가진 거라곤 섹스밖에 없는 여자가 된 것처럼 느꼈다. 아직도 이성을 매혹할 수 있는 궁극의 아름다움이 남아 있다면 그건 섹스밖에 더 있겠는가. 그 궁극의 아름다움에 대면 그까짓 겉치레들이 아무리 요란해도 추악하고 허망한 남루에 지나지 않았다.
>
> ―『휘청거리는 오후』, 411〜412쪽

자신이 가진 남루한 위장, 속물적 껍데기를 벗고 진정한 내성으로서의 남성과 여성의 발견, 이것이 말희와 경하가 순간적으로 발견한 아름다움이자 서로를 매혹시킨 요소이다. 이처럼 낭만적 사랑의 이상은 '해방감'이라는 자유와 '가장 진실되고 순수한 본질'이라는 자아실현을 결합시킨다. 그러므로 이들의 사랑은 세상의 때를 벗겨낸, 오직 자신들의 '성(性)'만이 사랑의 전제 조건이 되는 평등한 사랑이다. 바로 이 지점이 정훈과의 불균형적, 비대칭적 사랑과 대비되는 말희와 경하의 새로운 사랑이다.

말희와 경하는 자신들이 서로에게 매혹당한 것을 강렬히 의식하고 있었으며 이것을 의심치 않는다. 낭만적 사랑은 종종 찰나적 매혹을 함축하는데 이는 열정적 사랑의 성적이고 에로틱한 강박충동과는 엄격하게 구분된다.[13] 말희와 경하가 서로의 섹스에 매혹되었다는 것은 성적인 호기심이나 육체적 매력에 대한 매혹을 뜻하지 않는다. 이것은 태생적 인간 본질로서의 이성 간의 매혹을 뜻하며 이들이 서로 첫눈에 반한 것은 '오랜 교제를 통해 알아 낸 것도' '다른 사람이 일러줘서 알아낸 것도 아닌' 직관적 포착에 의한 것이다. 순간의 직관을 통해 이들은 서로가 '좋은 사람'이라는 것을 첫눈에 알아보았다. "이 좋은 사람에는 사람이 가질 수 있는 온갖 좋은 것이 다 포함되어 있었다."(『휘청거리는 오후』, 413쪽)

말희와 경하는 첫눈에 확인한 자신들의 사랑을 운명적으로 채색하기 위해 결별을 감행한다. 그 결별의 내부에는 '친구가 실연한 바로 그날 그 친구의 애인을 유혹한' 파렴치한이라는 죄책감으로부터 경하를 배려하기 위함이며 자신 또한 이전의 과오를 다시 저지르지 않기 위한 반성적 인식이 전제되어 있다.

말희와 경하의 운명적 재회는 정훈의 조작적 자살극에 의해 이루어진다. 정훈의 자살소동은 미래적 안정성을 되찾기 위한 유치한 어리광에 지나지 않았고 그가 어머니에게 응석받이처럼 자란 오만한 유아(幼兒)에 지나지 않았음을 재인하게 한다. 정훈의 자살 소동을 계기로 둘 사이를 가로막던 죄책감은 말끔히 제거되고 새로운 관계로 마주서게 된다.

말희는 정훈과 헤어지고 산사에서 내려오던 중 풀숲 속에서 메추리알 같이 생긴 차돌을 하나 주워가졌다. 말희는 이 돌을 자신의 새로운 삶과 진정한 사랑이 완성되길 기원하는 행운의 마스코트라고 생각했다. 말희는 경하에게 이 돌이 사랑의 징표라도 되듯 건네주었고 그가 그것을 소중

---

13   앤소니 기든스, 배은경 · 황정미 역, 『현대인의 성, 사랑, 에로티시즘』, 새물결, 1996, 79쪽.

히 할 것을 예감한다. 말희는 그 행운의 마스코트를 자신이 정훈과의 사랑에 환멸을 느끼고 돌아 나오는 길에 경하에게서 발견한다. 말희는 그 돌에서 악전고투의 밤에 자신을 지켜낸 건강한 의식과 함께 견뎌낸 동류의식을 느끼고, 사랑의 감정을 부인하려고 했던 서툰 속임수를 제거하고 새로운 사랑을 기쁘게 받아들인다.

경하와 말희는 서로에게 적응하고 애정과 관능을 교감할 충분한 시간이 흐르자 양가 부모에게 결혼 승낙을 받는다. 그들은 첫눈에 서로의 사람됨을 알아보는 직관적 포착을 통해 사랑을 시작하고, 내면의 미덕과 친밀감을 확인한 후 연애의 최종단계로서 결혼을 하게 된 것이다.[14] 일상적인 갈등을 통해 점차 서로의 모습을 확인하고 상호 신뢰를 회복하는 것, 여기에서 좀 더 나아가 애정 관계 속에서 새로워진 상대의 모습을 발견하고 또한 변화된 자기 모습을 발견하는 것, 그럼으로써 그 이전과는 다른 모습으로 사람도 사랑도 다시 새롭게 태어나는 것, 이러한 이들의 사랑이야말로 낭만적 사랑의 원형이며 사랑하는 이들이 꿈꾸는 평등한 사랑의 원천이다.

그리고 이들의 낭만적 사랑의 결실은 두 언니의 결혼에 대해 비판적 입장을 취하던 아버지에게조차 흡족함을 유발시킴으로 긍정적 의미를 담게 된다. 자신이 연애결혼을 하였다는 것에 엄청난 자긍심을 가지고 있는 허성 씨에게 사랑이란 '향기롭고 아름답고 순수하고 정결한 꽃봉오리 같은, 새싹 같은 거였다.' 이렇게 사랑에 대한 플라토닉한 환상을 지닌 허성 씨에게 초희의 결혼은 '풍속이 가르치는 대로 검부러기처럼 둥둥 떠내려가는 격'이라면 우희의 결혼은 '어디다 똥을 한보따리 싸질러 놓고 그것을 핑계로 부모에게 생떼를 쓰고 흥정까지 하려 드는 격'이었다. 두 딸에 비해 막내 말희의 상대는 집안, 학벌, 신체 등 세속적 잣대로 보더라도 나무랄 데 없는 인물인데다가 딸의 혼전 순결을 지켜 준 것만으로도 도덕적

---

14   김현주, 「1970년대 대중소설 연구」, 연세대 박사논문, 2003, 216쪽.

차원에서 신뢰할 수 있는 인물이라고 판단된 것이다.

자신의 거짓된 사랑을 인식하고 반성하며 운명적 사랑에 대한 순응, 서로에 대한 배려와 거짓 없는 감정의 일치를 통해 말희와 경하의 사랑은 낭만적으로 완성된다.

제2장

성장소설의 구조와 비극적 '순수소설'

1970년대 대중소설 텍스트는 인물과 독자 대중을 주로 청년으로 설정하여 출발한다. 이는 당시 대중소설의 작가가 대부분 20대 전후의 남성 작가였으며 자신들의 시대적 경험과 이상을 이십대 전후의 남녀 주인공을 통해 투사할 수 있었기 때문이다. 이러한 이유로 청년들의 사적 영역과 관련된 소재와 갈등이 소설의 핵심적 소재로 채택될 수 있었다. 또한 작가 자신의 체험과 서사주체의 고민을 자신의 것으로 체득하여 주관화하는 청년 대중 독자의 설정을 통해 작가와 서사주체와 수용주체는 비로소 대중소설적 삼위일체(三位一體)를 실현하게 된다.

1970년대 대중연애서사에서 서사주체인 청년은 '십대 후반에서 이십대까지의 연령층에 속하는 젊은이'를 통칭한다. 이들은 성숙하지도 미성숙하지도 않은 불안정하고 역동적인 이중구조를 지니며 이성보다는 감성이 강한 편이다.[1] 그들은 시대적 상황으로 볼 때 도시로 유입된 20세 전후의 노동자이거나, 1960년대부터 경제적 부를 축적한 부모를 둔 혜택받은 대학생들이다. 이전 시기의 청년이 고등교육, 특히 대학교육을 받은 지식과 교양을 갖춘 사람들로 한정되었다면 1970년대 청년은 대학생뿐 아니라 도시 노동자, 농민, 직장 여성들, 결혼 적령기의 청춘남녀로 확대된다.[2]

1970년대 대중연애서사의 청년은 성별적 의미가 제거된다. 이들은 동일한 가치를 추구하는 세대적 의미를 지니며 이전 세대의 문화와 가치에 저항적이고 새로운 사회의 주역이 된다는 점에서 대안적이다. 1970년대의 사회적 현실을 20대적 감성과 치기(稚氣)로 살아낸 이들의 저항이란 고작 모색이거나 수동적이기 십상이다. 하지만 이들은 시선과 인식을 지님으로써 성장의 가치를 지니며 서사의 결말에 이르러 실제로 어떠한 발전을 이룩해냄으로써 변화된 모습을 보여준다. 결국 1970년대 대중연애서사는 많든 적든 간에 청년 주체의 성장, 혹은 반성장의 기록이며 이것을 젊음의 미덕처럼 지닌 성장소설의 구조를 갖는다.

대중연애서사의 성장의 형식은 사회적 자아보다 개인적 자아의 성장을, 이전 세대의 문화 이념과 가치에 대한 반성과 지향을 꾀한다는 점에서 청년주체의 성찰을 지향한다. 하지만 이러한 성장의 이행기에는 반드시 통증과 상흔을 갖게 마련인데 고통의 체험이 있어야만 올바른 성장이 가능하기 때문이다. 청년의 성장은 청년에서 성숙한 주체로, 아버지의 세계에 진입하는 것을 의미한다. 하지만 모든 주체가 건강한 성장, '아버지-되기'에 성공하는 것은 아니다. 청년 주체는 세계의 부조리와 불합리를 발견하고 경악한다. 하지만 그들의 놀람과 경악은 아버지 세계와의 전쟁으로 이어지지 못하고 방안으로, 군대로, 주체를 함몰시키는 패배의 정신으로 도출된다. 이러한 결과는 이들이 아버지만큼이나 폭력적이고 영악하지 못하기 때문이다. 그들의 패배는 자인된 양식이며 패배를 시인하는 주체의 내면은 다분히 비극적이다. 그러나 패배를, 죽음을 수용하는 이들

1   김종대, 「청년 문학·문화」, 『독일 청년문학과 청년문화』, 문학과지성사, 1990.
2   김현주, 앞의 글, 49~50쪽.

은 잘못의 주체를 비난하거나 도덕적으로 단죄하지 않고 자발적으로 희생양이 된다.

건강한 성장의 이면에는 성장 주체에게 반성과 회의의 계기를 마련하는 반성장의 희생양이 있기 마련이다. 그러나 소멸되는 주체는 악의적 인물이 아니기 때문에 1970년대 대중연애서사는 멜로드라마적 공식성에서 엇나간다. 백치와도 같은 순수한 영혼, 자신의 모든 것을 바쳐 헌신적으로 사랑하였음에도 버려짐에 대한 도덕적 책임을 묻지 않는 개방성, 순수한 서사주체의 새드 엔딩(sad ending)이야말로 1970년대 대중연애서사의 세계를 비극적으로 물들인다.

1. 남성 입사식(入社式) 구조와 자연주의적 비극의 재현

『별들의 고향』은 근대문학의 상징적 형식이자 대중연애서사가 즐겨 차용하는 성장소설의 구조를 통해 개발독재기 남성의 입사 과정을 그려낸다. 현재-과거-현재의 구조를 통한 회상의 형식은 문오가 경아의 죽음을 계기로 자기를 정립하는 입사의 과정을 담아내기 적합하다. 또한 기억이나 회상의 방식은 자기 고백의 목소리를 날것으로 드러내기 때문에 반성적 사유를 드러낸다.

"이제 내 얘기를 해야겠다"(『별들의 고향』 하, 41쪽)로 시작되는 문오의 서사는 일상적인 현재의 자아가 경아와의 체험을 통해 입사의 구조를 치러낸 자아임을 알게 한다. 경아는 문오가 철부지 같은 젊은 날과 작별하고 새로이 자신을 정립해가는 계기를 마련한 인물이다. 문오는 경아의 장례를 치르면서 그녀의 추락의 과정을 회상하고 다시 일상으로 복귀하는 모습을 보여주는데 과거와 영별(永別)한 주체의 현재 모습은 입사를 거친 성숙한 남성의 시선을 보여준다.

성장소설의 이항대립적 구조에 따르면 새로운 자아, 개방적 존재가 되기 이전의 주체는 결핍과 미숙의 증상을 갖는다. 그들은 개인의 주관적 욕망을 통제하지 못하고 욕망과 질서의 틈바구니 속에서 자아를 왜곡한다. 잘못된 이끌림으로 신체를 훼손하거나, 자유를 무제한으로 방기하여 질서에 대항한다. 어떠한 행동 양태를 보이든 이들은 세상에 부정적 태도를 지님으로써 삶의 각을 세운다.

경아를 만날 즈음 문오의 생활이란 무력함과 방탕함으로 일관된다. 학교를 졸업하고 군대를 제대하고 나서도 이렇다 할 직업과 일상을 갖지 못한 그는 저녁이면 친구들과 술 푸념을 하는 것 외엔 정말 하는 일이라곤 없었다. 서울 생활이라야 시골의 부모님이 부쳐주시는 돈으로 호사(豪奢) 아닌 호사를 누리고 있었고 딱히 멋진 생활을 영위해 나갈 만큼의 능력이 필요하지 않았기에 하루하루 시간을 '죽여 나갔다.' 당시의 문오는 자신에 대한 불만과 자괴감에 가득 차 있다. 예술적, 생활적 능력의 결핍, 지나치게 무디거나 혹은 감상적인 성격, 새로운 것을 시작하기엔 늦어버린 나이와 결단력, 이 모든 현실과 그 현실에 어울리는 문오는 패배자였다.

술과 잠과 무위로 채워진 그의 일상은 권태롭고 고독하며 병리적이기만 하다. 문오의 젊음은 성장을 멈추고 있었다. 이렇게 서른 즈음의 문오가 '모든 것에 자신이 없는' 무력한 인간이 될 수밖에 없는 것에는 이유가 있는 듯하다. 한때 문오는 그림도 열심히 그리고 학교 측에서도 유망한 청년으로 여겨주며 미래에 대한 자신만만함과 야심으로 넘쳐났었다. 하지만 군에 입대하고 철저히 사병 생활을 탐닉하고 다시 학교로 돌아 왔을 때 문오는 더 이상 그림을 그릴 수가 없었다.[3]

닥치는 대로 그림을 그려도 사물의 새로움과 본질을 놓치지 않았던 학

---

[3] '그림을 그리지 못함' = '자신이 없음'의 등식은 문오에게서 삶의 모든 능력이 사라짐을 뜻하며 군대는 그에게 '벌거벗은 자못 음탕한 나체 여인을 그리는 정도'의 손을 남겨 주었으나 '눈'을 빼앗아 갔다. 획일성과 동일성의 최대규율기관인 군대체험 이후 "나는 그림을 그릴 수 없었다"는 언술은 시선의 거세, 지배 이데올로기의 조용한 폭력 등과 같은 상징적 장치로 해석할 수 있다.

생시절과 달리 그림에 대해 자신이 없어지는 순간 문오는 더 이상 그림을 그릴 수 없게 된다. 그것은 단순히 붓을 들어 사물을 모방해 내는 테크닉의 감소가 아니라 사물을 감각하는 각(角)의 손실, 시선의 사라짐, 주체의 심각한 정체성의 위기를 뜻한다.

실상 문오가 자포자기하는 심정으로 쫓기듯 군대에 입대하고, 자신의 삶의 능력의 발현태로서 그림을 그릴 수 없게 된 진정한 이유는 지독하게 사랑했던 여인, 혜정에 대한 사랑의 상실로부터 출발한다. 혜정은 그의 진정한 욕망의 대상이지만 가난한 미술대생과의 결혼이 가져올 어두운 미래를 예감하고 늘 도망갈 준비를 완료하고 있는, 그래서 언제나 문오를 조마조마하게 하는 여성이었다. 자신의 진실한 사랑을 언제나 현실감으로 되받아치는 혜정의 존재 앞에서 그는 쓰라린 패배감을 느낀다.

전방까지 찾아와 자신의 약혼을 통보하는 혜정을 옆방에 두고 무력으로라도 그녀를 갖지 못한 채 자위행위에 몰입하는 문오의 모습, 군대는 그러한 문오의 실패한 사랑의 도피처였으며 혜정의 약혼이 확인된 이후 문오는 더 이상 그림을 그릴 자신도 도무지 그림도 되지 않게 된다. 문오에게 있어 그림은 '문오 자신'을 뜻한다. 문오가 혜정을 가질 수 없음은 문오가 더 이상 그림을 그릴 수 없게 되었음으로 은유화되고 사랑의 상실이 그 스스로를 세상과 절멸하게 만든다.[4]

현실의 무능력한 주체를 조장하는 과거의 사건은 욕망하는 대상과의 사랑의 실패였음이 드러났다. 서사의 표면은 주체의 현실적 내핍(耐乏)이 군대에 다녀온 후 그림을 그릴 수 없다는 것에 대한 자괴감, 현실적 의욕의 상실로 표현되어 있지만 그 이면에는 자신이 유일하게 사랑했던 여인에 대한 갈망과 좌절이 존재하고 있었음을 알 수 있다. 그리고 당시의 결

---

4   나는 입버릇처럼 죽고 싶다고 뇌까리고 있었다. 혜정에게도 나는 편지를 썼다. 사랑한다고 썼다. 너의 모든 것을 가지고 싶다고 썼다. 다 쓰고 나면 나는 그것을 태웠다. 저녁 무렵이면 늘 코발트 빛깔의 죽음 뿌리가 보였다. 나는 늘 주머니 속에 죽음을 넣고 다니고 있었다.(『별들의 고향』 하, 70쪽)

픔과 시련의 시간에 등장한 것이 경아이다.

경아를 만난 이후에도 그의 삶이 달라진 것은 없다. 한 달 치의 생활비를 열흘도 못되어 다 날려버리는 방탕하고 무질서한 생활은 계속되었지만 가장 큰 변화는 그림을 그리고 싶다는 욕망의 재기(再起)이다. 사물을 바라보는 경이(驚異)의 시선이 경아의 육체를 바라봄으로써 다시 눈뜨게 된 것이다. 혜정이 현실적 논리로 문오의 정체성을 위협하고 자존심을 훼손하였다면 경아는 혜정과 달리 문오의 남성다움을 회복시켜 주며 창작욕을 가져다준다.

> 그날 오후 나는 경아를 그렸다. 나는 오랫만에 화가(畫架)를 세우고 삼각 다리를 고정시켜 화판을 놓았다. 그러자 새삼스레 오랫동안 잊혀졌던 그림에의 욕망이 꿈틀대면서 불붙기 시작하였다.
>
> (…중략…)
>
> 나는 퇴색된 젊음이, 젊은 날의 무료함이, 고독함이, 고독이 한꺼번에 녹을 벗기고 빛나오는 것은 느꼈다. 나는 자신감에 넘치기 시작하였다.
>
> —『별들의 고향』 하, 138~139쪽

늘 마음 한구석에서 그림을 그려야 한다는 욕망은 삶에 대한 욕망과도 같이 꿈틀거리고 있었다. 외로움과 우울과 권태를 일시에 해소시켜버리는 긴장감과 첨예한 의식, 그리고 일순 튀어 올라 보이는 사물의 각. 문오는 경아를 그림으로써 상실한 주체, 잃어버린 청춘을 구원받게 된다. 이후 문오의 시간은 경아에 대한 기다림과 그림 그리기로 연속되지만 사랑을 가장한 그들의 관계는 낭만적이지 않다. 낭만적 사랑이 열정적 사랑을 궁극적으로 무릎 꿇릴 수 있었던 것이 열정적 사랑이 가진 과도함과 무질서를 결혼이라는 제도로 안정화 시켰기 때문이다. 낭만적 사랑의 가장 큰 무기는 바로 사랑하는 두 연인들의 감정적 혼란과 섹슈얼리티를 가정 속에서 정착시켰다는 것이다. 문오와 경아의 사랑에 존재하는 것은 사랑으로 포장된 정의할 수 없는 감정과 난폭한 섹슈얼리티이며 부재하는 것이 책임, 규율, 도의적인 의무감이다. 문오가 꿈꾸는 사랑은 약대생이 가져다주는 경제적 안정과 그녀의 합리성, '진짜' 사랑하는 사람과 함께하고픈 충동이다.

문오가 경아와 함께하는 시간은 미성숙한 주체가 성숙한 주체로 나아가기 위한 고난의 과정이다. 비록 그들이 함께하는 시간이 '즐거움'과 '구원'으로 포장되어 있지만 성장을 갈망하는 주인공은 시련과 분리의 고통을 체험하고 스스로의 미숙과 부족함을 극복함으로써 진정한 성인의 세계에 진입할 수 있는 것이다.

문오는 겨울 내내 경아와 헤어져야 한다는 생각뿐이었다. 그리고 지루한 겨울이 지난 초봄 헤어질 것을 제의한다. 받아들여지지 못한 사랑의 초조와 불안을 버리고, 그리고 자신의 분신과도 같은 경아를 버리고 고향으로 내려갈 것을 고백한다. 문오는 고향으로 내려와 신통하게도 잘 그려지는 그림을 그리며 서울의 일들을 거짓말같이 잊고, 혜정과의 첫 번째 육체적 해후(邂逅)[5]를 통해 그간의 수치심을 씻어 내고 위축된 자존심을 회복시켜 남성적 정체성을 재정립한다. 혜정과의 성적인 결합은 그간 '홀로 바다에 나가 헤매다가' 다시 '육지로 되돌아온' 것과 같은 회귀의 항해(航海)로 비유되면서 건강한 남성으로서의 새로운 출발이 예시된다. 문오는 혜정과의 결합을 통해 1차적 입사를 완성시킨다. 내밀한 욕망을 충족시키고 자존심을 회복한 후 미지의 세계로 향하는 것처럼 떨리는 마음으로 서울로 올라와 대학에서 미술 강사를 시작한 문오는 이제 예전의 그가 아니다.

서울에 온 후 도시의 그림자인 경아가 그의 내부를 흔들어 놓기는 하지

---

5 나는 혜정의 머리를 잡아당겼다. 혜정의 몸이 내가 당기는 힘에 의해서 조용히 빨려 들어왔다. 나는 혜정의 입술을 빨았다. 그리고 축축한 암벽 위에 혜정을 뉘었다. 혜정의 몸은 너무나 편안해서 너무나 익숙하고 너무나 아늑해서 나는 무언가 안정이 되는 기분이었다. 혜정의 손이 나의 등으로 해서 나를 꼭 붙들고 있었다. "이것이 처음이군, 혜정에게 뽀뽀해 본 것이 처음이군."(『별들의 고향』하, 272쪽)

만 문오는 두 번의 짧은 만남을 통해 경아와 이별한다. 약간의 돈과 한 장의 편지를 남겨둔 채 도망치듯 떠나온 그에게 생활이 찾아오고 삼년의 시간이 흐른 뒤 경아의 부고(訃告)가 전해진다. 비로소 문오는 경아의 죽음을 통해 자신의 퇴락한 젊음과 영별(永別)하게 되고 반성적 자의식을 가진 성숙한 남성으로 2차 입사를 완성하게 된다.

입사(入社)란 죽음과 성(性) 또는 선과 악의 도덕적 갈등, 그리고 미와 추 같은 일련의 충격적 경험의 의미를 미숙한 주체가 수용하면서 이전과는 다른 변화의 효과를 가지고 어떻게 성숙되었는가에 초점을 맞춘 성장의 형식이다.[6] 문오는 혜정과의 성적 결합을 통해 자신에게 위축감과 상실감을 선사한 장본인으로부터 수치심과 부끄러움을 털어버리고 남성적 정체성을 회복한다. 하지만 이러한 자의식에는 여전히 자신이 소비해버린 것에 대한 불안감과 후회가 남아 있었는데 경아의 죽음을 통해 죄의식을 상쇄시킴으로서 비로소 성숙한 남성으로서의 입사를 마무리하게 된다.

도시 속으로 편입하여 멋진 성장과 적응을 이루어 낸 문오의 서사와 달리 작가 스스로 언급했듯이 '우리들이 함부로 소유했다가 함부로 버리는, 도시가 죽인 여자의 이야기'[7]는 착하고 예쁜 여주인공 경아가 아무런 운명적 보상 없이 죽어감으로써 냉혹한 현실을 보여주는 자연주의적 비극의 플롯을 보여준다. 문오가 성인으로서의 자기 정체성을 확립하는 입사의 과정에서 경아는 매혹적이지만 궁극적으로 거부의 대상이 됨으로써 서사의 표면에서 삭제된다.

　"팔자 사납군."
　"사면 초가야, 부모 중에 한 사람은 일찍 사별할 상이어서 부모 덕은 없겠고, 젊은 나이에 나마 여럿 갈아치웠겠군. 어때 내 말이 맞지?' 경아는 고개를 숙이고 있었다. 경아는 이미 체념해서 무슨 벌이라도 달게 받겠다는 듯 가만히 앉아

6　이재선, 『현대한국소설사』, 민음사, 1991, 471쪽.
7　최인호, 「작가의 말」, 『별들의 고향』 상, 샘터사, 1994, 15쪽.

있었다.

"앞길도 순탄하지 않아, 결혼은 생전 못할 팔자로군. 미국 가서 살아. 외국이나 가면 모를까." 갑자기 경아의 얼굴에서 눈물이 굴러 떨어지기 시작하였다. 숙인 고개에서 눈물이 뚝뚝 떨어졌다.

(…중략…)

"아까 들었죠? 바로 그대로예요, 난 바로 그런 여자예요. 나는 불행한 여자예요."

—『별들의 고향』 하, 101~103쪽

유명한 점쟁이의 목소리로 언술되는 경아의 인생은 사랑하는 아버지의 죽음, 첫사랑에 버림받은 후의 임신과 낙태, 그로 인해 아기를 가질 수 없게 된 것에 대한 이차적 배신, 술과 담배로 인한 전락 등으로 일목요연하게 요약된다. 순결을 상실하고 호스티스로 전락해 결국 죽음에 이르는 경아의 수난사는 자기 방임과 모든 것을 '제 탓'으로 만들어버린 수동적인 처세로 인해 죄의 생성과 소멸을 내부에서 연소시킨다.

경아는 사건이나 결과에 대해 자신의 의지와는 무관하게 세계 속으로 던져짐으로써 자신의 불행을 운명적 비극이라 간주하고 '불행한' '틀림없이 그렇게 될 수밖에 없는' 그런 여자의 운명 속에 자신을 가둔다. 서사의 전면은 그녀의 비극의 결정적 원인을 발전과 도태, 적응과 소멸이라는 진화론적 사유에 둠으로써 변화된 사회에 적응하지 못하는 여성인물 자체에 '하자'가 있던 것으로 처리한다. 경아라는 여성의 불행은 윤리적 관습이나 남성지배적인 사회 분위기, 급속한 산업화로 인간의 가치가 물신화되는 세계의 소비물로 저 멀리 『감자』의 복녀의 세계와 맞닿아 있다.

하지만 경아 스스로는 자신의 실패와 몰락을 비관주의라는 틀 속에 가두지 않는다. 그녀는 하나의 계절이 가면 또 다른 계절이 오듯 하나의 사랑이 가면 또 다른 사랑이 오리라는 기대를 갖기에 지나치게 순수하다. 경아의 남성 편력과 여러 남성들과의 자유분방한 성관계, 능동적이고 의지적인 모습을 보이지 않는 타락적인 수동 일로의 서사가 독자들에게 큰 거부감 없이 오히려 슬픔을 자아내거나 안타까움으로 비쳐지는 것은 경아 자체의 순진무구함과 착한 심성 때문이다. 독자들의 뇌리 속에 어렴풋이 예상되는 파멸의 전조와 대립하여 끊임없이 화장하고, 연애하고, 기다리고, 매달리는 경아의 지향적 서사는 이러한 이유로 아름다운 슬픔과 동정을 자아낸다.

『별들의 고향』은 어른들을 위한 성인동화를 표방하고 있으며, 동화의 궁극적 목적이 '즐거움을 통해 교훈을 주는 것'이라면 『별들의 고향』은 경아가 죽음에 이르는 과정을 '잔혹동화'로 보여줌으로써 성별에 따른 새로운 역할을 규정하고, 성과 결혼과 사랑에 대한 시대적 인식을 반영한다.

2. 여성 제의적 성장구조와 파시즘적 알레고리

> 누구에게나 생애 가운데 한 번쯤은 자기가 이제까지 지녀오던 인생에 관한 태도를 커다랗게 수정하거나 자신도 모르게 쓰고 있던 껍질을 한 허물 크게 벗게 되어 자신의 생에 관한 새롭고도 뚜렷한 전망을 세울 수 있는 계기가 생기게 마련이다. 그리고 그것은 다른 여러 경우가 있을 수 있겠지만 연애와 더불어 오는 경우가 상당히 많다고 할 수 있는데 이화 (伊花)의 경우 그것은 여고 3학년 때 찾아왔다.
>
> —『겨울여자』 상, 7쪽

『겨울여자』의 첫 시작부분이다. 인간에게는 누구나 자신의 인생관을 변화시킬 생의 한 지점과 계기가 있기 마련이라는 언술과 이화에게는 그러한 계기가 연애를 통해 가능했다는 서술자의 독백은 이 소설이 사랑을 통해 여성이 변화, 성장하는 여성 성장소설로서의 해석을 가능케 한다.

성장소설이 유년기에서 청소년기를 거쳐 성인의 세계에 입문하려는 인물이 겪는 내면적 갈등과 세계에 대한 각성의 과정을 담는 형식이라면 이 작품은 여고 3학년의 사춘기적 감수성을 지닌 여학생이 연애를 통해 성과 사랑에 대한 새로운 깨달음을 얻고 여성 정체성에 대한 자각을 보여준다는 점에서 여성 성장소설의 전형을 보여준다. 일반적인 여성 성장소설이 성과 사랑을 매개로 여성 정체성 형성에 머무르는 반면 이 소설은 연애과정을 통해 세계의 악을 발견하고 여성적 방식으로 악과의 대결을 펼치며, 여성으로서의 삶의 한계를 인식하고 각성하는데 까지 이른다는 점에서 좀 더 발전적 형태를 띤다.

여고 3학년의 유이화는 민요섭이라는 남성으로부터 생에 처음으로 연애편지를 받는다. 연서는 자기소개, 구애의 고백, 상대방의 반응에 대한 궁금증으로 이루어진 일반적인 연애편지의 형식이 아니라 이화의 하루 일과, 버릇, 습관에 대한 상세한 기록으로 이화에게 성적 불쾌감과 두려움을 유발시킨다. 하지만 이화는 발신인이 없는 편지를 받게 된 사건보다 그 사건을 대하는 가족들의 태도에 더한 수치심을 느낀다. 가족들은 이화가 익명의 편지를 받게 된 것이 행동에 따른 결과이므로 본인이 스스로 처리해야 할 문제라고 생각한다. 이 사건을 계기로 가족 또한 타인일 수밖에 없음을 깨달은 이화는 심리적인 개별화 과정을 겪으면서 이 이상한 도전(익명의 편지로부터의 구애)을 혼자서 맞서 나가리라 다짐한다.

일 년의 시간이 흐르고 그간 민요섭에게 우정 비슷한 감정을 느끼던 이화는 상상의 대상을 상징의 세계에서 만나게 되고 그와 함께 여행을 가게 된다. 여행이 가져다주는 감정적 흔들림, 섬이 부여하는 공간적 고립감, 결정적으로 남성의 성적 욕망에 대해 전혀 무지한 미숙한 주체인 이화는 본능적 감정을 이기지 못하고 이화를 부둥켜안은 민요섭의 돌발적인 행동에 커다란 충격을 받게 된다.

이화는 사랑을 가장한 남성의 욕망을 육체에 대면하게 됨으로써 건실한 기독교 집안에서 배운 정신적이고 순수한 사랑에 대한 지식에 혼란을 일으키게 된다. 요섭에게 도망쳐 나오다 발목을 삐게 되고 이후 민요섭과는 완전히 절연한다. 하지만 다친 발목이 나을 때쯤 요섭이 이화에게 저지른 죄에 대한 죄책감으로 자살하였다는 소식을 듣게 되고 오히려 자신이 그에게 죄를 뒤집어씌운 것이라는 죄지음에 대해 고통 받게 된다. 이화에게 민요섭의 죽음은 건강한 남성의 우발적 행동을 요란스럽게 대처한 죄책감을 유발하지만 그의 죽음 이후 어떠한 의식이나 행동의 변화를 보이지 않는다는 점에서 당장의 각성은 마련되지 않는다.

이화는 대학에 입학하여 우연히 만난 우석기와 사랑에 빠진다. 장난같이 시작된 그들의 만남은 곧 서로 간의 강렬한 이끌림으로 진지한 관계로 발전하게 되고 연애의 과정에 있는 일반적인 남녀들이 그렇듯 석기는 이화에게 강한 육체적 욕망을 느끼고 그것을 실현한다. 이미 자신의 육체적 거부가 타인에게 커다란 폭력일 수 있음을 경험한 이화는 그의 육체적 공박을 피하지 않고 담담하게 받아들인다. 그리고 석기와 헤어져 돌아온 날 밤부터 닷새 동안 누워서 앓기 시작한다.

여성 성장소설에 있어서 여성인물들의 성장은 자신이 성적으로 어떤 존재인가 하는 의문에서부터 출발한다. 그것은 개인이 사회적 자아로 성장하기 위한 과정에서 필수적으로 겪어야 하는 성적 정체성의 확인이라는 문제이다. 성장소설에서 그것은 성장의 필수적인 관건이라고도 할 수 있는 절실한 의문으로 주인공들이 맞닥뜨리는 삶의 위기이자 계기를 이룬다.[8] 자신의 성적 정체성과 타인의 욕망을 이해할 수 없는 상황에서 겪은 육체적 위기는 미숙한 주체에게 강한 충격과 폭력으로 다가왔지만 "예쁘고 마음에 드는 여자한테 입 맞춰주고 싶은 건 자연의 섭리"(『겨울여자』 상, 142쪽)라는 석기의 설명은 각성의 계기를 마련한다.

민요섭의 죽음은 인간의 보편적인 죽음에 대한 인식의 충격이라기보다 자신의 죄로 인한 타인의 극단적 선택이라는 점에서 이화에게 죄지음에 대한 충격이라 할 수 있다. 그리고 그 죄지음의 근원이 자신의 성적 결

---

8   김경수, 「여성 성장소설의 제의적 국면」, 『페미니즘과 문학비평』, 고려원, 1994, 240쪽.

벽성에 있었음으로 이화는 자신의 '성(性)'에 대한 새로운 자세를 부여받는다. 죽음과 성적 정체성의 정립은 사춘기적 자아가 정신적 성장을 위해 겪어야 할 필수적인 한 단계이다.

이화는 민요섭을 죄의식에 빠져 죽게 한 것은 자신임에도 자신은 아무것도 모른채 건강하게 살아남은 존재라는 삶의 부채감을 상쇄하고 그로부터 벗어나기 위해 닷새간의 지독한 병을 앓게 된다. 의사(疑似) 죽음과도 같은 닷새간의 지독한 병은 일종의 제의적인 의례로 이해될 수 있다. 이러한 죽음은 존재의 소멸로서의 죽음이 아니라 성장의 단계로서의 거짓, 죽음이다. 이 거짓 죽음으로 인해 이화는 거듭나게 되고 새로운 주체로 각성하게 된다.

> 민요섭에 관해서는 역시 자기의 지나친 매정함이 그의 죽음을 불러 왔다는 자책이 되살아났고 아버지가 말하는 사랑에 대해서는 비로소 그 완전한 뜻을 이해한 것 같은 기분이 되었다. 그리고 우석기라는 사람도 역시 나쁜 사람은 아니라는 마음으로부터의 대답을 들었으며 자기의 육체에 관해서는 그것이 처음부터 그렇게 아끼고 도사릴 만한 특별히 소중한 물건은 아니라는 생각에 도달했다. 애초에 자기라는 개체 자체가 그렇게 아끼고 도사릴 만한 존재는 아닌지도 모른다는 생각마저 들었다. 그러자 그녀는 마음 속이 별안간 햇빛이 가득 비치는 양지바른 곳처럼 환하고 따뜻해지는 느낌을 맛보았다.
>
> ―『겨울여자』 상, 144쪽

각성의 요지는 '육체'에 관한 새로운 인지이다. 지금까지 이화는 육체에 깃든 욕망을 더럽거나 혹은 나쁜 것이라고 생각하였다. 이러한 생각의 극단이 민요섭을 죽음에 이르게 만들었고 스스로를 죄책감으로 물들였다. 하지만 육체적, 성적 욕망은 인간이라면 누구나 갖는 자연스러운 감정의 발로임을 깨닫게 되었을 때, 그것은 육체적이든 정신적이든 아무 문제가 되지 않는다는 것이 이화가 도달한 결론이다. 사랑이라는 이름 안에서 육체와 정신이 동등할 때 그것이 진정한 사랑이며, 그러므로 자신이 보유한 '순결'이라는 것은 하등의 중요한 것이 아니라는 결과에 이른다. 전통적이고 보수적인, 외부로부터 학습된 여성의 의무와 순결 이데올로기의 껍질을 깬 이화는 닫혔던 자기를 열고 거듭나게 된다.

이후 그녀는 무엇이든 마음을 기울여서 보면 모든 것이 새롭게 보인다는 사실을 깨닫는다. 그녀는 자신의 방안에서 어린 시절의 사진을 바라보며 지금의 자신과는 하나도 닮지 않은 것 같은 생소한 감정을 느낀다. 그리고 예전의 사진 속의 자신과 지금의 자기 모습 사이의 변화를 이상한 전율과도 같은 감명 속에서 받아들인다. 자신의 과거를 낯설게 느끼고 새로운 모습의 자신을 바라보는 성숙한 이화의 시선은 미성숙한 자아가 성숙의 단계로 한 걸음씩 나아가고 있음을 보여주고 이러한 변화를 고통 없이 받아들임으로써 긍정적 성장의 결과를 보여준다.

민요섭의 자살과 우석기와의 성적 접촉, 사랑에 대한 근본적 규정의 선회는 통과의례적 성격을 갖고 이화의 성적 정체성 형성에 기여하였다. 하지만 이화는 우석기와의 연애관계가 지속되는 과정에서 성숙한 주체라고 보기 어려운 무지에 가까운 사회 정치적 인식을 드러낸다. 이화가 의사-죽음을 통한 통과의례적 제의를 통해 스스로 성숙한 주체가 되었다면, 당대의 지배 권력의 모순과 억압에 대한 새로운 각성을 통해 세상과 대결하는 태도의 변화를 이끌어 내는 것은 우석기를 통해서이다. 이화는 우석기와의 연애 과정을 통해 '세계의 악'을 발견하고 체험함으로써 세계와 자아에 대한 새로운 인식, 성숙한 의식에 이르게 된다.

우석기는 자신이 배우고 습득한 지식과 의지를 바탕으로 폭력적 세상과 맞서 투쟁하였다. 하지만 그것은 언제나 실패로 돌아갔고 힘든 투쟁의 결과는 더 큰 침묵을 요구하였다. 그가 거친 세상에 맞서 하나의 진리로 깨달은 것은 '힘'의 논리이다. 정당하고 창조적인 힘의 사용이 불가능한 현실, 비록 자신은 물리적 투쟁과 반항에 실패하였지만 이화를 세상의 연민을 끌어안고 그것을 치유하는 '훌륭한 여학생'으로 성장시킴으로써 우석기의 실패는 각성의 밑거름이 된다.

가엾고 불쌍한 우리나라 사람들, 발전과 성장 앞에 진리와 자유를 담보 잡힐 수밖에 없었던 사람들, 현재를 희생하여 미래를 잡으려 했던 불나방들. 이화에게 남겨진 몫은 고통과 슬픔에 찬 우리나라 사람들의 연인이 되어 그들을 보듬어 치유하고 갱생의 길을 갈 수 있도록 도와주는 것이다. 이것이 석기가 죽고 이화가 살아남은 이유이며, 이 삶의 명제는 석기의 죽음 이후 이화의 모든 행동을 결정짓는 지침이 된다. 석기의 죽음으로 인해 느끼게 된 삶의 허무감, 그 허무감을 끌어안는 불쌍한 인간들에 대한 너그러움, 허무감이 체험되지 않는 채 습득하게 된 너그러움이란 한낮 애욕에 불과할 뿐이지만, 죽음을 통해 그것을 알게 됨으로써 이화는 진정한 각성과 성숙의 경지에 이르게 된다. 사랑하는 연인의 죽음과 그로 인한 여성의 제의적 성장은 언젠가는 죽을 것들에 대한 연민과 애정으로 드러난다. 이것이 석기의 죽음 이후 이화의 삶의 노정이다.

이 작품 속에서 이화가 보듬고 치유해야 할 가엾고 불쌍한 사람들은 남성인물들로 대변되는 물리적 약자들이다. 이들은 하나같이 '부러질지언정 휘어지지는' 않는 강인한 의지의 소유자들이지만 현재 처한 환경은 물리력을 행사할 수 있는 강자에 비해 위태롭고 위험하다. 그러므로 이들은 스스로의 자의식이나 또는 누군가에 의해 해체될 수 있는 가엾고 불쌍한 우리나라 사람들이다.

이 작품은 여성 주인공 이화를 중심에 놓고 볼 때 여성의 정신적·육체적 성장과정에 따른 여성 성장소설의 하나로 해석될 수 있지만 남성인물들을 중심으로 살펴본다면 당대 지배 권력의 폭력에 대한 사회 고발적 성격을 지닌 정치 우화소설의 성격을 띠게 된다.[9]

---

[9] 조해일은 1991년 이 작품을 재출간하면서 "발표 당시(1975년) 험악한 상황을 고려한 일종의 안전장치라고 할 만한 것들을 이번 기회에 제거할 수 있게 된 것은 다행"이라며, 이 작품을 '정치우화소설'이라고 표현한 바 있다. 최정호, 「1970년대 베스트셀러 소설의 형상화 연구」, 홍익대 석사논문, 2006.

민요섭은 자신의 아버지가 세상 사람들의 분노의 대상이 되는 정치가라는 것을 안 이후부터 스스로를 방 안에 감금하고 세상과 결별한 채 유폐된 삶을 살아간다. 세상은 공정치 못한 아버지를 정치가라는 이름으로 허용하였으며 그런 세상에 대한 울분은 아버지가 주는 모든 혜택을 거부하고 학교마저 포기하게 만든다. 그러나 자신 또한 어쩔 수 없는 더러운 피를 가진 아비의 자식임을 깨닫고 자살함으로써 더러운 세상과의 타협을 거부한다.

민요섭이 아버지의 그늘에서 벗어나지 못하는 미약함과 신체적 허약함에 대한 콤플렉스를 가지고 있었다면 우석기는 지배 권력에 대한 강한 비판의식을 언어와 행동으로 실천한 인물이다. 석기는 제도권의 비리를 고발하는 대학신문의 취재부장이자 학생운동에 적극 가담하고 주동하는 선봉장이다. 그는 공무원이던 아버지가 부정선거에 협조하지 않았다는 이유로 빨갱이라는 오명 속에서 죽음을 맞이한 상처를 지니고 있다. 그는 세상의 폭력이 불균등한 힘의 분배에 있으며 권력과 힘을 쥔 사람들이 약자를 억압하고 탄압할 때 세상은 부도덕해 짐을 알고 있다. 결국 그의 외로운 투쟁은 강제 입대와 의문의 교통사고로 종지부를 찍게 된다.

물리적 힘의 대표적인 신봉자인 김광준의 아버지는 "남과 싸워서 이기고 남을 짓밟고 남에게서 빼앗고 남보다 항상 월등한 지위를 누리지 않곤 못 견디는 인간"(『겨울여자』하, 583쪽)이다. 그의 아버지는 부와 권력의 세습을 위해 아들 또한 자신과 닮은 인간으로 만들고 싶어 하지만 광준은 위악적이고 폭력적인 아버지에 저항해 빈민촌에서 야학을 운영한다.

올곧고 정직한 아들들의 순수를 위협하는 '강한 아버지'는 정치, 경제, 사회적 측면에서 당대 지배 권력의 폭력을 상징하는 권력 집단 전체를 가리킨다. 산업화, 도시화, 기계화, 물신화 등 1970년대를 파시즘 체제로 이끈 '강한 아버지'는 공격성과 폭력성, 통제와 훈육, 독점적 지배를 통해 세계를 장악하였다. 이들은 파시즘적 질서의 영속을 위해 아들들을 길들이고 지배하려 하였지만 그 아들들은 아버지에게 죽음으로써 대항하며 다음 세대의 변화가능성을 예고한다. 하지만 이들의 순수성에 맞선 아버지의 절대적 힘은 불가항력이며 이들은 결국 그것을 넘어 서지 못하고 상징계에서 제거됨으로써 현실적 파국을 맞는다. '강하지만 나쁜 아버지'와 '약하지만 정직한 아들'의 대결은 1970년대 파시즘 체제에 대한 현실 고발적 의미를 지닌다.

3. 성장과 반성장의 대립구조와 가족 풍속의 와해

성장소설은 한 개인의 인격적 성숙에 관한 이야기로 소설 초반부의 서사주체가 후반부에 이르러 어떠한 계기를 촉매로 하여 변화된 모습을 보여주는 형식적 구조를 지닌다. 여성 성장소설의 경우, 이 변화의 촉매가 되는 것이 주로 '연애의 경험'과 '결혼의 사건'이다. 연애는 여성 주인공들의 행위를 추동하는 힘이자 정신적 성장을 가능하게 하며 결혼은 연애의 최종 목표 지점이자 궁극적으로 소설이 도달해야할 완성점이다.[10]

『휘청거리는 오후』를 여성 성장소설의 구조로 해석할 수 있는 것은 앞서 살핀 바와 같이 작품의 긍정적 주인공인 말희를 통해서이다. 말희는 정훈과의 사랑이 서로가 서로를 속이는 거짓 사랑임을 깨닫고 자신의 굴욕적 연애에 대해 반성한다. 자신의 연애가 단짝친구에 대한 자격지심에서 유발된 보상 심리로서의 우월감에 지나지 않은 것을 깨달은 순간 연애

---

[10] 여성인물들이 연애와 결혼을 통해 정신적 성숙을 이루는 것은 남성 인물들이 점진적 성장과 각성으로써 달성되는 것과는 대조적이다. 남성인물들의 정신적 성장은 오히려 연애와 결혼을 배제함으로써 이루어지며 남성인물들의 연애 실패 경험은 당사자들에게 본질적으로 상처를 주지 않는다. 오히려 연애에 실패함으로써 공적 가치에 눈 뜨게 되기도 한다. 이와는 달리 여성 성장소설의 주인공들에게 연애의 실패는 곧 육체의 훼손으로 이어져 그들의 삶을 본질적으로 변화시킨다. 연애의 실패는 결혼하는 데 치명적인 영향을 끼치기 때문이다. 노지승, 『유혹자와 희생양』, 예옥, 2009, 227쪽.

는 중지된다. 말희는 '미선의 레테르'를 떼어 버리고 자신을 직시하는 순간 진정한 사랑과 사물의 본질을 깨닫는 눈을 갖게 된다. 정훈과의 거짓 사랑을 끝내고 경하와 서로의 내면만을 향해 촉수를 세움으로써 성숙한 여성으로 성장하게 된다.

말희의 정신적 성장과 각성은 미선의 결혼식을 통해 현재적 사랑을 되돌아 보는 것에서 출발되었다. 여기에 두 언니들의 과오를 통해 사랑과 결혼을 이해하고 그것의 반작용으로 자신의 정체성을 형성해 나간다. 즉 말희의 성장 구조에는 두 언니들의 반성장 구조가 대립되고 반성장의 구조가 전면에 배치됨으로써 말희의 성장은 더욱 뚜렷해지는 양상을 보인다.

작품은 초희가 맞선 보는 날로부터 시작된다. 맏딸의 첫 맞선이 갖는 떨리고 흥분되는 분위기와 달리 작품의 전면은 과년한 여성의 초조감과 물질적 추악함으로 가득하다. 초희는 과육처럼 싱싱한 육체를 가지고 있으나 그 육체가 곧 썩은 내를 풍기고 시들어 갈 것에 대한 초조감과 남에게 멋지게 보이는 재미로 현실의 삶을 견뎌내는 허영기 많은 올드미스이다.

그녀는 결혼이나 인생에서 무엇을 원하는지 설명할 수 있을 정도로 야무지다. 사랑과 결혼은 별개이며 결혼생활에서 사랑 그 자체만을 의식하는 시간은 잠깐이지만 물질적인 생활환경을 의식하는 시간은 영원하리라는 구체적인 계획 하에 부자들의 생활을 동경하고 결혼을 통해 그곳에 안착하기 위해 악착같이 노력한다.

일반적으로 대중연애서사는 여성 서사주체가 사랑과 돈을 대변하는 남성인물들과 삼각관계에 놓임으로써 이 둘 중 어느 것을 선택하느냐에 따라 갈등이 고조되고 오해가 겹쳐지는 공식성을 취한다. 여주인공은 사랑을 지키려고 하나 현실적 존재기반의 취약성으로 갈등의 시간은 지속되고 최종적으로 사랑의 당위를 고수함으로써 여성주인공의 토포스는 유지된다. 하지만 초희에게 있어 사랑과 돈은 갈등의 대상이 아니다. 사랑하는 남자와 더러운 음식점에서 순두부 백반을 먹는 것은 나쁜 남자와 화려한 레스토랑에서 스테이크를 먹는 생활과 비견될 수 없다. 그녀에게 있어 처음부터 물질의 위력은 절대적이며 하나의 철학이 되어 인생 전체를 지배한다.

그러나 초희는 결혼관과 남성관이 절대적인데 비해 자기 인생을 주체적으로 판단하고 주도하기보다는 부모나 타인에게 전적으로 의지하고 있으며 그들의 속물적 허영심이 부추기는 대로 끌려 다닐 뿐이다. 그러므로 그녀의 맞선과 결혼 과정은 일반적 여성 성장소설이 보여주는 각성과 변화의 시간이 아니라 오히려 더욱더 타인에게 의존하고 유아적 형태를 취해가는 반성장의 구조를 갖게 된다.[11]

초희는 알맞은 조건에 부합하는 어마어마한 집안의 남성(조광욱)과 맞선을 보고 결혼에 이를듯하지만 부풀린 집안의 실체가 밝혀지고 파혼을 당하자 모든 실패의 원인으로 아버지를 지목한다. 그녀는 조광욱과 헤어진 게 슬픈 것이 아니라 상류 사회의 생활을 놓친 것이 분할 뿐이며 첫 번째 실패를 만회하듯 유복한 생활을 보장하는 공회장과 결혼하게 된다. 하지만 그녀의 결혼생활은 그토록 바라고 소망했던 부유한 생활이었음에도 행복감을 느끼지 못한다. 그녀는 어느 순간 그녀가 소유하고 누리고 있는 것의 가치를 모두 부정하고 조롱하는 비명 같은 신음소리를 듣게 된다. 그 신음소리가 그녀의 행복을 교란하고 불안하게 할수록 그녀는 화장과 보석에 집착한다.

초희에게 화장은 "매번 새롭게 태어나는" 느낌을 선사하는 매혹적인 경험으로 화장이야말로 자신을 가장 "즐겁게 하는 작업"이라고 생각한다. 일반적으로 여성이 화장을 통해 자기만족을 추구하는 것은 즐거움의 근거를 자신의 내부에 둠으로써 새롭게 태어나는 자아존중의 의미를 지닌다. 하지만 초희의 화장을 통한 육체 가꾸기는 남에게 보이는 데 목적

---

11 "엄마가 다 알아냈단 말예요. 엄마의 믿을 만한 친구가 중매 선 거니까 틀림이 있겠어요. 남자가 건강하고, 직장 좋고, 재산 있고, 집 사놨고, 초혼이고, 차남이고, 게다가 궁합까지 맞는다니까, 그만하면 한번 멋있게 살아보일 자신 있단 말예요."(『휘청거리는 오후』, 18쪽)

을 둔 행위로 곧 타자에 의해서 매겨진 가치에 대한 자기애에 지나지 않는다. 초희의 나르시시즘적인 육체 관리를 통한 퇴행적 성향은 결혼 후 보석에 대한 집착으로 중독성을 이어간다. 초희의 보석에 대한 중독은 결혼 후 자신이 잃어버렸다고 생각하는 젊음의 미에 대한 대타적 탐닉으로 연애감정에 대한 보상심리이다.

그리고 초희의 벗어나기 힘든 현실의 불안감은 XX정에 대한 중독으로 드러난다. 그녀는 XX정을 육체적 변화에 따른 심리적 안정을 위해 복용하기 시작하였지만 이제는 약을 먹지 않으면 더욱 불안함을 드러내는 중독의 중독 증상을 보인다. 중독은 불안감을 누그러뜨림으로써 개인에게 편안함을 제공하지만 이 경험은 언제나 일시적이기 때문에 패턴은 반복되고 주체는 길들여진다. 이러한 이유로 중독 경험은 일종의 자포자기이며 일상적인 생활환경에서 일반적으로 나타나는 자기 정체성의 보호에 대한 성찰적 관심을 일시적으로 포기하는 것이다.[12]

초희의 화장과 보석, XX정에 대한 집착은 중독의 다양한 대상들의 교체로 나약한 주체의 현실에 대한 도피적 방어이며 스스로 자율성의 결여를 인정하는 것이기에 부끄러움과 자책감을 동반한다. 이처럼 초희는 결혼이 지속 될수록 더욱더 퇴행해 가는 반성장의 전형적 모습을 보여준다.

초희의 완벽해 보이지만 허점투성이인 유아성은 말희의 어리숙해 보이지만 속이 알찬 성숙성과 대조를 이루어 정반대의 삶을 살게 한다. 말희는 결혼에 속물성을 부여한 초희나 정훈에게 대항해 자신만은 결혼의 본질적인 순수성을 건져낼 것을 다짐한다. 더불어 양자택일의 하나일 수밖에 없는 사랑과 돈이라는 선택 속에서 자신은 타인에게 의지하고 않고 자기가 배운 것을 통해 자립하고 '진짜' 사랑하는 사람과 결혼할 것을 다짐한다.

말희가 초희의 속물성에 대한 거부와 대타 의식으로 정체성을 형성하

---

12   앤소니 기든스, 앞의 책, 125쪽.

였다면 우희 또한 초희에게 적대의식을 느낀다. 우희는 연애 감정없이 순전히 타산만 갖고 결혼하려는 초희의 행태를 동물병원에서 맞선보고 꼬리쳐 수태하는 동물보다 못한 행동이라고 비난할 정도의 시원스럽고 건강한 성격의 소유자이다. 우희는 초희의 천박한 사랑에 대해 혐오하면서 불순물이 개입되는 결혼을 경멸하는 순수하고 낭만적인 사랑에 대한 욕망을 지닌 인물이다. 그러므로 자신과 민수의 사랑은 언니의 결혼과는 비교될 수 없는 정신적 순결성을 지니며 결혼 당사자 간의 '사랑'과 '자유의식'의 합의에 의해 이루어진 성숙한 사랑임을 강조한다. 그리고 외적인 열악함에서 자신의 순수한 사랑을 지켜내기 위해 육체적 결합을 감행한다.

그러나 우희와 민수는 자신들의 순수한 사랑을 지켜내기엔 '금 간 계집 콤플렉스'와 '가난뱅이 콤플렉스'가 심했다. 우희는 낭만적이고 순수한 사랑을 지켜내기 위해 단행한 육체적 결합이 오히려 민수에게 남성적 우월감과 자신감으로, 자신의 가난을 짐지우기 위한 목적에 지나지 않았음을 깨닫고 좌절한다. 그리고 민수 집안의 구질한 가난과 가진 것 없는 자들의 비굴한 욕망을 생생히 체험하면서 초희를 비웃었던 자만을 후회하고 오히려 초희가 얼마나 위대한 안목을 가졌는가를 찬양한다.[13]

초희와 우희는 낭만적 사랑과 돈의 선택적 플롯에서 그 출발을 달랐지만 서로 같은 지점에 도달해 있다. 초희는 유복한 생활을 꿈꾸는 인생철학을 결혼을 통해 완성시켰으나 결혼 생활 속에서 안정과 평화를 얻지 못하고 중독을 통해 퇴행적 반성장의 징후를 드러냈다면, 우희는 결혼 전 성숙된 자기의식과 자유의지를 가지고 있었으나 결혼 후 전근대적 가족제도 속에서 자신을 방기함으로써 수동적이고 비주체적인 모습으로 반성장의

13　우희는 사랑이 없이 다만 물질적인 풍요와 안일만 목적으로 한 결혼을 처음부터 경멸하고 있는 터였다. 그런 결혼에 앞장 선 초희 낯짝에 퉤퉤 침이라도 뱉고 싶은 적이 한두 번이 아니었다. 그러나 요즈음 민수네의 가난으로부터 오는 불행감이 그녀로선 도저히 극복할 수 없을 만큼 절실해질수록 초희의 선택에 대해 이해하는 아량이 생겨나고 있었고 문득문득 부러워지기까지 했다. "나도 마담 뚜한테 중매 부탁할까봐. 나도 언니처럼 되고 싶어. 형만한 아우 없다더니 언니가 옳았어."(『휘청거리는 오후』, 275쪽)

모습을 보여준다. 두 언니의 반성장의 징후가 전면에 노출되고 그들을 대하는 아버지 허성 씨의 비판적 목소리가 서사의 곳곳에 드러남으로써 말희의 변화와 성장은 이들의 반성장 구조와 반비례하여 더욱더 긍정적으로 부각된다.

이 작품은 세 딸의 결혼이 순차적으로 진행되는 가운데 그것을 뒷받침하기 위한 부모의 고투(苦鬪)가 왜곡되고 부모와 자식세대가 소통하지 못하면서 구성원 각자의 속물적 이기심으로 근대적 가족이 와해되는 풍속의 현장을 보여준다.

일반적으로 1970년대 소설에서 전통적 가족의 해체는 산업화와 근대화로 인한 농촌 인구의 도시 집중으로 시작되었다. 고향에서 전통적인 대가족의 구성원으로 가사노동과 농사일에 전념하던 구성원들은 농촌사회의 붕괴로 도시로 유입되고 물리적·심리적 단절감은 전통적 가족의 해체를 가속화시켰다. '뿌리 뽑힌 자'들로 명명되는 이들의 사회·윤리적 문제는 1970년대 소설의 핵심적 주제였다.

1970년대 소설은 부박한 하층민의 생활을 통해 전통적 질서의 와해를 부각시킨 다른 한편으로 도시를 중심으로 한 중산층 생활문화의 발전을 통해 가족 구조와 그 윤리적 관계의 변화를 보여주기도 하였다. 한국 경제가 본격적인 성장의 단계로 들어서는 1965년 이후 저개발 국가의 총력적 개발 논리, 일명 개발 내셔널리즘으로 호명되는 논리는 중산층이라는 계급을 행복의 이념적 지표로 상정한다.[14] 중산층 가정문화는 건실하고 부지런한 남편과 '모범적이고 양식 있으며 경제개념이 투철한' 가정주부를 안주인으로 설정하고 똑똑하고 말 잘 듣는 자식을 가족 구성원으로, 농촌의 대가족과 변별되는 핵가족(核家族)을 통해 건전가정의 이상을 드러낸다.

"비록 시골 사람들은 연놈이 배가 맞았다는 막말로 떠들어 댔지만"(『휘

---

14   김예림, 「1960년대 중후반 개발 내셔널리즘과 중산층 가정 판타지의 문화정치학」, 『현대문학의 연구』 32, 한국문학연구학회, 2007.

청거리는 오후』, 72쪽) 허성 씨와 민 여사는 열렬히 사랑하여 연애결혼을 한, 어느 정도 자수성가하여 현재의 일가를 이룬 도시 중산층 계층이다. 즉 허성 씨 가족은 전통적인 가족과 달리 낭만적 사랑이라는 토대 위에서 연애결혼을 바탕으로 형성된 근대적 핵가족인 것이다. 하지만 근대적 핵가족의 도시 중산층으로의 진입은 그 개방성이나 내구성에 비해 가족 구성원의 개별성을 강화시키면서 가족의 동반자적 유대를 약화시켰다. 구성원의 위치가 부여하는 임무와 책임을 수행하지 못했을 때 가족들의 비판은 거세지며 개체성의 강화는 가족질서를 위협할 정도로 강화된다.

평생 교육자로 살고자 했던 허성 씨는 세 딸의 미래를 위해 교직을 떠나 공업에 손을 대었다. "아닌 게 아니라 사람 꼴은 좀 사나워졌지만 수입은 월등히 나았다. 그래서 동생과 딸들이 주린 것 모르고 대학까지 마쳤고 아내도 궁기를 벗고 제법 귀부인 티가 났고 반들반들한 양옥까지 장만했다."(『휘청거리는 오후』, 16쪽) 그러나 허성 씨가 왼손을 잃어가며 이룬 노력에도 불구하고 세 딸의 결혼이 진행되는 과정에서 상류층을 향한 욕심에 현재의 가산은 턱없이 부족했다. 아내와 딸들의 불화와 불만은 보이지 않는 바늘이 되어 온 집안에 가득했고 모든 것을 부족한 아버지의 탓으로 돌리는 아내와 딸들의 성화에 허성 씨는 집에 들어가지 못하는 날들이 많아졌다.

이것을 단순히 결혼 적령기에 이른 딸들과 무능한 아버지와의 대립으로 본다면 풍속이나 윤리의 와해, 가족의 해체라고까지 확대 해석할 필요는 없겠지만 이들의 갈등과 대립은 단순히 부녀간의 갈등이 아니라 가족 구성원 전체의 교차적 대립 관계이며 그 바탕에는 인간적 유대로 맺어진 가족 질서를 뒤흔들 만큼 개인의 강력한 속물적 이기심이 자리 잡고 있다.

서로가 서로에게 더 많은 것을 빼앗아야 하는 이들의 관계는 남남보다 못하며 더 이상 가족이라는 이름의 탈을 쓰고 있어야 할 만큼의 예의도 남아있지 않다. 모녀간, 형제간, 부녀간, 자매간의 관계는 지겨운 악몽일 뿐이며 "가족을 야코 죽일 수만 있다면 악마의 치맛자락에라도 매달릴"

(『휘청거리는 오후』, 327쪽) 것이라고 다짐하는 장면은 섬뜩하기까지 하다.[15]

구성원 개개인의 욕망을 충족시키는 물질적인 가치가 최상에 놓이고 바로 그 물질적인 것에 의해 인간의 가치와 윤리가 무너지는 현장을 이 작품은 생생히 포착하고 있다. 가장 아름답고 순수하며 숭고해야 할 사랑의 의미, 서로 사랑하는 두 대상간의 신성한 결합이라는 결혼의 의미, 혈연으로 맺어진 공동체적 일치감으로 애정이 넘치는 관계인 가족의 의미, 이 모든 총체적 의미의 변질을 가족 간의 윤리적 변화를 통해 보여주는 것이 통속적인 흥미에 치중했다는 비판을 넘어서는 이 작품만의 소설적 가치이다.

---

15 "네. 부잣집으로 딸 시집 보내는게 보통 일이 아니다 싶어요. 전 이왕 부잣집으로 시집 가게 돼 버렸으니까 할 수 없지만 우희나 말희는 우리와 비슷비슷한 집으로 보내도록 하세요."(『휘청거리는 오후』, 78쪽) "언니가 시집만 가면 아버지를 졸라야지. 한 해에 둘씩 보내기도 힘겹겠지만 아버지는 아마 도와주실거야. 나는 언니처럼 욕심쟁이가 아니니까 언니처럼 많은 것을 해달라진 말아야지. 꼭 필요한 한 가지만을 해주십사고 간청해야지. 단 한 가지 우리들이 마음놓고 사랑을 할 수 있는 정갈한 방을 아버지가 주셨으면."(『휘청거리는 오후』, 108쪽) 민 여사는 미소를 지으며 초희 방을 기웃댔다. 거의 삼십 년 가까이 모녀관계를 지속해 오던 두 여자지만 모녀다운 이해성도, 애정도 없이 차디차게 마주봤다. 동시에 딸은 어머니로부터, 어머니는 딸로부터 미움받고 있는 것처럼 느꼈다. 민 여사는 초희를 이 집에서 밀어낼 시기가 난숙한 것을 막연히 느낀다.(『휘청거리는 오후』, 220쪽)

제3장

대중적 멜랑콜리(Popular melancholy)와
자발적 희생의 정화(淨化) 효과

1970년대 대중연애서사는 전형적인 연애소설의 삼각관계에 의존하지 않고 새로운 형태의 사랑 담론을 전개한다. 소설의 긴장감은 사랑하는 연인들의 갈등에서 유발되는 것이 아니라 서사주체의 욕망과 좌절, 성장과 적응의 과정에서 발생하는 심정적 갈등을 그려냄으로써 심미주체와의 동질감을 이끌어 낸다. 이때의 동질감은 동시대 서사주체와 심미주체의 발전과 도태, 적응과 소멸, 진화와 퇴보 중 후자에 해당하는 것들에 대한 멜랑콜리적 감정이다.

1970년대 근대화, 산업화로 명명되는 발전, 적응, 진화의 신화에는 살아남기 위해 수용주체가 버려야 했던 것들에 대한 애잔함, 향수가 그림자처럼 서려 있다. 이처럼 열정의 불능 뒤에 숨은 슬픔, 무기력, 허무감, 우수, 황폐함 등으로 정서화되는 멜랑콜리[1]는 성장과 혁신에 대한 자신감,

역사적 미래에 대한 낙관위에 설립된 근대의 진보적 세계관의 필연적 그림자이다. 1970년대 대중독자들은 역사의 발전, 전통적인 삶의 형태로부터 해방된 시민적 개인들의 자율성의 이면에 도사리고 있는 무관심, 고립, 범죄와 불안의 병리적 징후를 발견함으로써 '근대적 상실감'으로서의 멜랑콜리를 체험하게 된다.

멜랑콜리는 규정할 수도, 표상할 수도, 명명할 수도 없는 그것을 '상실'의 이름으로 불러내어 실체화한다. 단 한 번도 소유해 본적이 없기에 상실한 적도 없는, 우리가 소유할 수 있는 것은 상실감 그 자체뿐이다. 멜랑콜리가 진정으로 추구하는 것은 상실된 대상이 아니라 그 대상의 부재이며 대상이 현존하지 않는 한에서 독자들은 자신의 죄를 면죄 받을 수 있게 된다. 이는 성장의 신화가 빠른 속도로 일소(一掃)해 버린 가치들에 대한 서사주체와 심미주체의 전략적 반응이며 우울과 애도의 가면 속에서 건강하게 살아남은 주체들은 '녹아 없어져 버린 것'들에 대해 삼배(三拜)를 올릴 수 있게 된다.

대중독자는 동시대의 멜랑콜리를 미감하고 죄악의 발생을 전체에 소급함으로써 개개인의 죄의 대가를 소멸시킨다. 1970년대 혁신의 신화 속에서 자발적 희생양은 사회적 폭력을 미화하는 눈물 속에서 신성화된다. 대중독자들은 정화의식을 통해 부끄러움과 죄의식을 털어 버리고 성장의 이념으로 편입된다.

---

1   멜랑콜리(Melancholy)는 히포크라테스가 인간의 병리를 네 가지 체액론에 근거해 설명한 것에서 비롯되었다. 인체는 공기, 물, 불, 흙이라는 네 가지 원소에 상응하는 네 가지 체액(혈액, 점액, 황담즙, 흑담즙)으로 구성되어 있는데, 멜랑콜리는 흑담즙이 과도하게 나타나는 병적 현상을 뜻한다. 체액 병리학이나 인간학적 차원에서 멜랑콜리는 우울, 무기력 같은 병든 마음의 일종인 정신적 질병으로 분류된데 반해 철학이나 문학의 경우 상상하고, 구성하고, 사유하는 자의 비판적 감정으로 이해됨으로써 긍정적 지평을 넓혀갔다. 최문규, 「근대성과 '심미적 현상'으로서의 멜랑콜리」, 『뷔히너와 현대문학』 24, 한국뷔히너학회, 2005.

1. 공동체적 애도와 속죄양을 통한 면죄(免罪) 효과

『별들의 고향』의 전체 형식은 현재-과거-현재의 회상 형식을 통해 현재의 건실한 삶을 살아가는 내 앞에 과거를 반추하게 하는 사건이 끼어들고 그 과거의 시간을 현재의 사건으로 수습함으로써 지금 이 순간의 성장을 종결짓는다. 이중액자구조 속에서 내부 액자에 해당하는 '경아'의 이야기는 그녀가 연애하는 남성인물들의 순서에 따라 순차적으로 기술되어 '통속성'에 봉사하는 데 반해 '나'의 이야기는 소설의 전체 형식과 맞물려 현실의 권태와 허무에 찌든 나의 사건 — 자신만만하고 야심에 가득 찼던 나를 무능력한 인간으로 만들어 버린 과거의 사건 — 을 통해 재구성되는 현재의 나로 역순(逆順)을 취함으로써 '성찰성'을 주조해 낸다. 바로 이러한 통속성과 성찰성의 길항 관계 속에서 서사는 '나'의 시점을 빌리고 있기에 수용주체는 문오에게 감정이입을 하게 된다.

수용주체는 텍스트의 시작에서부터 대상화된 서사주체의 주검을 대면하게 된다. 독자는 '훌륭한 육체를 가진 여인'의 자살을 대면하게 되면서 갑작스러운 당혹감과 충격을 받게 되지만 이 '돌연한 사건'을 처리하는 서술주체의 묵직한 행동과 연민적 시선에 따라 그녀의 서사 내부로 자연스럽게 몰입하게 된다. 이와 같은 서사의 출발, 즉 대상화된 서사주체의 죽음은 예고되어 있고 그녀의 이야기를 기술하겠다는 '정직해 보이는' 서술주체의 설정은 심미주체로 하여금 '자살'이 유발하는 거부감을 완화시킨다. 더불어 이후 경아의 서사를 죽은 자에 대한 예우, 동정적 시선 안에 가두어 버림으로써 그 어떤 이탈적 행동도 서사 초반의 '자살'에 귀속되어 경아의 서사 전체를 견인하게 만든다.

서술주체의 체험적 기억에 의존하여 서술되는 경아의 서사는 네 명의 남성들 사이에서 펼쳐지는 가해와 피해의 에피소드적 구성으로 전경화된다. 각각의 서사주체들은 특징적 성격과 행동으로 독특한 인물군을 주조해 내지만 가해와 피해, 남성과 여성이라는 구조적 틀 안에서 고정적 위치를 가짐으로써 연애서사의 동일한 패턴을 반복한다. 경아만이 파멸의 전조를 예감하지 못하고 서술주체와 심미주체는 감정적 동질감 속에서 경아를 관조하게 된다.

하지만 대상화된 서사주체의 사랑에 대한 '무지'와 '어리석음'은 비판의 대상이 되지 않는다. 대부분의 대중연애서사에서 과도한 섹슈얼리티의 남용으로 남성을 유혹하는 '유혹자'들은 자신의 욕망에 따라 행동하고 사회적 질서와 규칙을 위반함으로써 지배 이데올로기를 위협한다. 이들은 수용주체의 긍정적 감정이입을 차단하고 철저한 비판과 감계의 대상이 됨으로써 텍스트에서 삭제된다. 악녀형 여성인물들의 일반화된 서사패턴에 따라 경아의 서사가 멜로드라마적 공식성으로 결론되어짐은 당연한 결과이지만 서사의 행간에서 발생하는 수용주체의 감상성은 전적으로 경아의 서사에서 기인함이 독특하다.

경아는 제도권 내의 질서 안에서 미혼여성의 임신과 낙태, 위장결혼, 술과 담배, 성적인 자유분방함, 호스티스의 경험 등으로 타락한 여성의 전형을 보여준다. 하지만 이러한 여성들의 전형성이 가지는 분풀이적 악담, 타인에 대한 증오, 세계에 대한 분노가 없다. 예쁘고 착하고 유아 같은 경아에게는 고뇌와 슬픔이 있을 뿐이다. 세계의 부정성, 가해자적 서사주체의 무책임성을 전적으로 수긍하는 대상화된 서사주체의 반응, "마치 모든 것이 자기의 책임이기나 한 듯이 눈물을 흘리고 앉아 있는"(『별들의 고향』 하, 103쪽) 서사주체에 대해 심미주체는 그녀에 대한 연민은 물론이거니와 스스로를 경멸하는 서술주체의 시선에 따라 반성적 시선을 갖게 된다.

고통과 하강의 시간 속에서도 새로운 희망과 기대를 저버리지 않는 서사주체를 안타까운 시선으로 바라보는 심미주체는 서술주체의 '젊음'으로 회상되는 과거의 시간을 함께하면서 절망감과 무기력에 젖어든 그의 태도를 이해하게 된다. 이 시기 서술주체는 사랑하는 대상으로부터의 거절과 그로 인한 사회로부터의 도피, 상실된 대상의 현존이 여전히 자아를 지배하는 자아 빈곤의 상태에 머물러 있다.

경아 또한 자신이 꿈꾸던 낭만적 사랑의 환상이 한순간의 실수로 처참히 깨어지고 난 후 문오를 만날 쯤 어느 정도의 자포자기와 불행을 운명처럼 끌어안은 병리적 증상을 드러낸다. 삶에 대한 짙은 회의와 방관, 무기력으로부터 출발하여 잠깐의 '즐거움'으로 포장된 문오와 경아의 연애 서사는 사랑하는 연인들의 감정적 긴장이나 열정이 없다. 심미주체는 서사주체의 관계에서 오히려 '함께하기에' 지독한 외로움을 읽어낸다.

> 우리가 이렇게 죽음을 향해 온몸을 짓부숴뜨리는 정사로써 서로가 서로의 몸을 껴안고 뒹군다고 할지라도 우리가 서로의 몸으로써 확인될 수 있는 것은 바다보다 깊은 허무라는 것도 나는 잘 알고 있다.
> 우리들이 우리들의 어리석음을, 추악함을 한 순간의 빛나는 사랑으로 눈가림할 수 있다 하더라도 속을 벗기고 천천히 드러나는 천편일률적인 생활, 와이셔츠 칼라에 묻은 때, 이런 모든 것을 어쩌지는 못한다.
>
> ─『별들의 고향』하, 195쪽

아무리 서로가 서로에게 '우리'라는 틀을 씌워도 결국 우리는 혼자인 것이다. 철저히 혼자라는 인식의 외로움, 우리가 되기에 부족한 상실한 그 무엇에 대한 갈구, '우리'에서 결국 '나'의 내부에 도달하는 시선의 축소, 무엇이 우리의 빛나는 젊음을 이렇게 만들었는지 알 수 없는 서사주체의 대상없는 상실감은 독자로 하여금 '우울'을 체험케 한다. 과거-현재-미래라는 지속적인 발전이 상실되고 또한 결핍, 소유, 쾌락, 고통 같은 인간학적 범주도 상실됨으로써 언제나 천편일률적인 현재만이 지속되는 자리에는 멜랑콜리만이 존재한다.

그러나 서사주체는 슬픔에 몰입하여 자기애적 퇴행을 감행하지 않는다.[2] 이는 서사주체의 그림 그리기를 통해 드러나는데 서사주체는 내부에 숨겨져 있던 사물에 대한 각을 스스로 다시 일으켜 화가로서의 정체성 재형성의 기회로 삼는다. 또한 대상화된 서사주체와의 실질적인 결별과 죽음은 심미주체로 하여금 상실의 구체적 대상을 상정케 함으로써 멜랑콜리에 머물지 않고 애도의 감정으로 전환하게 한다. 특히 경아의 눈 내리는 날의 자살 장면은 슬픔을 감상적인 애도로 변환시키는 탐미주의의 절정을 보여준다.[3]

상실의 대상이 확정되고 구체적인 애도 의식이 벌어지는 것은 과거의 서사가 막을 내리고 경아의 장례의식이 지속되는 시간이다. 대상화된 서사주체의 자살은 '상품 자체의 하자'라는 속성을 지니고 삶에 대한 구체적 의지를 갖지 못한 나약한 인물의 자발적 희생이라는 측면에서 자신의 죄를 스스로 단죄하는 '속죄양'의 성격을 갖는다. 더불어 1970년대 성장과 산업화의 신화 속에서 성장의 폭력성을 속이기 위한 희생제물이 된다. 드러나진 않지만 분명히 내재하고 있는 폭력을 복수에 휘말릴 염려가 없는 희생물을 통해 분출시킴으로써 사회 내부의 갈등과 폭력을 없애고 다시 질서와 평정을 유지해 나가게 되는 것이다. 자발적 속죄양이자 사회적 희생양인 서사주체는 그러므로 기존 질서의 '위반자'이면서 그 질서의

---

2   우울자는 애도자와는 달리 극심한 자기 비하와 자기 멸시의 감정에 빠져, '자존감의 극심한 감소'와 더불어 '자아의 거대한 빈곤화' 증상을 보여주며, 급기야는 자신을 누가 처벌해 주었으면 하는 징벌에 대한 망상적 기대를 갖기에 이른다. 김홍중, 「멜랑콜리와 모더니티—문화적 모더니티의 세계감 분석」, 『한국사회학』 40, 한국사회학회, 2006.

3   눈만이, 흰 눈만이 흩날리고 있어서 거리의 가로수는 하얀 눈꽃을 피우고 있었다. 여인의 눈앞으로 모든 것이 스쳐 지나가기 시작하였다. 그녀의 모든 것이, 그녀가 지나왔던 모든 것이 그녀가 늘 기억하는 모든 지나간 기억들이 내리는 눈에 아롱져서 떨어지고 있었다. (…중략…) 그러다가 여인은 발이 꺾이면서 거리 위에 쓰러졌다. 여인은 자꾸자꾸 꼬이는 자신의 몸을 향해 엄격하게 명령하였다. 그러나 이상하게도 안이한 체념 같은 평온한 기분이 여인의 가슴 속에 스며들고 있었다. 거리에 쌓인 눈이 타인의 체온처럼 따스하였다. 제풀에 눈이 감겼다. 잠의 무게가 여인을 압박하기 시작하였다. 마치 그 여인의 추위를 덮어 주려는 것처럼 흰 눈이 쓰러진 그녀 위에 함부로 쌓이기 시작하였다. 일순간에 아는 이들의 얼굴이 떠올랐다 사라졌다. 아직 어딘가에 한 가닥 남아 있는 의식을 보면서 여인은 흰 눈과 같은 체념을 하였다. 그러자 일체의 저항감이 사라져 버리고 깊은 잠이, 그리고 황홀한 꿈이 여인의 의식을 향해 젖어들고 있었다. (『별들의 고향』 하, 321~322쪽)

'회복자'로 변화된다.

선술집 작부, 싸구려 창녀, 알코올중독자인 경아가 죽은 후 요정, 천사, 성처녀로 격상됨은 희생물에 부여되는 성스러움의 속성을 보여준다. 더불어 애도의 시간 속에서 대상화된 서사주체, 서술주체, 심미주체는 비로소 하나가 된다. '경아', '나', '우리'의 하나 됨은 애도에 집단적 성격을 부여하여 제의의 경건함과 희생양에 대한 공동체적 기원을 담아낸다.

> 경아의 시체는 타오르는 불길 위에 얹어졌다. 그녀의 마지막 사라지려는 아름다운 육체, 우리들의 헛되고 헛된 살과 그리고 끓는 피, 나의 잃어가는 청춘의 육체, 우리들의 젊음, 한숨과 같은 깊은 고통, 가슴을 저미는 외로움, 우리들의 성욕, 우리가 버린 우리가 한때 사랑하고 그리고 위안을 받고 떠나버린 육체, 경아의 모든 것. 아직 우리들의 과거가 고여 있는 경아의 몸, 그 모든 것. 그 모든 것들을 향해 불이, 불길이 붉은 화염이 태우고 태워 한줌의 재를 만들고 있었다.
> ─『별들의 고향』 하, 326∼327쪽

희생양이 사회의 모든 폭력과 죄를 안고 순교하였다면 살아남은 서사주체와 심미주체는 그 희생양을 애도할 일만이 남게 된다. 심미주체는 속죄양에 대한 애도와 눈물 속에 자신들이 행한 폭력을 정화시키고 부끄러움과 죄의식을 훌훌 털어버릴 수 있게 된다. 이것이 독자대중에게 1970년대 대중연애서사가 부여한 면죄부일 것이다. 그리고 이렇게 독자들에게 부여된 면죄부는 새로운 '애도의 작동'을 통해 상실의 우울한 상태를 극복하게 한다.

애도는 사랑하는 사람의 상실, 혹은 사랑하는 사람의 자리에 대신 들어선 어떤 추상적인 것에 대한 상실의 반응이다. 애정 어린 타자를 상실함으로써 야기된 매우 고통스럽고 불쾌한 상태라는 측면에서 애도는 멜랑콜리와 같은 속성을 지니지만 멜랑콜리가 그 상실감에 주저앉아 있는 반면 애도는 부재하는 대상에 집착하는 리비도를 거둬들여 현실 속에 새로운 대상으로 애착을 전환시킨다. 애도는 '살아야 함'의 대명제를 수락함으로써 슬픔 속에서 현실을 직시하고 일정한 시간의 터널을 지남으로써 슬픔의 무기력으로부터 벗어나게 된다.

심미주체는 희생의 집행자인 서술주체의 제의와 경건한 제사의식, 하루 동안의 술과 슬픔, 작별의식을 통해 애도의 시간을 함께 한다. 그리고 애도의 시간 끝에 건강한 일상을 살아가게 함으로써 남성의 성장과 성공의 신화는 미화된다. 서사주체가 맞게 되는 건강하고 명랑한 일상은 반성적 의식에서 출발한 경건한 제의를 마치고 일상인의 하나로 서사주체와 심미주체가 맞이하게 되는 일종의 보상이다. 이들은 심리적 부담감을 현실적 일상의 견고함과 맞바꿈으로써 생활인으로서의 삶을 추동해 나간다.

2. 신화적 동경과 낭만적 환상의 초월(超越) 효과

『별들의 고향』의 대상화된 서사주체 '경아'와 『겨울여자』의 초점주체 '이화'는 당대 독자들에게 매우 유사하면서도 이질적인 존재로 받아들여졌다. 이 두 여성 서사주체는 매력적인 몸과 천사 같은 백치의 영혼을 소유하고 있으며 남자들에게 헌신적인 사랑과 성적 쾌감을 제공하면서도 어떠한 도덕적 책임도 요구하지 않는다는 점에서 닮은꼴을 지니고 있다. 『별들의 고향』의 서사주체는 존재론적 기반의 취약성으로 낭만적 사랑의 환상과 그 결과물인 결혼에 집착하였다. 하지만 연애와 결혼의 잇따른 실패는 그 기대마저 포기하게 만들고 수동적으로 자신의 운명을 받아들이는 비극적인 삶을 보여준다. 반면 『겨울여자』의 서사주체는 결혼에 대한 철저하리만큼 고지식한 거부반응을 보임으로써 『별들의 고향』의 서사주체와 결정적으로 분기된다. 초점주체 이화는 '경아'보다 더 자발적이고 능동적인 남성편력을 보여주는데 그녀가 보여주는 편력사는 자신의 욕망은 철저히 배제한 채 상대방의 성적 욕망에 대한 응답의 형태를 취하기 때문에 도덕과 규범의 테두리를 벗어나지 않는다.

이처럼 동일한 속성의 두 여성 서사주체에 대해 심미주체는 서로 다른 감정이입을 하게 된다. 이것이 동시대에 두 작품이 함께 인기를 얻을 수 있는 요인이었다. 즉 『별들의 고향』의 여성 서사주체는 심미주체에게 동정과 연민의 대상이 되지만 『겨울여자』의 서사주체는 독자에게 동경과 신비화의 대상이 된다.

『겨울여자』는 인간을 변화시키는 여러 장치 중에 여성들은 특히 연애를 통해 변화되는 경우가 많다는 사실을 언술하고 어여쁘고 요정 같은 서사주체의 일상을 전면에 배치함으로써 독자들의 흥미를 유발시킨다. 복선과도 같은 서두의 언술은 심미주체로 하여금 서사주체의 성장과 변화에 촉수를 세우게 만든다. 계속해서 이제 막 세상을 향해 껍질을 깨어가는 여고생에게 모든 것이 베일에 가린 의문의 편지가 배달되면서 독자들의 긴장감은 증폭된다. 매일매일 서사주체의 일거수일투족을 낱낱이 보고하는 형식의 편지가 배달되면서 독자들은 처음에는 서사주체와 같이 공포감과 증오심을 느끼지만 하루도 빠짐없이 꼬박 일 년을 멀리서 지켜만 보고 자신을 노출시키지 않는 '염탐꾼'에 대한 호기심과 그의 순애보에 대해 일종의 낭만성을 느끼게 된다.

심미주체는 민요섭의 편지를 받고 이화의 감정이 불쾌감에서 기쁨으로 옮겨가는 과정을 자연스럽게 공감하게 된다. 독자들은 초점주체에게 감정을 이입하여 읽어가는 과정에서 스스로를 스토리 속에 침투시키고 텍스트에 감정적 현실성을 부여하게 된다. 하지만 상상의 대상이던 민요섭이 현실적 존재가 되고 이들이 특별한 연애의 과정 없이 불행한 결말에 이르게 되었을 때 소통하지 못한 두 서사주체에 대해 안타까움을 느끼게 된다.

민요섭의 죽음과 우석기와의 만남 이후 독자들의 심리적 수혜를 입고 있는 서사주체의 태도는 극명한 차이를 보여준다. 남성에 대한 결벽증적이며 방어적이던 자세는 모든 것을 받아들이는 수용적인 자세로 변모한다. 이 두 남성 서사주체에 대한 여성 서사주체의 변화된 반응이 심미주체에게 거부감이나 반감을 유발하지 않는 것은 주인공의 변화된 행동이 독자들에게 공감과 이해의 요소를 갖기 때문이다. 서사주체의 의도하지 않은 적의(敵意)가 상대방에게는 큰 상처가 될 수 있으며 이로 인해 스스로 목숨을 끊는 사건이 발생하였으니 서사주체는 또다시 앞선 실수나 죄책감을 감당할 수 없었던 것이다. 변화된 서사주체는 이후 육체의 개방을 통해 성에 대한 도덕관념으로부터 자유로운 모습을 보여준다.

여성 서사주체의 변화가 남성 서사주체(민요섭)의 죽음에 대한 죄책감에 기인함은 심미주체에게 일종의 공감대를 형성하게 하였다. 하지만 여성 서사주체의 변화가 유독 육체적 측면에 집중되어 있고 이전의 남성 서사주체(우석기)와는 달리 구체적 개연성이 확보되지 않은 남성 서사주체 일반으로 육체적 관계가 확대될 때 수용주체는 심리적 단절감과 거부감을 갖게 된다. 특히 사랑했던 애인이 군대에서 의문사하고 그의 유해를 뿌리고 얼마되지 않아 죽은 애인의 친구와 하룻밤을 보낸다거나, 이혼한 지도교수의 집을 드나들며 시중을 들고 그의 눈에서 인간적 갈망을 읽었다는 이유로 자발적인 성관계를 요구하는 장면은 보편적 도덕과 질서의 규율을 따르는 대중독자들에게 신선하지만 충격적인, 반감의 요소를 갖게 한다.

개인적 이익을 추구하기보다는 사회나 집단적 당위를 실현하기 위해 자발적으로 희생하는 서사주체의 행위는 가치 상향적 행위라 할 만 하다. 일반적으로 심미주체는 가치 상향적 행위를 하는 서사주체를 자신보다 우월한 위치에 놓고 그들을 선망한다. 하지만 이화의 행위가 가치 상향적으로 느껴지지 않는 것은 그녀의 자발적 희생이 육체를 매개로 이루어지고 또한 사회나 집단적 당위를 실현하기보다 한 남성의 육체적 욕망을 해소시키는데 그치기 때문이다. 이러한 여성 서사주체의 자발적 편력 행위는 도덕적, 윤리적 질서를 뒤흔들 요소가 다분하기에 수용주체의 긍정적 감정이입은 차단될 수 있다. 이러한 이유로 당대 독자들은 여성 서사주체에게 '미친 애다'라고 반응하였다.

> 신문에 연재를 하고 있는 동안 나는 독자들로부터 '이화'의 성격과 행동에 관한 두가지 엇갈린 반응을 나타낸 편지들을 받았었다. 그 하나의 반응은 한마디로 '미친 애다'라는 반응이었다. 아마도 '이화'의 저 바보같이 보일 수도 있는 한없는 너그러움이 그런 오해를 낳게 했을지도 모른다.
>
> —『겨울여자』하, 702쪽

당대 대중독자들이 여성 서사주체에 '미쳤다'라고 반응한 이유는 작가가 지적한 대로 아무런 조건 없이 성적 쾌락을 제공해 주고 그것에 대해 책임을 묻지 않는 바보 같은 일면과 그것이 일반적 대중독자들의 보편적 정서와 윤리규범을 넘어서고 있기 때문일 것이다.

일반적으로 미숙한 여성 서사주체가 육체를 통해 각성한다는 것은 섹슈얼리티의 젠더적 자립성을 스스로 갖게 된다는 것을 의미한다. 육체적 욕망을 주체성의 일부로 인식함으로써 신체 통제와 규율의 권한을 스스로에게 부여하는 것이다. 반면 섹슈얼리티 자립성의 최대 주권을 자아가 갖게 되는 한 반규범적이며 비도덕적인 형태로 발현될 우려가 높기에 심미주체는 서사주체의 육체에 대한 각성을 조심스럽고 의문스러운 시선으로 바라보게 된다.

서사주체는 육체의 개방을 통해 다양한 남성 서사주체들과 성적 관계에 놓이게 된다. 그러나 특이한 점은 서사주체의 남성편력이 욕망 충족을 위한 난음(亂淫)에 있지 않다는 것이다. 서사주체는 남성 서사주체와의 관계에서 단 한 번도 자신의 욕망을 언급한 적이 없으며 성적 관계로 인해 기쁨이나 즐거움, 재미를 추구하지 않는다. 심미주체는 서사주체의 행위가 비도덕적이며 반제도적임을 인지하지만 감정이입을 차단하고 무조건적으로 서사주체를 비난, 비판할 수 없다. 그것은 서사주체의 편력 행위가 타인의 욕망을 해방하기 위한 이타적 의지에서 출발하였으며 서사주체에게는 아무런 이득이 발생하기 않기 때문이다.

오히려 서사주체는 자발적인 성행위를 통해 자유나 만족이 아닌 '마음이 이상하게 방심해지는 슬픔'을 느낀다. 시대적 아픔과 고통에 무지한 여성 서사주체는 편력을 통해 남성 서사주체의 시대적 슬픔을 자신의 것으로 전이시킴으로 멜랑콜리커가 된다.

> 오랜 입맞춤 후 그들은 그의 간이침대로 갔다. 그가 말없이 그녀의 옷을 벗겼다. 그리고 잠시 후 그의 맨몸이 그녀의 몸에 닿았다. 뜨겁고 억센 몸이었다. 그녀는 커다란 슬픔이라도 껴안 듯 그의 몸을 안았다. 한 순간 석기의 모습이 떠올랐다. 이어 수환과 허민의 모습도 떠올랐다. 그리고 안세혁의 모습도 떠올랐다. 한결같이 슬픈 몸짓들을 하고 있는 모습이었다.
>
> 그녀는 그 모든 사람들을 껴안듯 그의 몸을 껴안았다. 그의 몸이 그녀의 몸 안으로 들어왔다. 동시에 커다란 슬픔의 물결도 그녀의 몸 안으로 들어왔다. 그가 서럽게 움직이고 있었다. 마치 끝없는 되풀이의 파도처럼. 그리고 한 순간 그 파도가 높은 바위에 부딪쳐 공중에 머무는 순간 그녀의 몸은 마침내 슬픔으로 가득찼다. 그의 몸이 조용히 그녀의 몸 위에 머물렀다.
>
> ―『겨울여자』하, 588쪽

시대적 알레고리로 이해되는 남성 서사주체의 슬픔을 길어내는 여성 서사주체의 성행위는 도발적이고 음란하기보다는 근원적인 결핍감과 상실감을 지닌 모든 남성주체를 끌어안는 것이다. 뜨겁고 억센 몸과 차갑고 부드러운 몸의 부딪침은 독자들에게 성적인 교섭을 통한 육체적 즐거움에 봉사한다기보다 모든 남성의 몸이 하나의 교섭대상으로 일치되는 환상 속에서 슬픔을 자아낸다.

슬픔이란 대상을 상실했을 때 비록 또 다른 대체물이 생겼다 하더라도 애초의 그 대상을 포기하지 않고 집착하는 데서 생기는 감정이다. 멜랑콜리커는 상실된 대상의 현존이 여전히 자아를 지배하여 이전의 대상과 자기 자신을 동일시하게 된다. 여성 서사주체가 멜랑콜리를 느끼게 된 것은 석기와의 성관계부터이다. 자신과 싸우듯, 보이지 않는 어떤 커다란 적과 싸우듯 성행위를 치러내는 석기로부터 서사주체는 슬픔을 느낀다. 이후 서사주체의 성장과 변화를 이끌어낸 석기를 가슴에 담고 모든 남성과의 관계에서 석기의 슬픔을 발견하고 그것을 치유한다.

여성 서사주체와 남성 서사주체 간의 성적 관계는 성적 결합이라기보다는 일종의 경건한 의식에 가깝다. 여성 서사주체에게 그것은 윤리적 관습에 대한 도전적 신념을 실천하는 의식이자 거짓의 벽에 얽매인, 억압되고 소외된 불쌍한 사람들을 구원하는 제의가 된다.

자신의 몸을 내어 희생 의식을 주관하는 여성 서사주체에 대해 남성 서사주체는 죄의식을 느끼면서도 한편으로는 인간적 욕망에 대한 해방감과 천상의 존재로부터의 구원감을 느낀다. 수환은 이화와의 성관계 후 어떤 위대한 사상과 접한 느낌을 받고, 광준은 지금까지 불쌍한 사람들을 위해 희생한다고 생각했던 것이 천상의 존재를 통해 자만심이었음을 깨닫게 되면서 새로운 인간으로 재탄생할 것을 다짐한다.

심미주체는 타인의 슬픔과 눈물을 제 것으로 화(化)하여 자신과 관계한 모든 이들에게 구원과 반성, 해갈(解渴)의 손길을 뻗치는 여성 서사주체를 천상의, 신성한 존재로 생각하게 된다. 수용주체는 그녀와 관계한 남성 서사주체들처럼 현실적 결핍감과 세상에 대한 환멸로 가득 찬 대중독자이며 여성 서사주체의 자발적이며 무조건적인 헌신과 사랑 앞에 일상을 살아야 했던 자신들의 거짓과 위악을 반성하고 위안과 위로를 받게 된다.

특히 정의로운 세상을 만들기 위해 뜨거운 열정으로 가득 찼던 석기가 강제 징집된 군대에서 서서히 정열을 소모시키고 결국 시체로 돌아왔을 때, 그의 유해를 뿌리는 여성 서사주체의 모습은 심미주체에게 억울한 망자의 혼을 달래고 원망 없는 곳으로 인도하는 '바리데기'와 같은 여성신으로 인지된다.[4]

이화는 모성(母性)과 처녀성(處女性)을 동시에 지닌 여자이다. 이화는 모성(한없는 따스함과 연민)을 지녔지만 어머니는 아니며 처녀성(여러 남자에게 사랑을 베풀었으면서도 마음의 순결을 잃지 않는 순결성)을 지녔으나 생리적인 의미의 처녀는 아니다. 그녀는 다만 어떤 여자이다. 이 황량하고 추운 겨울에 따뜻함(母性)과 순결(處女性)을 모두 잃지 않는 어떤 여자이다. 모든 추위하는 남자들의 마음을 자신의 따스한 체온으로 감싸주는 그러면서도 마음의 순결을 잃지 않는 어떤 여자이다. 추위와 황량함에 몸을 떠는 그리고 방황하는 모든 남자들의 따뜻한 마음의 길동무이다.

―『겨울여자』하, 702~703쪽

위에 인용된 작가의 말을 통해 알 수 있듯이 여성 서사주체는 신화적 총체성으로 충만하다. 유기적 전체성을 뜻하는 모성(母性)과 모든 현실적 욕망의 더러움을 씻어주는 순결한 처녀성(處女性)을 동시에 지닌 여성 서사주체는 육체적 재현이 불필요한 신성의 이미지이다. 여성 서사주체의 완전성은 심미주체의 내면적 갈등과 존재론적 고민을 일시해 해결해 줄 수 있는 심정적 투사이며 실현 불가능하지만 잘 해소되지 않는 욕망들을 순간적으로나마 만족시켜주는 유토피아적 초월성의 요소라 할 수 있다.[5]

---

4   이화는 조심스레 상자 속에 손을 넣었다. 그리고 떨리는 손으로 가루를 한 줌 쥐었다. 순간 그녀는 그것이 몹시 따뜻한 것 같은 착각을 받았다. 슬픔이 다시 전류처럼 전신에 퍼져갔다. 그녀는 잠시 동안 그렇게 그 보드랍고 힘없는 가루를 손에 쥔 채로 가만히 앉아 있었다. 그리고 천천히 상자 속에서 손을 들어 손에 쥔 것을 강물 위에 뿌렸다. 뽀얀 가루가 강물 위에 흩어져서 잠시 떠돌다가 흔적도 없이 사라졌다. 그녀는 다시 상자 속에 손을 넣었다. 그리고 다시 한줌 쥐어 눈을 감은 채 강물을 향해 뿌렸다. 그때 바람의 방향이 바뀌었다. 그리고 그녀의 손을 떠난 뼛가루가 다시 그녀에게로 되돌아왔다. 뼛가루는 그녀의 얼굴 위에 날아와 부딪쳤다. 그러나 그녀는 그것을 피하지 않았다. 그리고 재차 바람이 불어오는 쪽을 향해 뼛가루를 뿌렸다. 뼛가루는 다시 그녀의 얼굴 위로 날아왔다. 그녀는 멈추지 않고 계속했다. 상자 속에 아무것도 남지 않을 때까지 그러면서 그녀는 소리없이 울었다. 그녀는 비로소 소리내어 울기 시작하면서 무릎 위의 빈 상자를 가슴에 부둥켜 안았다. 가엾은 석기의 넋을 그렇게 끌어 안듯이. (『겨울여자』상, 251쪽)

5   강계숙, 「'성처녀', 그 대중적 신화의 속읽기」, 『작가연구』14, 작가연구회, 2002.

현실적 삶의 억압 속에서 거짓 화해를 꿈꾸고 희망이 부재함을 거부하는 대중독자들은 서사주체를 자신들이 꿈꾸고 바라는 낭만적 동경의 대상으로 환치시킴으로써 현실적 결핍감과 두려움을 상쇄시킨다. 현실의 이면에 도사리는 인간적 삶에 대한 무지를 청순함과 성스러움이라는 긍정적 요소로 대치시키고 신비적 요소로 가득찬 자연적 이미지로 대상화시킴으로써 심미주체는 비로소 안정과 위안을 되찾게 된다.

『별들의 고향』의 여성 서사주체가 내부적 결함으로 스스로 희생양이 되어 심미주체에게 면죄부를 주고 애도자가 되게 하였다면, 『겨울여자』의 여성 서사주체는 남성 서사주체와 독자들의 현실적 슬픔과 눈물을 제 안에서 풀어내어 신비화됨으로써 현실을 정화하고 초월하게 만든다.

3. 비판적 연민과 결락된 일상의 재인(再認) 효과

후반으로 접어들자 독자로부터의 상당한 간섭이 있었다. 여자들을 왜 불행하게 하느냐, 허성 씨를 너무 가엾게 하지 마라……. 주로 이런 간섭이었다. 그런 간섭은 독자가 내 작품을 그만큼 애독해 준 결과로 유쾌하게 여겼지만 받아들일 수는 없었다.[6]

앞선 인용문은 작가가 『휘청거리는 오후』를 신문 연재 후 단행본으로 출간할 때의 작가 후기이다. 작가의 말로 유추해 보건대 당대 허성 씨 일가에 대한 독자들의 감정은 '가엾음'으로 요약될 수 있을 듯하다. 허성 씨 일가, 전직 교감이요 현재 조그만 공장을 경영하는 허성 씨와 그의 아내 민 여사 및 그들의 장성한 세 딸들은 개인적 파멸과 가족적 몰락 속에 놓여있

6   박완서, 「후기」, 『휘청거리는 오후』, 창작과비평사, 1977, 312쪽.

다. 이들은 의도하지 않았건, 의식하지 못했건, 현실에 안주하지 않기 위해 시대풍속에 따라 상류사회를 꿈꾸었고, 그 부박한 꿈을 실현시키기 위해 노력하였으나 결국 자신의 우유부단함과 무능력, 주체성의 상실로 인해 파멸의 도정에 이른다. 인간이기에, 지극히 평범한 일상인이기에 서사주체의 몰락에 생활인으로서의 심미주체는 연민의 감정의 느끼게 된다.

대중연애서사는 여성 주인공 앞에 놓여진 서로 다른 가치에 대한 선택적 플롯을 통해 독자들의 호기심과 심적 긴장감을 유발하고 심미주체는 서사주체의 선택을 따라 갈등이 유발하는 재미를 느낀다. 긍정적 서사주체가 선택한 당위적 가치에 대해 독자들은 도덕적 믿음과 감정적 동화를 느끼는 반면 선택하지 않은 길에 대한 호기심과 욕망을 포기하지 않는 채 부정적 가치의 몰락과 파멸을 바라보며 서사주체의 선택에 더욱더 큰 가치를 부여하게 된다.

『휘청거리는 오후』는 대중연애서사의 일반적 플롯과 달리 결혼 적령기에 놓인 세 딸의 갈등 없는 절대적 신봉으로 그들이 선택한 가치에 따라 각자의 삶을 살아가는 서사주체를 통해 독자들에게 새로운 윤리와 변화된 사랑의 가치관을 보여준다. 선택의 플롯이 아닌 단일 플롯으로 인해 자칫 서사는 단조로워 질 수 있으나, 이것을 세 딸의 서로 다른 양상으로 보여줌으로써 대중적 재미의 요소를 놓치지 않는다.

맏딸 초희는 상류사회, 물질적 가치를 최우선으로 놓는 속물적 인물이다. 자신의 삶의 목적을 충족시키기 위해 그녀는 결혼이라는 수단을 이용한다. 연애와 결혼이 별개의 항목인 그녀에게 낭만적 사랑과 물질적 가치는 우열의 대상이 아니다. 그녀의 부(富)에 대한 절대적 지향과 속물성은 수용주체로 하여금 철저히 혐오의 대상이 된다. 심미주체에게 부정적 인식을 유발하는 것은 우희도 마찬가지이다. 우희는 돈에 대한 철저한 거부로 자신의 정체성을 형성하였음에도 결혼에 이르자 초희만큼이나 속물적 인간으로 변화된다. 말희는 두 언니들에 비해 확고한 신념과 자신의 의지로 사랑의 본질을 간파해 냈음에도 결혼에 이르러 아버지 허성 씨를 두 언니의 결혼 때만큼이나 궁지로 몰아간다.

서사주체가 낭만적 사랑의 결실로 이루어져야 할 결혼에 대해 허위 의식에 가득 찬 위선적 삶을 살고 있는 가치 하향적 인물이기에 독자들의 공격적 태도는 당연한 결과이다. 하지만 심미주체가 초희나 우희, 말희에 대해 비판적 입장만으로 일관할 수 없는 것은 서사의 전면에 세 딸의 내면적 갈등이 적지 않게 노출되어 있고 그녀들 또한 허위적 규범의식을 내면화함으로써 상처받는 피해자이기 때문이다.

초희가 물질적 가치에 집착하고 부유한 생활을 삶의 최고 가치로 설정한 것은 부모들의 구질구질한 결혼 생활을 곁에서 목도하였기 때문이다. 젊은 남녀들의 최고 가치인 연애결혼을 하였음에도 경제적 취약성과 무능력함은 그들의 사랑을 증오와 분노로 물들였다. 물질적 바탕이 전제되지 않은 사랑이 얼마나 허망한 것임을 생체험한 초희에게 '돈'에 대한 집착은 어쩌면 당연한 결과이다. 더불어 마담뚜에게 자신의 실체가 밝혀질까봐 두려워하는 장면[7]이나 자신이 절대적으로 신봉하던 부정적 가치에 대해 회의하고 동요하는 장면에서 심미주체는 무조건적인 비판을 중지하게 된다. 그리고 비판의 휴지(休止)는 결혼생활에 적응하지 못하고 공회장의 집안에서 홀로 겉도는 모습을 통해 독자들에게 연민을 불러일으킨다. 초희는 다만 똑똑한 척 하는 어린아이에 불과하였으며 자신이 절대시하던 가치에 스스로 얽매어 자신을 서서히 죽여가는 희생양에 지나지 않

---

[7] 저 여자(마담뚜)는 내가 공들여 한 화장 밑의 맨살갗의 기미를 보고 있어. 아냐, 그것보다 더 나쁜 것을 보고 있는지도 몰라. 살갗 밑의 잔주름까지 보고 있는지도 몰라. 맞았어. 여태까지 아무도 본 일이 없는 잔주름을 제일 먼저 찾아낸 늙은 여자만이 저런 눈을 할 수가 있어. 다음은 내 옷을 보는 구나. 좀더 고급 옷으로 입을 걸. 고급 옷으로 입어도 결국은 마찬가지였을 거야. 저 여잔 내 옷을 보는 것 같지만 사실은 내 알몸뚱이를 보고 있어. 아냐 몸뚱이 속의 더러운 오장육부를 보고 있어. 오장육부의 썩어 문드러진 부분을 보고 있는 거야. 저 여잔 내 치사한 속셈을 빤히 들여다보고 있어. 저 여잔 단박에 내가 얼마나 허영덩어리며, 게으름뱅이며, 돈을 환장하게 좋아 하나를 알아내고 말았어. 저 여자의 눈은 내 모든 미화작업을 꿰뚫고 그 밑의 더러운 똥집을 보고 있어.(『휘청거리는 오후』, 190쪽)

았던 것이다.

일반적으로 수용주체가 느끼는 연민의 감정은 서사주체의 불행 혹은 어려운 상황에 대해 불쌍히 여기고 가엾어 하는 이해의 감정이다. 독자들은 상상적으로 서사주체의 입장이 되어봄으로써 서사주체의 불안과 외로움의 감정을 함께 느끼고 동시에 그 감정이 적정하다고 인정함으로써 감정적으로 서사주체에게 동감을 표시한다. 그러므로 타인의 고통에 마음 아파하는 연민의 감정은 기본적으로 도덕적이고 긍정적인 감정의 표현인 것이다.[8]

하지만 서사주체가 자신의 열악한 처지를 인식하고 상대적 박탈감을 의식함으로써 심미주체에게 연민감을 불러일으켰지만 그러한 상황의 현실적 타계를 위한 어떠한 노력도, 의지도 표명하지 않음으로써 심미주체의 긍정적 감정이입은 차단된다. 이때 심미주체가 느끼는 연민의 감정은 대상자에게 심리적 거리감을 바탕으로 한 '우월감' 혹은 '경시적 느낌'이라는 의미를 내포한다. 연민은 서사주체의 불행을 자신의 안도감이나 우월적 느낌의 시각에서 걱정해 주는 도덕적으로 부정적인 특성을 가진 것이다.[9]

서사주체의 불행이나 고통에 대하여 불쌍하게는 생각하지만 적극적으로 감정 이입을 하지 않는 이유는 서사주체의 비극적인 상황 외에도 대상에 대한 심리적 거리감 혹은 차별감 때문이다. 이러한 부정적 연민의 감정 이입을 본 연구에서는 '비판적 연민'이라 부르고자 한다. '연민'이란 '슬픔'의 감정 유목으로 분리되는 멜랑콜리이다. 슬픔은 말 그대로 감정이다. 이성적으로 판단하고 해석해서 유발되는 성질의 것이 아니다. 서사

---

8 솔로몬은 타인에 대한 염려(care), 타인의 부당한 고통에 대해 마음아파함인 연민 (pity), 타인의 고통에 대해 함께 고통스러워 함(compasion), 동감(sympathy) 등을 부드러운 감정, 도덕 감정이라 칭하면서 상황에 따라서는 행동으로 이어지는 것과 상관 없이 그 자체로 윤리적 가치를 가질 수 있다고 주장한다. A. Smith, 박세일·민강국 역, 『도덕감정론』, 비봉출판사, 1996.
9 안의진, 「연민의 구성 개념과 광고 효과」, 『광고학 연구』 18, 한국광고학회, 2007, 209 ~210쪽.

주체의 비참한 처지에 동화되어 심미주체가 심정적으로 발생시키는 감정의 일환이다. 하지만 연민의 감정에 '비판'이라는 주석적, 이성적 언어를 붙일 수 있는 것은 서사주체가 독자들에게 끊임없이 감정이입을 차단하는 행위를 하기 때문이다. 이러한 이유로 '비판적 연민'이란 서사주체를 동정하고 불쌍히 여기는 감정은 지속하되 서사주체의 가치 하향적 행위로 인해 긍정적 감정이입이 차단되고 대상을 거리화 함으로써 관조적 태도를 유지함을 말한다.

심미주체는 서사주체에 대한 감정이입과 차단을 서사 내에서 주기적으로 반복함으로써 서사주체에 대한 비판적 시각과 연민적 시각을 동시에 갖게 된다. 이러한 독자들의 비판과 연민의 감상적 반복은 우희의 상황에서도 적용될 수 있다.

독자들은 물질적 가치를 신봉하는 초희의 속물성과 대비되는 우희의 건강한 정신에 초희에게 보내는 비판적 감정과 반대되는 신뢰와 믿음의 감정을 느낀다. 돈의 논리에 따라 사람을 만나고 헤어지는, 자신을 교환가치로 환원하는 초희의 어리석음에 얼굴을 찌푸리게 되는 반면 자신의 가치와 낭만적 사랑의 믿음을 실현하기 위해 가난한 남성을 선택하고 의지를 결행하는 모습에서 가치의 당위성을 발견한다. 하지만 이러한 긍정적 감정이입은 상황의 극단적 타계를 위해 육체를 허락하고 이 모든 책임을 아버지에게 위임하는 무책임한 모습에서 비판의 감정으로 돌변하게된다. 허성 씨의 말 그대로 자유연애를 통해 자유로운 성적 교섭을 이루었음에도 그 책임과 의무에서조차 자유롭고자 하는 우희와 민수의 태도는 초희의 태도보다 더욱 비열하고 졸렬하게 느껴진다. 더불어 초반의 긍정성은 완전히 사라지고 혼수를 위해 아등바등하는 모습은 연민의 감정조차 사라지게 한다.

두 언니의 서사와 비교해 가장 긍정적인 성장의 모습을 보여주는 말희의 서사는 독자들로 하여금 자신들의 현실적 삶과 사랑을 되돌아보고 낭만적 사랑의 궁극적 이상을 여전히 꿈꾸게 함으로써 긍정적 감정이입을 연장시킨다. 하지만 두 언니의 결혼과 연이은 말회의 결혼은 기울어진 가세에 결정적 타격을 입히고 결국 아버지로 하여금 부정을 저지르게 한다는 점에서 부정적 상황이다. 사랑을 자신의 뜻과 의지대로 결행하고 남들이 꿈꾸는 낭만적 사랑을 이루었음에도 그 물질적 기반에서는 자유로운, 그래서 여전히 순진무구한 대상으로 남을 수 있는 말회의 뒤에는 조건이 기울어지는 막내딸의 행복한 결혼을 위해 비리를 저지르는 부정한 아버지가 자리한다.

작품에 등장하는 서사주체들이 심미주체에게 몇 번의 연민적 수해를 받게 되는데 반해 민 여사는 단 한 번도 독자들과 감정적 동화를 일으키지 못한다. 이러한 이유는 민 여사가 나약한 남편을 무시하고 매일 돈타령하고 결국 남편을 도둑질에 이르게 하는 악처(惡妻)이며, 딸들에게는 자신이 이루지 못한 상류층의 꿈을 주입시키고 그녀들의 결혼을 통해 욕망을 대리 충족시키려는 무서운 어머니이기 때문이다. 민 여사의 권세와 생기가 더해갈수록 허성 씨의 푸념은 짙어지고 전도된 가족관계 속에서 심미주체는 허성 씨에게 감정적 동일시를 느끼게 된다.

과거 자신의 고투와 노력의 대가인 불구(不具)의 왼손이 가족들에게 훈장처럼 느껴지기는커녕, 숨겨야만 하는 장애(障碍)로 인식되고 오히려 자신의 무능을 드러내는 기표가 됨으로써 허성 씨는 절망하게 되고 그 탄식에 독자들은 안타까움을 느낀다. 심미주체는 이러한 상황에서도 딸과 아내를 위해 병신 손을 숨겨서라도, 거짓 교장 행세를 해서라도 딸의 혼사를 성사시키려는 아버지성을 드러내는 서사주체에게 강한 연민과 공감을 느낀다.

심미주체가 서사주체에게 느끼는 공감의 감정은 서사주체가 서사 내부에서 느끼는 감정이나 느낌을 서사 외부의 심미주체가 공유하는 것을 의미한다. 일반적으로 공감은 불행한 서사주체에 대해 심미주체가 스스로를 의식하지 못할 정도로 심정적으로 관여하여 공유된 휴머니티를 갖게 되는 것을 의미한다.[10]

서사주체는 분명히 그 공(公)을 인정받고 제대로 된 대접을 받아야 함에도 아내와 딸의 수모와 핀잔을 달게 받는다. 오히려 서사주체는 지금의 자기 처지가 타인의 부당한 억압이 아닌 자신의 잘못이라고 문제를 회피해 버림으로써 세계와의 대결을 거부한다. 서사주체의 내면은 비장하지도, 비애스럽지도 않으면 심미주체에게 다만 안타까움을 유발할 뿐이다.

훼손된 가장(家長)의 권위를 회복하고 전통적 가족 질서를 그리워하는 서사주체의 고충을 이해함으로써 연민과 공감의 감정을 지속하던 심미주체에게 서사주체의 패배적 인식과 가치 하향적 행위는 부정적 감정이입을 유발시킨다. 심미주체가 서사주체에 대해 비판적 시선을 포기하지 않는 것은 서사주체의 성격적 우유부단함에 기인한 면이 크다. 더불어 서사주체가 아내와 딸들에게 가하는 비판을 그 스스로 내재하고 있고, 이것이 내포작가에 의해 희화화되고 있기 때문이다.

허성 씨의 행위는 서술자의 공격적 태도를 통해 허위적이고 위선적으로 비판되지만 그 또한 상황과 현실에 밀려 자기를 상실한 피해자일 뿐이다. 심미주체는 서사주체의 상황을 파악하고 있는 만큼 무조건적인 비판만 가할 수는 없다. 세 딸의 결혼이 진행될수록 서사주체의 비리는 커지고 결국 말희의 결혼식을 종지부로 되돌릴 수 없는 상황에 처하자 서사주체는 스스로 희생양이 되어 죽음을 선택한다. 딸들에게 남 부럽지 않은 삶을 선물하기 위해 선택한 비리, 그에게 남은 건 떠나간 딸들의 빈자리와 치욕과 불명예를 대신할 죽음의 길밖에 없었던 것이다.

심미주체는 연민의 감정에 비판성을 동반함으로써 슬픔의 감정에 이성적 간섭을 시도하였다. 비판은 감정적 동화를 이끌어내기보다는 지적으로 판단하고 진상을 파악하려는 분석적 태도를 의미한다. 독자가 비판적 입장에 선다는 것은 이미 긍정적 감정이입을 중지하고 서사주체의 행위를 관조적 바라보거나 혹은 거리두기를 행한다는 것이다. 거리두기는

---

10 김용환, 「공감과 연민의 감정의 도덕적 함의」, 『철학』 76, 한국철학회, 2003, 161쪽.

서사주체와의 동화를 중지하고 작품을 객관화시키는 과정이다. 즉 서사주체와 심리적 거리를 가지고 감정이입보다는 지적인 방식으로 인물을 바라보는 비판적 태도인 것이다. 독자는 서사주체의 행위에 객관성을 유지함으로써 직접적인 감정 반응에 대한 제어능력을 갖는다. 따라서 감정이입보다는 소격에 의한 지적 비판이 중심이 된다.

독자들은 자신들의 보편적 평균체험과 일치하는 서사주체가 겪는 사건, 즉 가족 내에서 일어나는 일상의 미시사(微示事)를 통해 일상적 경험을 대리체험 하였다. 비록 이 작품에서 서사주체는 약간의 예외적인 사건을 통해 비극적인 결말을 맞게 되었더라도 그것이 심미주체에게는 삶의 한 양태로 투영되어 결과적으로는 긍정적인 자극이 된다. 그리고 수용주체의 관조적 태도는 거리두기를 통해 서사주체의 비극을 독자들의 전면적 고통으로 수용되는데 방해의 요소로 작용하였다.

이 작품에서 서사주체는 대체로 주어진 상황을 긍정적인 국면으로 전환시키려는 의지를 보이지 않음으로써 상황에 순응적인 입장을 취하였다. 그러므로 심미주체에게 연민의 대상이 될지언정 긍정의 대상이 되지는 않았고 상황에 대한 대결의지가 결여 되어 있었기에 독자들에게 별다른 긴장감을 유발하지 않았다.

심미주체의 보편적 평균체험과 일치하는 서사주체가 겪는 사건은 그 자체로서는 심미주체에게 일상에서의 일탈감을 느끼게 하지 않는다. 존재의 일상적 경험을 그리고 있는 이 작품에서 심미체험의 유형은 심미적 주체의 평균 체험과 일치하는 존재의 일상적 경험으로 그려낸다. 따라서 이 유형은 심미주체의 평형성에 자극을 주지 않으므로 심적 이완감을 느낀다. 이러한 이완감을 통해 궁극적으로 심미주체에게 일상성을 재확인 시키게 된다.

제5부
한국 대중연애서사의 사적 의미

제1장 한국 대중연애서사의 사적 의미

제1장

한국 대중연애서사의 사적 의미

대중연애서사는 사랑의 담론이 여타 권력이나 지식과 결합하고 대결하면서 당대의 특수한 주체를 성립시키는 일련의 사건이라고 정의할 수 있다. 사랑의 서사는 서사주체의 경험을 매개하고 분절하는 문화적 표상일 뿐만 아니라 서사주체의 행위에 의미를 부여하는 심미주체의 행동 모델이 된다는 점에서 주체 형성의 서사이다. 루만에 따르면 당대 유행하는 서사속 표현들과 사건들, 남녀 간의 사랑을 표현하는 징표들은 문학 텍스트 내부에서만 힘을 발휘하는 것이 아니라 외부에서 그것을 체험하는 독자들에게 수용됨으로써 당대만의 유행을 창조한다.

본 연구가 대중연애서사의 이데올로기와 미학을 각 시대별로 변화되는 사랑의 양상과 그 의미에 집중하는 것은 사랑을 통해 당대 인간들의 자기 이해와 세계관, 역사 규정을 파악할 수 있기 때문이며 이러한 이해 방식은 '사랑하기'가 어떠한 역사적 주체 형성에 도모되었는지를 확인할 수 있기 때문이다.

연애란 남녀가 상대방에 대한 이끌림에 의해서 서로를 갈구하고 동경하는 관계 양상을 가리킨다. 이 이끌림의 원천에는 순정(사랑)과 애욕(성적 욕망)이 교차하고 있다. 순정으로서의 사랑이 정신적 측면을 강조한 것이라면 성적 욕망으로서의 애욕은 육체적인 측면에 초점이 놓인다. 이 둘은 동전의 양면처럼 동시적이어서 따로 떼어 분리할 수 없다. 하지만 '사랑을 취급하는 태도와 각도에 따라 그 문학이 서는 바의 입지'[1]를 알 수 있다는 김남천의 말을 통해서 알 수 있듯이 때때로 사랑이 없는 성적 욕망의 강조나 육체적 욕망이 배제된 정신적 사랑의 강조를 통해 그 시대의 문학이 서는 바의 입지를 확인할 수 있다.

1930년대 후반기 대중연애서사의 사랑의 속성을 살피기 전에 식민지 시대 대중연애서사의 사랑의 양상을 확인하는 작업은 연애서사의 시대적 변별성을 강화할 뿐 아니라, 역사적으로 다른 '사랑'을 욕망했던 식민지 시대 독자들의 생생한 독서체험을 확인할 수 있기 때문이다.

근대 초기 '연애'라는 이름으로 명명된 '남녀 간의 사랑'은 전근대적 예속을 거부하고 신문명적 삶을 지향하는 당대 청년들의 변화된 인식틀을 보여준다.[2] 이 당시 연애는 개인의 자유를 억압하는 비문명적 미명에서 벗어나 개체의 행복과 종족의 번영이라는 자유의 모토를 실현 시킬 수 있는 사회 개혁적 의미를 지닌 실천적 명제였다. 식민지 최대의 베스트셀러이자 사랑의 엇갈림을 중심 서사로 끌어들인 『무정』은 '사랑'을 통해 조선적 근대의 특수성을 보여준다.

『무정』(1917)[3]은 근대적 사랑이 불가능한 조선현실의 불모성을 사랑의 파탄과 가정의 비화를 통해 보여주고 연애가 나아가야 할 새로운 모델로 '계몽적 사랑'을 제시한다. 서사의 진행이 사랑의 발전에 집중되어 있으

---

1 김남천, 「조선문학과 연애문제」, 『신세기』, 신세기사, 1939.8.
2 김지영, 「'연애'의 형성과 초기 근대소설」, 『현대소설연구』 27, 한국현대소설학회, 2005.
3 이광수, 김철 교주, 『바로잡은 『무정』』, 문학동네, 2003.

294 한국 대중연애서사의 이데올로기와 미학

면서 사랑의 완성이나 환희만을 목표하지 않고 열정에서 연유하는 힘을 당대 공동체의 이상으로 전환하는 서사를 계몽적 사랑[4]이라 한다면 이는 근대적 사랑의 조선적 진화라 할 수 있다. 사랑이 열정에 의해 촉발되지만 계몽적 이상으로 변화될 때 주체의 사랑하는 이에 대한 욕망은 은폐되고 여성에 대한 성적 관심은 '오누이적 사랑'으로 환치된다. 누이에 대한 사랑은 이광수 소설에서 애욕을 정결성으로 포장하는 주요한 도구이다. 형식은 '남의 처녀를 볼 때마다 늘 생각하는 버릇으로 내 누이라고 생각'하므로 이 쾌미는 육욕의 차원으로 넘어가지 않는다.

1910년대 후반기 대표적인 대중연애서사로서 『무정』은 사랑을 신성과 순결, 추잡함과 비루라는 다소간 의미가 모호했던 용어들을 정신성과 육체성이라는 명징한 용어로 대신한다. 남녀 간의 애정 관계를 정신성과 육체성으로 이원화시킨 후 전자의 우위를 역설하는 태도는 양자의 구별 없이 일원화시켜 파악하던 1910년대 조선의 분위기에서는 낯설고 이질적인 것이었다. 근대의 진화한 사랑은 '인간의 진화와 함께 성욕이 정화되면서 나타나는 윤리의 정신현상'으로 육적 만족 이전에 영적 만족을 구해야 하는 정신적 사랑인 것이다. 이광수가 보여주는 계몽적 사랑의 서사는 사랑의 본질이 순정과 애욕의 영역으로 이루어져 있으며 육체의 매혹(애욕)을 느끼면서도 이를 정신적인 희열로 전환시키는 이중적 은폐 속에서 작동된다.

1920년대 후반기 대중연애서사는 신파류의 연애물에 많은 영향을 받았다.[5] 그 이유는 1910년대부터 이어진 일본의 신파를 무비판적으로 수용한 결과이며, 사적으로 볼 때 3·1운동의 실패를 통해 근대를 향해 추동되던 진보적 낙관주의가 현실적으로 불가능함을 확인하였기 때문이다. 이제 사랑은 사회 개혁이라는 선험적 기능을 상실하였고 배출할 길 없던

---

4   최영석, 「근대주체 구성과 연애서사」, 연세대 석사논문, 2002.
5   강옥희, 「대중소설의 한 기원으로서의 신파소설—신파소설의 계보학적 고찰을 중심으로」, 『대중서사연구』 9, 대중서사학회, 2003.

민족적 정서의 격렬함은 '눈물'을 통해 흘러내린다. 이러한 가운데 최독견의 『승방비곡』(1927)[6]은 신파소설의 비극성과 공식성[7]을 따라 진행되면서 1930년대 후반까지 독자들의 폭발적인 사랑을 얻는다.

『승방비곡』은 최영일-김은숙-이필수의 애정갈등을 중심축으로 김은숙-이필수-한명숙, 한명진-음전-이준식의 삼각관계를 부차플롯으로 삽입하여 다양한 애정갈등의 스펙트럼을 보여준다. 이 작품은 승려인 최영일과 신여성 김은숙이 서로에게 사랑을 느끼게 되면서 갈등이 시작된다. 사랑하는 두 연인의 결합을 가로막는 것은 영일의 승려라는 신분이다. 구도자의 도리와 애정 욕망 사이에서 성속(聖俗)의 사랑이라는 금기가 형성되는데 종교적 계율로 번민하던 영일은 '의남매'라는 위장으로 연애를 지속한다. 이광수가 '오누이적 사랑'을 통해 사랑의 성적 욕망을 금기로 형성하였다면 최독견 또한 이광수와 동일한 방식으로 금기를 성립시킨다. 하지만 영일은 은숙과의 만남이 계속될수록 구도적 인내에 한계를 느끼고 결국 파계에 이른다.

성속의 사랑이라는 금기를 깨뜨리는 결정적 요인은 성적 욕망이다.[8]

---

6   최독견, 『승방비곡』, 범우, 2004.
7   신파소설의 비극성과 공식성은 다음과 같다. ① 주체의 욕구·욕망이 세계에 의해 좌절된다. ② 그 욕구 욕망은 인간이라면 누구나 지니고 있는 서민적 욕구와 욕망이다. ③ 서민적 욕구·욕망 중에도 사적인 관계의 욕구·욕망, 가족과 친우관계 등 소공동체 안에서 사랑 받고 싶은 욕구·욕망이 중심을 이룬다. ④ 세계는 강하고 주체는 무력하다. ⑤ 마음 속 욕구·욕망을 포기하지 못하면서도 현실적 세계의 주도적 질서의 전횡성에 압도되어 저항하지 못하고 스스로 굴복·순응한다. ⑥ 따라서 그 패배와 고통은 자기의 무력한 굴복 탓이 된다. ⑦ 자학과 자기연민이 뒤범벅된 정서가 발생한다. ⑧ 이를 과잉된 눈물과 탄식으로 표현한다. 이영미, 「신파 양식의, 세상에 대한 태도」, 『대중서사연구』 9, 대중서사학회, 2003.
8   "나는 아직도 젊다. 가까이 있는 여자를 밀리하기에는 수양이 부족하다. 아아, 나는 은숙이를 사랑하는가. 동기와 같이 사랑하는가. 만일 그렇다면 나의 젊음은 왜 어둠 속에서 뛰는가. 거리가 가까이 있을 때에 뛰는가. 아니다 아니다. 나는 역시 나를 속이고 나를 꾀어가며 그를 이성으로 사랑하는 것이다. 그 증거로 나는 그를 누이라고 부른 이후로도 끈적끈적하게 그리워하지 않았던가. (…중략…) 내가 그를 이성으로 사랑했다면 나는 그의 무엇을 사랑하는가? 영(靈)이냐, 육(肉)이냐. 아아, 나의 외로운 영이 그의 다정한 영을 사랑했는가. 그뿐인가. 그러면 나는 왜 어두운 밤에 잠든

영일은 은숙과 함께 있으면 언제나 '분마(奔馬)처럼 달리는 정욕'을 이기지 못한다. 결국 성적 욕구는 종교적 계율보다 앞서는 인간의 원초적 감정으로 영일이 배교자가 되어 '불각을 헐어버리고 사랑의 전당을 세우는' 것을 정당화하는 근거가 된다. 영일은 해암의 혼을 물리치고 법당을 깨뜨리고 석가의 혼을 내몰아 자신의 새로운 삶, 사랑하는 은숙과의 결혼을 결심한다.

영일이 파계하고 은숙과 결혼함으로써 최종적으로 사랑이 승리하는 듯 보이지만 이들의 결혼식 당일 은숙모가 자살하고 유서를 통해 이들이 어머니가 같은 남매라는 사실이 밝혀짐으로써 비극을 맞는다. 금기적 사랑을 작동시키는 운명은 '인과(因果)의 필연성(必然性)을 똑바로 비치는 거울'로 결국 운명의 힘 앞에 패배할 수밖에 없는 무력한 인간의 체념적 정조를 정서화한다.

순정-애욕-비극의 3단계로 이루어지는 서사주체들의 동시 다발적인 갈등양상은 사랑의 힘을 시험하는 인간 주체의 과단성을 보여준다. 사랑하는 사람을 곁에 두고도 사랑(육체적 측면)하지 않는 것은 "파랗게 돋는 청춘의 싹을 무참하게 짓밟아버리고 붉게 피려는 인생의 꽃을 애처롭게 따버리는 자연의 반역"(『승방비곡』, 322쪽)인 것이다. 이들은 패배할지라도 이광수의 주체처럼 포장하거나 전유할 줄 모른다. 이들은 쾌미로써 향유하는 것이 아니라 손을 뻗어 육체를 감각한다. 그들은 사랑에 있어 타협이나 절충을 모르고 벌거벗은 몸뚱이 그 자체로 사랑의 욕망을 인정한다.

앞서 지적한 바와 같이 근대적 대중연애서사는 사랑을 애욕(육체)과 순정(정신)으로 분기하였다. 『무정』은 열정에 의해 촉발된 사랑의 감정을 사랑의 환희와 쾌락에 목표를 두지 않고 더 큰 차원으로 전회시킨다. 이 과정에서 육체는 발견되나 감각되지 않으며, 사랑은 확인되나 발설되지 않

그의 문을 열려 했는가. 그러면 그의 육(肉)을 사랑하는구나. (…중략…) 아아, 나는 역시 은숙이가 가지고 있는 이성의 모든 것을 사랑하는 것이다. 여자를 그리워하는 것이다. 여자를, 여자를……."(『승방비곡』, 289쪽)

는다. 반면 『승방비곡』에서는 순정이 곧 애욕이기 때문에 생긴 파멸을 다루어, 그 둘이 별개의 것일 수 없다고 했다. 사랑은 정신과 육체로 이분되지만 이 둘의 조화는 자연성의 발로이며, 이 두 부름에 응답하는 것이 인간의 가장 원초적인 욕망인 것이다. 이렇게 사랑에 대한 변화된 발상이 순정을 동경하는 독자든 애욕을 탐내는 독자든 모두 끌어들일 수 있었던 것이다. 하지만 이러한 사랑의 균형은 1930년대로 넘어서면서 서사의 전면에 성적 방종, 애욕의 세계가 펼쳐지면서 좌초되고 만다. 넘쳐나는 섹슈얼리티와 관능적 사랑은 사회를 위협하는 위험 요소로 등장한다.

1930년대 전반기 대중연애서사는 방인근의 작품으로 대표된다. 식민지 시대 전체로 볼 때 가장 오랜 시간 다작의 대중연애서사를 발표한 방인근은 『마도의 향불』(1932)과 『방랑의 가인』(1933)을 통해 큰 인기를 얻는다. 『방랑의 가인』⁹은 스승과 제자 사이의 불륜을 다룬 작품으로 실화를 소재로 하여 화제가 된 연애소설이다. 남자 주인공 윤광우를 중심으로 아내인 임정애와 제자인 강화숙이 삼각관계에 놓이고 옥희와 보패가 방계 인물로 윤광우에게 사랑의 감정을 느낀다. 이 작품은 가족주의(임정애)와 연애지상주의(강화숙) 사이의 갈등을 그리고 있다. 유학까지 다녀온 천재 성악가 광우는 성적 매력을 지닌 연애지상주의자에 의해 가정과 애정 욕망 사이에서 갈등하고 결국 화숙의 총공세에 애정 욕망을 선택하게 된다. 하지만 그가 선택한 애정 욕망이 얼마나 순간적이며 일회적인가를 화숙의 변모를 통해 발견한 광우는 연애지상주의자들의 속물성에 환멸을 느낀다. 근대적 연애지상주의자들의 허영적이고 속물적인 애정욕망은 부부중심, 자녀중심의 근대적 가족제도와 갈등을 일으키고, 그것을 뿌리부터 흔들 가공할 만한 위력을 지녔다. 이에 더욱 확고한 가족주의 담론을 통해 자유연애의 공격성에 대항한다.

1930년대 전반기 대중연애서사는 자유연애와 성적 방종의 서사를 통

---

9   방인근, 『한국문학전집』 7, 민중서관, 1959.

해 허영적이고 과시적인 사랑을 보여준다. 이는 비단 방인근 소설만의 특색이라 할 수 없는데, 장혁주의 『삼곡선』(1935)[10]을 통해 더욱 다채롭게 확인할 수 있다.

작가는 서문에서 우리의 민족성을 과학적으로 해부하고 냉정히 바라보기 위해 이 작품을 썼으며, 단점의 고발을 통해 우리 민족이 좀 더 우수한 민족이 될 것이라는 이상을 갖고 있다고 밝힌다. 작가는 우리 민족의 민족적 결점을 "호화로움과 사치와 안일을 좋아하는 사람과 무슨 이상을 가지고 굳세게 싸워 나가려고는 하나 의지가 약해서 중도에서 꺾이고 마는 사람"(『삼곡선』, 3쪽)을 통해 보여준다. 『삼곡선(三曲線)』이란 세 남성, 세 여성 사이에 벌어지는 여러 겹의 삼각관계를 뜻하는 제명(題名)인데, 이 여섯 명의 사랑관을 통해 우리 민족의 단점을 해부해 보겠다는 것이다. 하지만 이 작품은 작가의 포부만큼 사랑에 관한 깊이 있는 성찰이 민족성의 해부에까지 나아가지 못한다. 소설 전편은 두 여성과 세 남성의 애욕이 맞부딪치면서 질투와 거짓이 난무하는 아비규환의 현장이 된다.

식민지 시대 소설에서 전문학교를 졸업한 여교사 중 가장 난잡한 말괄량이로 등장하는 강정희는 이상수-김종택-윤창진을 오가며 사랑을 저울질한다.[11] 두 명의 유부남과 한 명의 연하남 사이에서 갈등하는 강정희는 윤창진을 선택하기로 결심하고 '숫캐를 따라다니는 암캐' 마냥 윤창진을 잡기 위해 온몸을 던진다. 반면 윤창진은 강정희에게는 관심이 없다. 윤창진은 '여성다웁게 순량한 여성'인 서영주를 사랑하여 그녀와 함께 농촌 운동에 투신할 것을 다짐하지만 '한낱 오뎅바'였던 부유한 집안의 딸

---

10   장혁주, 『한국 근대 장편소설대계』 20, 태학사, 1988.
11   정희는 텅 비인 듯한 방안을 왔다갔다하며 생각했다. '상수를 만나려 가는 것이 옳을 가? 옳지 못할가?' 또 '상수는 처자가 눈이 둥그렇게 있는 사내' 정희는 잘못이다 하는 듯이 발끝을 세워 획 돌아섰다. '그럼 난 창진이를 사랑허나?'고 스스로 물어보았다. '창진이는 나보다 다섯 살이나 나히 젊은 사나이' 하고는 그는 그것도 아니라는 듯이 또 한편 벽 앞에서 획 돌아섰다. 그러고나니 그는 온마음이 쓸쓸하여지었다. 사랑도 희망도 자미도 아무것도 그에게는 남지 아니하는 것 같았다. 그는 남자의 뜨거운 사랑이 없이 살아 나갈 생각은 도저히 할 수 없었다.(『삼곡선』, 42쪽)

김선희에게 사랑의 고백을 받은 후 돌변한다. 남녀 간의 애정갈등이 유발하는 다층적인 삼각관계와 그 해결을 농도 짙은 애정신과 과감한 성적 농담으로 안일하게 처리함으로써 일시에 긴장감을 해소시켜 버리는 이 작품은 사랑의 균형추를 인간의 본능적 감정으로서의 '애욕'에 집중시킨다.

이렇게 볼 때 사랑의 성적인 관능을 강조하고 이를 통해 애욕의 파탄과 허영적 사랑의 정서가 독자 대중의 예각적 호기심을 자극하고 이것이 구체적인 소설의 인기로 투영된 것이 1930년대 전반기 대중연애서사의 특징이다. 하지만 이러한 서사의 배면에는 신여성의 속물성을 비판하고 연애지상주의에 대한 우려와 위협받는 가족주의를 더욱 굳건히 옹호하고자 하는 이데올로기가 작용하고 있었다. 교양과 지식을 겸비한 배운여성–신여성들의 자유연애 사조가 부부중심의 결혼 제도를 위협하는 하나의 적대적인 관계로 설정된 것이다. 명령에 의한 결혼 / 자유연애에 의한 결혼이라는 도식은 이제 옛것이 되고, 안정된 가정 / 관능적 사랑이라는 대립이 표면화된다. 대립의 중심에 성적 욕망(육체적 사랑)이 놓여 있다.[12]

정리해 보자면 1910년대『무정』이 순정과 애욕의 편에서 순정의 승리를 표현하였다면, 1920년대『승방비곡』은 이 둘의 결합을 추구하였기에 비극적이었다. 1930년대 전반기 대중연애서사는 사랑의 순정성, 정신성을 부정하지는 않지만 그것을 소설의 전면에서 후퇴시켜 애욕과 관능의 세계가 부각된다. 한 시대의 정신이 이전 시대의 반항과 극복이라고 한다면, 1930년대 후반기 대중연애서사의 세계는 1930년대 전반기의 속성과는 정반대로 극단적 정신성의 강조, 순정한 사랑의 세계가 펼쳐진다.

함대훈의『순정해협』(1936)[13]은 1930년대 전반기의 속성을 김영철과 김소희의 사랑을 통해, 1930년대 후반기의 속성을 김소희와 고준걸의 사

---

12   김동식, 「연애와 근대성」, 『민족문학사연구』 18, 민족문학사연구소, 2001.
13   함대훈은 활발한 평론활동을 통해 비평가로 알려져 왔으나, 잡지를 통해 연애소설을 발표하고 독자들의 큰 인기를 얻은 대중소설가이다. 『순정해협』은『조광』에 1936년 1월부터 8월까지 연재되었고, 연재 마지막 회에 독자들의 '열렬한 성원'에 힘입어 '발성 영화'로 만들어진다는 소식을 전했다. 함대훈, 『순정해협』, 한성도서주식회사, 1938.

랑을 통해 보여줌으로써 이행기 대중연애서사의 특성을 보여준다. 동경 유학생 영철은 유학생 혜옥과 깊은 관계를 맺고 임신까지 시켰으나 낙태를 종용해 혜옥을 자살에까지 몰고 간 경박한 모던보이이다. 혜옥의 자살로 충격을 받고 고향에 온 영철은 소희의 뛰어난 미모에 반해 결혼을 약속하고 금강산 여행 후 소희를 임신시키지만 혜옥과 같이 소희를 애욕의 대상으로 삼다가 버린다. 영철이 소희를 사랑하게 된 것은 빼어난 미모와 정갈한 태도에서 비롯되었지만, 준걸로 인한 질투심과 전애인의 자살이라는 심정적 혼란이 동반되어 있었다. 그렇기에 친구의 모함으로 인해 발생한 오해에도 쉽게 변심하여 다른 여자와 결혼해 버린다.

반면 순정의 화신 고준걸은 소희의 사랑이 영철을 향해 있을 때나 자신을 박대하고 거절할 때나 한결같이 그녀를 보살펴준다. 소희가 영철에게 버림받고 아이까지 낳았음에도 참된 순정만이 소희를 구원할 수 있다고 믿고 그녀의 곁을 지킨다. 결국 소희는 백화점 사장 살인 사건의 용의자로 붙잡혔다가 무죄 석방된 후 영철의 청혼을 거절하고 자신을 지켜준 준걸을 선택함으로써 순정한 사랑의 승리를 보여준다. '사랑에 속고 돈에 우는' 『장한몽』식의 연애서사는 애욕이 순정을 이기다가 결국 역전되는 반전의 해피엔딩을 통해 독자의 기대에 부응한다.

1930년대 10여 편의 장편소설을 통해 '명실공히 장편장이'[14]로서의 명성을 쌓은 이태준은 미문취향의 상품적 대중연애서사로 작가적 입지를 굳힌다. 『화관』(1937)[15]은 전문학교 졸업을 앞둔 동옥의 성장 과정을 결혼에 대한 심도 있는 고민을 보여주는 전반부와 박인철의 수감으로 인한 각성을 다룬 후반부로 나누어 보여준다. 고등보통학교 영어교원과 결혼을 고민하는 처녀라는 두 가지 '자격'과 '운명'을 가진 동옥은 연애와 성욕에 관해 심도 있는 고민을 한다. 결혼적령기의 여성이 그러하듯, 여러 남성과의 결혼생활도 상상해 보고, 자신의 사랑에 대한 규칙도 세워본다.

---

14   이태준, 『무서록』, 깊은샘, 1994.
15   이태준, 『화관』, 깊은샘, 2001.

하지만 동옥의 신선한 고민은 친구 약혼자의 돌연한 애정공세와 송정 해변에서 우연히 만난 인철을 통해 급격한 각성의 과정으로 접어든다. 동옥은 재하와 일현의 사랑고백을 '양심'이라는 이름으로 거절한다. 인간이 동물과 구분되는 것은 '양심'이라 불리는 깨끗한 정신 때문이며 사랑이 본능적인 애욕에만 귀 기울일 때 남는 것은 육체의 죽음 즉 자살 밖에 없다고 강변한다. 정신의 고귀함으로 이상주의적 태도를 보이는 동옥은 개인의 안위를 위해 이상을 버린 사람들을 통렬히 비판하고 소박한 연애의 감정에서 벗어나 무지한 민중을 계몽하고 사회모순을 개선하고자 한다. 졸업식 날 화관을 뽑은 것을 계기로 시대의 화관을 쓰겠다고 다짐한 동옥은 인철과 동지적 결합을 통해 이상주의자로서의 면모를 드러낸다.

시대의 화관을 쓴 동옥의 모습처럼 식민지적 상황에 대한 이해와 자본주의화 되어가는 사회의 풍속을 배경으로 독자들의 재미와 기대에 부응하기 위해 1930년대 대중연애서사는 '이상주의적 사랑', '숭고한 사랑'을 전면에 배치한다. 이상주의적 사랑은 정신적 사랑의 절대화, 육체적 사랑에 대한 거부, 개인의 희생과 헌신을 특징으로 한다.

강렬한 에로티시즘과 과도한 섹슈얼리티로 애욕의 만화경을 펼쳐 보이던 1930년대 전반기 대중연애서사는 이처럼 체제의 변화와 대중의 무의식적 요구에 따라 인내(忍耐), 내핍(耐乏), 정절(貞節)을 덕목으로 삼는 서사주체를 주인공으로 포진시킨다. 그들은 놀라운 자제력과 희생정신으로 사랑의 열정을 제압한다. 개인적 연애감정을 탈각시키고 '자기를 죽여 남을 살리는' 헌신을 통해 윤리적, 숭고한 사랑은 완성된다.

인간의 본성인 이기적 욕구와 원초적 본능을 악의 자리에 위치시킴으로써 얻어지는 극기와 인고의 성격은 식민지 후반기 파시즘 지배체제의 강화에 따른 전체주의적 질서에 복무하는 경향이 있다. 하지만 이 시기 대중연애서사의 이상주의적 경향은 현실적 질곡과 식민화된 미래에 대한 대중들의 '견딤'과 '인내'를 중층화 하고 낙관적이고 긍정적인 비전을 제시함으로써 희망의 서사를 풀어낸다. 식민지라는 시대적 특수성은 대중들이 살아낸 역사의 과정에서 볼 때 한 점, 미시(微時)일 뿐이며 특수성과 대면하는 대중들의 힘은 보편적인 인간적 당위, 고래(古來)의 가치로 굳건히 수성된다.

대중독자들은 철저한 자기희생을 통해 절대적 인간형으로 완성되는 서사주체를 통해 현실적 열등감을 도덕적 우월성으로 보상받는다. 그러므로 이상적 사랑의 논리는 지배 이데올로기를 넘어서는 정의(正義)로 기능하게 된다. '법'으로부터 분리되어 현실에서 일상적 정의를 실현하는 이상적 사랑은 그 사랑을 실현시키는 인간의 노고, 업적, 자격에 일정한 권위를 부여함으로써 그에 대한 마땅한 보상을 마련한다. 독자들은 현실적 고난에 상응하는 예언적 미래를 위해 참고 견디고 인내한다.

그러므로 식민지 시대의 대중연애서사에 사랑의 이상은 한편으로는 근대 지향적이면서 반대로 당대의 식민성을 드러낸다. 많은 대중연애서사에서 개인의 주관적 개성과 자유의지의 표현이었던 사랑의 이상은 좌절되거나 고통의 원인이 되고, 민족적 대주체로 확대되면서 본래의 지향을 변모시킨다. 이때에 연애 서사가 보여주는 이상화(理想化)의 근저에는 사랑을 가장 상층부에서 규율하는 숭고한 사랑의 요소가 존재한다. 이러한 숭고성, 윤리성은 사랑 속에서 상대를 욕망하는 열정의 반사회적 요소를 제거하고 개인과 개인 사이의 내밀한 관계를 신, 국가, 가문 등으로 전이시키면서 초월성을 획득한다. 식민지 시기 대중연애서사에서는 종교적 초월성으로 획득되는 숭고성의 영역을 도덕성이 대신하고 있다.

식민지 시대의 대중연애서사는 욕망이나 충동, 심지어 도착과 변태를 다룰 때조차도 언제나 계몽적 발상에서 출발한다. 즉 욕망으로 충동되는 열정적 사랑이 암시하는 새로운 해방의 미학적이고 카니발적 함의에 빠져버리기보다는 언제나 그러한 해방을 가능케 하고 또 지속시킬 수 있는 규범과 윤리의 문제를 제기하는 것이다. 식민지 대중연애서사에서 사랑은 근대적인 것을 중계하는 매개물로서 끝없이 이상과 계몽, 사회적 의제를 위해 바쳐지는 제의적 희생물이다.

이렇게 식민지 후반기 대중연애서사가 예술소설의 비극적 종말을 딛고 현실적 가능성을 타진할 수 있었던 것은 '식민지'라는 시대적 배경이 작용한 탓이다. 임화에 의하면 이 시기 통속소설은 성격과 환경의 분열시대에 '그것을 자기류로나마 현재 그 분열을 조화시킨 거의 유일의 문학적 방법'[16]이었다. 이는 시대의 통일적 욕구를 표현할 수 없는 절망적인 조건하에서 대중연애서사가 '사랑'이라는 테마를 통해 당대의 모순을 해결하고 당대적 인물과 시대적 상황을 조화시킨 유일의 문학이었음을 반증한다.

1930년대 대중연애서사의 '사랑'은 모든 사회적 모순을 포괄하고 개인적 고난을 이상화하는 신비로운 합일이었다. 사랑이 하나의 숭고한 이상이었던 동안에는 결국 도덕과 계몽이 인간을 대표해야 했다. 열정과 쾌락은 이성의 통제 아래 무릎을 꿇었고 오직 절대적 대상에게 바쳐지는 위대한 사랑은 무력한 인간 주체를 헌신과 희생을 통해 거듭나게 만들었다. 사랑하는 두 개인의 개체적 사랑은 인간 일반의 범례적인 당위에 자리를 내어줌으로써 공동체적 이상과 전체주의적 국가 담론을 실현한다.

반면 1950년대 대중연애서사의 '사랑'의 양상은 해방과 전쟁이라는 사회 역사적 현실 앞에서 '역설'의 민낯을 드러낸다. 1930년대에서 1950년대로의 전환, 식민지에서 해방정국을 지나 한국전쟁이라는 역사적 전환은 사랑의 사회적 코드가 '완벽'에서 '역설'로 전환되었음을 증명한다.

정치적으로 볼 때 1950년대는 일제식민 통치와 해방 연이은 한국전쟁의 영향으로 국가의 헤게모니가 시장과 사회의 헤게모니를 압도한 친미·반공의 시대였다. 봉건적인 질서는 붕괴되고 전통적 가치관과 윤리의식은 혼란 속에 내던져 졌으며 댄스와 양장(洋裝)으로 상징되는 미국문화가 그 붕괴된 공간을 손쉽게 침투해 나갔다. 전쟁기의 억압과 전후의 궁핍에 시달리던 대중들에게 라이프스타일(Life style)로 파고든 미국문화는 최소한이나마 그들의 욕구를 충족시키고 위안을 가져다주었다.[17]

---

16   임화, 『문학의 논리』, 학예사, 1940.
17   이시은, 「전후 국가재건 윤리와 자유의 문제」, 『현대문학의 연구』, 한국문학연구학

이렇듯 모든 것이 스러지고 폐허 위에 생존의 가능성을 건설하는 인간의 감정은 열정의 폭발적 힘으로 떠밀렸을 것이다. 열정의 극단적 성격은 내적 긴장감과 엄숙함을 견뎌낼 수 없으며 스스로에게 부과된 과도한 힘을 방출과 발산을 통해 주제화 한다.

전후의 단편소설들이 세태의 반영에 적극적이지 못했거나 제한적 이었다면, 장편소설은 비극적 현실에 함몰되어 관념이 과잉되거나 허무적 심정을 노출하였다. 전후 소설에서 전쟁은 객관적 현실묘사를 위한 시간적 거리의 부재로 민족 내부의 균열을 강요한 비극적 체험이자 운명의 불가해한 재난으로 이해되었다.[18] 이러한 전후소설의 침체와 무기력함, 지적인 긴장감을 대중 독자들은 감당할 수 없었다. 당면한 생존과 실존의 문제와 직면한 대중들은 역사에 대한 책임의식이나 자신들이 갓 체험한 고통스럽고 불편한 경험을 되돌아보기 싫었을 것이다. 누구도 내일을 보장할 수 없는 시대에 일반 대중들의 물질에 대한 집착, 현재적 즐거움의 추구는 '독자를 위하여 가장 명랑하고 재미있으면서 꿋꿋한' 작품에 대한 갈증을 대중연애서사를 통해 해소하게 하였다.

1950년대 대중연애서사는 식민지 시대부터 작가적 역량을 축척하여 온 구세대 작가군의 활약을 통해 내적 불륜을 키운다. 월북한 이광수를 제외하고 김말봉, 박계주는 해방 이후에도 이전에 성취한 인기를 바탕으로 대중소설가로서의 면모를 유감없이 발휘한다. 전쟁이라는 상흔을 깨치고 김말봉과 박계주, 방인근은 전전세대(戰前世代)의 현실적 포용력을 보여주면서 소박하고 인정적인 휴머니즘을 일깨워준다.

김말봉은 1950년대 이후에도 줄곧 대중적이고 통속적인 소재를 즐겨 다루는데 애욕의 삼각관계를 중심으로 사회적 이슈를 가미한 사회적 멜로드라마[19]로서의 대중연애서사를 선보인다. 『태양의 권속(眷屬)』(『서울신

회, 2005, 140쪽.
18   유임하, 「전후소설과 대중문화의 상호연관」, 『대중문학과 대중문화』, 아세아문화사, 2000.

문』, 1952.2.1~7.9), 『새를 보라』(『매일신문』, 1954.2.1~6.17), 『푸른 날개』(『조선일보』, 1954.3.26~9.13), 『생명』(『조선일보』, 1956.11.28~1957.9.16), 『화관의 계절』(『한국일보』, 1957.9.18~1958.5.6), 『환희』(『조선일보』, 1958.12.15~1959.6.21) 등 매해 끊이지 않고 작품을 발표, 연재하여 대중들에게 큰 인기를 얻으면서 대중소설가로서의 명성을 이어간다.

김말봉의 전후 대중소설에서 애정갈등은 유약한 남성 주인공이 자유분방한 미망인의 관능과 애욕에 빠져 허덕이다가 성욕에 경종을 울리는 여대생에 의해 구원되는 양상을 보인다. 선과 악은 '여자고학생'과 '자유분방한 미망인'에 의해 구현된다. 육체적 순결과 정조관념을 고수하면서 사회적 선을 구현하는 여자고학생의 의식 기저에는 기독교 신앙이 자리한 반면 과도한 열정을 발산하며 자신은 물론 남성까지 파멸의 길로 몰고 가는 악의 화신인 미망인의 배경에는 월북한 남편이 선택한 공산주의 이념이 자리하고 있다.[20] 김말봉의 전후 대중연애서사는 애정의 삼각관계를 정치적 이념이 삼투된 이데올로기적 방식으로 재현하여 대중을 설득하고 전재민(戰災民)의 현실적응을 바탕으로 권선징악의 통속성을 현실화한다.

박계주는 『순애보』가 공전의 히트를 기록한 이후에도 꾸준한 작품 활동으로 해방이후 20여 편의 대중소설을 발표한다. 해방 이전의 박계주는 기독교적 박애주의라는 관념적 주제를 순정미학을 통해 통속적으로 형상화함으로써 큰 인기를 얻었다. 박계주 소설의 주제를 형성하는 '기독교

---

19   카웰티는 사회적 멜로드라마(bestselling social melodrama)를 멜로드라마적 구조와 사실적인 사회 역사적 배경을 결합시킨 독특한 양식으로 공식화하였다. 그에 의하면 베스트셀링 사회적 멜로드라마는 멜로드라마의 한 유형이 아니라 멜로드라마의 발전적 형태로서 초점은 사회성(sociality)과 대중성(popularity)의 조화로운 결합에 있다. 사회적 쟁점과 현안을 부각시킬 문제적 인물과 시대적 상황을 응축시킨 역사적 배경은 개인의 주체적인 행위에 집단적 당위의 가치를 부여함으로써 세계의 도덕성을 사실성있게 맥락화 한다. 사회적 멜로드라마가 멜로드라마의 발전적 형태라는 것은 멜로드라마의 본질인 도덕적 환상을 당대의 제도적 흐름과 가치에 부합되는 도덕성으로 재구성한다는데 있다. J. G. Cawelti, op cit., pp.261~268.

20   안미영, 「김말봉의 전후소설에서 선·악의 구현양상과 구원 모티프」, 『현대소설연구』 23, 한국현대소설학회, 2004.

적 휴머니즘 사상'[21]은 해방 이후에 창작된 작품에서도 지속되는데『구원의 정화』(『경향신문』, 1954.3), 『별아 내 가슴에』(『서울신문』, 1954.11.2~1955.5.2), 『대지의 성좌』(『동아일보』, 1957.12.2~1958.10), 『장미의 태양』(1959.4~11) 등을 통해 스케일을 넓혀 나간다.

『별아 내 가슴에』[22]는 정비석이 『한국일보』로 자리를 옮긴 후『자유부인』의 열기를 이어 나가고자 『서울신문』에서 의욕적으로 선보인 대중연애서사로『자유부인』의 인기에는 미치지 못했지만 대중소설가로서의 작가적 이력과 명성을 바탕으로 독자들의 인기를 얻었다. 이 작품은 현암과 현선일 부자를 사이에 둔 여대생과 유한마담 간의 세대적 갈등을 서사화한다는 점에서 김말봉의 대중연애서사와 궤(軌)를 같이 한다. 하지만 이들의 갈등은 세대적 표상일 뿐 정치적 이데올로기를 노출하지는 않는다.

박계주의 전후 대중연애서사에서 지속적으로 노출되는 '별'의 의미는 사랑하는 대상의 환치(換置)로, 별은 바라볼 수 있으나 만져질 수 없는 것이기에 그 별을 가슴속에 묻고 영원히 그를 사랑하고 그리워하며 살겠다는 젊은 세대들의 헌신적이요 의지적인 사랑을 은유한다. 연재 전 「작가의 말」에서 확인할 수 있듯이 소설마저 에로티즘이 어필하는 현실에서 '인간하수도'에서 썩지 않는 하나의 돌(여대생)을 통해 인간의 원초적 심성(휴머니즘)을 일깨우고 이를 통해 건전한 세상을 일구려는 작가적 욕심을 드러낸다.[23]

방인근은 해방 후 애정, 추리, 탐정, 공상소설 등 다양한 대중소설에 몰두하여 1950~60년대에 무려 100여 권에 가까운 소설들을 내놓았다.[24] 하

---

21 오양호, 「이민문학론-박계주론」, 『한국문학과 간도』, 문예출판사, 1988, 89쪽.

22 박계주, 『별아 내 가슴에』, 삼영출판사, 1975.

23 박계주, 「작가의 말」, 『서울신문』, 서울신문사, 1954.10.27.

24 대중연애서사만을 대별해 보면 『결혼비가』(세계문화사, 1953), 『애정의 쌍곡선-사랑과 결혼의 서』(정음사, 1954), 『화심』(한성도서, 1954), 『인생극장』(세계문화사, 1954), 『청춘야화』(한성도서, 1955), 『동방춘』(계문출판사, 1956), 『정열의 애인』(계문출판사, 1957), 『행복의 밤』(평범사, 1957), 『명일』(문우사, 1958), 『청춘행로』(문우사, 1960), 『사랑의 월야』(경문사, 1960) 등이 있다.

지만 왕성한 작품 활동에 비해 신문에 연재된 소설은 몇 편 되지 않았고 독자들의 외면을 받으면서 극심한 생활고를 겪게 된다. 1950년대 대중소설이 기본적으로 신문이라는 매체를 통해 독자들에게 인기를 얻은 후 단행본으로 출간되는 진행과정을 거치는 것을 볼 때 방인근의 작품은 대중들로부터 인기를 얻지 못한 것으로 보인다. 그나마 '장비호 탐정'이 활약하는 탐정소설들이 청소년들의 관심을 받았다.

전후 방인근의 대표적 대중연애서사라 할 수 있는 『애정의 쌍곡선』[25]은 방인근 대중소설의 토포스를 답습하지만 변화된 세태와 풍속을 반영하지 못했다는 점에서 작가적 흥망성쇠를 한 눈에 보여주는 작품이다. 건실한 의사와 간호사 부부인 강유승과 정인애 사이에 끼어든 장영란은 전문학교를 졸업한 신여성이지만 한 번 결혼에 실패하고 김찬판의 애첩이 된다. 김찬판이 죽고 엄청난 재산을 물려받은 장영란은 강유승을 유혹하여 정인애와 이혼하게 하고 서울로 도피한다. 정인애는 거액의 위자료도 거부한 채 삼남매를 어려운 가운데 훌륭히 키워낸다. 장영란은 강유승과 결혼하였지만 한 남성에 만족하지 못하는 본능적 속성으로 여러 남성들에게 애욕을 충족시키다가 결국 애욕 갈등을 형성하는 다른 여성에게 죽임을 당하고 강유승은 정인애에게 돌아가게 된다. 서사의 플롯은 작가의 대표작인 식민지 후기 『방랑의 가인』과 정확히 포개어진다. 방인근은 『방랑의 가인』의 플롯을 그대로 답습함으로써 다시 한 번 과거의 영광을 재현하려 하였지만 시대를 반영하지 못한 대중연애서사의 말로(末路)를 보여줄 뿐이었다.

전전세대 작가군들이 1930년대에 전성기를 형성하고 전쟁 후에도 일정한 작가적 공력을 통해 원숙한 경지를 드러냈다면 1930년대 후반기에 문단에 등단하여 1950년대에 전성기를 맞이하는 전후세대 작가군을 통해 1950년대 대중연애서사는 비로소 만개(滿開)한다. 1950년대 신문에 소

---

25   방인근, 『애정의 쌍곡선』, 정음사, 1954. '일명 사랑과 결혼'이라는 부제가 달려 있다.

설을 가장 많이 쓴 작가로는 김광주가 19편으로 가장 많으며 최인욱 16편, 정비석 15편, 박용구 14편, 장덕조 13편, 곽하신 13편, 박영준 12편, 김말봉 11편 등이 그 뒤를 잇는다.[26]

전후 신문 연재소설을 가장 많이 쓴 김광주의 대표작으로는 『부부유한 (夫婦有限)—'남도습속기'』(『경향신문』, 1950.3.13~14), 『이단(異端)—'어떤 아이들이 쓴……'』(『경향신문』, 1951.4.8~25), 『청춘은 끝나다—'감탄사 선생의 생활기록에서'』(『경향신문』, 1951.6.18~8.8), 『태양은 누구를 위하여』(『경향신문』, 1951.12.1~1952.4.1), 『석방인(釋放人)』(『경향신문』, 1953.7.10~12.31), 『우국여성협회』(『한국일보』, 1955.2.20~3.20), 『장미의 침실』(『경향신문』, 1957.6.1~11.30), 『흑백(黑白)』(『서울신문』, 1959.4.20~11.29) 등이 있다.

이 중 대중연애서사에 속하는 것이 『장미의 침실』과 『흑백』이다. 이 두 작품은 연극과 영화를 배경으로 여배우가 되기 위한 성적, 정신적 고난을 그리며 결국 재기에 성공함으로써 해피엔딩으로 마무리되는 여성 수난 성장기이다. 김광주의 1950년대 대중소설은 1960년대 무협의 세계로 변모하는 작가적 이력을 예비하는데, 계속되는 공간 이동, 도처에 난무하는 폭력과 싸움, 무력으로 정의를 실천하는 협(俠)적 인물 등을 통해 상호텍스성을 드러낸다.

정비석은 대표작인 『자유부인』 외에도 애정소설적 면모를 통해 세태를 드러내는 『여성전선』(『영남일보』, 1952.1.1~7.9), 『민주어족(民主魚族)』(『한국일보』, 1954.12.10~1955.8.8), 『낭만열차』(『한국일보』, 1956.4.25~11.25), 『슬픈목가』(『동아일보』, 1957.3.10~12.1), 『유혹의 강』(『서울신문』, 1958.2.1~10.29), 『연가』(『서울신문』, 1959.8.1~1960.4.12) 등을 발표하였다.

정비석은 자유부인, 젊은 미망인, 여대생 등을 통해 여성세계에 얽히고 혼선된 한 폭의 풍속도를 섬세한 솜씨로 풀어내고, 애국자, 교수, 지식인 등을 통해 현대인의 생활감정과 참된 민주주의 실현을 추구한다. 정비석

---

26 한원영, 『한국 신문 연재소설의 사적 연구』 상, 푸른사상, 2010, 38쪽.

의 전후 대중소설은 감각적이고 세태적인 풍속을 전면화하여 독자의 호기심을 자극하지만 그 이면에는 하나의 전통적 모랄을 은폐시킴으로써 계몽적 세계관을 드러낸다.

김내성은 해방 후 사변 전에 발표된 『청춘극장』(1949)을 통해 작가적 변모를 보여준다.[27] 식민지 말기에서 해방까지를 배경으로 한반도, 일본, 만주 등지에서 펼쳐지는 젊은이들의 애정갈등과 시대적 상황을 적절히 교직함으로써 암울한 시기의 독자들에게 독서적 안식처를 제공하였다.

이 외에도 한 일가의 인간 군상들이 보여주는 사랑의 다양한 양상을 화보처럼 펼쳐 보이는 『인생화보』(『평화신문』, 1952), 애욕의 방랑성과 소유욕을 그린 『백조의 곡』(『여성계』, 1954), 아름답고 기구한 남녀의 진정한 사랑 찾기를 보여준 『애인』(『경향신문』, 1954.10.1~1955.6.30), 지식인의 외도를 통해 가정을 새롭게 조명하고 참된 애정의 자세를 재구축하려는 『실락원의 별』(『경향신문』, 1956.6.1~1957.2.25) 등이 있다. 김내성의 대중연애서사는 자유, 민주주의, 남녀평등, 현대 등의 개념을 통해 윤리와 욕망의 문제를 호명하고, 연애를 중심으로 인간의 욕망과 생리, 남녀의 관계, 가족제도 그리고 사회적 윤리의 문제를 거시적으로 탐색한다.[28]

홍명희의 『임꺽정』과 비견될 만한 역사소설을 집필한 최인욱[29]은 전

---

27   『청춘극장』은 전쟁 중에 1만 부가 팔려나갔고, 3천 부 이상 판매되면 베스트셀러로 평가되던 전후에 단행본이 15만 질 이상이 판매되었다. 또한 무려 세 차례나 영화화되었고(1958년 홍성기 감독, 1967년 강대진 감독, 1975년 변장호 감독) 텔레비전 드라마로도 여러 번 리메이크된 것만으로도 당대 이 작품의 인기와 지명도를 짐작할 만하다. 양평, 『베스트셀러 이야기』, 우석, 1985, 51쪽; 한용환, 「통합된 문화적 현상으로서의 김내성 소설」, 『동악어문논집』 32, 동악어문학회, 1997, 285쪽.

28   김현주, 「김내성 후기소설 『애인』에 나타난 욕망과 윤리」, 『대중서사연구』 21, 대중서사학회, 2009, 206쪽.

29   최인욱은 1938년 『매일신보』 신춘문예에 「시들은 마을」이 선외 가작으로 당선되어 문단생활을 시작하였지만 본격적인 작품 활동은 1950년대부터이다. 최인욱은 1930년대에 3편, 1940년대에 12편, 1950년대에 41편, 1960년대에 8편, 1970년대에 1편의 작품을 발표하였는데 작가 나이 30대인 1950년대에 가장 왕성한 작품 활동을 하였다. 임선애, 「최인욱 『전봉준』 연구」, 『한민족어문학』 37, 한민족어문학회, 2000.

쟁 이후 대표적인 역사·대하소설가로 명성을 날렸지만 작가가 왕성한 활동을 펼친 1950년대에는 대중연애소설가로서 이름을 높였다.[30] 최인욱은 『벌레 먹은 장미』(『서울신문』, 1953.8.20~9.29), 『황혼의 연가』(1957), 『애정화원』(『서울신문』, 1957.1.1~7.4), 『화려한 욕망』(『자유신문』, 1958), 『애환의 여상』(『매일신문』, 1958.1.1~5.14), 『고독한 행복』(『자유신문』, 1958.12~1959.7), 『풍선』(『평화신문』, 1960) 등을 통해 젊은 세대의 연애갈등을 그렸으며 이것이 만천하의 절찬을 받았다.

대표작 『벌레 먹은 장미』는 『서울신문』에 연재되어 선풍적인 인기를 끌었는데 '에로소설'로 판금되기까지 하였다.[31] 당대의 청소년들이 이 소설을 '성 바이블'처럼 여겨 몰래 돌려 읽었다는 일화는 최인욱 소설의 높은 인기를 실감케 한다. 최인욱의 대중연애서사는 세태의 혼란과 사회의 역경 속에서 자기의 생활을 개척하고 사랑을 꽃피우는 여성 주인공을 통해 새시대의 신윤리를 제시한다.

전후 시기 신문에 소설을 가장 많이 쓴 여류작가는 장덕조[32]이다. 1930년대 대중연애서사가 김말봉에 빚을 지고 있다면 1950년대 대중연애서사는 장덕조를 통해 빛을 본다. 식민지 시대, 해방 이후의 장덕조의 소설이 신감각적인 인상과 그 후의 서정적, 신변소설적, 사실적 특징을 드러냈다면 1950년대 이후의 신문 연재소설은 확연히 통속적 대중소설의 면모를 드러낸다. 『다정도 병이련가』(『신태양』, 1954.2~9), 『여인상』(『대구매일신문』, 1954.7.1~11.30), 『허영의 풍속』(『경향신문』, 1955.6.25~7.15), 『정염의

---

30 1962년 10월 1일부터 65년 3월 30일까지 서울신문에 역사소설 『임꺽정』을 연재하여 역사소설가로 이름을 높인 최인욱은 이후 신문사의 청탁으로 역사소설가로서의 길을 걷게 된다. 『임꺽정』은 당시에 인기 높은 '삼국지'와 '수호지'를 얼버무린 혼합형으로, 이 소설이 연재되자 독자들의 인기가 대단하여 판매부수에서 톡톡히 재미를 보았다. 이 소설의 연재가 끝나자 가판의 신문 부수는 2만 부나 줄었다고 한다. 최인욱은 역사소설의 신풍을 개척한 대하소설의 첫 번째 시도자이자 완성자였다.

31 역사비평사 편집, 『논쟁으로 본 한국사회 100년』, 역사비평사, 2000.

32 1950년대의 장덕조는 신문 연재소설의 히트와 계속되는 영화화로 명실상부 "우리 문단의 제1인자로 손꼽히"는 대중소설가였다. 『서울신문』, 서울신문사, 1958.10.29.

강물은』(『국제신문』, 1956.3.6~8.1), 『백조흑조』(『국제신문』, 1958.5.14~12.31), 『원색지대』(『서울신문』, 1958.10.30~1959.5.3), 『열대어』(『국제신문』, 1959.7.17 ~1960.2.13) 등은 대표적 대중연애서사로 이외에도 멜로적 역사소설을 통해 사랑과 사회의 관계를 지속적으로 탐색한다.

장덕조가 이 시기 신문에 발표한 대중소설은 삼각관계, 외도, 원조교제 등을 사건의 핵심 플롯으로 끌어들인다.[33] 사랑하는 연인들은 자신의 존재 조건을 버리는 결단을 할 만큼 사랑의 열정에 도취되어 있다. 하지만 그들의 열정은 가족, 결혼, 윤리의 측면에서 볼 때 반사회적이기 때문에 성취될 수 없는 한계를 안고 출발된다. 그러므로 이들이 열정의 강렬한 불꽃을 꺼버릴 수 없을 때 선택할 수 있는 것은 불구자가 되거나 사고를 가장한 죽음을 통해 비극적 운명을 맞이하는 것 밖에 없다. 삼각관계와 외도의 이야기는 고난을 뚫고 사랑의 완성을 통한 희열을 노래하기보다는 남녀 주인공의 이별을 서사화함으로써 비련의 모식을 따른다. 장덕조의 소설은 청춘남녀의 아름다운 사랑이 아니라, 열정이라는 요소가 이미 내재하고 있는 무규범성, 이탈성에 초점을 맞추어 사회적으로 불가해한 관계의 사랑을 통해 그들의 비극은 예비 되어 있다.

백철에 의해 1950년대 신인 작가군으로 분류된[34] 바 있는 정한숙은 1954년 중편 「배신」이 『조선일보』 신춘문예에 당선되어 등단한다. 전후에 『애정지대』(『평화신문』, 1955.3.11~9.19), 『여인의 생태』(『조선일보』, 1956.4.1 ~11.27), 『고원의 비연(悲戀)』(『평화신문』, 1957.6.17~1958.1.9), 『암흑의 계절』(『문학예술』, 1957.3~8) 등 다양한 대중연애서사를 선보였다. 『암흑의 계절』은 1958년 경향신문사에서 뇌일혈로 갑자기 사망한 김내성을 기리기 위해 제정한 '내성문학상'[35]의 제1회 당선작이다.

33 조리, 「장덕조 소설 연구」, 전북대 박사논문, 2007.
34 백철, 「전란의 상처 위에 돋은 버섯」, 『한국단편문학전집』 5, 백수사, 1965, 461~470쪽.
35 『경향신문』은 『실락원의 별』을 연재하던 중 뇌일혈로 사망한 김래성의 1주기를 맞아 1958년 2월 '來成문학상'을 제정키로 한다. '來成문학상'은 1959년 3회 시상을 끝으로 막을 내렸다. 경향신문 편집부, 『경향신문오십년사』, 경향신문사, 1996.

대표작 『애정지대』[36]를 보면 전반부에서는 해방 후 졸업을 앞둔 여대생들의 연애와 결혼, 불확실한 미래에 대한 고민이 애정갈등을 통해 신선하게 다루어진다. 해방 후 여대생들의 습속과 풍속이 전면화 되어 독자들의 호기심을 자극하고 명희-영건-인순의 삼각관계는 질투, 오해, 배신을 감각화하면서 대중소설의 기본도식을 따른다. 이러한 연애소설적 면모는 후반부에 이르러 한국전쟁이 구체적 배경으로 노출되면서 이데올로기적 징후를 드러낸다. 전쟁의 소용돌이 속에서 연인들이 선택한 노선은 또 다른 대립을 양산하지만 당대적 이데올로기의 특수성을 뛰어넘는 사랑의 항구성은 휴머니즘이라는 보편적 정서에 기댄다. 이처럼 전후 정한숙의 대중연애서사는 애정의 삼각관계를 통해 당대의 세태와 풍속을 반영하고 더불어 역사적 수난이 개인의 일상에 가한 폭력적 실상을 증언하는데 중점을 둠으로써 증언문학의 맥을 공유하고 있다.[37] 청춘남녀들은 열심히 연애를 한 것인 동시에 열심히 격동의 역사를 살아낸 것이다.

홍성유의 『비극은 없다』(『한국일보』, 1958.5.7~12.2)는 『한국일보』 창간 4주년을 기념한 1백만 환 현상공모의 당선작이다.[38] 사상 초유의 최고 액수의 당선금 뿐만 아니라 당선자가 문학 전공자도 아닌 서울법대 출신의 28세 젊은 청년이다 보니 『비극은 없다』는 연재되자마자 선풍적인 인기와 화제를 불러 일으켰다.[39]

『비극은 없다』[40]는 한국전쟁 직전에 시작하여 전쟁기를 무대로 하는

36   정한숙, 『애정지대』, 정음사, 1957.
37   김재두, 「정한숙 소설 연구」, 건국대 박사논문, 2002.
38   작품을 심사한 김기진은 작가의 뛰어난 솜씨를 칭찬했고, 박화성은 이 소설이 장편소설이 갖추어야 할 모든 요소를 잘 구비했다고 했으며 박종화는 현재 기성 저널리즘 문단의 수준에 육박하고 있는 작품이라 찬했다. 또 김말봉은 커다란 비극을 그리면서도 감히 '비극은 없다'고 한 것은 놀랄만한 반전이며 현실을 깊게 파헤치는 가운데 한가닥 광명의 줄기와 하나의 싹을 남겨주는 것은 뜻 깊다고 지적하였다. 한원영, 『한국 현대 신문 연재소설연구』, 국학자료원, 1999, 368~369쪽.
39   『비극은 없다』는 영화로 만들어져 흥행가의 총아가 되었으며 홍성유는 후에 『비극은 있다』(『조선일보』, 1973.9.11~1975.7.3)란 장편을 연재하기도 하였다. 한원영, 앞의 책, 366쪽.

하나의 연애비화로, 박진감과 스릴 넘치는 전개로 끝까지 호기심과 흥미를 잃지 않은 대중소설이다. 가장 열정적이고 아름다울 청춘기에 전란에 휩쓸려 공포와 불안 속에서 생명의 위협을 당하고 그러한 과정 속에서 본연의 인간성을 상실하는 인간군상을 통해 전쟁의 상처를 흔적한다. 작가는 '전화(戰火) 속에서 오히려 생명의 의의를 찾고 그 생명을 활짝 피어나게 하는 젊은이들의 애정'[41]을 통해 비극은 항상 절망의 편에 있는 것이며 이 비극을 처리하는데 있어 민족전체의 일 방향을 제시하고자 하였다. 홍성유는 우리 민족의 역사적인 한 시기를 택하여 민족적인 전체 운명 속에 개인의 운명과 사랑을 직조해냄으로써 수많은 대중연애서사의 전범을 조직해 낸다.

이렇듯 전후 대중소설은 연애서사를 핵심적 테마로 수용하여 전쟁 후 고단한 일상을 살아가는 독자들에게 즐거움과 재미를 주었다. 전후의 현실과 전재민(戰災民)의 욕망을 대변하는 1950년대 대중연애서사는 열정적 사랑이 가지는 과도함과 무절제함을 관능성과 선정성을 통해 기표화한다. 관능과 선정을 주조하는 에로스적 사랑은 열정적 사랑의 공생적 메커니즘인 섹슈얼리티를 통해 주제화된다. 말초적 신경을 자극하는 성적인 묘사는 물론 직접적인 육체의 노출과 긴장감 넘치는 육체의 접촉은 독자들의 관음증적 욕망을 자극하고 훔쳐보기의 즐거움을 실현시킨다. 선정적이고 관능적인 연애서사는 젊은 청춘남녀의 본능적 욕망을 재현한다는 점에서 연애서사의 핵심적 속성이다.

1950년대 대중연애서사에서 만나게 되는 '자유'로운 여성들은 자기 욕망을 솔직하고 대담하게 발설하며 그것을 행동으로 옮김으로써 삶의 공식으로 쾌락을 받아들인다. 열정적 사랑은 대상선택의 자유를 정당화 해준다는 점에서, 욕망의 자기 결정이 애정관계를 판단하는 중요한 척도가 된다는 점에서 능동적이다. 전후 대중연애서사는 자유·민주의 사상이 연

---

40   홍성유, 『비극은 없다』, 신태양사, 1959.
41   홍성유, 「비극은 절망하는 편에만 있다」, 『한국일보』, 한국일보사, 1958.5.7.

애를 통해 사회를 재건하는 모토가 된다는 점에서 긍정성을 담지한다. 그러나 열정적 사랑은 발랄하고 명랑하며 현대적 기질을 대변하는 반면 생리가 명령하는 대로 움직이고 정열의 만족과 젊음의 희열을 목표한다는 점에서 제도화되지 못한 사랑이다. 다분히 즉흥적이고 유동적이어서 불안정하다. 그러므로 1950년대 대중연애서사의 열정적 사랑은 절제의 선을 넘어 제도권 밖으로 탈주하거나 법적인 한계를 넘어섬으로써 불륜을 조장한다.

이렇게 모순적, 이중적인 사랑을 실현시키는 역설적 주체는 허영과 사치를 일삼으며 정조관념이 없는 '불량형' 여성으로 부각되면서 전통을 말살하고 사회도덕과 국가 기강을 해치는 '사회악'으로 분류된다. 이들이 추구하는 열정적 사랑은 지배적 이성과 합리성에 맞서 자유와 쾌락을 추구하기에 정상적인 규제들을 무력화시키는 제도화의 가장 큰 적으로 부상하게 된다. 인간성, 여성성의 해방을 주조하는 열정이, 전후 반공국가의 양성과 사회의 재건을 위해 국가적으로 고무되고 강조되던 바로 그 열정은, 이제 오히려 사회의 무질서를 초래하고 국가 붕괴를 조장하는 광기로 인식됨으로써 또 다른 역설을 초래한다.

1970년대 초반 신문 연재 소설은 50년대 작가들의 독무대였다. 역사소설은 단연 박종화, 유주현의 소설이 인기였고 다른 대중소설은 40세 이상인 50년대 작가들 손창섭, 이호철 등이 대부분 집필하였다. 젊은 작가로서는 이청준 정도가 작가적 이력을 인정받았으나 『조선일보』에 연재소설을 쓰다 도중하차한 뒤로 젊은 작가들에게 신문 연재를 맡기는 것은 위험한 일이라는 고정관념이 생겼다.[42] 이러한 분위기 속에서 당대 신문 연재소설에 새로운 바람을 일으키고자 과감하게 젊은 작가를 선택한 『조선일

---

[42] 범박하게 말해서 신문소설은 그것의 문학적 의미가 어떻든 그리고 신문에서의 역할이 어떠하든 신문이 문단에 대해 가질 수 있는 하나의 의례이며 따라서 그 집필자는 작가 경력이 최소한 10년은 넘고 문학적 성과도 어느 정도 인정된 소위 중견층이 대우를 받는 경우가 통상적이다. 김병익, 「70년대 신문소설의 문화적 의미」, 『신문연구』 25, 관훈클럽, 1977.

보』는 '70년대의 문화적 아이콘'이 된 '대중적 스타' 최인호를 발굴한다.

『별들의 고향』은 '누구나의 가슴 속에 한 번쯤 깃들었'을 순수하고 어린 여성이 소박한 삶의 지표로 꿈꾸는 낭만적 사랑을 통해 독자들의 감성적 충일과 향수를 자극하였다. 하지만 길 잃는 소녀가 희망하는 로맨스는 도시적 현실 앞에서 처참히 파멸됨으로써 낭만주의적 비극의 포즈를 취하게 된다. 이렇게 사랑받길 갈구하는 순진무구한 여성의 다각적인 남성 관계는 서사의 전면에서 '낭만적 연애'로 포장됨으로써 독자들에게 오락적 즐거움을 유발하고, 서사의 이면에서 급격한 성장에 따른 무질서와 혼란에 의한 파멸이 강조됨으로써 사회 비판적 요소를 지니게 된다. 이 작품 연재 이후 비슷한 아류의 작품들이 대거 발표됨으로써 70년대 상업주의 소설 혹은 호스티스 소설이 유행하는데 기폭제가 되었고 긍정적이든 부정적이든 70년대의 대표적인 한 경향성의 원조가 되었다.

『바보들의 행진』(1974)[43]은 휴교령이 내려진 교정의 풍경과 이에 대응하는 대학생들의 행위를 '바보'를 통해 바라보게 함으로써 비판의 전략을 드러낸다. 지배문화와 저항문화를 동시에 꼬집을 수 있는 전략적 바보가 됨으로써 질서 속에 포섭되지 않고, 정치 사회적 현실에서 한 발짝 비껴나 있을 수 있기에 비판은 반어의 효과를 갖게 된다.[44] 『별들의 고향』에서 지적받은 비판 정신의 약화를 의도적으로 강화시키고 에피소드적 구성의 산발적 내용을 병태와 영자의 청년다운 연애서사로 관통시킴으로써 최인호의 인기는 연쇄된다.

『도시의 사냥꾼』(1977)[45]은 『별들의 고향』과 상당히 비슷하면서도 많은 부분 다르다. 엄격한 가정 분위기에 반발해 아버지의 성격과는 정반대인 남성을 만나 성급히 결혼한 승혜는 자신의 잘못된 선택을 깨닫고 별거에 들어간다. 승혜는 남편과 별거하고 불면의 밤을 보내던 중 우연히 현

43   최인호, 『바보들의 행진』, 예문관, 1974.
44   김성환, 「1970년대 대중소설에 나타난 욕망 구조 연구」, 서울대 박사논문, 2009, 143쪽.
45   최인호, 『도시의 사냥꾼』, 예문관, 1977.

국을 만나 새로운 사랑을 시작한다. 가슴 한편에 각각의 상처를 간직한 채 시작된 이들의 사랑은 위험하기에 낭만적이며 사랑 그 하나만을 위해 전부를 버리기에 무모하다. 어렵게 찾아온 사랑을 놓치지 않기 위해 모험을 감수하는 이들의 사랑은 외상적으로 불륜과 간통의 올가미를 씀으로 파국을 맞게 된다. 자신이 선택한 사랑과 그 죄의 대가를 치르고 혼자서 사랑하는 이의 아이를 낳아 기를 결심을 하는 마지막 장면은 성경의 한 구절과 겹쳐지면서 초월적이며 성스러운 분위기를 자아낸다.

최인호의 대중연애서사는 연애가 주는 재미와 즐거움을 포기하지 않으면서 당대 사회적 현실을 소란스럽지 않게 녹여낸다. 이 단순치 않은 서사를 도피냐 저항이냐의 도식으로 이분화하여 평가절하 하는 것은 소설사적 손실이다. 등단 초기 단편소설에서 보여주었던 인간성 소외에 대한 날카로운 묘파와 이후의 대중연애서사에서 보여준 주제의식과의 간극은 그리 크지 않다.

초기 조해일의 소설은 고약한 70년대를 살아가는 평균적 일상과 삶으로부터 일탈한 인간이 보여주는 비극적 아이러니를 동화적 발상으로 포장하고 있다. 현실을 현실적 긴장 속에서 말하지 않고 환상적 공간이나 비현실적 인물들을 통해 발화함으로써 독자들의 긴장을 이완시키고 사회에 만연해 있는 유·무형의 폭력에 대한 깊이 있는 고민을 통해 사회 비판적 요소를 내장한다. 「왕십리」, 「우요일」, 「연애론」, 『겨울여자』와 같은 연애소설은 신화적 순수성을 지닌 여성인물과 우화적 비의성(悲意性)을 통해 독자들로부터 큰 인기를 얻는다.

『겨울여자』와 같은 해에 발표한 중편소설 「연애론」[46]은 연애의 과정에서 사랑을 바라보는 시각을 성차(性差)에 따라 조명함으로써 실천적 연애지침서로서 인기를 얻었다. 군대에서 휴가를 얻어 Q시로 향하던 남성은 기차에서 우연히 만난 여성과 동행하여 휴가 기간을 함께 보내게 된다.

---

46   조해일, 『한국소설문학대계』 65, 동아출판사, 1995.

남성은 그녀를 사랑한다기보다 그녀가 귀엽고 육감적 몸을 가진, 그리고 생생한 현실적 존재로서 눈앞에 있는 한 사람의 여자라는 사실, 그녀와 연애를 하고 있는 이 순간만이 중요하다. 예상하지 못하는 미래에 대해 이야기하지 않는 것이 그가 생각하는 합리성이며 지금의 순간에 충실한 것이 그가 약속하는 성실성이다. 반면 여성은 자신의 몸을 내어주면서부터 그를 지배하려 하고 미래를 약속받으려 한다. 그와 함께하기 위해 지금까지의 자신의 삶을 거짓 없이 고백하고 결혼하여 아이까지 낳을 생각으로 낭만적 사랑에 충만해 있다. 남성은 여성과 '연애'를 꿈꾸고 여성은 남성에게 '반연애'를 꿈꾼다. 결국 그들의 엇갈린 희망은 남성의 휴가 기간이 끝남과 동시에 막을 내린다. 여성은 남성의 비성실성을 비난하며 여전히 낭만적 사랑의 이상을 버리지 못하고 그의 아이를 가졌음을 알리지만 그는 연락을 끊어버린다. 「연애론」은 사랑을 바라보는 성차의 간극을 통해 낭만적 사랑의 순수성과 현실성을 되짚어 보는 계기를 마련하였다.

1940년에 출생한 조선작은 1971년 「지사총」으로 등단한 이래 「영자의 전성시대」(1973), 『미스양의 모험』(1975), 『말괄량이 도시』(1977) 등을 통해 시골출신의 여성이 도시에 입성함으로써 도시에서 겪게 되는 욕망의 허망함과 전락, 매춘에 의한 창부화의 과정을 다루고 있다. 조선작은 이들의 일상에 대한 세부적 묘사를 통해 결혼으로 사회의 일원이 되고자 하는 하층민의 소박한 꿈을 다룬다. 하지만 소설의 내부가 결혼 적령기에 놓인 하층민 청춘 남녀의 사랑과 성공을 서사화하고 있더라도 일련의 제재들은 사랑의 관계를 도모하는 두 인물 간의 관련성, 혹은 관계성에 집중되어 있지 않다. '외로운 사람들끼리 추운 밤을 함께 하기로' 해 시작되는 이들의 사랑은 가진 것 없는 자들의 동질감이거나 도시의 일부가 되고자 한 개인 간의 연대에 초점에 맞추어져 있기에 연애소설이라고 분류하기에는 미흡한 점이 있다.

하지만 내용적으로 볼 때 세태소설로 분류되기에 적합한 조선작의 소설들에서 놓치지 말아야 할 것은 1970년대 대중연애서사가 보여주는 비극적이기에 낭만적인 세계관을 조선작의 '호스티스 소설'[47]들이 공유하고 있다는 사실이다. 부박하며 극악한 현실에 적응하는 이들의 삶의 태도는 성실하고 순수하다. 술집 웨이터나 재단사가 되는 것을 꿈꾸며 함께 할 방 값만 모은다면 사랑하는 사람과 함께 하고픈 이들의 소박한 꿈은 서로에 대한 사랑의 끈을 놓지 않음으로써 사랑의 이상을 지속한다.

1946년 출생하여 1973년 『중앙일보』 신춘문예에 단편 「여름의 잔해」가 당선되어 등단한 박범신은 1970년대 말 그의 첫 번째 장편소설이자 대중 연애서사인 『죽음보다 깊은 잠』[48]을 통해 데뷔 5년 만에 언필칭 '인기작가'의 반열에 오르게 된다. 이 작품은 그의 작가적 이력으로 볼 때에도 등단 초기의 음울한 분위기와 경직성을 넘어선 유연하고 세련된 분위기를 엿볼 수 있다.

『죽음보다 깊은 잠』은 화려한 욕망의 끝을 향해 비상하는 '칼날' 같은 면모와 우리 모두가 감싸주어야 할 '풀잎' 같은 면모를 동시에 지닌 '다희'라는 여성인물의 사랑과 욕망을 통해 속류자본주의의 현실을 날카롭게 파헤친다. 가난한 집안의 장녀로 어려운 집안 형편에도 아랑곳 않고 성공의 발판이 되는 '대학'이라는 끈을 놓지 않기 위해 발버둥질 치는 여대생 다희는 고교 때 은사 정교사-대학 동기 현우-술집 악사 영훈-젊은 사업가 경민을 교체하며 수직 상승의 욕망을 실현시킨다. 하지만 그녀의 욕망 성취를 위한 이면에는 카나리아나 병아리가 죽어도 하염없이 눈물 흘리는 인간 본래의 순수성이 자리 잡고 있다.

욕망과 순수성의 대결, 욕망의 엘리베이터를 잡아탔다는 상승의 착각 속에서 실제로 이루어지는 하강의 추락. 그녀에게 남겨진 것은 다만 아비

---

[47] '호스티스 문학'이라는 임의적인 용어는 작품 속 주인공의 직업과 단순히 연관되어 쓰인다. 대체로 최인호의 『별들의 고향』에 붙여진 이 말은 이와 유사한 직업을 가진 여성이 등장하는 소설이라면 어김없이 부여되어 당대 대중문학을 일컫는 클리셰(cliche)가 되었다고 해도 무방하다. 조선작의 경우 '창녀 조합장'이라는 별명을 얻을 정도로 하층민 직업여성에 대한 묘사에 애착을 가진 것으로 알려져 있다. 양평, 앞의 책.

[48] 박범신, 「작가후기」, 『죽음보다 깊은 잠』 1, 세계사, 2000, 277쪽.

없는 딸 혜미를 낳은 것과 그래도 포기하지 못한 도시의 꿈을 위해 새벽 녘 몰래 길을 나서는 추레한 뒤태 속에서 독자들은 인간 욕망의 순수한 끈질김과 가엾은 영혼에 대한 깊은 연민을 느끼게 된다.

한수산은 1972년 『동아일보』 신춘문예에 단편 「4월의 끝」이 당선되어 문단에 등단하였다. 이듬해 『한국일보』 장편 공모에 『해빙기의 아침』이 당선되면서 이후 『바다로 간 목마』(1978), 『가을 나그네』(1978), 『밤의 찬가』(1979), 『달이 뜨면 가리라』(1979) 등을 신문과 잡지에 연재하였으며, 특히 많은 수의 장편이 여성지에 연재되어 여성독자들의 열광적인 호응을 얻었다는 점에서 다른 작가와 변별성을 갖는다.

한수산은 남녀 간의 사랑에서 생겨나는 미묘한 감정의 변화를 묘사하고 사랑이 성공하거나 혹은 실패로 돌아가는 주인공들을 형상화한다. 한수산의 소설에서 두드러지는 것은 낭만적이고 순수한 사랑이라는 주제이다. 한수산의 연애소설은 시대의 억압적 상황이나 현실의 부정성과는 상관없이 비시간적이고 초월적인 사랑을 선보임으로써 낭만적 사랑의 환상적 면모를 보여준다. 회의적이며 감상적인 정서에 기초한 이들의 사랑은 사랑 그 자체를 절대적인 가치로 상정함으로써 현실의 문제를 극복한다.

1970년대 한국사회는 자본주의 사회의 양상을 드러내며 근대적 개발 프로젝트 속에서 '낭만적 사랑'을 기획한다. 낭만적 사랑은 역사적으로 개념적으로 이상적 사랑과 열정적 사랑을 결합시킨 관념의 복합체로, 여러 가지 의무와 책임을 새롭게 배열하였다는 의미에서 이상적 사랑을, 자유를 기반으로 한 개인적 성취의 수단으로 볼 때 열정적 사랑을 포함한다. 인간 삶을 충족시켜주기 위해 각각의 상황에서 향유되던 사랑의 부속물들(결혼, 사랑, 성)은 낭만적 사랑을 통해 하나의 가치체로 결합된다. 사랑이라는 감정과 결혼이라는 제도 그리고 하나의 미덕으로 끌어안은 섹슈얼리티까지, 그러므로 낭만적 사랑은 감성과 이성, 내용과 형식의 결합체이다.

이처럼 1970년대 대중연애서사의 여성 서사주체들의 다양한 남성 편력은 열정적 사랑의 무절제함을 보여주는 듯 하지만 이들의 편력사는 타인의 부족한 부분을 메워주는 성격을 띠는 구원적 의미(이상적 경향)를 띤다. 매력적인 몸과 천사 같은 백치의 영혼을 소유하고 있으며 남성들에게 헌신적인 사랑과 성적 쾌감을 제공하면서도 어떠한 도덕적 책임도 요구하지 않는다는 점에서 대중독자들의 낭만적 환상이 투여된 존재들이다.

1970년대 성장제일주의의 개발이 불러들인 욕망의 폭발과 그 패망을 동시대에 경험한 대중독자들은 난폭한 성장의 신화 속에서 속도감을 정지시키고 삶의 실패를 무화시켜버리는 유순한 누이 같은 서사주체를 통해 일상을 위로받는다. 이 시기의 독자들이 대중소설에 크게 열광한 이유는 바로 이것, '유신'이라는 정치적 암흑기에 우리가 어떤 현실을 살고 있으며, 패배당한 일상을 위로하는 서사 내부 속의 주체를 통해 삶을 위로받고 위안 받을 수 있었기 때문이다.

1970년대 민중문학이 강력한 운동성으로 사회를 비판하고 저항했다는 측면에서 일정한 공로를 인정받았다면 1970년대 대중연애서사는 감성적인 로맨스와 연대적 동질감으로 대중독자의 상처받은 현실을 치료하였다. 그것은 이성적, 의식적인 면이나 역사의식, 공동체 의식 등을 자각하는 자의식적인 연대감이 아니라 무의식적이고 집단적, 감성적 연대의식에 속한다. 이것이 1960년대의 실존주의적 성향, 어두운 분위기와 구별되는 1970년대적 가벼움, 사소함의 성향이며 1980년대적 이성주의와 대비되는 세속적 감상주의이다.

본 글은 대중연애서사가 폭발적으로 성장하고 전성기를 이루었던 시기를 중심으로 연애서사의 인기를 가능하게 했던 당대적 사랑의 양상과 의미를 사적으로 고찰하였다. 서사 속에서 사랑하고 성장하고 소멸하는 문학주체는 그들에게 공감하거나 반감하는 수용주체에게 선망과 경계의 대상이 됨으로써 당대에 적합한 사랑을 산출한다. 이때의 사랑은 기능적이며 효용적이다. 사랑을 이상화, 열정화, 낭만화 하는 문학적 표현들은 그 주제들과 관념들을 우발적으로 선택하는 것이 아니라 당시의 사회와 그 변화 추세에 반응한다. 따라서 각 시대의 사랑의 양상과 의미는 '사회

구조'와 '사랑하기'의 연관관계를 통해 시대와 당대 주체를 이해하기 위한 새로운 길을 열어줄 수 있다.

　한국 대중연애서사를 사랑의 양상과 의미에 따라 사적으로 구분하고 구체적 분석의 항목으로 사회적, 문학적, 심리학적 통찰을 시도한 본고는 대중문학 연구를 위한 분석적 모델을 제시하고자 하였다. 이는 대중문학 연구의 산발적 노력을 종합하고 대중문학 텍스트를 재편함으로써 궁극적으로 대중문학사를 작성하기 위한 노력의 일환이다. 하지만 본고에서 이루어지지 못한 여타 장르에 대한 연구, 텍스트의 누락 등은 아쉬움을 남기며 후속하는 대중문학 연구를 기대하는 바이다.

참고문헌

1. 기본자료

식민지 시기

조중환,『장한몽』, 현실문화연구, 2007.

방인근,『방인근 전집』, 한국교육도서출판사, 1971.

현진건,『적도』, 문학사상사, 1995.

김말봉,『밀림』, 영창서관, 1955.

_____,『찔레꽃』, 문학출판사, 1984.

박계주,『순애보』1~163회,『매일신보』, 1939. 1. 2~6. 17.

이광수, 김철 교주,『바로잡은『무정』』, 문학동네, 2003.

_____,『이광수대표작선집』5, 삼중당, 1968.

_____,『이광수전집』, 삼중당, 1971.

이태준,『화관』, 깊은샘, 2001.

_____,『청춘무성』, 깊은샘, 2001.

_____,『딸 삼형제』, 깊은샘, 2001.

장혁주,『한국 근대 장편소설대계』20, 태학사, 1988.

최독견,『승방비곡』, 범우, 2004.

함대훈,『순정해협』, 한성도서출판사, 1938.

_____,『무풍지대』, 보성서관, 1938.

김남천,『사랑의 수족관』,『조선일보』, 1939. 8. 1~1940. 3. 3.

김내성,『마인』, 진문출판사, 1964.

전후 시기

김광주,『장미의 침실』,『경향신문』, 1957.6.1~11.30.

_____,『흑백』,『서울신문』, 1959.4.20~11.29.

김내성,『청춘극장』, 문성당, 1957.

_____,『애인』, 영한문화사, 1985.

_____,『실락원의 별』, 정음사, 1957.

_____,『인생화보』, 문성당, 1957.

_____,『백조의 곡』, 여원사, 1957.

김말봉,『푸른날개』, 형설문화사, 1956.

_____,『생명』, 동인문화사, 1957.

_____,『환희』, 성음사, 1970.

박계주,『대지의 성좌』, 삼영출판사, 1975.

_____,『별아 내 가슴에』, 삼영출판사, 1975.

방인근,『애정쌍곡선』, 정음사, 1954.

_____,『한국문학전집』7, 민중서관, 1959.

_____,『결혼비가』, 세계문화사, 1953.

_____,『청춘야화』, 한성도서, 1955.

_____,『정열의 애인』, 계문출판사, 1957.

장덕조,『원색지대』,『서울신문』, 1958.10.30~1959.5.3.

_____,『다정도 병이련가』, 세문사, 1957.

_____,『장미는 슬프다』, 희망사, 1957.

정비석,『유혹의 강』, 신흥출판사, 1958.

_____,『자유부인』, 고려원, 1985.

_____,『여성전선』, 회현사, 1978.

_____,『낭만열차』, 동진문화사, 1958.

_____,『슬픈목가』, 춘조사, 1957.

정한숙,『애정지대』, 정음사, 1957.

_____,『여인의 생태』,『조선일보』, 1956.4.1~11.27.

_____,『암흑의 계절』,『문학예술』, 1957.3~8.

최인욱,『벌레먹은 장미』,『서울신문』, 1953.8.20~9.29.

_____, 『애정화원』, 『서울신문』, 1957.1.1~5.14.

_____, 『황혼의 연가』, 한국출판사, 1957.

_____, 『화려한 욕망』, 민중서관, 1958.

홍성유, 『비극은 없다』, 신태양사, 1959.

산업화 시기

최인호, 『바보들의 행진』, 예문관, 1974.

_____, 『별들의 고향』, 샘터사, 1994.

_____, 『도시의 사냥꾼』, 예문관, 1977.

박범신, 『죽음보다 깊은 잠』, 세계사, 2000.

_____, 『풀잎처럼 눕다』, 금화출판사, 1980.

조해일, 『한국소설문학대계』 65, 동아출판사, 1995.

_____, 『겨울여자』, 문학과지성사, 1976.

조선작, 『영자의 전성시대』, 민음사, 1974.

_____, 『미스양의 모험』, 예문관, 1975.

_____, 『말괄량이 도시』, 서음출판사, 1977.

한수산, 『해빙기의 아침』, 문학예술사, 1977.

_____, 『바다로 간 목마』, 삼진기획, 1989.

_____, 『가을 나그네』, 여학생사, 1977.

_____, 『밤의 찬가』, 민음사, 1978.

_____, 『달이 뜨면 가리라』, 고려원, 1986.

_____, 『부초』, 민음사, 1977.

박완서, 『휘청거리는 오후』, 세계사, 1993.

_____, 『도시의 흉년』, 세계사, 1993.

_____, 『욕망의 응달』, 세계사, 1993.

김승옥, 『강변부인』, 문학동네, 2004.

2. 국내논문

강계숙, 「'성처녀', 그 대중적 신화의 속읽기」, 『작가연구』 14, 작가연구회, 2002.

강만석, 「의미, 재미, 권력의 문제를 통해 본 신수용자론 연구―존 피스크의 능동적 TV 수용자론에 대한 비판을 중심으로」, 성균관대 박사논문, 1993.

강옥희, 「대중문학 연구의 현황과 과제」, 『대중서사연구』 12, 대중서사학회, 2004.

＿＿＿, 「대중소설의 한 기원으로서의 신파소설－신파소설의 계보학적 고찰을 중심으로」, 『대중서사연구』 9, 대중서사학회, 2003.

＿＿＿, 「1930년대 후반 대중소설 연구」, 상명대 박사논문, 1999.

강현구, 「1920, 30년대 대중소설에 나타난 굿 · 배드 · 맨과 변사의 목소리」, 『국어국문학』, 국어국문학회, 2003.

＿＿＿, 「대중문화 시대의 대중소설」, 『국어교육』, 한국어교육학회, 2003.

고광률, 「한국 대중소설의 사회적 가치관 수용 연구」, 대전대 박사논문, 2009.

권선아, 「1930년대 대중소설의 양상 연구－『찔레꽃』의 구조와 의미를 중심으로」, 고려대 석사논문, 1994.

권오현, 「현대문학사의 대중소설 전개 양상 연구」, 『한국어문연구』 17, 한국어문연구학회, 2006.

김기진, 「통속소설소고」, 『조선일보』, 조선일보사, 1928.11.9.

김동식, 「연애와 근대성」, 『민족문학사연구』 18, 민족문학사연구소, 2001.

김동윤, 「1950년대 신문소설 연구」, 제주대 박사논문, 1999.

김명희, 「여성잡지에 나타난 가치관 변화 연구」, 서강대 석사논문, 1984.

김병익, 「70년대 신문소설의 문화적 의미」, 『신문연구』, 관훈클럽, 1977.

김복순, 「해방후 대중소설의 서사방식(상)－1970년대까지를 중심으로」, 『인문과학연구논총』 19, 명지대 인문과학연구소, 1999.

김석봉, 「신소설의 대중적 성격 연구」, 서울대 박사논문, 2003.

김선남, 「수용자의 독서동기에 관한 실증적 연구」, 『출판학연구』, 한국출판학회, 1998.

김성환, 「1970년대 대중소설에 나타난 욕망 구조 연구」, 서울대 박사논문, 2009.

＿＿＿, 「1930년대 대중소설과 소비문화의 관계양상 연구」, 『한국 현대문학연구』 12, 한국현대문학회, 2002.

김영찬, 「1930년대 후반 통속소설 연구－『찔레꽃』과 『순애보』를 중심으로」, 성균관대 석사논문, 1995.

김은하, 「비밀과 거짓말, 폭로와 발설의 쾌락－국가 근대화기 여성대중소설의 선정성 기획을 중심으로」, 『여성문학연구』 26, 한국여성문학학회, 2011.

김지영, 「'연애'의 형성과 초기 근대소설」, 『현대소설연구』 27, 한국현대소설학회, 2005.

김천혜, 「수용미학의 흥성과 쇠퇴에 대한 고찰」, 『독일어문학』 8, 한국독일어문학회, 1998.

김춘식, 「대중소설과 통속소설의 사이」, 『한국문학연구』, 한국문학연구학회, 1998.

김한식, 「개인적 희생의 강조와 대중 위안의 형식―『순애보』의 통속적 특성을 중심으로」, 『한국문학평론』 18, 한국문학평론가협회, 2001.

김 현, 「70년대 문학의 상업주의」, 『우리 시대의 문학 / 두꺼운 삶과 얇은 삶』, 문학과지성사, 1993.

김현주, 「'아프레 걸'의 주체화 방식과 멜로드라마적 상상력의 구조」, 『한국문예비평연구』, 한국현대문예비평학회, 2006.

_____, 「1970년대 대중소설의 육체 담론」, 『여성문학연구』, 한국여성문학학회, 2003.

_____, 「1970년대 대중소설 연구」, 연세대 박사논문, 2003.

_____, 「한국 대중소설의 전개와 독자의 문제」, 『독서연구』 13, 한국독서학회, 2005.

김현진, 「방인근의 대중소설 연구」, 동국대 석사논문, 2003.

김홍중, 「근대적 성찰성의 풍경과 성찰적 주체의 알레고리」, 『한국사회학』, 한국사회학회, 2007.

_____, 「멜랑콜리와 모더니티―문화적 모더니티의 세계감 분석」, 『한국사회학』 40, 한국사회학회, 2006.

문화라, 「1930년대 한국 대중소설의 여성인물과 연애서사 연구」, 『겨레어문학』 37, 겨레어문학회, 2006.

민병덕, 「한국 근대 신문 연재소설 연구―작품의 공감구조와 출판의 기능을 중심으로」, 성균관대 박사논문, 1988.

박명진, 「즐거움, 저항, 이데올로기」, 『사회과학과 정책연구』 13, 서울대 사회과학연구소, 1991.

박미정, 「서사 텍스트에서의 감정이입을 통한 자아형성 연구」, 인천대 석사논문, 2001.

박병준, 「'사랑'에 대한 철학적 성찰」, 『해석학연구』, 해석학회, 2004.

박성봉, 「대중소설과 독자」, 『현대소설연구』, 한국현대소설학회, 1996.

박정은, 「대중문화텍스트의 해독에 나타나는 즐거움(pleasure)의 다원성에 관한 연구」, 한국외대 석사논문, 1998.

박철우, 「1970년대 신문 연재소설 연구」, 중앙대 석사논문, 1996.

백낙청, 「사회 비평 이상의 것」, 『창작과비평』 51, 창작과비평사, 1979.

서동훈, 「한국 대중소설 연구―연애소설을 중심으로」, 계명대 박사논문, 2003.

서영채, 「1930년대 통속성의 존재방식과 그 의미」, 『민족문학사연구』 4, 민족문학사
　　연구소, 1993.
서정자, 「삶의 비극적 인식과 행동형 인물의 창조」, 『여성문학연구』, 학구여성문학
　　학회, 2002.
송기섭, 「1930년대 대중소설과 전통서사」, 『어문학』 79, 한국어문학회, 2003.
신혜경, 「피스크의 문화적 대중주의에 대한 재고」, 『미학』 32, 한국미학회, 2002.
심지현, 「1970년대 대중소설의 문학사회학적 일고찰」, 『한국말글학』, 한국말글학
　　회, 2001.
여건종, 「영국문화 연구와 '대중'의 문제」, 『영미문화』, 한국영미문화학회, 2002.
오선영, 「대중소설의 유행과 장르 분화」, 『문창어문논집』, 문창어문학회, 2009.
오혜진, 「대중소설론의 변천과 의의 연구」, 『우리문학연구』 22, 우리문학회, 2007.
＿＿＿, 「1930년대 한국 추리소설 연구」, 중앙대 박사논문, 2008.
＿＿＿, 「근대 대중소설에 나타난 장르믹스의 변모양상」, 『우리문학연구』 27, 우리
　　문학회, 2009.
＿＿＿, 「대중소설에 나타난 주체 변모 양상」, 『국제어문』 51, 국제어문학회, 2011.
이나미, 「일제의 조선지배 이데올로기-자유주의와 국가주의」, 『정치사상연구』 9,
　　한국정치사상학회, 2003.
이명주, 「1930년대 대중소설의 유형적 연구」, 경남대 박사논문, 2004.
이미향, 「일제 강점기 애정갈등형 대중소설 연구」, 숙명여대 박사논문, 1999.
이상희, 「신소설의 형성기반과 대중소설적 미학」, 성균관대 박사논문, 2006.
이시은, 「전후 국가재건 윤리와 자유의 문제」, 『현대문학의 연구』, 한국문학연구학
　　회, 2005.
이영미, 「신파 양식의, 세상에 대한 태도」, 『대중서사연구』 9, 대중서사학회, 2003.
이임하, 「1950년대 여성의 삶과 사회적 담론」, 성균관대 박사논문, 2002.
이정옥, 「대중소설과 독자」, 『대중서사연구』 10, 대중서사학회, 2003.
＿＿＿, 「대중소설의 시학적 연구-1930년대를 중심으로」, 서강대 박사논문, 1999.
이종호, 「1930년대 통속소설 연구」, 경북대 석사논문, 1996.
＿＿＿, 「1950년대 남한 문학전집의 출현과 문학 정전화의 욕망」, 『한국어문학연구』
　　55, 한국어문학연구학회, 2010.
임　화, 「신세대론, 소설과 신세대의 성격」, 『조선일보』, 조선일보사, 1939.6.29～
　　7.2.
전영태, 「대중문학논고」, 서울대 석사논문, 1980.

정봉래, 「신문소설의 위치」, 『세계일보』, 세계일보사, 1957.7.17~19.

정태용, 「신문소설의 새로운 영성(領城)」, 『사상계』 81, 사상계사, 1960.4.

조남현, 「소설교육의 정향(定向)과 대중소설 문제」, 『문학교육학』 7, 한국문학교육
　　　학회, 2001.

조　리, 「장덕조 소설 연구」, 전북대 박사논문, 2007.

조명기, 「한국 현대 대중소설 연구」, 부산대 박사논문, 2002.

조성면, 「한국 근대 탐정소설 연구」, 인하대 박사논문, 1999.

주창윤, 「1950년대 중반 댄스 열풍」, 『한국언론학보』 53, 한국언론학회, 2009.

진영복, 「『순애보』의 자기 소멸을 통한 주체화 방식」, 『어문론총』 45, 한국문학언어
　　　학회, 2006.

진중섭, 「인물의 성장과정을 통한 장편소설 교육 연구」, 서울대 석사논문, 1992.

차혜영, 「'종합선물셋트'로서의 문학, 1970년대 대중소설의 존재양상」, 『한국문학평
　　　론』, 한국문학평론가협회, 2001.

채호석, 「대중소설 혹은 근대소설−1920년대 최독견 장편소설의 의미」, 『한국문학
　　　이론과 비평』, 한국문학이론과 비평학회, 2002.

천정환, 「처세·교양·실존−1960년대의 '자기계발'과 문학문화」, 『민족문학사연
　　　구』, 민족문학사연구소, 2009.

최미진, 「1960년대 대중소설의 서사전략 연구」, 부산대 박사논문, 2003.

＿＿＿, 「부인명 대중소설에 나타난 여성의식 연구」, 『현대소설연구』, 한국현대소설
　　　학회, 2004.

최애순, 「식민지조선의 여성범죄와 한국 팜므파탈의 탄생」, 『정신문화연구』 32, 한
　　　국학중앙연구원, 2009.

최영석, 「근대주체 구성과 연애서사」, 연세대 석사논문, 2002.

최정호, 「1970년대 베스트셀러 소설의 형상화 연구」, 홍익대 석사논문, 2006.

추은주, 「1970년대 대중소설 연구」, 부산대 석사논문, 1997.

하미혜, 「문학작품에 나타난 부산항의 장소성 연구」, 『부산지역연구』 10, 부산지역
　　　연구학회, 2004.

한만수, 「한국 서사문학의 바보인물 연구」, 동국대 박사논문, 1991.

허　은, 「미국의 대한문화활동과 한국사회의 반응−1950년대 미국정부의 문화활동
　　　과 지식인의 대미인식을 중심으로」, 고려대 박사논문, 2005.

홍성암, 「대중소설의 특성과 독자 취향」, 『한민족문화연구』 6, 한민족문화학회, 2000.

3. 국내저서

강준만,『우리 대중문화 길찾기』, 개마고원, 1998.

_____,『대중매체와 사회』, 세계사, 1998.

_____,『대중문화의 겉과 속』, 인물과사상사, 1999.

_____,『미디어 문화와 사회』, 일진사, 2009.

강준만 외,『미디어와 쾌락―넷세대는 미디어를 어떻게 소비하는가』, 인물과사상사, 2003.

강현구,『대중문화와 문학』, 보고사, 2004.

강현두,『현대사회와 대중문화』, 나남출판, 1998.

경향신문편집부,『경향신문오십년사』, 경향신문사, 1996.

고길섶,『소수문화들의 정치학』, 문학과학사, 1998.

고미숙,『한국의 근대성, 그 기원을 찾아서―민족·섹슈얼리티·병리학』, 책세상, 2001.

권영민,『박완서 문학앨범』, 웅진, 1992.

김강호,『한국 근대 대중소설의 미학적 연구』, 푸른사상, 2008.

김경수,『페미니즘과 문학비평』, 고려원, 1994.

김동석,『김동석 비평집』, 서음출판사, 1989.

김동윤,『신문소설의 재조명』, 예림기획, 2001.

김문환,『미학의 이해』, 문예출판사, 1989.

김미현,『여성문학을 넘어서』, 민음사, 2002.

_____,『젠더 프리즘』, 민음사, 2008.

김복순,『페미니즘 미학과 보편성의 문제』, 소명출판, 2005.

김성곤,『뉴미디어 시대의 문학』, 민음사, 1996.

김수용,『아름다움의 미학과 숭고함의 예술론』, 아카넷, 2009.

김욱동,『모더니즘과 포스트모더니즘』, 현암사, 1992.

_____,『포스트모더니즘의 이론』, 민음사, 1992.

김은우,『한국여성의 애정갈등의 원인 연구』, 한국연구원, 1963.

김익현,『인터넷신문과 온라인 스토리텔링』, 커뮤니케이션북스, 2002.

김재국,『디지털시대의 대중소설론』, 예림기획, 2002.

김준오,『문학사와 장르』, 문학과지성사, 2000.

김중신,『소설감상방법론 연구』, 서울대 출판부, 1995.

김중철, 『소설과 영화―서사성과 대중성에 대하여』, 푸른사상, 2000.

김중현, 『대중문학의 이해』, 청예원, 1999.

김창남, 『대중문화의 이해』, 한울, 2003.

김창식, 『대중문학을 넘어서』, 청동거울, 2000.

노지승, 『유혹자와 희생양』, 예옥, 2009.

대중문학연구회 편, 『대중문학이란 무엇인가』, 평민사, 1995.

　　　　　　　　, 『신문소설이란 무엇인가』, 국학자료원, 1996.

　　　　　　　　, 『추리소설이란 무엇인가』, 국학자료원, 1997.

　　　　　　　　, 『연애소설이란 무엇인가』, 국학자료원, 1998.

　　　　　　　　, 『과학소설이란 무엇인가』, 국학자료원, 2000.

대중서사장르연구회, 『대중 서사 장르의 모든 것―1. 멜로드라마』, 이론과실천, 2007.

동국대 한국문학연구소 편, 『대중문학과 대중문화』, 아세아문화사, 2000.

라깡과현대정신분석학회 편, 『우리시대의 욕망 읽기』, 문예출판사, 1999.

류현주, 『하이퍼텍스트문학』, 김영사, 2000.

민족작가협회, 『문학, 인터넷을 만나다』, 북하우스, 2001.

박명진 외, 『문화, 일상, 대중』, 한나래, 1996.

박명진 편역, 『문화, 일상, 대중―문화에 관한 8개의 탐구』, 한나래, 1996.

박성봉, 『대중예술의 미학』, 동연, 1995.

　　　, 『대중예술의 이론들』, 동연, 1994.

　　　, 『멀티미디어 시대에 교실로 들어온 대중예술』, 일빛, 2009.

　　　, 『멀티미이어 시대 대중예술과 예술 무정부주의』, 일빛, 2011.

　　　, 『감성시대의 미학』, 일빛, 2009.

박종홍, 『현대소설원론』, 중문출판사, 1994.

배식한 외, 『인터넷, 하이퍼텍스트 그리고 책의 종말』, 책세상, 2000.

백　철, 『신문학사조사』, 신구문화사, 1980.

서광운, 『한국 신문소설사』, 해돋이, 1993.

서영채, 『사랑의 문법』, 민음사, 2004.

손칠성, 『유토피아, 희망의 원리』, 철학과현실사, 2003.

양　평, 『베스트셀러 이야기』, 우석, 1985.

역사비평사 편, 『논쟁으로 본 한국사회 100년』, 역사비평사, 2000.

오한진, 『독일교양소설연구』, 문학과지성사, 1989.

유지나 외, 『멜로드라마란 무엇인가』, 민음사, 1999.

이동연,『대중문화 연구와 문화비평』, 문화과학사, 2002.

이용욱,『사이버문학의 도전』, 토마토, 1996.

이우용 외,『베스트셀러』, 시대평론, 1990.

이임자,『한국출판과 베스트셀러-1883～1996』, 경인출판사, 1998.

이재선,『현대한국소설사』, 민음사, 1991.

이정옥,『현대소설 플롯의 시학』, 태학사, 1999.

임의섭 외,『한국인의 대미인식』, 민음사, 1994.

임화,『문학의 논리』, 학예사, 1940.

장노현,『하이퍼텍스트 서사에 관한 연구』, 정신문화원, 2002.

장세진,『뒤집어보는 베스트셀러』, 맥, 1997.

전형준,『무협소설의 문화적 의미』, 서울대 출판부, 2003.

정덕준 외,『한국의 대중문학』, 소화, 2001.

정대현 외,『감성의 철학』, 민음사, 1996.

정한숙,『현대한국소설론』, 고려대 출판부, 1977.

조관성,『현상학과 윤리학』, 교육과학사, 2003.

조동일,『한국문학통사』5, 지식산업사, 1988.

조성면,『한국문학, 대중문학, 문화콘텐츠』, 소명출판, 2006.

조연현,『한국 현대문학사』, 성문각, 1969.

차봉희 편,『수용미학』, 문학과지성사, 1985.

천정환,『근대의 책읽기』, 푸른역사, 2003.

최미진,『한국 대중소설의 틈새와 심층』, 푸른사상, 2006.

최원식,『민족문학의 논리』, 창작과비평사, 1982.

최주한,『제국권력에의 야망과 반감 사이에서』, 소명출판, 2005.

최현주,『한국 현대 성장소설의 세계』, 박이정, 2002.

최혜실,『문학과 대중문화』, 경희대 출판국, 2005.

_____,『디지털시대의 문화 예술』, 문학과지성사, 1999.

_____,『모든 견고한 것들은 하이퍼텍스트 속으로 사라진다』, 생각의나무, 2000.

한국정신문화연구원 편,『한국전쟁과 사회구조의 변화』, 백산서당, 1999.

한림대학교 인문학연구소 편,『대중문학 주변부의 반란』, 민속원, 2007.

한미화,『베스트셀러 이렇게 만들어졌다』, 한국출판마케팅연구소, 2002.

_____,『우리시대 스테디셀러의 계보』, 한국출판마케팅연구소, 2001.

한명환,『한국 현대소설의 대중미학 연구』, 국학자료원, 1997.

허문영 편, 『우리시대의 대중문화』, 한나래, 1995.

한용환, 『소설학사전』, 문예출판사, 1999.

한원영, 『한국 신문 연재소설의 사적 연구』, 푸른 사상, 2010.

허창운, 『현대문예학의 이해』, 창작과비평사, 1989.

4. 국외저서

가이 오크스, 김희 역, 『게오르그 짐멜―여성문화와 남성문화』, 이화여대 출판부, 1993.

게오르그 크네어·아민 낫세이, 정성훈 역, 『니클라스 루만으로의 초대』, 갈무리, 2008.

노드롭 프라이, 임철규 역, 『비평의 해부』, 한길사, 2000.

니클라스 루만, 정성훈·권기돈·조형준 역, 『열정으로서의 사랑』, 새물결, 2009.

더글라스 켈너, 김수정 정종회 역, 『미디어 문화』, 새물결, 1997.

디트리히 슈바니츠, 인성기 외역, 『교양』, 들녘, 2001.

라인홀드 니버, 노진준 역, 『기독교 윤리학』, 은성출판사, 1998.

로버트 스턴버그 외, 최연실 외 편역, 『사랑의 심리학』, 하우, 1999.

로버트 스턴버그·카린 웨이스, 김소희 역, 『심리학, 사랑을 말하다』, 21세기북스, 2010.

로버트 C. 홀럽, 최상규 역, 『수용미학의 이론』, 예림기획, 1999.

롤랑 바르뜨, 김희영 역, 『텍스트의 즐거움』, 동문서, 1997.

르네 지라르, 김진식·박무호 역, 『폭력과 성스러움』, 민음사, 1997.

리타 펠스키, 김영찬·심진경 역, 『근대성과 페미니즘』, 거름, 1998.

막스 셸러, 진교훈 역, 『우주에서 인간의 지위』, 아카넷, 2001.

모오리스 Z. 쉬로우더, 최상규 역, 『현대소설의 이론』, 대방출판사, 1984.

발터 리제 쉐퍼, 이남복 역, 『니클라스 루만의 사회 사상』, 백의, 2002.

벤 싱어, 이위정 역, 『멜로드라마와 모더니티』, 문학동네, 2000.

볼프강 라트, 장혜경 역, 『사랑, 그 딜레마의 역사』, 끌리오, 1999.

브루스 커밍스, 김동노 외역, 『한국 현대사』, 창작과비평사, 2001.

샤를르 랄로, 박준원 역, 『미학입문』, 예전사, 2001.

수잔 랭거, 이승훈 역, 『예술이란 무엇인가』, 고려원, 1982.

스탕달, 권지현 역, 『스탕달의 연애론』, 삼성출판사, 2007.

스티븐 컨, 임재서 역,『사랑의 문화사』, 말글빛냄, 2006.

스티븐 코헨 · 린다 샤이어스, 임병권 · 이호 역,『이야기하기의 이론』, 한나래, 1997.

아놀드 하우저, 염무웅 · 반성완 역,『문학과 예술의 사회사』 근세편, 창작과비평사, 1981.

아지자 · 올리비에리 · 스크트릭, 장영수 역,『문학의 상징 · 주제사전』, 청아, 1989.

안더스 니그렌, 고구경 역,『아가페와 에로스』, 크리스챤다이제스트, 1998.

안토니오 그람시, 박상진 역,『대중 문학론』, 책세상, 2003.

앤소니 기든스, 배은경 · 황정미 역,『현대인의 성, 사랑, 에로티시즘』, 새물결, 1996.

에이 스미스, 박세일 · 민강국 역,『도덕감정론』, 비봉출판사, 1996.

오비디우스, 이미혜 역,『연애법』, 동심원, 1996.

요하네스 로쯔, 심상태 역,『사랑의 세 단계 ─ 에로스, 필리아, 아가페』, 서광사, 1985.

울리히 벡, 홍성태 역,『위험사회 ─ 새로운 근대성을 향하여 』, 새물결, 1997.

울리히 벡 · 엘리자베트 벡 게른샤임, 강수영 · 권기돈 · 배은경 역,『사랑은 지독한 (그러나 너무나 정상적인) 혼란』, 새물결, 1999.

움베르트 에코, 조형준 역,『대중의 영웅』, 새물결, 1994.

위르겐 하버마스, 이진우 역,『현대성의 철학적 담론』, 문예출판사, 1994.

_____, 한승완 역,『공론장의 구조변동』, 나남출판, 2001.

이언 와트, 강유나, 고경하 역,『소설의 발생』, 강, 2009.

익냐스 랩, 이유리 편,『사랑의 심리학』, 박우사, 1992.

제크린 살스비, 박찬길 역,『낭만적 사랑과 사회』, 민음사, 1985.

존 스토리, 박만준 역,『문화 연구의 이론과 방법들』, 경문사, 2002.

존 피스크, 박만준 역,『대중문화의 이해』, 경문사, 2002.

죠셉 켐벨, 이윤기 역,『세계의 영웅신화』, 대원사, 1989.

줄리아 크리스테바, 김영 역,『사랑의 역사』, 민음사, 1995.

지그문트 프로이트, 김정일 역,『성욕에 관한 세 편의 에세이』, 열린책들, 1996.

카이저, 김윤섭 역,『언어예술작품론』, 시인사, 1988.

크리스토퍼 필립스, 이세진 역,『사랑, 그 위대한 악법』, 예담, 2009.

크리스티안 슐트, 장혜경 역,『(낭만적이고 전략적인) 사랑의 코드』, 푸른숲, 2008.

페르낭 브로델, 주경철 역,『물질문명과 자본주의』, 까치, 1995.

프랑크 루터 모트, 이임자 편,『베스트셀러의 진실』, 경인문화사, 1998.

프레드릭 제임슨, 남인영 역,『보이는 것의 날인』, 한나래, 2003.

필립 톰슨, 김영무 역,『그로테스크』, 서울대 출판부, 1986.

하버트 갠즈, 강현두 역, 『대중문화와 고급문화』, 나남출판, 1998.

A. Smith, 박세일·민강국 역, 『도덕감정론』, 비봉출판사, 1996.

G. B. 테니슨, 오인철 역, 『희곡원론』, 학연사, 1982.

H. R. 야우스, 장영태 역, 『도전으로서의 문학사』, 문학과지성사, 1983.

J. 그리블, 나병철 역, 『문학교육론』, 문예출판사, 1983.

J. 웨스턴, 정덕애 역, 『제식으로부터 로망스로』, 문학과지성사, 1988.

J. 헤센, 진교훈 역, 『가치론』, 서광사, 1992.

J. G. 카웰티, 박성봉 편역, 『대중예술의 이론들』, 동연, 1994.

G. 비어, 문우상 역, 『로망스』, 서울대 출판부, 1980.

Hatifield. E. & Walster. G. W., *A new look at Love*, University Press of America, 1978.

Hatifield. E., *The dangers of intimacy. Communication, intimacy, and close relationships*, Academic Press, 1984.

J. G. Cawelti, *Adventure, Mystery and Romance —Formula Stories as Art and Popular Culture*, Chicago UP, 1976.

James L. Smith, *Melodrama*, Methun & Co Ltd, 1984.

Northrop Frye, *A Natural Perspective —The Development of Shakespearean Comedy and Romance*, Columbia UP, 1965.

Peter Brooks, *The melodramatic Imagination —James, Melodrama, and the Mode of Excess*, Columbia UP, 1985.

Peter N. Sterns, *Jealousy —The Evolution of an Emotion in American History*, NewYork UP, 1989.